Narrativa

Di Jane Urquhart
ne La Tartaruga edizioni
potete leggere:

Cieli tempestosi

Jane Urquhart

Altrove

Traduzione di Chiara Libero

La Tartaruga edizioni

http://baldini.mir.it e-mail:baldini@mbox.mir.it

Traduzione dall'inglese
di Chiara Libero

Titolo originale:
«Away»

Milano
ISBN 88-7738-289-9

Per mia madre, Marian Quinn Carter,
e mio padre, Walter Carter,
e per la famiglia

In ricordo del mio padrino, Danny Henry,
di mia nonna Fleda Quinn,
e di Thomas J. Dohert

Le tre tracce più labili: la traccia di un uccello su un ramo, la traccia di un pesce in uno stagno, e la traccia di un uomo su una donna.

triade irlandese

Indice

11 Un pesce in uno stagno

113 Un uccello sul ramo

193 La traccia di un uomo su una donna

Un pesce in uno stagno

1

Le donne di questa famiglia tendevano alle situazioni estreme.

Per tutto l'inverno anelavano notti lunghe, lunghissime, e giorni brevi e netti; d'estate il sole nel cielo per diciotto ore e poi una moltitudine di stelle.

Se sopravvivevano, mantenevano la loro giovinezza ben oltre gli anni fertili finché, da un giorno all'altro, a sessant'anni, non diventavano vecchie signore incartapecorite. Oppure, viceversa, diventavano vecchie signore incartapecorite a vent'anni e continuavano inesorabilmente a vivere, senza ulteriori mutamenti, per sei o sette decenni.

Abitavano le latitudini più settentrionali, vicino alle acque artiche. Erano tormentate dai ritornanti. Uomini, paesaggi, stati d'animo se ne andavano e tornavano di nuovo. Così per anni, per decenni. L'acqua era sempre della partita, giovinezza esasperata o vecchiaia esasperata. Poi c'era l'assenza. Così andavano le cose per le donne di questa famiglia. Faceva parte del loro destino.

Esther O'Malley Robertson è l'ultima e la più controllata di queste donne estreme. Quando aveva dodici anni le hanno raccontato una storia che l'ha tranquillizzata e l'ha messa al posto che le compete. Ora, da vecchia, vuole raccontare questa storia a se stessa e al Grande Lago, poiché non c'è nessun altro che la possa ascoltare. Anche se ci fosse stato qualcuno disposto a farlo, probabilmente le avrebbe posto tutta una serie di domande sbagliate. «Come è possibile che tu sappia tutto questo?» oppure «Ne hai le prove?» Esther è troppo matura, è sempre stata troppo matura per porsi domande del genere. Nelle prossime dodici ore, la storia la condurrà ovunque voglia andare, e questo è tutto ciò che importa; oltre alla consapevolezza che, per l'ultima notte, lei rimarrà accanto alle acque gelate, ricettive, del Grande Lago.

Dipinge con la fantasia un paesaggio, un paesaggio che non ha mai visto. Tutto iniziò nel 1842, come rammenta dalle parole che le disse nonna Eileen, sull'isola di Rathlin, che si stende al largo della costa più settentrionale dell'Irlanda. Esther lascia che le rocce e il mare prendano forma nella sua mente. Si vedrà una costa segnata dalle scogliere. Fu il mattino in cui un insolito numero di oggetti giunse insieme alla marea, provocando tra gli isolani gioia e costernazione, e facendo sì che quella giornata restasse fissata per sempre nelle leggende che ancora oggi vengono narrate la sera, attorno al fuoco. «Tua bisnonna si chiamava Mary» aveva detto la vecchia Eileen a Esther. «Viveva con sua madre, una vedova, in una casupola di legno a tre campi dal mare. Quella mattina Mary fu la prima ad avvicinarsi alla spiaggia.»

La notte precedente una furiosa tempesta aveva ridotto la circonferenza dell'isola di almeno un metro. Aveva ghermito il terreno paludoso della riva rivoltandolo, spedendo Dio solo sa dove sette dei massi preferiti di Mary. Anche il tratto di spiaggia sabbiosa più vicino alla baracca della ragazzina era stato spazzato via, sostituito da una quantità di sassi che sembravano patate macilente. Nessuno – neppure chi aveva trascorso qualche tempo sulle spiagge della terraferma – ne aveva mai visti di simili, e si diceva che giungessero da una terra dove l'erba non cresceva e dove niente respirava. Parte delle scogliere lì vicino era crollata, finendo tra le braccia dell'oceano, e portando con sé un numero considerevole di pecore. Queste, come si prese a dire in seguito, erano state sostituite da animali meno pacifici e meno stupidi che si rintanavano nel terreno alle prime luci, e da quel giorno in poi le loro grida si potevano udire giungere dalle colline all'alba, la terza domenica di ogni mese.

Dalle finestre del suo salotto canadese Esther ha già visto gli elementi scatenarsi in questo modo. Gli scoppi d'ira del Grande Lago, così li chiama, i tumulti di Loughbreeze Beach. La sua casa è solida ma ha sempre reagito agli stimoli. Costruita con sottili assi di legno di pino, foderata di legno di cedro e isolata con la segatura, respira con la vita della foresta, una vita che le pareti di pietra o di mattoni o di cemento non potranno mai sentire. Quando le burrasche veementi che segnano la fine dell'estate arrivano a precipizio dal Grande Lago, ogni folata di vento, ogni scoppio di tuono si ripercuote nel legno della casa, e si sa che, nel cuore della notte, nelle nebbie del sonno, le donne della sua famiglia si convincevano che la casa fosse diventata la tempesta: che un qualche antico dissidio continuasse tra ciò che è stato costruito e ciò che non è stato sfiorato dall'uomo e che, in un momento d'angoscia, la casa potesse gettarsi tra le braccia di quel mostruoso, liquido vicino.

La vecchia casa di Loughbreeze Beach è una bussola situata al limite meridionale della provincia dell'Ontario, agli estremi confini di un paese chiamato Canada. Ognuna delle sue molte finestre è pigramente orientata verso una delle quattro direzioni principali di questa bussola. Quando Esther guarda a est vede un molo invaso dalle erbacce e da dove, nel corso del tempo, alcune cose nella sua vita si sono allontanate. Quando guarda a sud vede l'onnipresente lago e il suo orizzonte. A nord si stende il bosco di cedri dietro al quale talvolta si può scorgere un minaccioso macchinario. E oltre il frutteto, a ovest, la darsena, i nastri trasportatori, le navi da carico della società cementifera che si ammassano sulla riva del lago.

Nel corso degli anni le donne della famiglia che si sono avventurate fuori, nel mondo, hanno portato con sé alcune immagini di Loughbreeze Beach; i sassi colorati che scintillano nell'acqua, i punti in cui i ciottoli levigati lasciano il posto alla sabbia, certi percorsi che la luna compie sulla superficie del lago, nelle notti fonde d'autunno. E alcune delle ragazze della famiglia non sono state affatto in grado di lasciare veramente il lago. Era innato in loro continuare a cercare le spiagge vicino alle quali erano nate e passeggiare in luoghi dove qualcosa di liquido baluginava al di là degli alberi.

Cento e quaranta anni prima e a migliaia di miglia da qui, la piccola Mary era stata la prima ad assistere all'inizio del miracolo. Incespicando nei nuovi ciottoli la cui struttura rendeva il passo difficoltoso, si era voltata ad affrontare l'oceano, che l'aveva privata dei suoi sassi preferiti. Nell'infanzia era stata maledetta dal dono dell'eloquenza – un dono che le sarebbe stato sottratto per sempre un'ora più tardi. Il mare rispose alle sue declamazioni assumendo una strana sfumatura di verde biancastro e gonfiandosi come se fosse stato sul punto di svelare un vulcano nascosto, e Mary rimase a osservare, stupefatta, migliaia di cavoli che si erano riuniti uno accanto all'altro nei pressi della riva. Ben presto gli ortaggi ricoprirono completamente i nuovi sassi mentre alle loro spalle l'oceano si suddivideva in strisce di colore: zone scure e chiare, intersecate da fasce scintillanti. Si scoprì che lo scintillio era dovuto a una grande quantità di teiere d'argento, a tenuta così perfetta da poter affrontare il mare rimbalzando allegramente sulle onde verso la spiaggia. Le strisce più scure che si vedevano quella mattina si rivelarono essere barili di whisky – in numero sufficiente da assicurare, a chiunque lo desiderasse, una sbornia domenicale per decine di anni a venire. Mary a poco a poco riuscì a scorgere una forma umana, stesa su due barili accoppiati; il capo era reclinato all'indietro, la faccia nascosta per metà da una profusione di riccioli scuri e bagnati. Mentre i barili che trasportavano il corpo si avvicinavano alla riva, Mary passò a guado tra cinquanta teiere tintinnanti per andare incontro a quella forma, e scoprì che si trattava di un giovane uomo ormai stremato. Quando lei lo afferrò per la camicia, l'uomo aprì due occhi verde mare e mormorò il nome «Moira», prima di ripiombare nell'incoscienza.

Esther sa che in quell'istante la sua bisnonna dai capelli rossi non avrebbe voluto continuare a vivere, o almeno non così come aveva fatto fino ad allora. Il tempo si sarebbe fermato, cristallizzato, la sua infanzia sarebbe svanita, e il presente sarebbe sceso su di lei come gli artigli di un uccello carnivoro. «Il paesaggio» aveva detto a Esther la vecchia Eileen «si ridusse a un cerchio che si poteva misurare solo con le braccia di Mary, e in quel cerchio l'unico oggetto familiare era la sua gonna marrone che galleggiava nel mare trasformato in un tappeto ondulante di metallo prezioso e foglie stropicciate.»

Mary udì i barili gemere, mentre si scontravano e si separavano spinti dalla corrente. Udì i marosi ansimare. Ma soprattutto osservò il giovane uomo che tratteneva con fermezza per la camicia fradicia – i riccioli scuri appiccicati alla guancia sinistra, le sopracciglia come felci, le ciglia posate sull'osso orbitale. In quei pochi istanti, imparò sul corpo maschile molto più di quanto non avrebbe fatto in seguito. Un braccio dell'uomo giaceva nell'acqua, a palmo insù, la manica stracciata nel punto in cui il gomito si piegava. Mary vide la linea della fortuna sulla sua mano, i rivoli azzurri delle vene sotto la pelle marmorea, le pieghe nei punti più vulnerabili, al polso e all'incavo del gomito. Vide il pomo d'Adamo e i tendini della gola nuda e la fossetta tra le clavicole, proprio sopra il petto. Afferrandolo per la camicia aveva scoperto uno dei capezzoli; il sole aveva asciugato i peli che lo circondavano e che ora si muovevano alla brezza come fili d'erba, così come quelli che crescevano sullo stomaco, verso il mistero celato dai calzoni. L'acqua salmastra aveva incollato la stoffa alle gambe, e Mary poteva scorgere la forma dei muscoli sodi della coscia e la linea asciutta della tibia, e poi la pelle marmorea e le vene azzurrine del piede nudo. Nel tempo che occorse al sole per andare da una nuvola all'altra, Mary aveva imparato così tante cose su di lui che sarebbe stata in grado di schizzare il suo ritratto su una roccia, oppure di ricavare dalla creta una sua replica esatta. Capì, all'istante, che arrivava da un'isola di un altro mondo, e presumendo che fosse emerso dal mare per cercare proprio lei, seppe che il suo nome era cambiato, in un attimo, da Mary a Moira.

«Non permettere mai a nulla di cambiare il tuo nome», aveva ammonito la nonna di Esther cominciando a raccontare la storia. «La mia povera mamma – la tua bisnonna – era destinata a vivere di persona le intenzioni di Ovidio. Narro di corpi che assunsero altre forme. Non permettere mai a nessuno, a niente di cambiare il tuo nome» ripeté. «Io mi chiamo Eileen, tu sei Esther. Lasciamo le cose così come stanno.»

Nella sua pur breve vita Esther, allora dodicenne, era stata spinta verso le spiagge dai fulmini e dalla sabbia. Portava con sé la stessa cortina di capelli rossi e la stessa angosciosa necessità di acqua, passione e dolore che aveva avuto la bambina del nord dell'Irlanda. Tuttavia, Esther stava imparando la lezione in età più verde dalle labbra di una vecchia signora che pure, da parte sua, prima ancora di compiere vent'anni era stata ridotta al silenzio dalla passione, e che solo ora aveva deciso di parlare del passato.

«Tu stai cambiando il tuo nome» le aveva detto Esther. «In questo momento stai cambiando il tuo nome da Eileen – da prozia Eileen a nonna. I nomi di tutti stanno cambiando – nonno Liam, nonna Molly – e questo perché tu stai cambiando il tuo.» Il volto di Esther si era rabbuiato. Si era tolta dai capelli un nastro azzurro, con un gesto di stizza. «Sei tu che cambi i nomi» aveva concluso.

«Non è esattamente la stessa cosa.» La vecchia aveva guardato Esther con durezza, e la bambina si era agitata, imbarazzata, sul divano che suo padre chiamava Wicklow Beach. «Ho sempre saputo di essere tua nonna, anche se tu non lo sapevi. Sto parlando del genere di cambiamento di nome che ti trasforma in una persona del tutto diversa, differente da quello che sei, il cambiamento che ti trasporta in un altro luogo. Quando avrò terminato la storia avrai deciso di abbracciare la terra – la terra vera – gli alberi del frutteto, il legno di questa casa. Avrai deciso di non andartene mai più via.»

«Oh» aveva detto la bambina che era stata Esther, cercando di adattare le orecchie al suono della nuova voce della vecchia signora.

Ora Esther sta in una delle malandate verande della casa e guarda verso il molo da dove, in un momento o in un altro, ogni cosa si era allontanata da lei. Un uomo, alcuni cavalli amatissimi, la possibilità di avere dei bambini. Le sembra strano che un molo di tale importanza si possa essere disintegrato, trasformandosi in uno scabro insieme di sassi rivoltati dalle tempeste e alberi cresciuti nel terreno che si è accumulato tra i massi. Ma sa che se si trovasse a passare su una nave nei pressi di quel punto, in una giornata limpida e calma, sarebbe in grado di guardare oltre le murate e vedere i vecchi pilastri abbattuti dal mare, verdastri, che occhieggiano sotto la superficie come una memoria inconsapevole. Poi potrebbe guardare la costa e vedere un molo di alluminio e una pesante nave da carico che trasporta lastre di pietra calcarea verso una raffineria.

Con l'eccezione del fronte affacciato sul Grande Lago, dove i sassi della spiaggia formano superfici in continua mutazione – onde solide e isolate in risposta – la fattoria di Loughbreeze Beach si stende in rovina attorno a Esther. Le parti che non sono state reclamate da ciò che non è reclamabile sono state scavate dall'operosità dell'uomo: le cave sempre più profonde, le incredibili ferite inferte alla terra dalla società cementifera. I prati nei quali ha giocato da bambina, i boschetti, i campi di grano e i pascoli sono scomparsi in questa assenza desolata. Da dieci anni, quando il lago è calmo, dopo mezzanotte Esther può udire il suono di enormi macchine che macinano sassi, sempre più vicino, fino ai confini del suo mondo. Ogni settimana trascorre una mattina con la vecchia lava-asciuga, lavando i panni che usa per togliere la polvere dai mobili. Una sera la settimana si avvia oltre gli alberi contorti e non potati del frutteto, oltre le recinzioni di filo spinato ormai in rovina, oltre gli obsoleti utensili agricoli del diciannovesimo secolo, che stanno lì, abbandonati nell'erba alta, come lo scheletro di un animale estinto. Questa testimonianza di decadenza è proprietà della società cementifera, e ben presto la testimonianza stessa sarà eliminata.

La ragazza in Irlanda aveva lasciato andare la camicia dell'uomo, gli aveva messo le mani sotto le braccia, e con dolcezza l'aveva spostato dai due barili di whisky che gli erano serviti da zattera. Facendosi largo tra cavoli e teiere, aveva trascinato il suo tesoro fin sulla spiaggia, lasciandolo al sole ad asciugare. Aveva posto le mani calde ai lati del volto freddo di lui, massaggiandogli con i pollici le tempie e la pelle delicata delle palpebre. Aveva seguito la linea delle clavicole con le dita, sfiorando con incertezza i peli morbidi sullo stomaco. Turbata dal gelo del mare che aveva avviluppato il corpo dell'uomo, si era stesa accanto a lui sulla spiaggia, sciogliendo i lunghi capelli rossi che erano ricaduti sulla camicia, e posandogli la testa sul petto. In quel momento lui ebbe un sussulto e pronunciò ancora una volta la parola «Moira». Quando lei circondò delicatamente il fianco snello dell'uomo con un braccio, una mano gelida si alzò a toccare la sua. Il sole salì alto in cielo, asciugando la gonna della ragazza, i pantaloni di lui, e gli oggetti argentei che galleggiavano e scintillavano, come fossero stati lucidati a cera. Mary si rilassò, osservando il vapore che saliva dalla sua gonna, misurando le dimensioni della mano che teneva contro la sua, fino a quando il calore delle pietre che la circondavano e del sole sopra di lei non la fecero assopire.

Così la sorpresero, nel primo pomeriggio, sua madre, il prete e una manciata di altri isolani: circondata da cavoli e teiere, addormentata tra le braccia di un giovane marinaio morto.

La mente di Esther è abilissima a costruire paesaggi interiori, quelli che non ha mai visto, quelli che stanno al di là delle vedute incorniciate dalle finestre. C'era, per esempio, una grande casa costruita da suo padre su una collina circa tre miglia più a nord. A causa della posizione elevata, era stata colpita da un fulmine e il fuoco l'aveva distrutta completamente. C'era un albergo costruito da suo padre su una penisola dieci miglia a est. A causa di inconsulte operazioni agricole e della bassa elevazione, era stato sepolto dalla sabbia. E cinquanta miglia a nord-est, quella che era stata la concessione degli O'Malley – una terra di rocce e pascoli magri – è ora un insieme di casupole di tronchi marci e rocce rivoltate dai cercatori d'oro. Le cicatrici delle ferite che l'industria si lascia alle spalle sono permanenti. I fragili edifici abbandonati dai coloni non lo sono.

Tutto ciò sospinge Esther verso il suo posto; la grande camera da letto con la vista sul lago, i granai, i campi e i frutteti. Suo padre, sconfitto da case e alberghi, si era adagiato sulla famiglia della moglie a Loughbreeze Beach, tenendo la contabilità e cercando di ottenere un incarico pubblico. Aveva aperto un negozio di scarpe nel villaggio di Colborne, a due miglia di distanza, lungo il lago. Aveva trascorso ore d'ozio inventando nomi per gli ingombranti mobili di casa. Aveva dato a sua figlia accesso all'acqua.

Era quello che sua nonna, figlia di una ragazza irlandese di nome Mary, aveva voluto per la dodicenne Esther, nonostante l'assoluta certezza dell'incombente maledizione delle miniere. «Per l'amor del Cielo» aveva urlato Eileen «resta dove sei, sii dove sei.» Aveva battuto a terra il bastone. «Cerca di capire, ma non cercare di interpretare.»

«Ogni interpretazione è un errore di comprensione» aveva detto Eileen a Esther. «Rammentalo.»

Gioia e timore si erano schiantati sull'isola di Rathlin come una coppia di ondate di marea consecutive.

Era stato un inverno duro, lungo, e quindi la comparsa dei cavoli venne accolta con sollievo generale – la madre di Mary, una vedova, era tra quelle che si erano rallegrate di più. Dai quattro angoli dell'isola, la scarna popolazione si diresse alla spiaggia di Mary per raccogliere carrettate di ortaggi, e per buona misura ogni famiglia aggiungeva al carico anche qualche teiera. Mai prima d'allora si era visto un raccolto così abbondante. Nessun campo di patate, nessun orto aveva mai dato vita a tanto ben di Dio, e l'odore del cavolo bollito avrebbe pervaso l'isola per le settimane a venire.

Per quanto riguardava l'arrivo del whisky, venne considerato un miracolo al di là di ogni dire. Temperati da secoli di scarsità e dal quotidiano lavoro da schiavi necessario a sopravvivere, gli abitanti dell'isola non erano tipi da sprecare qualcosa o da comportarsi in modo sconsiderato. Una vita di dissolutezze era, in effetti, semplicemente al dì là del potere d'immaginazione collettivo. Il liquore venne affidato alla custodia del prete, immagazzinato dietro alla chiesa, e distribuito ogni qualvolta era necessario per veglie funebri o matrimoni alleviando così, per molti anni a venire, le preoccupazioni finanziarie che in genere accompagnavano simili occasioni.

Ma, come il prete, la madre di Mary e tutti gli altri abitanti dell'isola sapevano, nessun raccolto inaspettato poteva essere mietuto senza pagarne lo scotto. L'improvvisa ricchezza era quindi un dono dei «Formoire, coloro che giungono dal mare, gli altri». Tutto quel verde e marrone e gli oggetti d'argento sulla spiaggia potevano essere stati depositati solo da loro, in pagamento per qualcosa che era stato sottratto. C'era di che aver paura. Dal momento in cui i primi isolani arrivarono quel giorno sulla cima della collina, e osservarono stupefatti la spiaggia totalmente trasformata – la coppia distesa, le nuove pietre scure, gli ortaggi, i barili di legno, l'argenteria di pregio – capirono che cosa era stato rubato.

Erano convinti che Mary fosse tra le braccia del suo demone amante; oppure, con più probabilità, che quanto era rimasto della ragazza fosse tra le braccia di quanto era rimasto del suo demone amante, poiché questi era tornato, insieme a lei, al mare dal quale era senza dubbio alcuno emerso.

Chi guardò giù, verso la spiaggia, quella mattina, si fece il segno della croce e si rivolse con aria compassionevole alla madre di Mary. Sapevano, e anche lei sapeva, che Mary era altrove.

Quanto tutto l'entusiasmo legato alla raccolta e all'immagazzinamento dei cavoli, dei barili e dell'argenteria si fu spento, gli isolani rivolsero l'attenzione al corpo del giovane. Alcuni azzardarono l'ipotesi che lo si dovesse lasciare dov'era, nella speranza che la marea se lo riprendesse. Altri suggerirono di bruciarlo, proprio lì, sulla spiaggia. Nessuno voleva toccarlo, per timore di essere a sua volta «toccato» e quindi «preso» come lo era stata Mary. Come isolani, erano orgogliosi del fatto che ben pochi di loro fossero stati portati via. Una volta era successo a una vecchia, e un paio di bambini erano stati rapiti nelle loro culle. Si riteneva che per lo più le fate limitassero i loro rapimenti alla terraferma. Eppure, gli isolani conoscevano gli esseri che vivevano sotto le acque e quel corpo abbandonato apparteneva chiaramente a uno di loro. Dopo molte discussioni e dopo averlo accuratamente esaminato, pur restando a distanza di sicurezza, Padre Quinn prese una decisione. Il corpo del giovane era umano, annunciò, probabilmente preso in prestito da «loro» col proposito di sedurre Mary, e quindi abbandonato una volta portata a termine la missione. Per amore di giustizia, bisognava dargli decente sepoltura anche se, naturalmente, non in terra consacrata. Tuttavia, la prudenza esigeva che solo colei che era stata «presa» toccasse il corpo, e quindi Mary in persona avrebbe dovuto prepararlo all'estremo riposo.

Mary si era risvegliata al suono della voce di sua madre che la chiamava, e aveva aperto gli occhi sui peli serici e fluttuanti del petto del giovane. «Sono Moira», mormorò, la bocca appoggiata sul cuore ormai fermo.

«Mary!» gridò la madre; la figlia udì il suono del suo vecchio nome, ma non reagì.

«Mary» ripeté la madre, avvicinandosi con cautela «lui è tornato da dove è venuto, e ora tu mi devi dire se ti ha portato con sé.»

«Il mio nome è Moira» disse Mary, tirandosi a sedere e guardando fisso il mare, mentre con una mano stringeva con aria di possesso i riccioli del giovane.

«E come» chiese sua madre, la voce che risuonava tutt'attorno «come hai potuto assumere un nome del genere?»

«Me l'ha dato lui» disse lei, semplicemente.

Gli isolani si erano stretti in gruppo, gli occhi sbarrati, in silenzio. La madre di Mary scoppiò in lacrime. Ormai nessuno nutriva il minimo dubbio che la ragazza sulla spiaggia, seduta su quelle strane pietre nere, fosse semplicemente una replica senza consistenza lasciata da «loro», o da «lui», al posto di Mary.

Padre Quinn iniziò a impartire istruzioni. «Moira!» gridò (perché neppure in lui esisteva il minimo dubbio). «Moira, il corpo che giace accanto a te deve essere preparato per la sepoltura e tu porterai a termine questo compito nella baracca della madre di Mary. Tu sola potrai lavare il corpo e comporlo, perché tu sola sei stata toccata. Manderò alcuni uomini per trasportarlo e scavare la fossa. La madre di Mary potrà passare la notte con una vicina. Solo tu lo puoi toccare, Moira, mi capisci?»

Quando lei non rispose il prete urlò ancora, con più chiarezza «Mi capisci?» perché nonostante lui l'avesse udita pronunciare quel nome, non era del tutto certo che la ragazza usasse le parole così come facevano gli isolani.

Mary annuì, i capelli infiammati dal sole del primo pomeriggio. Si guardò le braccia vive, le lunghe gambe, e poi guardò le membra immobili del giovane. Le sembrava che il cuore le scoppiasse di gioia. Ora ogni parte di lui era sua, era tutto suo per sempre.

Esther ricorda che sua nonna diceva: «Solo tre generazioni ti separano da tutto questo. Solo due generazioni ti separano da me. Non credere che non possa accadere anche a te. Presta attenzione». Ed Esther lasciava che il corpo pallido e sottile del marinaio annegato si rivelasse, poco a poco, muscolo dopo muscolo, nel suo teatro immaginario. La pelle e le costole e le clavicole la lasciavano sconvolta, commossa, così come, con il proseguire della storia, si sarebbe sentita sconvolta e scossa dalle gesta di un giovane danzatore.

Mary era tornata da estranea alle stanze in cui aveva vissuto la sua breve vita. Era stata toccata, aveva assunto significato, e a causa di questo tutto attorno a lei era diventato insignificante, distante a paragone della realtà immobile del corpo del giovane che ora giaceva sulla lettiga che gli uomini avevano fabbricato e poi depositato sul suo tavolo.

Le tenebre cominciavano a scendere mentre un ricordo o una ripercussione della tempesta notturna aleggiavano nell'aria. Oltre la piccola finestra il biancospino si piegò, torse e tremolò alla brezza improvvisa. Mary aggiunse un po' di torba al fuoco e prese da un barile dove si raccoglieva la pioggia acqua da riscaldare per lavare il corpo. Tolse al giovane gli abiti, irrigiditi dall'acqua salmastra, riconoscendo le parti del suo corpo che aveva visto alla spiaggia e imparando a conoscere, all'istante, quelle che non aveva visto. La pelle nell'incavo del ginocchio le fece venire le lacrime agli occhi, tant'era perfetta; il suo pube era un fiore scuro. Mentre gli sollevava prima una mano, poi l'altra, per lavarle, vide la luce della candela brillare attraverso la pelle traslucida che univa le sue dita, come se fossero state palmate.

Lo rivestì con paio di calzoni puliti che erano appartenuti a suo padre e con una delle sue camicie, poi lo spogliò di nuovo perché il giovane sembrava fragile e vulnerabile in quegli abiti, troppo grandi per lui. Allora lavò e stirò i vestiti del marinaio, lacerati dal mare. Nel frattempo lo sguardo le andava dal volto calmo del giovane alla finestra, oltre la quale poteva vedere il prete vagare tra le pietre come un enorme insetto, purificando la spiaggia con l'acqua santa. Prima di vestire di nuovo il giovane strappò da ognuno dei suoi poveri indumenti una striscia di stoffa, annodandole insieme, per ricordo.

Gli inumidì i capelli e gli pettinò i riccioli con le dita. Con un coltello, gli tagliò una ciocca e la nascose nel corsetto, poi recise un ciuffo della propria chioma e lo ripose nel taschino della camicia del marinaio. Ripeté l'operazione, e intrecciò insieme, con gesto solenne, un ricciolo dell'uomo e uno dei suoi. Poi trascinò uno sgabello accanto al tavolo su cui stava il corpo e rimase a vegliarlo per il resto della notte.

Rathlin Island si trova all'estremo nord del paese, e poiché era l'inizio dell'estate, la luce si ritirò impercettibilmente dal cielo fino a quando, poco prima di mezzanotte, il sole al tramonto non venne rimpiazzato dal chiarore della luna che sorgeva. Mary, nella baracca, parlò con dolcezza a colui che sapeva esserle amico, confortandolo come avrebbe fatto con un bambino. Solo di quando in quando pensò a Padre Quinn e alla sua acqua santa, convinta che il prete non avesse più alcun potere, alla luce di quella nuova santità. Non si era mai ritrovata sveglia nella baracca a quell'ora e fu lieta di scoprire la vita della notte: i ragni che si lasciavano scivolare silenziosi su fili di seta, un fruscio di falena accanto alla candela, un topino che sbucava all'improvviso con passo felpato. Si sentiva soddisfatta, con la consapevolezza che il destino della sua vita sarebbe stato compiuto, il suo cuore sarebbe stato donato o rubato. Con la sua antica eloquenza – e in quel momento giurò che non se ne sarebbe mai più servita, se non per rivolgersi a lui – iniziò a intrecciare parole per il marinaio, cantandole con voce limpida e calma:

Cupe stanze non ti inghiottiranno
Né fosse, né null'altro chiuso.
Sopra di te avrai solo cieli chiari

Il soffitto d'acqua dal quale sei emerso.
Il mio cuore è fatto di morbide ali di falena
O dei fili d'argento che i ragni la notte tessono.
Tu che nuoti agile nelle mie mani
Portando con te la luce di un Altro Mondo.

Quella notte, mentre Mary cantava al giovane, i camini si accesero su tutta l'isola, e in ogni casupola fiorirono le riunioni accanto al fuoco. Nei minuscoli villaggi di Cleggan e Kinramer, Church Bay, Ballygill e Ballycarry, i racconti dei Side vennero narrati e si discussero le proprietà di Fetch, Pookah, la Banshee e Love-Talker. Un vecchio ricordò che sua madre gli aveva raccontato la storia di un pescatore della grande isola che era stato rapito da una sirena. Un altro disse che il suo stesso cane era stato portato via ed era tornato con una fastidiosa predilezione per le uova di gallina. Si ricordarono i figli dell'antico dio Lir: avevano trascorso anni sotto spoglie di cigni, confinati nelle acque turbolente del Moyle che ribollivano nello stretto che separava l'isola dalla terraferma. Si disse che anche Robert Bruce era stato catturato dal famoso ragno delle sette ragnatele che aveva scoperto mentre si nascondeva in una delle grotte dell'isola. Era opinione comune che «loro» fossero sempre alla ricerca dei più in gamba, dei migliori. Tutti concordavano sul fatto che Mary, la bambina, trascorresse troppo tempo sulla riva del mare... come se sperasse di essere presa, a giudicare dal modo in cui se ne stava sulla sabbia, le gonne rimboccate a mostrare le gambe lunghe e bianche, i capelli rossi che si sollevavano verso il cielo.

Il mattino seguente gli uomini che vennero a prendere il corpo, per metterlo nella fossa che avevano scavato a cinque campi dal mare, trovarono Mary che ancora cantava. Le porsero il sacco di tela e restarono a guardare mentre la ragazzina vi infilava il corpo del giovane, sollevandogli prima le gambe, poi i fianchi, poi le spalle. Gli sfiorò le labbra con le dita, prima di tirare il sacco sopra la testa. Poi, senza guardare gli uomini, gli rimboccò i riccioli sotto la stoffa e cucì un orlo sulla curva del suo cranio.

Esther cammina in quest'ultima sera – una sera di giugno ricolma di luce – nell'orto malconcio. I petali dei rari fiori cadono dai rami non potati quando lei gli passa accanto, e i suoi occhi sono colmi della fioca luce solare che le ricorda le partite di baseball giocate dopo cena. Servendosi di un bastone che è diventato grigio e lustro dopo un viaggio nel Grande Lago, sposta con rabbia i resti arrugginiti – un secchio zincato, una tinozza senza fondo – relitti del tempo in cui i granai dipinti erano alti e il latte delle mucche dagli occhi miti veniva ancora portato in tavola. Relitti del tempo in cui lei aveva dodici anni e sua nonna Eileen aveva deciso di narrarle una storia.

Adesso che ha ottantadue anni, l'età le ha indebolito il cuore e l'artrite le tormenta le mani, Esther è ancora orgogliosa dell'«acutezza» della sua vista. Le piace il suono e il significato della parola «acuto». Implica uno stato di vigilanza; un animale che avverte il pericolo o il piacere di essere dove si trova.

Di quando in quando, Esther si ferma a guardare verso il lago e su nel cielo dove i gabbiani volano con scarti improvvisi, riflettendo il sole basso sui petti bianchi e esplodendo nella luce. Rammenta che, in serate come questa, suo padre li chiamava «stelle gabbiano». Rammenta la vecchia Eileen che sedeva con tutta la famiglia sul portico anteriore, dicendo: «Una volta aspettavo una vela bianca» senza poi aggiungere nient'altro.

Arriva a un'estremità dell'orto e lentamente fa dietro front, volgendo la schiena ai cartelli che segnalano PERICOLO ESPLOSIVI sul molo di alluminio, al nastro trasportatore, e lentamente, a fatica, torna indietro. Il sole non le ferisce più gli occhi e la vecchia casa occhieggia – una nave bianca ormeggiata in un mare di erba alta, con un boschetto di cedri che le si stringe accanto, e il lago è un grembiule disteso dall'altro lato. Ci sono forconi per il fieno e aratri di ferro sparsi tutt'attorno ad arrugginire. Sotto l'erba, la terra, le rocce e le assi di legno carbonizzato, sulla collina a cinque chilometri di distanza ci sono grossi pezzi di vetro pieno e qualche fragile frammento di una bambola di porcellana, dei quali nessuno conosce l'esistenza. Sotto la sabbia della penisola che si spinge nel lago ci sono stanze con una carta da parati che porta impressi ponti, salici e ruscelli – lo scenario di una terra straniera. Sotto l'acqua alla fine di un molo invaso dalle erbacce ci sono pilastri ricoperti di alghe che ricordano l'attesa di una vela bianca e una mano pallida.

Ha trascorso il mese passato preparandosi per l'eventualità di quest'ultima sera e della mattinata di domani, l'ultima. Ora, entrando nella vecchia casa, osserva i mobili, i cassetti e le fessure che ha riempito di messaggi – messaggi che non hanno un destinatario preciso. Piccoli frammenti di carta sono incollati alle gambe dei tavoli e ai sedili delle sedie; sono fissati con uno spillo ai divani e alle stuoie appese al muro. Ingombrano scatole di gioielli antichi e sono appesi agli utensili nel capanno degli attrezzi. Persino i rari vetri delle finestre nuovi e puliti portano una storia incollata sopra. A seconda dell'umore, Esther ha scritto qualcosa di semplice – «John ruppe questo vetro... non venne punito» – oppure qualcosa di più preciso e reale, con date, fatti e luoghi. Di quando in quando i messaggi testimoniano la sua storia emotiva. Su un vecchio bollitore di rame ha scritto le parole «Piansi di gioia. Il lago era calmo e la luce riempiva all'inverosimile la cucina»; parole che non avranno nessun significato per chi le ritroverà. Attaccato all'astuccio metallico di un orologio da tasca d'oro, posato in solitudine sul tavolo della sala da pranzo, c'è un'etichetta da viaggio, e su questa è scritto: «Ci fu spesso una di noi che era lontana».

Se si dovesse aprire l'astuccio, non si troverebbe nessun orologio, solo un vetro sottile sotto il quale giace un ricciolo di capelli neri, intrecciati con una ciocca rosso-dorato a formare un cerchio. Lì accanto si trova una forcina d'osso attorno alla quale è avvolta una lunga ciocca degli stessi capelli rosso-dorato, un frammento di porcellana turchese, e una penna d'uccello nera, vecchia, consunta, e apparentemente negletta.

Le scale di legno polito scricchiolano sotto il passo di Esther che si sta dirigendo alla grande stanza con la vista sul lago. Là fuori, i pioppi di fronte alla casa assorbono il rosso fuoco del tramonto. Il vento si è alzato, il lago è agitato, ed è quindi difficile separare il clamore delle macchine che si avvicinano dal fragore delle onde sulle pietre della spiaggia. Esther pensa ai fossili vecchi un milione di anni che decorano questi sassi e a come il ricordo calcareo del loro sterminio abbia portato alla fine del suo paesaggio, l'enorme buco nella terra, la distesa di case di cemento che sta cancellando i villaggi della sua infanzia. Mentre sale sul letto a barca che è sempre stato in questa stanza, capisce che ciò che vuole è dare forma a centoquarant'anni. Vuole ricostruire i pascoli e i prati che sono scivolati nel regno dell'assenza – gli edifici smembrati, la grande pancia scura di una nave piena di immigranti, un pioniere che resta a fissare, inebetito, la foresta all'interno del paese, un agricoltore che avanza tra i fasci di luce che entrano nel suo fienile.

Quando l'aria fresca del lago entra alla finestra, Esther si tira la trapunta fino al collo. Quest'ultima notte non dormirà, si racconterà la lunga storia fino all'alba, così come la vecchia Eileen gliela raccontò nei crepuscoli dopo la scuola.

La vede con l'occhio della fantasia, la ragazzina che fu la sua bisnonna, tremula come una torcia lontana sulla riva opposta di un oceano. Esther vede la danza che le braccia della vecchia Eileen eseguono raccontando la storia, e le mani che si muovono come falene verso la fiamma.

Alla cava gli uomini lavoreranno tutta la notte, manovrando gli ingranaggi delle loro macchine alla luce artificiale.

Anche Esther lavorerà tutta la notte, mormorando nel buio.

2

Da principio si credette che Mary sarebbe morta; che si sarebbe consumata, abbandonando un corpo che era già stato «lasciato indietro». Man mano che il tempo passava, tuttavia, lei sembrò diventare più forte e più bella che mai, e si ebbe l'impressione che sarebbe stato necessario intraprendere altre iniziative. Lei non faceva altro che cantare tranquillamente – non esisteva nessun'altra forma di comunicazione – le canzoni che aveva imparato durante la veglia notturna con il cadavere. Eseguiva gli incarichi che le venivano affidati con metodo e facilità – troppa facilità, pensava sua madre – e il latte si trasformava in burro con pochi tocchi leggeri alla zagola e le galline deponevano le uova nell'istante in cui la fanciulla usciva a raccoglierle. Il suo pane lievitava nel forno ad altezze ridicole e le bacche dolci che impegnavano gli isolani in ore di ricerche iniziarono ad apparire in abbondanza attorno alla baracca di sua madre.

Nei mesi seguenti, mentre in tutta l'isola rivoli di tè dorato uscivano da teiere d'argento, le donne, giovani e vecchie, studiavano la situazione. Temevano Mary, ma non volevano offenderla, paventando molto di più la punizione degli «altri». Si chiedevano se la fanciulla avrebbe dato alla luce un mutante e, in questo caso, quali poteri oscuri avrebbe avuto il bambino. Alcune di loro speravano in segreto che alla ragazza fosse stato donato il potere di curare, soprattutto i malanni femminili e le malattie dei bambini.

Gli uomini, quando la sera si riunivano attorno ai fuochi di torba, non pronunciavano mai il nome di Mary, ma la sua immagine turbava i loro pensieri e a volte i loro lombi, portandoli a credere che dovevano evitarla del tutto, per non essere loro stessi trascinati in un altro mondo. A uno a uno si recarono di soppiatto nella chiesa umida sulla baia, scivolarono dietro alla tendina nera del confessionale, e sussurrarono i loro desideri segreti all'orecchio di Padre Quinn. E quando anche quell'uomo venerabile iniziò a fare sogni conturbanti riguardo a capelli rossi e a seni bianchi come la neve, decise che si doveva fare qualcosa, prima che tutta l'isola fosse posseduta.

Padre Quinn non era un giovanotto, ma non era neppure così vecchio da essere oltre ogni desiderio. A volte la mattina, al risveglio, l'espressione che vedeva riflessa nello specchio argenteo, di solito così severa, sembrava alterata, infiammata da qualcosa che giaceva appena sotto la pelle, pronta a esplodere. Forse Mary era stata per tutta la notte nei suoi sogni, celata sotto la forma di un albero o magari di una foglia scossa dalla brezza, appena al di là della sua portata, mentre lui si sporgeva per cercare di afferrarla. E in quel caso per tutto il giorno avrebbe ricordato le venature sulla foglia e la sua struttura delicata.

Fu solo con grande riluttanza che risalì la strada che conduceva da Church Bay alla baracca della ragazza. Avrebbe sparso dell'incenso attorno a lei, imbevendola completamente di acqua santa. Prese con sé l'incensiere, una bottiglia di vetro piena d'acqua, e un frammento del dente di San Patrizio. Portò ramoscelli d'erica secca per frustare l'«altro» e scacciarlo da lei, se fosse stato necessario. Aveva iniziato a pregare prima di lasciare le sue stanze fredde sul retro della chiesa, e aveva continuato a farlo mentre si dava forza con una goccia del whisky miracoloso che, per fortuna, era immagazzinato lì vicino. Pregò che le guance della ragazza si avvizzissero, che il suo seno cadesse, che i suoi denti marcissero, che i suoi occhi perdessero il loro splendore. Pregò che il giro della sua vita si ingrossasse e che le crescesse una verruca sul naso. E pregò che, se il Signore non poteva prendersi cura di questi mutamenti, lui stesso potesse smettere di essere tormentato da lei, che l'infermità della ragazza smettesse di essere la sua afflizione, che fosse presa completamente dagli «altri», e che nulla di così conturbante fosse lasciato al suo posto.

Mary, però, era andata, come ormai faceva in determinati giorni, giù alla spiaggia a cercare colui che le era stato mandato in dono. Era piombato nella sua vita come il mercoledì cade nel mezzo della settimana, ed era spesso un mercoledì quando lei andava a cercarlo, e lo trovava. Il suo pallido nuotatore. Era un mercoledì quando era piombato tra le sue braccia e sarebbe crollato tra le sue braccia per sempre, lo sapeva, ogni mercoledì, per l'eternità. La sua onda. La sua diga.

Ogni mercoledì si svegliava e l'odore del mare pervadeva la stanza, la bocca agognava fuoco e sale e le braccia le dolevano. Qualcosa che assomigliava a un tuono scuoteva il mobilio della baracca e al di là delle pareti le fucsie e i biancospini tremolavano. Mangiava manciate del prezioso pepe in grani di sua madre e si massaggiava le cosce con la torba per il fuoco fino a quando non le bruciavano, fino a quando il suo corpo, dentro e fuori, strillava e cantava e il piccolo villaggio grigio al di là della finestra si ritraeva e si rimpiccioliva. Poi correva fuori dalla casa verso il mare, in preda alla febbre.

Si bagnava immediatamente, e il peso degli abiti zuppi che la spingeva giù, nel mare, era un piacere, così come la leggerezza che provava quando rigettava gli indumenti sulla riva. Galleggiava, e aspettava.

La canzone di lui non assomigliava a nessun'altra. Era aspra e gemente e le raccontava segreti che lei conosceva da secoli. Le sue braccia erano colme di lui, entrava in lei e la attraversava. La avviluppava come se fosse stato la sua stessa pelle e lei una pietra sotto il suo peso. La costringeva a desiderare altri elementi da respirare, oltre a quelli disponibili nella solita aria e poi, un istante dopo, l'aria non era più la solita. Se le avessero chiesto di descriverlo, avrebbe risposto che lui era il punto esatto in cui il mare tocca terra, il preciso istante in cui la risacca arriva al punto più lontano. Quello era il suo posto e il suo tempo. E quindi lei avrebbe cercato, per sempre, rive e spiagge.

Padre Quinn trascinò a fatica la sua attrezzatura verso la porta di Mary e si imbatté nel bel corpo massiccio della madre di Mary, la quale, china sull'orto, esaminava le foglie nuove delle patate.

«Sono venuto a riportare indietro Mary, Norah» disse il prete «servendomi di qualsiasi mezzo Dio consideri opportuno.»

«Be', lei non c'è» disse la donna. «Anche quella che è qui non c'è.»

«E che cosa fa tutto il giorno quella creatura?» chiese il prete, cercando nel frattempo di tenere lontana dalla mente l'immagine della sua bocca rossa e della sua gola bianca.

«Per lo più canta» rispose la madre «e parla a bassa voce con qualcuno che io non posso vedere.»

«E prega, dunque?»

«No, non sono preghiere quelle che mormora.»

«Be', di certo spero ardentemente che siate voi a pregare, Norah Slatter. Questa baracca avrà bisogno di tutte le preghiere che chiunque possa recitare.»

«A volte dice delle rime.» La madre di Mary sembrava imbarazzata. «Poesie» aggiunse, abbassando la voce «con parole come cuore e tesoro e amore. Anche le canzoni hanno quelle parole.»

Il prete sentì il cuore balzargli in petto e poi acquietarsi. La coscienza lo colpì con forza. Voleva udire quelle canzoni cantate dalla bocca di Mary, e voleva che lei le cantasse solo per lui. Guardò giù, all'incensiere e alla bottiglia piena di acqua santa che giacevano a terra, dove li aveva lasciati cadere. Avevano un aspetto proprio ridicolo, pensò, scintillanti al sole, circondati da piante di patata e da erbacce.

«Ho portato un po' d'acqua santa» disse soprappensiero «nel caso possa essere utile. E anche dell'incenso.»

«Non tornerà fino al tramonto, questo è certo» affermò la madre di Mary. Prese il grembiule e poi lo lasciò ricadere, assumendo con quel gesto un'aria stranamente fanciullesca, nonostante l'età e la corporatura. Poi distolse il viso e si risolse a confessare i suoi timori. «Non posso fare a meno di pensare, Padre, che sia la stessa figlia che ho messo al mondo. Non è cambiato neppure un capello della sua testa e continua a chiamarmi mamma. Voi credete, Padre, che sia quello che gli "altri" vogliono farmi credere?»

«Riflettete su questo» rispose il prete. «Hanno lasciato una replica esatta di ciò che hanno portato via. Questa ragazza è una replica esatta. È qui ma non lo è. La parola "esatta" è importante. Ogni capello che si trova sulla sua testa è una replica esatta di ogni capello che era sulla testa di Mary. Lo capite, Norah? Non c'è nulla di cambiato in lei, se non il fatto che lei è cambiata. Il problema è come farla ritornare. A volte ci vogliono sette anni. A volte non tornano mai. A volte si dissolvono.»

«Ma allora dovrei cacciarla di casa, Padre, visto che non è affatto mia figlia?»

«Ah, no, Norah, perché se Mary dovesse tornare avrebbe bisogno di cambiare, e non potrebbe ritrovare se stessa per farlo.»

«Oh» disse la madre di Mary, confusa «allora le cose stanno così, vero?»

«Sì» disse Padre Quinn con voce stanca «le cose stanno così... esattamente.» Diede un'occhiata al frammento di dente che teneva nel reliquiario di vetro e argento. Sembrava impotente e cariato. Per un istante si chiese se fosse stato preso davvero da un dente umano, per non parlare di un dente divino. Pensò ai denti scintillanti di Mary, alla sua bocca. «E inoltre resta il fatto che si è attribuita un altro nome.» Rimase in silenzio per un istante, riflettendo. «Eppure» disse infine «potrebbe essere una buona cosa per lei andarsene dall'isola, se potesse farlo in modo naturale.»

Nel momento in cui pronunciò queste parole provò una sensazione di perdita così sconvolgente che fu costretto a trattenere il fiato. Si ricompose e aggiunse, «In modo naturale, come se fosse veramente Mary e non questa... Moira.» Rammentò la ragazza che camminava per le strade dell'isola, con i capelli al vento. Poi immaginò le stesse strade senza di lei. Non gli piacevano molto le strade dell'isola, proprio no; le colline, il mare lo commuovevano, ma non le strade.

«E in che modo dovrebbe accadere, Padre?» La madre di Mary congiunse le mani davanti a sé, in segno di pietà.

«Morte o matrimonio» disse il prete, egli stesso sorpreso dal tono brusco della sua risposta. «Entrambi fatti naturali, così se Mary dovesse tornare saprebbe dove andarsi a cercare.»

«Ma chi sarebbe disposto a sposare una ragazza che è altrove?»

«Uno che non lo sa» replicò Padre Quinn. «Uno che non lo sa» ripeté lentamente, anche se in cuor suo sapeva che molti l'avrebbero sposata per i suoi capelli e la sua pelle, anche se avessero saputo. «O forse» continuò, colpito da una nuova idea «uno che sa ma non crede.»

«In Dio?» chiese la madre di Mary, sconvolta.

«Non crede che una persona possa essere altrove» rispose il prete.

3

*I*l cottage di Brian O'Malley era situato circa due miglia a est di Ballyvoy, in quel raggruppamento di casupole che andavano sotto il nome di Coolanlough. Le colline si radunavano ai due lati, innalzandosi fino alle scogliere, a circa un miglio di distanza. Per avvicinarsi a quei promontori si dovevano fiancheggiare i pacifici laghi noti come Dhu, Faddon e Crannog – quest'ultimo con la sua antica isola artificiale che galleggiava in superficie. Dalle scogliere lo sguardo arrivava a Rathlin Island e alle acque del Moyle che ribollivano lì davanti, oppure ci si poteva volgere a sinistra e osservare Ballycastle Bay e la città che sorgeva alle sue spalle. Voltando la schiena al mare si potevano vedere le ombre veloci delle nubi scurire le superfici già cupe dei laghi. Sotto, sulla spiaggia, a volte c'erano uno o due raccoglitori di alghe e, a sinistra e a destra di Rathlin, barche da pesca che dondolavano come piccoli, galleggianti uccelli marini. Spostato di proposito lontano da queste paludi si poteva scorgere il traghetto Rathlin-Ballycastle. Il piccolo natante non aveva orari, tornava talvolta ore, talvolta giorni dopo essere partito. Un tempo, quando era stato di proprietà di Sean MacDonnel, che viveva sulla terra ferma, passava l'inverno sull'isola. Un tempo, quando era stato di proprietà di Fergus MacFee, un isolano, svernava in terra ferma; i rispettivi proprietari, furiosi, nel frattempo maledivano Dio e il mare.

Padre Quinn era stato fortunato e sfortunato al tempo stesso. Era una bella giornata, la traversata era stata facile. Ma era stato sfortunato perché, visto che era una bella giornata, sarebbe stato improbabile per lui trovare in casa il suo amico Brian O'Malley. Il prete portava sotto il braccio una copia di Orazio, con aria colpevole, sapendo che quella non era la vera ragione della sua visita. In genere i due si incontravano due volte al mese per parlare di latino, matematica e filosofia, e il cottage di O'Malley era il luogo migliore per farlo. Ma Quinn rammentò a se stesso che avrebbe dovuto essere grato che il tragitto da Ballycastle a Ballyvoy non fosse lungo come quello fino a Coolanlough, e in una bella giornata era probabile che O'Malley si trovasse proprio a Ballyvoy.

Finalmente il prete oltrepassò una curva della strada che saliva dal porto. Ora poteva scorgere i cottage sparpagliati per la campagna e le baracche che costituivano il villaggio. Sentiva il vento e gli uccelli e i suoi passi determinati sulla ghiaia, poi gli giunse l'atteso suono di una cantilena sostenuta che veniva da dietro le siepi. Inconsciamente, Quinn si unì a quel canto, mormorando le declinazioni dei nomi, passando con facilità ai verbi e poi gridando con entusiasmo lunghe sentenze in latino riguardanti le campagne romane, fino a quando le altre voci non si spensero e una forma alta emerse da una porta che si apriva nei cespugli che fiancheggiavano il ciglio della strada.

«Be'» disse il maestro «come mai siete qui, in una giornata del genere?»

Alle sue spalle le voci che prima avevano sillabato doverosamente esplosero nel caos. Parole e risate emergevano dal fogliame estivo. Si udì un gran scalpiccio di piedi.

«Sentendovi avvicinare così di soppiatto avrei potuto scambiarvi per uno degli ispettori di un tempo.» Entrambi rammentavano quando le scuole all'aperto di quel genere erano state proibite dalla legge. «Se siete qui per fare quattro chiacchiere, sappiate che la maggior parte dei miei alunni non vede l'ora di andarsene.»

Padre Quinn si stava passando nervosamente il vecchio libro rilegato in pelle da una mano all'altra. Ai suoi piedi zampettavano quattro o cinque merli. «Sono venuto per qualcos'altro» disse «oltre al latino.»

Due ragazzini corsero fuori rotolandosi nella polvere della strada, impegnati nella lotta. I merli neri filarono via.

«Dentro, voi due», ruggì O'Malley. «Continuate con Cesare. Fate la parte che riguarda l'Inghilterra. Ripetete a bassa voce.»

I ragazzini sparirono. I sibili filtravano dalla cannicciata, dal tetto di paglia e dai tralicci del vecchio edificio. «*Britannia est magnum insulum*» annunciarono le voci all'unisono.

«*Magna insula!*» urlò O'Malley, gettando la testa indietro, verso la siepe. «Mi sono preso grande cura del vostro *Vite dei Santi*, se è per questo che siete qui. E vi siamo grati per il prestito.»

«Bene, bene» replicò Padre Quinn «però no, non è per questo.»

«Devo mandarli a casa, allora?» Il mormorio dietro alle foglie si interruppe. L'aria stessa parve mettersi in ascolto. Il prete scrutò furtivamente di qua e di là dalla strada, come se fosse stato sul punto di compiere un atto che non doveva avere testimoni. «Se non avete obiezioni sarebbe meglio.»

O'Malley si voltò ed entrò nel cortile oltre la siepe. «Ancora due frasi» ordinò «e poi per oggi potete andare. E pronunciatele lentamente e chiaramente, con la voce di Cesare.»

«*Insula natura Triquetra, cuius unum latus est contra Galliam*» sillabarono i bambini. «*Huius Lateris alter angulus, qui est ad Cantium, quo fere omnes ex Gallia naves appelluntur, ad orientem solem, inferior ad meridiem spectat.*»

«Allora a domani!» esclamò O'Malley con voce tonante. «E pensate a Cesare.»

Tredici bambini uscirono di corsa dalla porta improvvisata e superarono il prete ruzzando. Per lo più erano a piedi nudi. Padre Quinn restò a osservarli mentre si sparpagliavano per la strada verso la libertà, gli abiti come banderuole stracciate appese a fragili pennoni.

Poco dopo, il loro tormentatore apparve nel sole. «Uno o due di loro hanno la stoffa dello studioso» disse. «Ma fra tutti non c'è neppure un poeta. Un vero peccato.»

«E le vostre poesie?» chiese il prete, educatamente.

«Ah, quelle... ora mi vengono, se mai lo fanno... molto lentamente.» L'insegnante parve farsi improvvisamente timido. «Però ne ho una sull'ultimo naufragio, se desiderate ascoltarla.»

Allora è così, pensò il prete, l'argenteria e il whisky non sono stati mandati dalla divina provvidenza. «Recitatemela» disse.

O'Malley si schiarì la voce:

I loro cuori nautici erano coraggiosi
E le scogliere di Antrim ripide.
Là ebbero la meglio i marosi
E cupe erano le profondità.
La nave aveva percorso mille leghe
Mille leghe o forse più.
Ma la vista delle scogliere di Antrim
Fu l'ultima spiaggia.

Mentre l'amico recitava le numerose strofe della poesia, il prete ne ammirava il volto fiero, notando le rughe sulla fronte e il taglio squadrato delle ossa, e poi i segni lasciati attorno agli occhi azzurro scuro dalle preoccupazioni, dai pensieri e dalla bontà. Aveva bisogno di un buon taglio di capelli, pensò l'uomo più anziano, ma i capelli in sé erano ben pettinati, anche se si stavano ingrigendo e rarefacendo alle tempie. Nel complesso O'Malley era un bell'uomo. Si chiese che cosa avrebbe pensato di una faccia del genere colei che stava sull'isola.

Il maestro terminò la sua recita e guardò i sassi per terra. Quel mattino gli si era rotto un laccio delle scarpe. Per lo più teneva per sé le sue poesie, le proteggeva dal mondo. Ma Padre Quinn era il suo miglior amico – anche se veniva dall'isola e si incontravano di rado – e i versi venivano accolti dal prete con cordialità. Tuttavia, su alcuni argomenti i loro punti di vista erano diametralmente opposti.

«Bene» commentò Padre Quinn. «Una bella poesia, colma di nobili sentimenti.»

Brian O'Malley accettò il complimento, come sempre, con un'ombra di imbarazzo. «Oh, non c'è nulla, in questi versi, che non sia già stato detto» affermò a bassa voce.

Entrambi tacquero, sapendo che era vero.

«Allora, ci avviamo al cottage?» O'Malley sfiorò leggermente il prete sulla spalla.

Camminarono per un po' in silenzio, il prete con le mani allacciate dietro la schiena. Normalmente avrebbe fatto i complimenti all'amico per i pochi acri della sua terra natale, per le scogliere e i pascoli, i laghi scuri e il mare in lontananza. Avrebbe espresso qualche commento sugli agnelli di un vicino o su un capretto appena nato. Avrebbe continuato a fare riferimento alla splendida vista su Rathlin Island che si poteva godere da questo o quel punto, e avrebbe concluso con una lunga tirata sull'isola, il frammento di roccia migliore che Dio abbia mai gettato in mare. Ma i suoi pensieri erano rivolti a tutt'altro, a un collo bianco, a un occhio verde, a una corona di capelli di fiamma.

«E allora, che c'è?» chiese infine O'Malley.

Il prete guardò con intensità il suo luogo natale, poi fissò negli occhi l'amico. «Una febbre terribile sta spargendosi nell'isola» mormorò.

«Non sarà di nuovo il colera!» Nella mente del maestro comparvero all'improvviso i volti dei suoi alunni.

Gli uomini si erano fermati sui loro passi.

«No, è una febbre della mente» disse Padre Quinn, anche se proprio lui, tra tutti gli uomini dell'isola, doveva sapere che si trattava anche di una febbre del corpo. «C'è una, sull'isola» continuò «che è altrove.»

«Be', Padre... questa è semplice superstizione. Il fatto che persista è al di là di ogni –»

«No, ascoltate: voi non ci credete, ma è tragicamente vero. Ha avuto per amante uno venuto dal mare, e ora è altrove. Non è forse vero che è stata trovata addormentata con lui, affogato, tra le braccia, e che i sassi sulla spiaggia erano tutti cambiati e che anche lei era cambiata?»

Avevano ripreso a camminare. «E in che modo è cambiata?» chiese il maestro.

«Lei è ...» La voce di Padre Quinn si spezzò. «Lei è bellissima.»

«E prima non lo era?»

«È bellissima» insisté il prete, ignorando la domanda «e ora si esprime solo con versi e canzoni.» Padre Quinn aumentò con rabbia l'andatura, tanto che O'Malley dovette affrettarsi per raggiungerlo. «E sono gli uomini dell'isola, vecchi e giovani, a essere colpiti dalla febbre. La notte si agitano nel letto, e poi di giorno si trascinano al mio confessionale per confidarmi i loro pensieri più folli. E sono tutti illanguiditi, nessuno più che lavori la terra o vada a pesca, o che lo faccia senza avere lei nel cuore e tutto si assomma la notte nei loro sogni, prendendo direzioni perverse. E quanto a lei, lei scende al mare su quella spiaggia senza Dio, e canta per qualcuno che nessuno può vedere e a volte» il prete imporporò per la vergogna «a volte nuota nuda.»

«Non ci credo!» asserì O'Malley.

«Ah, ma è vero, l'ho vista con i miei stessi occhi.» Padre Quinn si interruppe improvvisamente.

O'Malley soffocò un sorriso. L'ombra di una nuvola seguiva i due uomini lungo la strada, li avviluppò per un istante, poi scese a oscurare momentaneamente il cottage bianco del maestro, che proprio da quel punto si cominciava a scorgere.

«Non ho mai visto nulla del genere» continuò Padre Quinn. «Tutto fiorisce davanti alla sua porta – e badate bene, non è stato piantato nulla – e dicono che quando piove, la pioggia cade ovunque ma non sulla baracca di sua madre, se lei è lì dentro.»

«E quel povero essere infelice, quello che è annegato, chi era mai?»

«Vi ho già detto chi era. Era uno di *loro*. Di sicuro aveva sottratto a qualcuno quelle povere spoglie mortali per visitare la ragazza; ma era certamente uno di *loro*. Non ha forse portato con sé un flusso di whisky impuro? E poi una quantità di teiere d'argento, così abbondanti che non si poteva fare un passo senza calpestarne una.»

O'Malley accennò al recente naufragio e alla poesia che aveva scritto.

«Come no» disse il prete, cupo «e io mi chiedo: chi mai è stato a causare l'affondamento di quella povera nave? Lei è così bella che potrebbe tentare Dio in persona.» Il volto di Quinn si addolcì. «Non parliamo poi di trarre uno di loro dal mare.»

E così lei era bellissima anche prima, pensò O'Malley, ma tenne quel pensiero per sé.

Entrando nell'oscurità del cottage, il prete rammentò con disgusto la sua missione. Non ho la malizia del vero sensale, pensò. Ho già rivelato anche troppo. Ho scordato quello che avevo intenzione di dire.

«È di buon carattere» esordì «e probabilmente non resterà altrove molto a lungo, direi. Forse –»

«Sareste disposto a mostrarmela, Padre?» intervenne il maestro.

«Forse con qualche preghiera e un po' d'acqua santa...»

«Mi piacerebbe vederla.»

«Qualche lunga preghiera potrebbe riportarla indietro al più presto.»

L'insegnante si accucciò vicino al camino, rivolgendo a Quinn la schiena larga, e soffiò tra la cenere, nella speranza che fosse rimasto un po' di fuoco per far bollire l'acqua del tè.

«Pronuncia le poesie a voce abbastanza alta da poterle udire?»

«Con qualche preghiera non le pronuncerà più del tutto. Sua madre dice che lavora sodo. Farò tutto il possibile per riportarla indietro. Se voi veniste di qui a un mese...»

«Verrò con voi» disse Brian «stamane.»

«Ma lei è...»

Il maestro si alzò, dopo essere riuscito a ravvivare la fiamma da quel che restava della torba. «Ho intenzione di vederla così com'è. Ho intenzione di vederla subito.» Versò un po' acqua nel bollitore, prendendola dal secchio.

Il prete passeggiava avanti e indietro sulle lastre del pavimento. Non aveva più cuore di parlare di Mary, ed era troppo giù di corda per introdurre argomenti filosofici.

O'Malley mise il bollitore sul fuoco.

«Qual era il nome della nave?» chiese il prete, desiderando di aver qualcosa di meglio da dire.

«Moira» rispose O'Malley. «Si chiamava Moira. Credo che provenisse da Belfast.»

Il prete registrò il nome ma non fece nessun commento. «E dove era diretta?»

«In America, mi sembra che abbiano detto, in un posto chiamato Halifax.»

«Allora non ha fatto molta strada, direi.»

«No» concordò l'insegnante. «Decisamente non ha fatto molta strada.»

4

Lei si svegliò alle prime luci, emergendo da sogni verdi e profondi.

Il desiderio del mare era in lei. Liquido.

Quella era l'unica stanza che avesse mai conosciuto. Dalla piccola finestra aveva guardato la barca di suo padre salpare, la manina appiattita contro il vetro freddo.

Ora la stanza era imbevuta di azzurri e di verdi; il mobilio era scuro, come aggrappato alla notte.

Nei suoi sogni la vela del padre affondava in un orizzonte verde. Svanita.

La veglia funebre aveva continuato a turbinarle nella mente, per poi, infine, uscirne definitivamente. Niente bara. Qualcuno che canta, qualcuno che fuma. Lei aggrappata alle gonne di sua madre e tutte le donne in lacrime.

Aveva aspettato che tornasse per tre anni, finché anche la sua assenza non era diventata assente.

Ora giaceva all'alba con il desiderio dentro di lei ed eserciti di parole nuove nella mente, che esigevano di essere pronunciate.

«La sua fronte» mormorò, le parole che si facevano strada tra le labbra «il suo lungo braccio.»

Rimase stesa sulla schiena con le mani aperte sullo stomaco, l'idea del braccio di lui così reale che sembrava baluginarle davanti agli occhi.

«Appena sotto la superficie» esordì «con i brandelli della tua camicia tutt'attorno e il fluido tra di noi, il fiore della tua mano che si volge all'oceano, il tuo braccio è uno stendardo luminoso, la tua fronte è una vela che si avvicina. Le mie braccia spingono il vento da parte per immergerle nel sale. Lascia che respiri questo verde con te, lascia che sia con te. I nostri petti si toccano.»

Il suo letto era duro e asciutto. Le lenzuola le raspavano la pelle, con consistenza cartacea, e le coperte le pesavano sulle membra. Qualsiasi cosa solida era un impedimento, quando c'era questo cambiamento marino su di lei. Sembrava che il suo corpo fosse composto di fluidi salati: sangue e lacrime.

Uscì dalla baracca in silenzio, calcolando ogni passo perché coincidesse con il russare della madre e rimettendo a posto il chiavistello della porta senza fare rumore. Ben presto i suoi piedi nudi furono coperti di rugiada, l'orlo della gonna zuppo. La mente già inondata d'amore, gli occhi fissi sulla spiaggia nera che doveva attraversare per poter nuotare. Scuri uccelli del mattino si alzavano da terra al suo passaggio, le sue parole salivano a spirale nel cielo e poi volavano sui campi, fino alla riva.

Avrebbe nuotato fino a quando il freddo e la stanchezza non le avrebbero fatto dolere il corpo, e la sua bocca avrebbe chiesto ossigeno. Allora avrebbe nuotato con forza ancora maggiore e lui avrebbe cominciato a prendere forma. Avrebbe visto le sue costole nei solchi ondulati della sabbia e qualcosa nella spuma del mare avrebbe cominciato a parlarle: «Moira, Moira», finché ogni parte di lui, un muscolo teso, non le sarebbe comparso accanto. Labbra di sale, cosce lisce. E poi sarebbero tornati barcollando alla spiaggia nera, e lei avrebbe posato il capo sul petto immobile di lui.

In questo c'era una grande ricchezza, un grande tesoro. Lei lo possedeva, anche quando era lontana dal mare, in tutte le parole nuove che cantava e pronunciava tra sé e sé e che le uscivano dalle labbra. E poi le immagini che lui le aveva mostrato: porti distanti, rive lontane, fiumi che penetrano in continenti sconosciuti, la fugace apparizione di una strana cupola o di un monumento, una profusione di fiori color fiamma che danzano su uno strano viale, montagne che occhieggiano all'orizzonte. Lui avrebbe aperto le mani sotto l'acqua e sarebbero apparsi campanili, torri, foreste, e un molo pieno di gente.

Lei poteva costruirlo con sassi e lisci pezzi di legno trasportati dalla corrente, con acqua salata e sabbia, la struttura del suo corpo fragile e fugace, il mare che lo reclamava non appena lei tornava a volgersi al mondo. Ma la volta seguente in cui avrebbe avuto bisogno di lui, nuotando le sarebbero comparsi i materiali necessari e avrebbe provato di nuovo il piacere, l'arte della ricostruzione.

Quella mattina, come sempre le accadeva quando si risvegliava sulla spiaggia, lui era svanito. Mentre si alzava per tornare alla baracca della madre, il mondo le si accostò di una frazione. Vide il traghetto che giungeva da Ballycastle in direzione di Rue Point, la sua isola. Sapeva che sarebbe attraccato a Church Bay, a sole poche centinaia di metri dal luogo che era solita chiamare casa.

5

Nelle non-così-pittoresche rovine del convento di Bunnamairge, un miglio a est di Ballycastle, seduti fianco a fianco su seggiolini pieghevoli, stavano Osbert e Granville Sedgewick, figli celibi di Henry Austin Sedgewick Terzo. Osbert stava dipingendo un acquerello raffigurante uno degli archi sopravvissuti del convento, e Granville stava componendo il suo quarantatreesimo lamento sulle sventure dell'Irlanda. Entrambi erano infreddoliti, zuppi d'umidità, e stavano piuttosto scomodi, ma fermi nella convinzione che, nonostante il fango e l'acqua che riempiva le loro scarpe e il vento che minacciava di strappare dalle ginocchia le loro creazioni, erano in felice comunione con lo spirito del passato del loro paese.

Fin da quando il primo Sedgewick irlandese aveva preso possesso delle proprietà a Glen Taisie, all'inizio del diciassettesimo secolo, i membri della famiglia, contrariamente ad altri appartenenti alla nobiltà rurale anglo-irlandese, non avevano mostrato altro che sorpresa, gioia e una certa affascinata confusione di idee ogni qualvolta era loro capitato di considerare i dettagli di quanto li circondava. Collezionavano con passione praticamente ogni cosa, e avevano trascinato nei loro saloni umidi e male illuminati una stravagante quantità di informazioni e un numero mai prima d'allora raggiunto di esemplari e di oggetti, impegnandosi nel compito con uno zelo tale che ben presto sembrò che volessero mettere sotto vetro l'intera contea di Antrim. Pattugliavano le scogliere sulla costa in cerca di uova d'uccello, esemplari di flora e fauna, battevano le paludi a caccia di antiche pietre intagliate, frequentavano assiduamente le baracche dei loro fittavoli cercando bizzarri frammenti di folklore e canzoni. Con i tascapane pieni all'inverosimile di album da disegno della migliore qualità e di pastiglie tonde di acquerelli verdi, fissavano sulla carta centinaia di vedute, e una scala dopo l'altra la casa ancestrale si riempì dei loro pallidi sforzi, mentre il resto delle stanze era ricolmo di vetrinette e scaffali al limite della capacità.

Al tempo di Osbert e Granville, ogni centimetro dei saloni era occupato, così come il resto della casa, grazie alla scoperta da parte del padre dell'arte della tassidermia, e al conseguente entusiasmo per essa. Un esemplare di ogni creatura, grande o piccola, che strisciava o correva o volava o nuotava nella contea di Antrim o nei dintorni si poteva ora vedere esposto a Puffin Court (così chiamata in seguito alla primigenia ossessione di Henry Austin per il puffino, insolito uccello che prosperava sulle scogliere vicine e al quale, si dice, assomigliava in modo inquietante). Quanto al puffino, era ben rappresentato in quello zoo impagliato, e ricopriva il ruolo di guardiano nelle vetrine riempite di uccelli endemici più piccoli e più vivaci. Inoltre se ne stava appollaiato, o per meglio dire se ne stava in piedi bel bello, sulle schiene del cavallo e della mucca, unici due animali di grandi dimensioni disponibili nella contea di Antrim dopo la scomparsa, in epoca preistorica, del cervo irlandese. Il puffino non compariva in compagnia delle volpi ma, per qualche inspiegabile ragione, un piccolo esemplare stava insieme ai cani da caccia, i quali erano stati docili bestie da compagnia, ma ora mostravano in tutta la loro ferocia i denti ingialliti.

Henry Austin Sedgewick Primo era stato autore di un lungo testo in latino sul puffino – *Fratercula arctica Hibernica* – gran parte del quale era scritto dal punto di vista del puffino stesso. «*Ego sum Fratercula arctica*» esordiva. «*Habito ora in Hibernica.*» Le dieci copie tuttora esistenti si trovavano ancora nella vasta e polverosa biblioteca di Puffin Court. Fino a un'epoca piuttosto recente, nessun altro Sedgewick era riuscito a far stampare le sue elucubrazioni, anche se gran parte degli scaffali delle librerie ansimava sotto il peso di resoconti ancestrali, quaderni d'appunti, diari, odi e poemi epici scritti e rilegati a mano. Solo l'anno precedente, tuttavia, una casa editrice di Londra aveva stampato venti lamenti di Granville in una piccola edizione rilegata in cuoio, incoraggiamento che aveva spinto l'autore a produrre, nei mesi seguenti, più di due dozzine di liriche.

Granville, però, non poteva comporre affatto a meno che non si trovasse, come in quel momento, nelle immediate vicinanze di qualche prova in via di consunzione della passata gloria d'Irlanda: di conseguenza lo scrittoio portatile, che portava nello zaino, era uno dei suoi oggetti preferiti. Lo aveva accompagnato in tutte le località più interessanti di North Antrim: dalla Strada del Gigante alla Caverna di Bruce su Rathlin Island, dalla Tomba di Oisín a Doonfort, a Fair Head, dal castello di Dunseverick a Carrick-A-Reed. Ora, mentre il fratello applicava un'altra mano di grigio acquerellato alle vecchie pietre già tracciate sul foglio, Granville stava scrivendo il lamento per il Convento di Bunnamairge e la Monaca Nera che, come sapeva, era sepolta sotto la soglia.

I Sedgewick erano una famiglia di onesti sentimenti, anche se eccentrica, e Osbert e Granville erano molto amati dai contadini, oltre quanto qualsiasi proprietario terriero potrebbe sperare di esserlo. I fittavoli avevano smesso di cercare di comprendere la famiglia durante la tenenza di Henry Austin Primo, scivolando in una specie di divertita accettazione di quelle che venivano definite «le loro stramberie». Molti tra i membri più anziani della comunità tenevano il cervello in allenamento inventando nuove leggende da raccontare davanti al fuoco in occasione delle visite di Osbert e Granville, a caccia di nuove storie, in modo da non deludere i giovani signori che gran parte dei contadini aveva conosciuto, trent'anni prima, nel corso della Grande Marcia Che Crea Lavoro – un progetto concepito da Henry Austin Terzo quando Osbert e Granville erano ragazzini.

In un tentativo particolarmente ambizioso di annettere un altro aspetto della contea di Antrim ai suoi possedimenti, se non addirittura al casato, il gentiluomo aveva assoldato cinquanta dei suoi affittuari per aiutarlo a creare sentieri convenientemente lunghi e romantici per i suoi figli. Una delle passeggiate, lunga due miglia e generosamente gremita di caverne artificiali di ogni genere, era nota come il Sentiero delle Grotte. Il punto culminante era una struttura realizzata con migliaia di bottiglie provenienti dalla Vetreria di Ballycastle infilate tra fango e canne, in modo che i colli e le aperture fossero esposti all'aria, con la speranza che il vento potesse soffiarci dentro, creando una «sinfonia di suoni». Il Sentiero della Scogliera non era mai stato completato, per la difficoltà a trasportare nella proprietà massi abbastanza grandi e mobili e in quantità sufficiente. Tuttavia, in quell'epoca sorsero molti pergolati, oltre a fontane di intensità variabile. Furono creati tre o quattro laghetti artificiali, completi di isole chiamate «crannog». La carriera creativa di Osbert e Granville era iniziata rispettivamente all'età di sei e otto anni, quando il padre aveva ordinato loro di disegnare uno degli isolotti, e quindi di comporre un sonetto sullo stesso soggetto. Anche se il disegno di Osbert era risultato di gran lunga superiore a quello di Granville, nonostante la sua età più verde, Granville mostrò una attitudine naturale per la poesia. Da quel giorno in poi si applicarono ai talenti prescelti, felicemente, senza mai intromettersi uno nel territorio dell'altro, ma lavorando quasi sempre insieme.

Il vecchio Convento era uno dei luoghi preferiti dei fratelli, e per diverse ragioni. Innanzitutto, era facile da raggiungere, con una piacevole passeggiata di un'ora e mezza, in discesa da Puffin Court verso il mare. In secondo luogo, la sua storia era innegabilmente tragica, e altrettanto innegabilmente conclusa – requisito necessario per i lamenti di Granville, se non per gli acquerelli di Osbert – e, terzo, era, naturalmente, connesso alla Chiesa Cattolica Romana per la quale tutti i Sedgewick – i quali erano, ovviamente, protestanti – provavano grande attaccamento. Erano affascinati dalla fede appassionata dei loro fittavoli, dai loro rosari e Ave Maria e crocifissi. All'epoca dell'emancipazione cattolica, nel 1829, a Puffin Court vennero accesi falò e agitate torce, in risposta ai fuochi e alle torce che ardevano su tutte le colline circostanti. Come ci si poteva aspettare, questo fatto sollevò gravi sospetti nelle menti degli altri nobili e degli agricoltori protestanti della regione, ma con il passar degli anni, vedendo che i Sedgewick continuavano a cuor leggero a collezionare uova di gabbiano e campioni di minerali e a farsi vedere con regolarità nella chiesa appropriata, questa mancanza di considerazione da parte loro cadde nell'oblio.

La Monaca Nera sulla quale stava ora riflettendo Granville era sepolta sotto al portale del Convento perché, in un momento di estrema umiltà, aveva espresso il desiderio di essere, una volta defunta, calpestata da chi entrava e da chi usciva dalla casa religiosa che l'aveva ospitata. Perché mai abitasse in un convento maschile, non venne mai spiegato in pieno, anche se avrebbe potuto avere qualcosa a che vedere con il suo ruolo di profetessa. Nel corso della sua vita aveva espresso un certo numero di previsioni, nessuna delle quali, per ora, si era avverata, anche se di certo si sarebbero rivelate tutte veritiere, bastava saper aspettare abbastanza a lungo. Aveva predetto che il monte Knockland sarebbe esploso, facendo sì che un fiume di fango si riversasse per sette miglia in ogni direzione. Aveva predetto che l'isola di Rathlin sarebbe scomparsa in una fitta nebbia, senza mai più ricomparire. Aveva predetto che Bran, il grosso cane di Finn Mac Cumhail, sarebbe tornato in Irlanda sotto forma di leopardo, assetato di sangue inglese. E aveva predetto che la liberazione e l'indipendenza dell'Irlanda sarebbero state annunciate dalla comparsa di una nave con le vele in fiamme, nel porto di Ballycastle. Quest'ultima preveggenza affascinava Granville, che aveva grande simpatia per la causa dell'indipendenza irlandese. Aveva intenzione di dedicare due stanze del suo lamento alla descrizione di questa nave mitica – le scintille che invadevano il cielo, il fuoco riflesso sull'acqua, e la Monaca Nera in persona, il volto in fiamme, che al colmo della gioia partecipava in spirito all'evento profetizzato. Poi, visto che in fondo si trattava di un lamento, avrebbe fatto svanire l'intera scena proprio davanti agli occhi del poeta, lasciandolo a struggersi per:

Ogni giorno per sempre
Le vele del sole, la vittoria conquistata
La gioia sulla riva.

Granville aveva dedicato ben poche riflessioni a quel che ne sarebbe stato delle proprietà della sua famiglia se la liberazione avesse avuto luogo. Gli sembrava un evento vago e improbabile quanto i puffini impagliati, e il possesso pareva destinato a essere eterno. Era il mito del desiderio di libertà a infiammarlo – tutto quell'anelito che riempiva l'aria stessa. La continua sensazione di tormento emotivo. Fin dalla prima poesia di questa serie – «Un lamento sull'Atto di Prevenzione di un Incremento del Potere del Papato, 1704» – era stato ossessionato dal dolore che sembrava insito nelle pietre che calpestava. La risoluzione, lo sentiva d'istinto, avrebbe mutato il tono del paesaggio, il volto degli abitanti dei cottage, la malinconia della musica paesana, la passione, lo stoicismo della loro sopravvivenza – in breve, tutto ciò che lui e i suoi antenati avevano imparato ad amare. E così, senza una piena consapevolezza, sosteneva questo delicato equilibrio di ingiustizia e sfida da una parte e pena e poesia dall'altra. E inoltre sosteneva la pesante coltre di fantasia e parole inventate che proteggevano i contadini attorno a lui dalla dura realtà della loro immutabile condizione.

«Come va la scuola di O'Malley?» chiese Osbert, chinandosi a prendere lo scodellino d'acqua che stava ai suoi piedi. «Stagione umida per quel genere di faccende, direi.»

Entrambi i fratelli amavano sovvenzionare la «piccola accademia all'aperto», come la chiamavano, una delle poche sopravvissute all'avvento del sistema educativo statale, da quando era diventato legale impartire un'educazione ai cattolici. Di quando in quando Osbert dava lezioni di disegno gratuite ai bambini e Granville, che aveva scritto «Un Lamento sulla Scomparsa delle Scuole Bardiche in Irlanda», aveva donato dei libri. Una volta i bambini erano stati invitati a Puffin Court e avevano potuto percorrere il Sentiero delle Grotte, mentre Granville e il loro maestro confrontavano le rispettive poesie.

«Hanno una buona copertura di paglia», disse Granville, «non dovrebbero cavarsela troppo male. Le guerre puniche, ecco che cosa stanno facendo adesso, credo.» Si interruppe e guardò lontano. «Chissà se la Monaca Nera aveva uno spasimante, eh?» chiese con aria meditabonda.

«Dicono che la scuola sia chiusa per un paio di giorni. O'Malley è andato sull'isola con il prete.»

«Ah... il prete-filosofo. È andato là? Peccato non averlo saputo. Avrei potuto fargli delle domande sulla monaca.» Granville cominciò a contare le sillabe. «Riesci a pensare a una parola che faccia rima con chiostro?» chiese infine «o forse a un'altra, qualcosa che rimi con rosario e che non sia conciario?»

«Avrebbe dovuto trattenersi solo per una notte, ma non è tornato.» Osbert socchiuse gli occhi e fissò l'arco. «Usura» disse «non esatta ma abbastanza prossima.»

Sopra le loro teste una famiglia di aquile compì una o due circonvoluzioni prima di dirigersi alle scogliere di Fair Head. I fratelli lavorarono per qualche tempo in silenzio fino a quando Granville non completò la prima stesura del lamento, con i suoi tipici puntini sulle i e trattini sulle t fino in fondo alla pagina, poi guardò verso le scogliere dell'isola, al largo. «Di certo il prete non potrà tenere O'Malley lontano dalla scuola per più di un giorno. In genere le loro dispute durano circa tre ore.»

«È andato laggiù per vedere una donna. C'è una donna sull'isola e dicono che è "altrove".»

«"Altrove"... è partita con le fate, è così?»

«No, questa no» disse Osbert, chiudendo con i lacci il suo portfolio. «Dicono che questa abbia un amante demoniaco.»

«Ma davvero?» commentò Granville, chiudendo il quaderno e mettendo il cappuccio alla penna. «Molto interessante.»

Mentre i fratelli risalivano il sentiero che si dipartiva dal Convento, la pioggia cominciò a scendere sul serio. Simultaneamente, due ombrelli neri si aprirono, e nell'esatto momento in cui la stoffa si tendeva con il solito e soddisfacente «snap», Osbert ricordò un'altra delle leggende del Convento, che era stata omessa nel lamento del fratello. Si mormorava che i frati, poco prima di essere scacciati per sempre, avessero sepolto i beni del loro tesoro nel punto più lontano che raggiunge la luce di una candela quando viene posta sulla finestra a oriente della cappella, ora in rovina.

L'assenza di luce da un lato, l'assenza di buio dall'altro, e dove le due assenze si incontrano, il tesoro. Pensò alla donna sull'isola che era altrove. Poi, mentre lui e il fratello avanzavano sotto la pioggia inoltrandosi nel boschetto verso la proprietà, i due concetti si intersecarono, da qualche parte, in un regione oscura della sua mente.

6

Quando lei non era vicino al mare restavano solo tracce della sua precedente essenza, della sua precedente vita. Frammenti.

Ricordava come portare a termine i diversi incarichi: mescolare, versare, zappare, ravvivare il fuoco. Ma la sua memoria avrebbe potuto essere quella di chiunque altro: uno schema preso in prestito da un cervello di passaggio, la routine di un giorno qualsiasi, istruzioni che le venivano impartite dall'esterno. Adesso chinati, alza, piega. Attività senz'anima. E lei stessa era un mero ricordo di sé.

Porridge, patata, un coltello, tre o quattro scodelle di terracotta, la lana ruvida della gonna di sua madre in una casa dove nulla splende. La stessa mano alla fine del suo polso che si allungava e afferrava, era solo la traccia della mano di prima, avvolta nell'ombra. Quella vera, adesso, era una mano che scintillava sotto l'acqua, distorta dall'atmosfera liquida. La carezza piena, liquida.

E così, quando vide i due uomini entrare dalla porta, erano solo idee di uomini che ricordava da prima; il prete una forma nera e massiccia, pesante, in un angolo della stanza, l'altro vestito di colori spenti. E le loro voci che le arrivano da lontano.

«Siamo venuti a pregare, Mary.»

La sua mente si fissò sul colletto strappato del giovane e sulle parole che lo ricostituivano. Là dove cresceva il lino che formava i fili tessuti a quadrotti, ora strappata alla curva del tuo collo nel punto in cui si trovano le mie dita. Sei dolce, dolce, dolce come il mare che solchi. Trame che si disfano al tuo collo.

Vide il prete chinarsi e montare l'altare portatile, ma era lontano da lei. Sentì l'acqua santa riempirle i capelli, ma era tiepida e inutile e le scorreva via in futili rivoli lungo la gola. Portò il ricordo della sua mano al punto sotto la mascella per liberarsene e vide l'umidità brillare sulle sue dita. Allora si portò l'acqua alla bocca, ma non era quella l'umidità che desiderava.

Il prete stava pronunciando parole in latino mentre l'altro uomo si spostava, un'ombra scura, da un angolo all'altro della stanza. L'acqua tiepida le corse giù tra le scapole e sulla faccia, come lacrime.

«*Pater noster... in Deo speramus, Te Deo laudamus.*»

Richiamò alla mente la verruca sulla sua guancia sinistra, le sue ciglia. Da qualche parte aveva parole per le ciglia e per le loro cugine, le sopracciglia, perfette. Aveva visto le sue ciglia battere, su e giù, come le fronde delle ali di un angelo in miniatura, e poi le aveva viste fermarsi immobili.

Una tremenda tristezza ricadde su di lei. Dove era andato? E lei, dove era andata? Se fosse tornata, quanto sarebbe stata terribile la perdita di quello strano incanto? La sua patria era una città sottomarina che non aveva mai visto, se non quando lui gliela aveva mostrata – le guglie, i pinnacoli che si riversavano dalla sua mano aperta.

«No» disse con calma, la prima parola che pronunciava.

«No» ripeté, dal fondo della stanza.

«Liberati di quest'ombra, Mary» stava dicendo il prete «un'ombra che sta tra te e Dio.»

Avanzò verso di lei con il grande crocifisso. Mary vide il giovane nudo che pendeva dalla croce e allungò incerta la mano per accarezzare le increspature di sabbia delle sue costole. Ma non fu Cristo quello che toccò.

«Recita una preghiera a lui, Mary.»

Lei corse via e volse il viso verso la piccola finestra e il mare. Un rettangolo di luce si disegnava sul pavimento, accanto al tavolo. Qualcosa in Mary decise di entrare in quella luce dorata. Il prete posò con attenzione il crocifisso sul tavolo e si rivolse all'amico, che teneva lo sguardo fisso sulla radiosità bronzea dei capelli di lei, colmi di sole. Quinn prese il breviario e nervosamente sfogliò le pagine, alla ricerca di altre preghiere.

Ogni giorno, fin da quando era arrivato all'isola, O'Malley aveva assistito a questa cerimonia: il prete rigido e ostinato, la ragazza dolce e assente... gli occhi parzialmente celati dalle ciglia, lo sguardo rivolto altrove, il volto impassibile. Una volta aveva visto il prete, colto dalla disperazione, allungare il braccio come a colpirla, o a abbracciarla, e il maestro, da parte sua, d'istinto aveva fatto un passo avanti, per impedire quella invasione intempestiva. Il braccio di Padre Quinn era ricaduto inerte sul fianco. I due uomini si erano scambiati un'occhiata colma di rabbia, ma non avevano mai parlato dell'incidente.

In effetti, fin dalla loro conversazione nel cottage di O'Malley, raramente avevano discusso della ragazza. Una o due volte il prete aveva chiesto: «Che cosa devo fare?» oppure: «Come andrà a finire?» E l'amico aveva risposto: «Quando convincerete voi stesso e lei che è tutta una sciocchezza... e convincerete anche la vostra congregazione... questo porrà fine a tutto». Ma Padre Quinn aveva esclamato «Sciocchezza! E che mi dite di lei, con quell'aspetto?»

Per lo più i due uomini trascorrevano le serate tranquille e le loro passeggiate per e dalla baracca di Mary, dissertando sui fatti che emergevano dalle loro recenti letture. Condividevano la proprietà del *Supplemento all'emendamento delle imprecisioni alla V, VI e VII edizione dell'Enciclopedia Britannica*, acquistata dai Sedgewick a prezzo ragionevole in seguito alla comparsa dell'VIII edizione nella biblioteca di quest'ultimo. Quando era comparso il Supplemento, tra i due amici era sorta quasi una lite, poiché O'Malley aveva affermato che la presenza dell'opera era utile alla sua piccola scuola all'aperto, mentre Quinn insisteva nel dire che ne aveva bisogno per istruire i parrocchiani – benché pochi di loro sapessero leggere e molti parlassero soltanto il gaelico.

Infine, avevano risolto la distriba con la comproprietà, e ora stavano sistematicamente leggendo i quattro volumi dalla A alla Z o, nel caso di Quinn, dalla Z alla A, in modo da poter essere in grado di scambiarsi i tomi più o meno a metà dell'alfabeto. Poiché disponevano solo del Supplemento, nel loro sapere esistevano larghe sacche di ignoranza, ma si confortavano con l'idea che, essendo infinito il numero di nozioni conoscibili, ci sarebbero sempre state delle lacune, e poiché il corpus delle conoscenze stava aumentando in modo esponenziale, era futile bramare il possesso dell'VIII edizione dell'Enciclopedia, visto che anche di questa sarebbe ben presto comparso un Supplemento.

Avevano di recente completato la prima metà della lettura, si erano scambiati i volumi, ed erano in grado di discutere insieme di alcuni argomenti che comparivano all'inizio o alla fine dell'alfabeto.

Qualche settimana prima avevano parlato dell'eccellente voce riguardante il termine «Assente», compiaciuti del fatto che individuasse nei proprietari terrieri inglesi con possedimenti in Irlanda l'esempio più calzante di questa condizione, e anche che i proprietari stessi della casa di O'Malley, Osbert e Granville Sedgewick, semplicemente si rifiutassero di abbandonare l'Irlanda. Quella sera, bizzarria del caso, erano impegnati in una lunga dissertazione sul termine «bellezza» che stavano esaminando con il massimo entusiasmo, dato che la prima metà dell'alfabeto era convenientemente ospitata nelle stanze del prete.

Nell'articolo venivano descritte le idee sull'argomento portate avanti in numerosi testi. O'Malley, che concordava con le asserzioni di un certo Mr. Knight, in quel momento stava urlando, come sempre faceva nell'accalorata ricerca della conoscenza.

«Per l'amor del cielo, Quinn, non riuscite a capire che esiste un genere di bellezza che è universale e che non può essere causato dall'associazione? Bellezza singolare. È evidente! Possibile che non abbiate mai visto nulla del genere! Vi toglie il fiato! Non potete associarla a nulla. Rimbomba in voi. È ciò che è. Non è niente altro.»

«Questa è eresia!» esclamò il prete. «Ciò di cui andate parlando è sensualità e gratificazione egoistica! La bellezza dovrebbe essere un riflesso di ciò che noi abbiamo imparato essere buono nel mondo. Non un assalto indipendente ai sensi. Mi state dicendo... vorreste dire che una sgualdrina può essere bella? Che ciò che è malvagio può essere bello? Ah no, amico mio, non è possibile. Può una menzogna essere bella? No, naturalmente no... solo la verità.»

«Quindi, se la verità è bella e la verità riguardo a una bella donna è che lei è una sgualdrina, la sua bellezza fisica, combinata con questa verità, crea una bellezza maggiore? Ecco dove conduce la vostra teoria, Quinn. E ora provate voi a rispondermi.»

«Perché mai continuate a rigirare le mie parole in modo che non sono più sicuro di dove inizino le mie frasi?» Padre Quinn colpì la copertina di pelle di capretto del Volume Primo che stava sul tavolo tra di loro. «Ho detto solo che ciò che è buono può essere bello. È solo il demonio che ci fa vedere bella una donna malvagia, perché il demonio oscura la verità, il demonio» – Padre Quinn alzò lo sguardo su O'Malley, da sotto sopracciglia cespugliose e severe – «il demonio oscura la verità tramite il nostro desiderio egoistico di gratificare i sensi. È un tipo carnale, il demonio.»

«E che cosa mi dite allora del potere e del pericolo... e del sublime? Nella sublimità sono sempre presenti il potere e il pericolo. Eppure voi non definireste bello il potere. Non definireste bello il pericolo. Sono stato sulle scogliere con voi, osservando le altre scogliere. Com'è bello, avete detto, com'è sublime.»

«È solo un modo di dire.» D'un tratto il prete parve vecchio e stanco. «E, naturalmente» aggiunse «sono creazioni di Dio.»

«Anche la sgualdrina è una creazione di Dio» disse piano O'Malley, come se stesse pensando a qualcos'altro.

«Ecco dove vi sbagliate, Brian.» Il prete si alzò per prepararsi a coricarsi. «La sgualdrina è la creazione di qualcosa di completamente diverso. Non sono neppure certo che sia il male, ma non appartiene al mondo di Dio e non fa parte delle creature di Dio.»

Mentre giacevano, svegli, nei rispettivi letti, riflettendo, nessuno dei due ammise che avevano discusso della donna che ogni giorno andavano a trovare.

Alla sua quarta, inaspettata mattina sull'isola, il maestro si svegliò prima dell'alba, inquieto, e non si sentiva affatto dell'umore giusto per continuare le conversazioni con Padre Quinn. Progettando la visita, aveva avuto intenzione di fermarsi un solo giorno, ma la prima notte di permanenza il tempo si era guastato, facendo sì che il traghetto restasse ancorato all'isola, e la stessa cosa era successa la seconda sera, allungando la ferma dell'imbarcazione a Ballycastle. Quando il tempo e l'aria tornarono sereni, era rimasto ormai intrappolato nella rete del piccolo dramma dell'isola, ansioso di assistere a una soluzione o all'altra e intrappolato, più di quanto non credesse, da sentimenti di pietà e tenerezza per la giovane donna senza parole.

Ora nella sua mente circolavano bizzarri ricordi della sua vita prima che le idee contenute nei libri iniziassero a indirizzarla: certe piccole città che, da bambino, aveva costruito con la sabbia, una passeggiata verso casa da Ballycastle alla luce delle stelle, sulle scogliere, dopo la fiera, quando era adolescente, in che modo aveva imparato a identificare tutte le navi nel porto di Ballycastle, e tutte le piccole barche che aveva tentato di fabbricare a loro immagine. Dove erano finite quelle fragili composizioni di bastoncini di legno e stoffa e corda? Ricordava la limpidezza polita dei sassi sulla spiaggia sotto l'acqua nella quale faceva salpare i suoi giocattoli. Ricordava la pesca a Lough Crannog – il guizzo di una trota argentea – le storie che il nonno gli raccontava in irlandese, una siepe di biancospino lasciata in piedi, ancora in piedi in mezzo al campo di suo padre. Gli tornò alla mente la semina a primavera; il fresco della mattina, i monticelli di terra scura, lui, suo padre, i vicini chini in silenziosa concentrazione sui loro poveri appezzamenti.

Mosse le gambe e cambiò posizione sotto la coperta. La luce stava entrando nella stanza. La litografia incorniciata del Sacro Cuore di Gesù apparve chiaramente sulla parete, insieme alla scarsa mobilia della cucina del prete, dove O'Malley aveva trascorso la notte. Dalla giacca impermeabile del sacerdote, appesa a un chiodo alla parete, che non riusciva mai ad asciugarsi per bene, veniva un odore di muffa, e un altro odore, lievemente acido, emanava dal bidoncino del latte accanto al lavello. O'Malley si rese conto, con disgusto, che ben poco nella casa del prete era fresco: nulla brillava della sanità e della pulizia dei capelli della ragazza al sole. Pensò alle stanze di casa sua: il suo cottage dove, dalla morte di sua madre, la scopa ben di rado era stata spinta fin negli angoli, e sapeva che gli odori che sentiva – l'odore di una vita solitaria, del celibato – gli erano familiari.

Sporse le gambe dal letto e allungò la mano verso il maglione che aveva lasciato cadere a terra la sera prima. Si infilò gli stivali, si abbottonò i calzoni e uscì nell'aria del mattino, diretto alla spiaggia nera dove il miracolo, o la tragedia, avevano avuto luogo. Stabilì che avrebbe cercato materiale per costruire delle barche giocattolo, cercando di riacquistare la gioia, la freschezza. Forse si poteva comporre una poesia sul paesaggio. Ma, sotto sotto, non ammessa, c'era la speranza di riuscire a scorgere la ragazza che nuotava o che semplicemente osservava il mare, magari sarebbe persino riuscito a sentirla cantare una delle sue canzoni.

Quando arrivò la spiaggia era deserta. Scordò completamente i giocattoli, sedette pesantemente, appoggiando le braccia alle ginocchia. Di lì a poco stava gettando i sassi neri nell'acqua, uno dopo l'altro, con tristezza, a intervalli sempre più lunghi. La loro uniformità lo annoiava e cercò una variante, qualcosa di più grande o più aguzzo per attaccare la spuma del mare. Suo nonno aveva detto che una manciata di chiodi gettati nelle onde in avvicinamento poteva rendere inoffensivi i figli del mare – temporaneamente. Secondo il vecchio, la nona ondata era la più potente, la più pericolosa. Quindi doveva essere stata la nona onda a causare il cambiamento nella ragazza. C'era stato un tempo – molto tempo fa – in cui O'Malley aveva creduto a cose del genere.

Mentre faceva scorrere la mano avanti e indietro sui sassi dietro a sé, trovò una forcina d'osso. Mettendola controluce, vide una ciocca di capelli chiari che tremolavano alla brezza. Prima di iniziare la passeggiata verso il molo, dove avrebbe chiesto informazioni sul traghetto, avvolse la ciocca attorno alla forcina e se la infilò nel taschino della vecchia camicia di cotone. Chissà, forse aveva mancato la ragazza di una frazione di secondo.

Quando arrivò al molo la campana della messa delle otto aveva cominciato a rintoccare. Il cielo si era fatto scuro e il vento si stava alzando, pronto per un'altra tempesta.

Quando il traghetto venne cancellato per la quinta volta, Brian O'Malley, pur nutrendo dei sospetti sulla superstizione, vide in questo un presagio. Gli balzò alla mente che non poteva andarsene dall'isola fino a quando il dramma della ragazza non fosse giunto a una qualche conclusione. Il pensiero dei bambini che correvano liberi, scordando la declinazione dei nomi, o dei suoi due campetti che ormai avrebbero avuto bisogno di cure, svanì non appena toccò la forcina d'osso che teneva nel taschino.

Quella mattina prese a passeggiare avanti e indietro lungo la baia che formava il porto. I pescatori lo osservavano, incuriositi, anche se loro stessi erano stati in trance quanto lui, ed erano ancora capaci di esserlo. La tempesta stava acquistando forza. Le alghe venivano spinte sulla riva. Brian continuò a gironzolare, rabbioso, mentre ogni cosa attorno a lui veniva sospinta dal vento. Applicò metodi di ragionamento platonici e poi, spinto dalla disperazione, cartesiani. Pregò persino un po', recitò qualche Ave Maria a mo' di liberazione. Cominciò a piovere.

Rimase completamente immobile sotto l'acquazzone, la testa china e i pugni serrati. Niente da fare. Era un uomo distrutto. Avrebbe dovuto trovare un modo per sposarla.

Le nuvole basse e cariche di pioggia che arrivavano dal mare stavano cancellando le scogliere della sua stessa terra. Era completamente zuppo e ricolmo di una sensibilità così acuta da provare il desiderio di vedere ogni cosa, anche la più lontana, chiaramente – non solo quei sassi lucidi di pioggia che si spostavano sotto i suoi stivali, ma anche il suo cottage circondato dai tre laghi, la terra che si estendeva per un miglio verso le scogliere. La piccola scuola all'aperto e la vasta tenuta di Puffin Court. La dolce salita di Doonfort, il sentiero che portava alla sua porta. Tutto ciò che ora desiderava era una mappa chiara, sapendo che se fosse stato in grado di far sì che la ragazza fosse presente, la sua geografia sarebbe mutata per sempre.

D'un tratto, inspiegabilmente, ricordò sua madre e il gioco che faceva con lei da ragazzino nella baracca – si trattava di indovinare di che oggetto si stesse parlando tramite domande e risposte. «Come sei fatto?» si chiedevano l'un l'altro fino a quando la somma delle risposte non portava alla soluzione dell'indovinello. Una volta lui aveva fatto finta di essere il fuoco e, nel tentativo di confondere la mamma, aveva sentito il linguaggio crescere e fiorire nella sua bocca come corolle. «Come sei fatto, Brian?» aveva chiesto lei, e lui, che allora aveva undici anni, aveva risposto: «Sono caldo e difficile e giaccio sopra un tetto aperto. Invio i miei pensieri al cielo. Mi consumo ma vengo continuamente ricostruito. Senza di me moriresti di fame e di freddo, e le tue favole resterebbero inespresse.»

Ora quelle parole gli tornarono alla mente. Si rendeva conto che da allora non aveva mai scritto o pronunciato qualcosa di più bello.

Quando Brian arrivò alla baracca della ragazza con il prete, immusonito, alle calcagna, era il tardo pomeriggio. Il clima tutt'attorno alle rocce di Rathlin e alla costa di Antrim era nel caos.

La madre della ragazza li lasciò entrare con un sospiro.

«Ha intenzione di sposarla» sussurrò il prete all'orecchio della donna. «È come avevo previsto» aggiunse senza entusiasmo.

Brian si avvicinò a Mary, che stava seduta con la faccia rivolta alla finestra grigia, strisciata di pioggia.

L'avrebbe fatta parlare.

Le sfiorò la spalla. Lei, scossa, lo guardò. «Sono venuto» esordì lui, «perché sono sicuro che tu debba essere mia moglie. Andrà bene così. Avremo dei bambini e io sarò buono con te.»

Lei tornò a voltarsi verso la finestra, ma lo aveva sentito. Brian percepì che gli occhi di Mary stavano seguendo una goccia che scendeva sulla parte sinistra del vetro, per poi alzarsi di nuovo a continuare il viaggio con un'altra stilla. Gli avambracci della ragazza si mossero appena, come se tirati da corde invisibili. Brian le si accucciò accanto, così che il suo viso fu all'altezza dei capelli di lei.

«Non disturberò il luogo dove credi di essere andata» disse a bassa voce. «Non ti costringerò a tornare.»

A causa della tempesta poteva sentire la risacca battere con rabbia, anche se la baracca si trovava a circa un quarto di miglio dalla riva. Per ragioni che non poteva comprendere in pieno le disse che lo stesso mare bagnava la riva vicino al luogo dove lui viveva.

La ragazza sollevò una mano al vetro freddo, unendo ogni dito a una lacrima che scorreva dall'altro lato. Seguì con aria assente il percorso della pioggia, poi guardò l'uomo con occhi tranquilli.

Non ha paura di me, pensò Brian. La farò parlare.

«Non hai intenzione di darmi una risposta?» Era sconvolto dal sussulto di emozione nella sua stessa voce. Attese. Nel silenzio rammentò ancora il gioco che faceva con sua madre. Sapeva che veniva giocato da mamme e bambini in tutto il paese.

«Come sei fatta?» chiese.

Un lieve sorriso comparve sul volto della ragazza. Guardò negli occhi l'uomo che, fino a quel pomeriggio, per lei era stato solo un'ombra.

La madre e il prete sentirono un velo cadere tra loro e la coppia.

Il vento raspava alla porta. Brian, con incertezza, pose una mano sul braccio di Mary e chiese di nuovo: «Come sei fatta?»

In attesa, appoggiò la fronte al braccio teso. La sua postura imbarazzava il prete, assomigliava a una preghiera appassionata. Improvvisamente, capì di aver sottostimato il grado di solitudine del suo amico.

«Ti prego...» disse Brian, il volto rivolto al pavimento, gli occhi che fissavano, senza vederle, le pietre che lo lastricavano. «Ti prego, parlami.»

Il prete tossì e la donna, ricordando un qualche lontano momento di passione della sua vita, volse le spalle alla scena. Poi tutti e tre udirono la voce di Mary. Aveva posato la mano sui capelli di O'Malley.

«Sono qui ma non sono qui» disse. «Sarò tua moglie ma non sarò tua moglie.»

«Tu sei qui» disse Brian. «Puoi percepire attraverso la manica il calore della mia mano. Posso vedere le stesse gocce di pioggia che tu vedi, correre giù lungo il vetro.»

Lei guardò i capelli del maestro e sentì la loro consistenza sotto il palmo, percepì la solidità – la realtà – del corpo che stava accucciato accanto a lei.

E allora ricadde in lacrime sulla spalla di lui. Aprendosi. Ricominciando a entrare nel mondo.

7

Durante la gravidanza il suo spasmodico desiderio di spiagge diminuì, e la sua mente si rivolse alla terra.

A volte questo richiedeva uno sforzo da parte sua, ma per lo più la presenza del bambino nel corpo la legava alla terra, al cottage, al fuoco. Sferruzzò dei golfini e cucì delle camiciole, e la forma dei suoi pensieri cambiava col mutare della forma del suo ventre. Rispondendo alle gentili attenzioni del marito, alla sua dolcezza, fu contenta quando lui iniziò a insegnarle a leggere e a scrivere. Ben presto fu in grado di trascrivere l'alfabeto inglese su una lavagna e di tracciare il suo stesso nome su quella superficie nera. La conversazione degli uomini la interessava, anche se non vi partecipava mai, e questo faceva sì che aspettasse le visite mensili di Padre Quinn in un modo del tutto dissimile da quello che avrebbe avuto la ragazza sull'isola. Quinn, dal canto suo, si rilassava e si sentiva sollevato, convinto di aver curato la ragazza – riportandola indietro con l'acqua santa – e senza lasciarsi distrarre dalle forme massicce che aveva assunto il corpo di Mary, si sentiva al culmine delle sue possibilità di eloquenza e didattica. Infine lei arrivò a conoscere il Supplemento alla quinta, sesta e settima edizione dell'Enciclopedia quasi quanto i due uomini.

Brian si occupava dei due campi e insegnava alla scuola all'aperto, quando il clima e la stagione permettevano ai bambini di frequentarla. Era felice della sua sposa, della sua natura buona e tranquilla, delle sue capacità domestiche, della sua intelligenza. La sua vita era ricca; non una sola volta parlarono del periodo in cui lei era stata altrove. Contrariamente a Padre Quinn, era convinto che fosse stata la forza del suo amore a provocare il cambiamento in Mary – oltre all'allontanamento dall'isola. Sua madre, pazza di gioia per il ritorno della figlia al mondo, le inviava messaggi verbali tramite i passeggeri del traghetto e, a volte, un indumento per il bimbo che stava per arrivare.

Da principio Mary aveva cercato l'altro. Camminando fino alle scogliere, si era recata alla spiaggia lungo la discesa scoscesa nota come il Sentiero dell'Uomo Grigio, la mattina presto, prima che suo marito si svegliasse. Ma il mare non le aveva mostrato altro che le onde che si rifrangevano e, essendo autunno, era così freddo da impedirle di entrarvi. Era tornata, pallida e silenziosa, in una stanza colma di domande inespresse; Brian aveva preparato la colazione e il tè. Si sentiva come tradita da qualcuno che non poteva più immaginare. Nei sogni, talvolta, si immergeva nel verde e le sue mani stringevano riccioli scuri e bagnati. Ma quando fu incinta anche questi sogni presero a visitarla sempre più di rado. Prima di lasciare l'isola aveva deposto il piccolo cerchio di capelli neri e rosso-oro dentro all'astuccio di un orologio da tasca dal quale era stato tolto l'oggetto che doveva contenere, e ora l'astuccio stava, negletto, sotto la biancheria nel primo tiretto a destra di un cassettone. A volte, quando rimetteva in ordine la biancheria, o cercava un indumento, la fredda superficie del metallo sfiorava la sua mano e lei ricordava, ma si limitava a richiudere il tiretto, voltando la schiena alla parete della casa che era più vicino all'oceano.

La sera Brian continuava a farle lezione, come se lei fosse stata uno dei suoi scolari.

Mary conosceva l'inglese, il cui apprendimento era stato incoraggiato sull'isola dal prete, il quale lo riteneva necessario per qualsiasi promozione o successo. Nel tempo libero, Padre Quinn aveva persino insegnato a un gruppetto di maschietti a leggere e a scrivere in quella lingua; non gli era mai passato per la mente che a una ragazza servissero queste capacità. Tuttavia, nel periodo in cui Mary era stata conosciuta per la maledizione o il dono dell'eloquenza, a volte erano state parole inglesi quelle che le uscivano dalle labbra – spesso confondendo completamente gli adulti che avevano la ventura di udirla. Ma per lo più i suoi discorsi erano composti da una combinazione di questo linguaggio, relativamente sconosciuto, e gaelico irlandese, il che conduceva alla supposizione, sull'isola, che le sue dichiarazioni non fossero dirette a nessuno in particolare e che non ci fosse affatto bisogno di porvi attenzione.

Ora era la forma delle parole inglesi a catturare la sua fantasia, il loro silenzio sulla lavagna dopo il deliberato stridìo della scrittura. Disse a suo marito che erano come una collezione di bastoni e pietre gettati alla rinfusa su una spiaggia. Lui replicò allora raccontandole il gioco che si fa con la buccia di una mela, tolta senza mai staccare il coltello dal frutto: la si getta dietro le spalle, e la forma che assume sul pavimento suggerisce la prima lettera del nome della persona che sposerai. Ma non provarono a farlo, sapendo che le B e le M erano difficili da ottenere attraverso un simile azzardo.

Infine Mary fu in grado di leggere a voce alta e di copiare le lezioni da un libro scolastico pieno di semplici poesiole destinate ai bambini. C'era qualcosa nella musica limpida che le portava tracce di canzoni e poesie che lei stessa aveva composto durante l'ultimo mese trascorso nell'isola – canzoni che aveva ricordato e scordato al tempo stesso. A volte il pensiero le faceva interrompere la lettura, e guardare verso la finestra e il mare.

Ma col passar del tempo, la ripetizione delle lezioni le privò del loro strano significato. Ben presto fu in grado di recitare:

Vidi una nave salpare
Salpare sul mare.
Oh, ed era tutta piena
Di doni per te e per me.

C'erano confetti in cabina
E mele nella stiva.
Le vele erano d'argento
Gli alberi erano d'oro.

senza che le tornasse alla mente una riva straniera che grondava da una mano pallida. E infine fu in grado di scrivere la parola «altrove» sulla sua lavagna senza alzare gli occhi per guardarsi attorno e stabilire se il suo immenso potere non avesse fatto sì che la calma solidità della sera si disintegrasse, facendo sommergere la casetta dalle onde.

Quando il bambino, Liam, ebbe sei mesi, Mary aveva imparato un tale numero di parole da poter continuare gli studi per conto proprio. Il libro che le piaceva di più era *Facili lezioni di geografia generale.* Sulle sue carte era in grado di vedere l'isola d'Irlanda rimpicciolire a paragone di altre masse di terra molto più grandi, e la sua isola, Rathlin, sparire completamente da alcune rappresentazioni del mondo. Esaminò, stupefatta, incisioni che mostravano deserti, giungle e catene montuose, bestie esotiche nell'atto di spiccare un balzo o di minacciare con ferocia la vita in immense terre lontane dal mare, uccelli troppo grandi per volare, ratti troppo grossi per correre, e strane figure umane vestite esse stesse da uccello o da animale. Imparò che esistevano migliaia di lingue diverse nel mondo, e si interrogò sulle possibilità e sul clamore di una accolita di suoni così sconosciuti.

Notte dopo notte il piccolo libro che teneva tra le mani la sopraffece. La semplice idea che esistesse la Polonia la lasciava interdetta; le sue città e i fiumi e quadri e la popolazione e i suoni indistinguibili che continuavano e andavano avanti, mentre lei se ne stava in pace nel suo cottage. E quando si fu ripresa dalla Polonia, la pagina che descriveva l'Olanda la disorientò a tal punto che dovette posare il libro in modo da tranquillizzarsi, prima di affrontare la Slesia.

«È vero, dunque?» chiedeva a Brian, dopo lo shock provocato dalle isole Maltesi o dalla Tasmania, gli occhi sbarrati come se potesse vedere tutto il mondo davanti a sé.

Ridendo, lui attraversava la stanza e si metteva alle sue spalle, cingendole il collo con le braccia, in modo che la lana secca del suo maglione posasse contro la guancia di lei. «Ben presto ti insegnerò il latino» mormorava «e il greco.»

Italia. Grecia. I loro templi si formavano nella sua immaginazione. Disse a Brian di aver bisogno di qualcosa che fosse color turchese, perché quello era il colore del mare laggiù. Dopo aver cercato per giorni e giorni, Brian arrivò con un coccio di porcellana dove erano dipinti due uccelli e mezzo, color turchese, colti per sempre nell'atto del volo. Il bambino lo agguantò con la mano e se lo mise in bocca, da dove gli fu tolto, scintillante di saliva. «È un colore del cielo» disse allora Mary «un colore degli uccelli. «Credo di sì» replicò Brian. Da allora in poi Mary portò quel frammento nella tasca del suo grembiule, in modo che non potesse ferire il bambino. Le riportava alla mente la fragile immagine di un paesaggio che le era stato mostrato da una mano pallida, ma il ricordo era confuso con il marasma di informazioni raccolte grazie alle recenti letture.

Naturalmente la leggenda di Mary, che l'aveva preceduta sulla terraferma, continuò ad accompagnarla, impedendole di intrattenere quelle amicizie superficiali che una giovane moglie dovrebbe avere con le altre donne. Così, quando Brian lavorava, Mary restava spesso sola. Ma non era infelice. Il mondo catturava tutta la sua attenzione, lo stesso mondo dal quale era stata divisa due anni prima. La assorbiva in modo esagerato. Quella vastità – continenti, mari, e sistemi solari – descritta nel libro sembrava penetrare i limiti del suo corpo durante la lettura. E il resto del tempo le cure della vita quotidiana con gli oggetti a cui badare e i rituali le fornivano una specie di tranquillo piacere. Il bambino, da solo, era già un universo, il corpo perfetto nelle sue mani: gli occhi limpidi e le piccole orecchie, l'alito dolce e la pelle liscia. Ma anche coperte e secchi, acqua o latte in una brocca, uno scaffale con sopra qualche oggetto di porcellana azzurra a disegni di salici, una padella di ferro, un coltello, le pozzanghere fuori la porta, la torba pronta per il fuoco, tutto le dava gioia.

Brian non l'aveva richiamata al mondo, ma lei era comunque giunta al mondo che lui le aveva offerto. L'altro era scivolato via su una corrente nascosta, andandosene da qualche parte, visitandola solo di rado, la notte, in sogni che sparivano alla luce nuova di quelle mattine, al suono del pianto del bimbo che si svegliava.

8

Un soleggiato giorno d'autunno del 1845, i fratelli Sedgewick stavano lavorando alla loro collezione di conchiglie – un'intera mattina dedicata alla conchiliologia.

Osbert aveva schierati davanti a sé gli acquerelli – rosa, un tocco di ocra, grigio chiaro, bianco guscio d'uovo, terra d'ombra bruciata – e mentre lavorava la sua mente passava tranquillamente dai colori a riflessioni sull'oro, quello che la sera prima aveva letto nell'ottava edizione dell'Enciclopedia: quella sostanza pura, stabilizzatrice, a parer suo, dell'universo. Immaginava le vene d'oro come legamenti della terra, una forza di coesione senza la quale il pianeta sarebbe caduto in pezzi. Come aveva spiegato a Granville, disapprovava l'estrazione del minerale esattamente per questa ragione. Continuare a rimuovere la purezza dal terreno: poteva condurre solo a conseguenze disastrose. Alcune delle sofferenze d'Irlanda, ne era convinto, erano senza dubbio basate sul fatto che l'oro non era prevalente nella composizione delle rocce del paese. Invece di cercare di estrarre il prezioso metallo dalla terra, disse al fratello, gli scienziati delle nazioni più sfortunate avrebbero dovuto trovare un modo per introdurne in quantità maggiore nelle sue profondità.

Granville era indaffaratissimo a trascrivere notizie, ed essendo così occupato non era felice neppure la metà di suo fratello. «*Solensis*» scrisse pedantemente «o conchiglia del pesce rasoio. Si scorge talvolta nascosto sotto la sabbia ma si sa che di quando in quando ha la capacità di spostarsi rapidamente nell'acqua aprendo e richiudendo le valve. L'acqua penetra attraverso il canale inalante e esce attraverso il canale efferente.»

«*Tellina Solidula*» scrisse poi.

I fratelli erano seduti su due sedie di pelle, con la schiena rivolta a una vetrinetta piena di uova di puffino vecchie un centinaio d'anni, tutte simili tra loro e polverose. Poiché questo strano uccello (chiamato talvolta pappagallo di mare) deponeva le uova in fondo a una fossa fangosa scavata nella scogliera, per Henry Austin Sedgewick Primo era stato impossibile porre le mani su un esemplare perfettamente pulito. I successivi tentativi di rimuovere la sporcizia non erano approdati a nulla e ora le uova erano lì, file su file di uova, coperte da una sottile pellicola di fango vecchio un centinaio d'anni, la collezione meno spolverata della proprietà. Sul ripiano più basso, a sinistra, si trovava una piccola raccolta di astucci neri, fatti di un materiale che sembrava cuoio, che contenevano le uova di una certa varietà di squali chiamate dai contadini «borse di sirene». Accanto, montato su un piedistallo d'argento, c'era un dente di squalo che, si diceva, aveva facilitato la dentizione degli stessi Osbert e Granville, e la cui presenza nella casa era la conseguenza di un pezzo di storia popolare raccolto dal padre.

«Di questi tempi le storie che si raccontano nelle case si stanno facendo sinistre» sbottò a dire Granville, distogliendo l'attenzione dal suo incarico.

La luce del sole, che si era spostata sul vetro polveroso e pieno di bolle della grande finestra a arco fino al lato opposto della stanza, scelse questo istante per mostrare fino a che punto fosse logoro uno dei bordi del tappeto persiano. L'avevano calpestato per duecento e cinquant'anni i Sedgewick, trasportando i preziosi esemplari alle vetrinette che si allineavano contro le pareti.

«Questioni politiche?» chiese Osbert. «Sollevazioni?»

«Non esattamente» rispose Granville. «Gli ambulanti, i viaggiatori, affermano che all'ovest i tempi sono incredibilmente duri.»

«Tempi terribili all'ovest» concordò Osbert. «È sempre stato così. Alcuni sono senza finestre e, di conseguenza, senza vista. Scenario sublime, però. Rammenti le battute di caccia al puffino con nostro padre, nel Donegal? Dovremmo tornarci... magari l'anno prossimo. Questa conchiglia ha bisogno di appena un'ombra di ocra rossa.»

«Sì, ma adesso dicono che non ci sia abbastanza da mangiare.»

«Non hanno mai avuto abbastanza da mangiare» disse Osbert. «Sopravvivono a patate, per l'amor del cielo.» Raschiò, con aria quasi seccata, la pastiglia del colore ocra. «Tubero notevole, però» aggiunse «con il quale si può sopravvivere. *Solanum tuberosum.* Chi l'ha portato dal Perù – Raleigh o Drake? Pensava che fossero tartufi, vero... o no?»

«Raleigh non si recò mai in Perù.»

«Ne sei certo?»

«Assolutamente.»

«Be' allora... deve essere stato Drake.»

«Dicono» insisté Granville «che c'è qualcosa che non va nelle patate.»

«Parassiti, immagino. La fillossera, senza dubbio. Creaturine minuscole, ma piuttosto interessanti quando le si esamina al microscopio. L'esemplare adulto è lungo da due a tre millimetri circa. Credo di averne disegnato uno, una volta... non riesco a ricordare.»

«Dicono che le foglie diventano nere e si sente un odore dolciastro, di marcio» disse Granville «e le patate si decompongono prima che le possano estrarre dal suolo. James Flanaghan ha detto che il raccolto dell'anno scorso, all'ovest, era in parte rovinato, ma quello di quest'anno in pratica non esiste.»

«Lo stesso Flanaghan che ti ha raccontato quell'interessante storia su quel ladro... com'è che si chiamava?»

«Black Dan O'Reilly.»

«Ah sì... e non c'era qualcosa riguardo all'oro... qualcosa su una mano?»

«La ricerca di Black Dan O'Reilly della mano d'oro. Aveva cominciato come ladro di polli... ma voleva di più. Così passò alle porcilaie, ma voleva ancora di più. Rubò del bestiame, ma voleva di più, e allora rubò denaro ai nobili... ma voleva di più. Nel frattempo si innamorò di una ragazza virtuosa, la quale desiderava che anche lui diventasse onesto. Ma lei lo conosceva bene – sapeva che voleva sempre di più – così gli parlò di una mano d'oro: aveva sentito dire che era sepolta in una palude, che era la cosa più bella del mondo e avrebbe dovuto tentare di trovarla. Tempestata di gemme, cose del genere.»

«La trovò?»

«No, ma mentre cercava si mantenne onesto.»

«C'era, la mano?»

«Osbert, sono leggende.»

«Sì, ma una mano d'oro è senza dubbio un manufatto celtico. Probabilmente la storia contiene alcuni fatti storicamente corretti. Accade spesso, lo sai bene. Per caso Flanaghan ha fatto il nome della palude alla quale si riferiva la ragazza?»

«Sì... ma non ricordo.»

«Allora glielo chiederò.»

«Sì... l'ho scritto da qualche parte, ma piuttosto che farmelo cercare faresti prima a chiederlo a Flanaghan. Lui e Boyle ritengono che accadrà anche qui.»

«Che cosa... mani d'oro sepolte... ladri?»

«No, la malattia delle patate.»

Dal giardino, dove alcuni uomini stavano lavorando, arrivarono delle grida, seguite da un coro di risate.

«Deve essere arrivato O'Donovan... quello più giovane...» disse Granville dopo una pausa. «Gli uomini lo stanno canzonando. Sta per sposarsi.»

«Ah» disse Osbert, fissando con occhi socchiusi l'acquerello che rappresentava la conchiglia «bella roba. È un pazzo.»

«Sono tutti pazzi a quell'età, e anche le ragazze.»

«Ma affascinanti.»

«Sì... abbastanza. A proposito della moglie di O'Malley, quella che era altrove. L'hai vista in giro? Ne parlerà mai, secondo te?»

«Dicono di no, mai più... e non è in grado di operare guarigioni.»

«È un peccato che non sia possibile raccogliere la testimonianza delle sue esperienze. Per quanto riguarda la malattia, non arriverà fin qui.»

«No... perché no?»

Le urla in giardino si erano interrotte e tutto intorno era silenzioso, eccetto il rumore di un rastrello abbastanza vicino, proprio sotto la finestra.

«Perché qui siamo ad Antrim. I nostri contadini stanno bene. Guarda le baracche costruite da nostro padre. Ascoltali quando cantano. E noi siamo qui. Tutti i proprietari terrieri dell'ovest sono lontani. Noi ci prendiamo cura della nostra gente e loro hanno il diritto di mezzadria.»

«Ottima cosa» disse Osbert, osservando suo fratello che intingeva la penna in un vasetto di denso inchiostro azzurro. «Una buona cosa, visto che anche loro non mangiano altro che patate.»

«E anche avena, e latte. Ti avevo detto, a proposito, che finalmente otterremo una Scuola Nazionale?» Piuttosto che tornare all'elenco di termini latini, Granville avrebbe chiacchierato tutta la mattina. «Sarebbe proprio ora. Ce ne sono ovunque, sparse in tutto il paese.»

«Una scuola nazionale? E allora che cosa accadrà dell'istituzione *en plein air* di O'Malley?»

«Forse potrebbe insegnare alla nazionale. Meglio che starsene lì a preoccuparsi continuamente che arrivi un ispettore a chiudere tutto. Avrebbe uno stipendio su cui contare. È un brav'uomo. Forse lo assumeranno come maestro.»

«Improbabile... è cattolico... e amico per la pelle del prete dell'isola.»

«Ah già... è cattolico... l'avevo scordato. Be', allora si occuperà della fattoria a tempo pieno. Come suo padre, maestro della scuola all'aperto prima di lui. Che peccato... eppure, credo che sia la cosa migliore. Eccetto il fatto che probabilmente ci arriverà qualcuno da Dio sa dove, con poca conoscenza del latino, e punto del greco.»

«Senza dubbio.»

9

*O*gni volta che stirava i pochi tovaglioli di lino che erano appartenuti alla madre di Brian, Mary prestava attenzione alle forme e alle figure che emergevano dalle pieghe quando la stoffa si stendeva e si inamidava sotto il ferro. Tre castelli legati tra loro, un trifoglio d'Irlanda, una croce celtica, una mano.

Amava quel lavoro. Brian aveva detto di non sapere nulla di preciso sul modo in cui sua madre era venuta in possesso di quegli oggetti, che parlavano di una vita agiata, di buone maniere a tavola e banchetti, ma erano stati usati solo in giorni speciali – quelle rare occasioni in cui era disponibile della carne rossa, o quando c'era una veglia funebre.

Mary conosceva solo frammenti delle leggende connesse a quelle immagini, poiché le sue personali associazioni erano più forti dei labili racconti uditi da bambina.

«Guarda» diceva a suo figlio, che gattonava ai suoi piedi sul pavimento di pietra. «Guarda, Liam» canticchiava, tenendosi davanti un quadrato di stoffa bianco e pulito, come fosse stata la santa sindone «ci sono tre castelli: Dunluce, Dunseverick e Kinbane. E qui» e indicava con il mento la spirale, all'angolo del tovagliolo «qui c'è Slough-na-More, l'abisso marino nei pressi dell'isola in cui sono nata, e dove vive ancora la tua nonna.»

Il bambino osservava la stoffa con occhi grandi e limpidi, poi tornava a rivolgere l'attenzione a un cucchiaio di legno con il quale stava giocando.

Mary sapeva che la mano significava qualcos'altro, si riferiva a un ladro o a un re. Nella sua immaginazione era una mano che ondeggiava sotto l'acqua, ma cercava di allontanare quella fantasia tutta sua. Il lino proveniva dagli stabilimenti di Belfast. Brian glieli aveva descritti: enormi stanzoni pieni di gente che faceva contemporaneamente le stesse cose, macchinari grandi come casette e un rumore più forte di quello del mare. Un giorno o l'altro le sarebbe piaciuto dare un'occhiata a quelle fabbriche, anche se Brian le aveva riferito che lavorarci, anche un solo giorno, sarebbe stato come morire.

È molto meglio, le aveva detto, lavorare piantando cose nella terra o nella mente, e poi attendere con la calma e la pazienza che fioriscano.

Nel libro di geografia che leggeva a voce alta a Brian, la sera, c'erano elenchi di ortaggi che crescevano in terre che lei non aveva mai visto; lunghe colonne di prodotti nazionali che, secondo quanto diceva suo marito, venivano caricati sulle navi e trasportati da un paese all'altro. C'erano incisioni che mostravano frutti esotici – noci di cocco, ananas, banane, arance – e certe piante che cambiavano il sapore della zuppa che bolliva nella pentola. La cannella, disse Brian, ha un sapore che una volta assaggiato non si dimentica più, ed è la spezia più ambita. Le mostrò l'isola a forma di lacrima dove la pianta cresceva e lei pensò a che cosa significava desiderare qualcosa di così lontano.

La giornata estiva era umida e piovosa, e Brian tornò a casa prima del solito. Sedette sulla poltrona di giunco, che cigolò sotto il suo peso, e prese in braccio il figlio, facendo scorrere la grande mano destra sui capelli rossi del bambino. Aveva l'aria stanca.

«Ce n'erano molti oggi?» chiese Mary.

«No» rispose lui, «no. Il solito, solo cinque.»

Sul tavolo Mary aveva già posato tre uova e una patata, vecchia e avvizzita, proveniente dal raccolto dell'anno prima. «Non credi che torneranno?» Mary si avvicinò al marito. «Per il tuo insegnamento. Ci sono tutte le ragazze che erano così affezionate a te.»

«Ero troppo accomodante con loro. Ecco perché mi erano affezionate... non per il latino.»

Il bambino aveva cominciato ad agitarsi sulle ginocchia di suo padre, e Mary lo aiutò a scendere. «Be', chiunque sia a insegnare alla scuola nazionale, non potrà essere come te. Non avrà il dono dell'insegnamento.»

Brian allungò la mano e prese un uovo dal tavolo. Si adattava alla perfezione al palmo della sua mano. «L'anno prossimo, a quest'ora, non esisteranno più scuole all'aperto» disse. «Quei tempi sono passati. Non sarà rimasto nessuno disposto a prestarmi attenzione, né a me né a nessun altro maestro che insegni il greco. La gente è troppo povera e i bambini saranno educati dal governo.»

Mary era silenziosa. Guardò le uova che aveva raccolto quella mattina dal tetto del cottage, che ben presto avrebbe avuto bisogno di riparazioni. «Stanno ancora nidificando nel tetto di paglia» disse al marito.

Brian si alzò, attraversò la stanza e sbirciò dai vetri della finestra. Mary sapeva che non c'era nulla da vedere là fuori, nella pioggia. Tornato alla poltrona, l'uomo sedette con un sospiro e incrociò le braccia robuste sul petto. Il bambino si mise a piangere; era l'ora della poppata. Mentre si slacciava la blusa per allattarlo, Mary si rivolse ancora a suo marito. «Che cosa hai intenzione di fare, dunque, se non c'è più niente da fare per la scuola?»

Brian sospirò e si appoggiò allo schienale. «Non lo so» disse. «Non sono un grande lavoratore. Forse se apportassi dei miglioramenti alla fattoria –»

«Potrei filare» intervenne Mary «ci si potrebbe ricavare qualcosa. Nell'angolo c'è l'arcolaio di tua madre, se ne sta lì a far niente. E poi ci sono le alghe. So come si fa a raccoglierle, come facevano le donne di Rathlin.»

«Sì» replicò lui con calma «è un'idea.»

La mano del bambino si allungò verso il volto di Mary. «Brian» disse lei, con dolcezza «rimpiangerai così tanto la scuola?»

«Sì... la rimpiangerò. Un bambino che impara a leggere...» esordì, ma non terminò la frase. «E questa è la fine per noi» continuò. «Loro insegneranno ai nostri bambini. Capisci, non resterà nessuno di noi, nessuno sarà più quello che adesso conosciamo.»

Mary abbassò lo sguardo sul figlio. «Insegnerai a Liam e a me?»

«Sì.»

«E la fattoria prospererà e i bambini riceveranno un insegnamento. Potranno imparare.»

«La poesia svanirà dalla nostra gente» disse lui con amarezza. «Non ne resterà neppure una briciola. E non più studiosi che vanno in giro per il mondo. Ciò che conosciamo... finirà tutto.»

«Tu continuerai a scrivere le tue poesie, Brian. Non hai bisogno di radunare i bambini per continuare a scriverle.»

«Ah, Mary» disse Brian, con tristezza «quelle che scrivo si possono definire a malapena poesie. Stavo aspettando quell'unico alunno dotato di talento, e con mio immenso dolore non è mai arrivato. Mio padre ha insegnato per tutta la vita e ne ha avuti solo due con il dono della poesia, e quei due sono andati in giro per il mondo con la giusta dose di passione nei loro cuori e sulla lingua l'antico linguaggio e il tempo... oltre a tutte le vecchie leggende. Una volta uno è venuto qui. Arrivò dopo la morte di mio padre; lui stesso era un vecchio, e sedette dove ora stai seduta tu. Era un uomo capace di trasformare una frase in un canto. Aveva trascorso tutta la sua vita per le strade, facendo proprio questo. Si rammentava di mio padre, e così tornò per rivedere il luogo dove mio padre gli aveva dato la conoscenza. Non si vedranno più persone di quel genere. Non c'è nessuno, tra quelli ai quali ho insegnato, capace di trasformare una frase in un canto e ora, con il declino della scuola, non avrò più l'opportunità di trovarne.»

Si alzò e gettò un altro pezzo di torba nel fuoco. «E il mio stesso figlio» disse con rabbia «il mio stesso figlio frequenterà la scuola nazionale.»

«No» disse Mary «no. Non lo permetteremo.»

«Non saremo in grado di impedirlo.» Brian si accucciò accanto al fuoco e lo attaccò con il mantice fino a quando non brillò, rabbioso e caldo. «L'antico linguaggio scomparirà per sempre, insieme a tutta la magia e alle leggende. Ecco che cosa vogliono, quello che hanno sempre voluto, liberarsi di noi in un modo o nell'altro. Avevo creduto che quelle vecchie credenze fossero un male per la nostra gente. Lo avevo creduto quando non c'era nessun pericolo che sparissero. Ora so che svaniranno e la cosa mi rattrista nel profondo, Mary.» Tornò a guardarla. «E sparirà anche il linguaggio» disse. «Pensare che ho avuto la stupida caparbietà di insegnare ai bambini l'inglese e il latino e il greco quando invece avrei dovuto insistere sul loro stesso linguaggio.» Appoggiò il mantice a uno sgabello accanto al camino. «Ce n'è abbastanza da spezzare il cuore di un uomo per essere stato così stupido.»

«Non prendertela così, Brian.» Mary allungò la mano verso il marito, tenendo sempre in braccio il bambino. «I ragazzi hanno ancora la loro lingua, e le credenze sono quel che sono. Ci sono grandi verità nelle antiche leggende... non spariranno così in fretta.»

Brian colpì con il pugno il palmo aperto dell'altra mano. «Possono essere sconfitte e svuotate di significato, e possono essere ridotte al silenzio, Mary. Possono essere sradicate. E non conosco la verità di tutto questo. Io stesso non credo a nulla, anche se mio padre, un uomo colto, e Quinn, sull'isola, hanno sempre parlato di cose inspiegabili.»

La coppia rimase in silenzio. Il bambino si era addormentato, e Mary lo depose nella culla vicino al caminetto, per preparare il pasto serale. Brian si diresse alla porta. «Vado un po' fuori» disse «a dare un'occhiata ai campi.»

«Sta piovendo, Brian.»

«Ha smesso per un po', e non ci metterò molto.»

Rimasta sola, Mary si rese conto che dentro di lei c'era qualcosa di nascosto, una cosa perduta che avrebbe potuto ritrovare se ne avesse avuto bisogno, perché lei possedeva frammenti delle vecchie credenze. Erano svanite da suo marito ma non le erano state completamente sottratte... erano come addormentate, una specie di letargo invernale. Avrebbe accettato ogni genere di ritorno, senza porre domande. Una pietra, una canzone, un occhio verde, un gesto interrotto. Qualcosa in lei desiderava una conclusione.

C'era una storia riguardo a una donna che aveva danzato nella brughiera e sulle scogliere di Rathlin fino alla morte; quando il suo corpo cadde nelle acque di Fair Head, quel punto prese il suo nome; lo prese dai suoi meravigliosi capelli biondi che ondeggiavano nel mare accanto alle rocce che le avevano spezzato il cranio. Mary non riusciva a ricordare chi fosse stato il suo compagno nella danza, ma poteva immaginarne il pallore, la camicia strappata e l'occhio liquido. Poteva immaginare il sangue della giovane donna infiammato nell'abbraccio, ogni colore della roccia, della torba e del mare che turbinavano, e la fiducia in lui forte nelle ossa delle caviglie snelle della donna – un polso stretto dalla mano di lui che la chiamava con un cenno. Danzare in quel modo era insito in lei, nelle sue stesse credenze, anche se teneva ben nascosta l'idea. Ed era in lei anche il dono di trasformare una frase in un canto, se mai avesse deciso di cantare.

Brian consumò la cena in silenzio, inzuppando la patata nel latte e guardando il fuoco che ardeva alle spalle della moglie. Sgusciò l'uovo e se lo cacciò in bocca intero, con un gesto brusco. Quando, infine, parlò, erano parole rivolte a se stesso, come se volesse consegnare i pensieri alla stanza, per sgombrare la mente.

«E pensare che le piccole scuole ebbero inizio al tempo delle Leggi penali, in risposta all'oppressione, quando pretendevano che nessuno di noi ricevesse un'educazione. È come se la nostra gente fosse sempre stata affamata di conoscenza. E anche quando non avevano assolutamente nulla, riuscivano comunque a tirar fuori quei pochi miserabili spiccioli per tenere in vita il maestro. Hanno sempre avuto questa fame, capisci, questa avidità per il momento in cui le parole si tessono insieme, generando un significato. Nulla poteva tenerli lontani da questo. Duecento anni a nascondere la fame, e poi a nascondere il nutrimento dell'apprendimento in quelle piccole scuole fatte di nulla.» Posò la mano di piatto sul tavolo, davanti a sé. Era molto più lunga che larga. «Esiste una rara bellezza» continuò, guardando la sua mano «in qualcosa che sta nascosto e segreto, ed esiste un raro genere di educazione che si può ottenere in luoghi nascosti.»

Non stava parlando a lei, tuttavia Mary gli rispose. «Sì» disse «esiste una rara bellezza in qualcosa che sta nascosto.»

Terminarono la cena, pancetta, uova, patate, latte, e poi le nuvole si aprirono e comparve il sole basso all'orizzonte, che inviò un raggio di luce attraverso la finestra; cadde sulle pieghe della manica di Brian, arricchendo le diverse tonalità di beige dei gusci frantumati delle uova. Poi il raggio si posò su una pila di libri che occupava il tavolino a tre gambe nell'angolo. Mentre si spostava in quella luce cruda verso il bambino o il fuoco, Mary parve apparire e scomparire agli occhi del marito che, a parte la manica, restava nell'ombra.

Fuori, la terra umida fumava nel chiarore improvviso, e in una valle a circa due miglia dall'altopiano in cui si trovava il cottage di O'Malley si levò una debole brezza, che scosse l'erba delle marcite facendo piegare in modi bizzarri i cespugli di rovi. A una a una le foglie dei campi coltivati vennero rivoltate. Se qualcuno fosse stato lì a guardare avrebbe visto gli inizi di una macchia nera che punteggiava il verde, altrimenti sano. Ma in realtà un bambino, che stava giocando in una pozza d'acqua piovana con sassi e bastoncini, alzò il capo e fiutò l'aria, incapace di identificare quel nuovo profumo, un portento portato dal vento.

Questi sono gli inizi della disperazione. Le nubi si aprono e l'ultimo raggio di sole ricopre un paesaggio di indescrivibile bellezza. Il mare azzurro è coperto da un tappeto di stelle, i cormorani vanno verso le scogliere dove crescono i loro piccoli, e il fumo sale dai cottage dove i pasti sono stati consumati in pace. L'odore dolciastro e cupo del cambiamento viene scambiato per quello di rose che non si riescono a scorgere. Nessun uccello smette di cantare, percependo la carestia.

La brezza si insinuò sotto la porta del cottage. Brian, che stava leggendo un testo latino accanto alla finestra, accese la pipa nell'esatto momento in cui avrebbe potuto percepire quella terribile dolcezza. Mary, tuttavia, riconobbe qualcosa nell'aria che la fece pensare, per un istante, a una pelle fresca e bianca tesa sul muscolo di un braccio. L'aria odorava di perdita – di una bellissima assenza. Le serrò la gola e lei si portò brevemente la mano alle labbra, come per imporsi il silenzio.

Poi il vento mutò direzione, il sole tramontò. Ben presto sarebbe stata ora di dormire.

10

Quell'inverno Osbert e Granville, come al solito, vagabondarono per la campagna con i loro seggiolini pieghevoli – tempo permettendo. A Murlough Bay, Osbert tracciò lo schizzo di una veduta di Rathlin Island e Granville compose un lamento per le centinaia di donne e bambini che vi erano stati massacrati nel 1576 dal Duca di Essex, nel suo tentativo di domare il «selvaggio Ulster». Benché non potesse, da quella distanza, vedere *Crooknascredhlin* (la collina delle urla) o *Langraviste* (la voragine della grande sconfitta), dove presumeva avesse avuto luogo il massacro, il solo guardare le scogliere di quell'isola sfortunata spingeva Granville alla poesia. In effetti, aveva confuso i due disastri: entrambe le località erano state la sede di brutali attacchi da parte dei soldati scozzesi, un centinaio d'anni prima.

I fratelli andarono anche a visitare la scuola all'aperto, ormai abbandonata. Osbert eseguì diversi disegni, all'interno e all'esterno, in modo da lasciare un ricordo per i posteri, e Granville compose due lunghe poesie narrative, una intitolata «Un lamento per una scuola all'aperto abbandonata», e l'altra, un monologo teatrale, intitolata «Il lamento del maestro della scuola all'aperto». Nel corso delle loro escursioni alle scogliere di Fair Head avevano incontrato il signore in questione una o due volte. Così come era successo a quello di tutti i fittavoli e affittuari di cottage di Antrim, anche il raccolto di patate del maestro era stato un disastro. Ma avrebbe comunque superato l'inverno, aveva detto, con le uova delle galline e il latte della mucca e un po' di denaro messo da parte, tanto da riuscire ad arrivare al raccolto dell'anno dopo.

«E vostra moglie, signore?» avevano chiesto i due, ansiosi di avere un'idea della situazione.

«Sta abbastanza bene» aveva replicato il maestro. «Ora si dedica alla filatura, visto che il bambino è svezzato.»

«E il vostro amico Quinn? Sempre impegnato a sviluppare il suo intelletto... con il vostro aiuto, naturalmente, e quello del Supplemento alla quinta, sesta e settima edizione?»

«Viene a trovarci più meno una volta al mese» rispose Brian, che nel frattempo, soprappensiero, punzecchiava il terreno con il forcone che teneva in mano «e parliamo un po' del Supplemento, per il quale vi siamo molto grati» aggiunse, sfiorandosi nervosamente il cappello.

«I suoi parrocchiani stanno bene?»

«Hanno perso il raccolto di patate.» Il maestro scrutò il cielo. «Hanno un po' di frumento, ma per loro la vita è dura.»

Osbert disse che il raccolto di quell'anno avrebbe messo a posto le cose, e Granville sostenne che la rovina del raccolto non avviene mai per due anni di fila. Nessuno dei due menzionò la nuova scuola nazionale o la scuola all'aperto deserta dove il graticcio, abbandonato a se stesso, aveva cominciato a cadere, e la tettoia di paglia era infestata da topi e uccelli. Fecero i complimenti al maestro per i miglioramenti apportati alla fattoria e continuarono per la loro strada. Quando arrivarono a Lough Crannog la luce era assolutamente perfetta.

Mary stava cominciando a lasciarsi la casa alle spalle. Il cottage l'aveva riparata e protetta all'inizio del suo matrimonio, per tutto il corso della gravidanza e del parto, e mentre allattava il bambino. L'aveva circondata con le sue braccia di pietra mentre imparava a leggere e mentre tracciava sulla lavagna le prime goffe lettere. In essa il nuovo mondo fatto di libri, restava asciutto e al sicuro. Il suo fuoco era esploso rigoglioso ogni giorno, grazie alla generosa fornitura di paglia procurata dal marito. Mary aveva imparato ad amare le due lampade e i quattro tovaglioli, le pietre del lastricato e il semplice tavolo. Le lenzuola, i cuscini, le piccole lastre di vetro alle poche finestre. Le sei sedie impagliate e l'unica pietra piatta che costituiva la soglia. Amava le padelle di ferro che usava per cucinare e anche le galline fastidiose che rovinavano la copertura di paglia facendoci il nido. Amava gli angoli e la scopa con la quale raccoglieva la polvere che si accumulava dove le pareti si incontravano con il pavimento. La sonnolenta monotonia di ogni giorno. Il conforto di legarsi all'accudimento della vita.

Ma con il progredire del primo inverno susseguente alla perdita del raccolto, il cambiamento cominciò a spingerla con dolcezza verso altre attività, così come gli animali spingono con il muso i loro piccoli verso la vastità del mondo. Brian era un uomo distrutto. Il suo raccolto era rovinato, la sua scuola si era diradata e infine era sparita. Trascorreva i giorni con il senso di colpa, costruendo e distruggendo i pochi terrazzamenti di pietra – apportando migliorie alla fattoria – oppure, a volte, continuava a lavorare fin nel cuore della notte, tagliando erba con rabbia, finché il suo modesto fienile non ne era pieno zeppo. Mary lo guardava da lontano, chino sulla zappa di suo padre, ossessionato, come se quell'utensile che veniva dal passato, e che aveva preso nuovamente vita tra le sue mani, potesse far scomparire il presente. Non le parlava della sua scontentezza.

Quando il padre usciva per recarsi nei campi, Liam bersagliava con i piccoli pugni la porta e si arrampicava sullo sgabello per colpire i vetri della finestra fino a quando, esausta, sua madre non gli infilava degli indumenti pesanti, permettendogli di uscire nel mondo là fuori. Allora il bambino restava a guardare, come ipnotizzato, la danza d'amore che Brian eseguiva con il lavoro. Andò a finire che anche il bambino iniziò a scavare la terra, sporcandosi di fango le unghie delicate e tenere. Ora non è più tutto mio, pensava Mary. I campi l'hanno reclamato, come reclamano tutti gli uomini... quelli che non sono stati scelti dal mare. Guardava la curva della sua schiena in miniatura, mentre si chinava su una montagnetta di fango, e diceva a se stessa: «Ecco come sarà la sua vita, chino, sotto un cielo che si incupisce».

Quando fu il tempo della semina di primavera, Mary si alzò al buio insieme al marito, seguendo la fiamma della sua lanterna fino ai campi. La luce delle lanterne dei vicini punteggiava le colline, e l'alba incipiente era un nastro rosso, nel punto in cui la terra si alzava a incontrare le scogliere. Mentre, in silenzio, zappavano la terra creando piccole colline, o mettevano i tuberi di patate nel suolo, l'apprensione cominciò a crescere nel suo cuore, con l'idea che una improvvisa calamità ben presto si sarebbe impadronita di loro nel mezzo di quella calma fredda e cupa. La luce rossa che gradualmente aumentava si era fatta strada sul terreno, le zolle smosse ai suoi piedi non dissiparono la paura e lei continuò a guardarsi alle spalle, verso la baracca, come aspettandosi che il tetto di paglia prendesse improvvisamente fuoco per tutto quel cremisi che continuava a espandersi. Riflesso sui vetri della finestra, il sole sembrava un fuoco e Mary strinse d'istinto la manica di Brian, poi, rendendosi conto di che cosa si trattava, la ritrasse. Il volto che lui le mostrò in quell'istante era calmissimo. Sembrava ansioso di tornare a rivolgere la sua attenzione al terreno, come se la sua anima fosse affondata, una piantagione dopo l'altra, dentro al suolo.

Mary avvertì che la terra era inerte; addormentata come mai prima d'allora. I ciottoli erano ricoperti di un liquido vischioso che non scompariva alla luce del mattino e che faceva sì che il gelo restasse appiccicato alle cose piantate a terra. Mary ricordava che sull'isola c'erano dei punti così sterili che i campi avevano dovuto essere creati, col tempo, partendo da materia organica: escrementi e alghe e le lische dei pesci appena mangiati. Era l'erba che cresceva nel mare a costituire il terreno migliore, e mentre Mary si piegava a piantare un altro tubero, con l'occhio della mente vide gli uomini e le donne dell'isola dipartirsi dalla striscia di spiaggia con le schiene pesanti per il carico scuro e lucido.

Liam, il visino velato di sonno, la chiamò dalla porta della casa e lei corse da lui per dargli una tazza di latte. Più tardi, mentre lo vestiva, infilando i calzoni sul suo corpo caldo e massiccio, cominciò a desiderare di trovare dei modi per far tornare un po' di vita nei campi di suo marito.

Ci vuole un tocco di mare, pensò Mary; un po' dei lunghi capelli del mare.

Si levò nel buio e attraversò la stanza, cercando il suo scialle. Il bambino piagnucolava e Brian si allungò nel posticino caldo che lei aveva lasciato nel letto. Attraverso il vetro della finestra vide la luna che abbracciava l'orizzonte. Il catenaccio ricadde alle sue spalle come un penny lasciato cadere in una brocca e lei rimase immobile nella scia di quel suono, con la mano tesa, quasi a volerlo fermare.

Mentre si avviava al mare con la gerla di vimini sulla schiena, la luce cominciò a sfiorare la collinetta alle spalle del sentiero, e i laghi dietro di lei – uno con la sua isoletta circolare – si animarono, argentei e vivi.

Ebbe la sensazione di non aver mai camminato in quel punto prima di allora.

Nella sua mente c'erano solo i campi e le piante marine che avrebbe dovuto raccogliere per nutrirli. Dalla baracca alle scogliere c'era un miglio di strada.

Anche se non lo sapeva, il coltello che aveva con sé era vissuto in interni per due secoli, dopo essere servito come arma all'epoca di Cromwell. La gerla era stata intrecciata nel dolore dalla madre di Brian, al tempo in cui era pazza di disperazione per la morte del suo primogenito.

E tutto questo era stato acquietato dal tempo. La passione e perfino la memoria del passato, tutto dimenticato.

Il coltello graffiava il fondo della gerla mentre Mary scendeva le scogliere attraverso una fenditura nella roccia chiamata il Sentiero dell'Uomo Grigio, e di fronte a lei la vista si apriva in lontananza. Quella scabra bellezza – l'isola scoscesa al largo e il rincorrersi cupo di un paesaggio costiero tormentato – era radicato nelle sue ossa, e la faceva avanzare con passo sicuro. La marea si era ritirata, come lei, d'istinto; sapeva che sarebbe successo, portando alla luce le forme goffe di grandi massi striati di alghe.

Il cielo pallido brillò sulla lama del coltello. Lei lavorò senza posa, ascoltando nell'immobilità gli uccelli marini e il grattare del metallo sulla roccia, la schiena rivolta alle onde che si stendevano come una sottana sulla sabbia, e la sua stessa gonna zuppa della rugiada che veniva dai campi attraverso i quali era passata. Si era tolta lo scialle, che giaceva ai suoi piedi come un cadavere.

Nel suo lavoro c'era un che di doloroso. Implicava una serie di gesti che la facevano assomigliare a una donna che implora pietà, per poi lasciar ricadere le braccia sui fianchi, in segno di rassegnazione e impotenza. Ma la gerla si riempì rapidamente e ben presto lei si fermò a pressare il contenuto con i palmi delle mani, in modo che l'acqua colasse attraverso l'intreccio dei vimini, sparendo nella sabbia.

Quando ebbe terminato si chinò a riprendere lo scialle da terra. Poi stirò la schiena, si pose le mani sulle reni, e alzò il volto al cielo. Aveva avuto un tetto sulla testa per un tempo così lungo che la complessità delle nubi la colse di sorpresa, contrariamente a quanto era accaduto con il paesaggio. Allora si volse, incerta, verso il mare, socchiudendo gli occhi, come se si aspettasse che quella visione la sconvolgesse. Ma accorgendosi che non le mostrava nient'altro che acqua, e che nessuno dei suoi suoni le diceva qualcosa, si accucciò per sistemarsi sulle spalle le tracolle di cuoio della gerla. Poi, facendo leva sui muscoli della schiena e delle gambe, lentamente sollevò il fardello e, il corpo piegato all'altezza della vita, iniziò la lunga risalita. Venti minuti dopo, nei pressi del laghetto con l'isola – lo specchio d'acqua più vicino al suo cottage – lo vide in piedi, nel canneto accanto alla riva.

Mentre avanzava nell'erba, china sotto il peso che odorava di mare, la parola «Moira» avanzava insieme a lei, e quando alzò il volto sul lago le due sillabe si fecero più nitide. Vide colui che la chiamava ondeggiare come i giunchi e scintillare nel sole del primo mattino, e allora lasciò scivolare le tracolle giù dalle spalle e gli andò incontro con la schiena dritta e la gola esposta all'aria. Tra le sue braccia era freddo e liscio come i sassi sulla spiaggia, dietro alle spalle di lui l'acqua tremolava e scintillava.

Quando entrò in lei, Mary si sentì ricolma di una pena dolorosa. La pelle fredda di lui le attraversò il corpo e divenne la pelle che lei avrebbe indossato sotto quella attuale. Udì le rocce di laghi e oceani tintinnare nella cavità del cranio di lui e poi in quella del suo stesso cranio. Un battaglione di giovani, le giacche colorate squarciate dalla battaglia, le loro costole perfette frantumate, i cuori spezzati, marciò nella mente di lui e poi in quella di lei, e così, mentre giaceva nell'erba, Mary poté conoscere tutte le pene dei giovani. Poi la fronte di lui, e quella di lei, furono attraversate da una parata di tutte le navi, umili e fiere, belle e brutte, nelle quali i giovani erano morti per la violenza del mare.

C'erano infiniti modi di trovare la morte, per loro. Alcuni erano stati travolti da correnti maligne, e scagliati contro il granito, altri erano rimasti a osservare il soffitto dell'oceano farsi più dappresso, mentre il pesce catturato si liberava dalle nasse, altri erano periti di morte violenta fuori dalle taverne, dopo aver cantato inni d'amore. Alcuni avevano imbracciato le armi contro l'ingiustizia ed erano stati assassinati in pubblico sui patiboli o in privato, nelle segrete, per mano degli oppressori, la poesia della politica ancora calda sulle loro labbra.

Danzatori, poeti, nuotatori. Il loro sangue lontano corse nelle vene di Mary fino a quando colui che giaceva nella sua mente non tornò a scivolare nell'acqua.

Mentre si avviava al cottage, lei si voltò indietro un'ultima volta. Il lago era uno scudo di ottone battuto che si stendeva nella valle sotto il sole ormai alto. Sollevò la sua gerla e attraversò il campo.

E tuttativa, come nel paesaggio, in lei non c'era nulla di tranquillo.

11

Alcune settimane dopo Osbert, stanco di vedute e scorci, e turbato dalla mania per la storia naturale che, come un'epidemia, si stava diffondendo in tutta l'Inghilterra, iniziò a collezionare le strane, delicate forme di vita che popolavano le pozze costiere formate dalle maree. Poneva quei fragili tesori in un vaso pieno di acqua di mare, quindi li portava a casa, mettendoli nel suo nuovo acquario dove sarebbero sopravvissuti per quasi una settimana; nel frattempo lui poteva disegnarli e dipingerli con agio, nella relativa comodità della vecchia e polverosa biblioteca di Puffin Court. Tuttavia, dopo circa otto giorni o giù di lì, le enigmatiche creature galleggiavano in una superficie schiumosa e cominciavano a puzzare in modo così sgradevole che Osbert era costretto a gettare quella poltiglia putrida nel roseto, dirigendosi poi sulla riva a cercare esemplari freschi. Granville aveva reagito al nuovo interesse del fratello componendo una poesia intitolata «Lamento per un mollusco marino intrappolato nell'acquario di Osbert».

Impegnato in quell'attività, Osbert prestava poca attenzione al meraviglioso microcosmo che stava disturbando. I suoi esemplari acquistavano significato e realtà solo quando li portava a casa, li poneva sotto il microscopio, e li riproduceva con cura sulla carta. Ma a quel punto, ovviamente, erano ormai morti.

Quel giorno, come al solito, lavorò con zelo, raccogliendo le creature dalla pozza con un vaso di vetro. Ne perse alcune, quelle così fragili da spezzarsi al semplice contatto con qualcosa di diverso dal flusso e riflusso dell'acqua marina che riempiva il loro ambiente naturale. Allora mormorò una maledizione a denti stretti, e cercò esemplari più grandi e più robusti delle stesse specie. Non era una giornata calda e al contatto con l'acqua le mani gli si stavano intorpidendo. Pensava, con gratitudine, al fuoco che aveva lasciato acceso a Puffin Court e poi, di quando in quando, alla carrozza che aveva lasciato sulla cima delle scogliere.

Udì la donna prima ancora di vederla. Il sibilo del mare copriva gran parte degli altri rumori, e quindi avrebbe potuto mancarla completamente, ma il coltello che grattava la roccia era un suono abbastanza insolito da destare la sua attenzione e lui si voltò nell'esatto istante in cui lo scialle, che avrebbe potuto far scambiare la donna con un'altra, veniva tolto dalla sua testa color rame.

Benché lei fosse a circa trenta o quaranta metri di distanza, Osbert capì all'istante che si trattava della stessa donna che era stata altrove e lei, da parte sua, percependo di essere osservata, rimase immobile, il coltello in una mano e una massa scura di alghe flosce stretta nell'altra. Al di là della distesa di sabbia, Osbert riuscì a capire che lei lo stava guardando fisso.

L'uomo era in preda all'esaltazione. Sapeva che Granville lo sarebbe stato ancora di più. Qualsiasi cosa la donna stesse facendo, non lo interessava, ma percepiva che poteva essere una chiave di comunicazione. Se questa comunicazione avesse avuto luogo, Osbert avrebbe disperatamente desiderato poter prendere appunti ma, ahimè, non aveva né matita né carta sulla quale riportare ciò che la donna avrebbe detto, sempre presupponendo che avrebbe detto qualcosa. Travolto dall'agitazione, lasciò cadere il vaso che teneva in mano e numerosi anemoni di mare vennero lasciati perire sulla sabbia. Senza fermarsi a raccogliere il vaso, Osbert si avviò alla spiaggia dove stava la donna.

Quando giunse vicino alla roccia accanto a quella dove era lei, Osbert scoccò un gran sorriso. «Signora» disse «posso forse esservi di qualche aiuto?»

«Aiuto?» chiese lei.

Preso di contropiede dal fatto che lei avesse risposto alla sua domanda con un'altra domanda, Osbert si schiarì la voce. «Sì, pensavo di poter essere d'aiuto.» Guardò le alghe che lei teneva in mano. «Immagino che voi stiate raccogliendo esemplari di questo particolare genere di alga.»

«Prego?»

«Ne avete una quantità tale, credevo...» Osbert posò lo guardo sulla gerla, poi tornò a guardare la donna. «Pensavo... perché mai ne prendete tante?» sbottò infine, quasi senza rendersene conto.

Altre donne come lei avevano raccolto alghe lungo la costa per centinaia d'anni, da sole o, in certe stagioni, a gruppi. Capì all'istante che quell'uomo era stato cieco di fronte a loro, alla sua gente. «È per il campo, signore, l'orto... per far sì che le piantine crescano bene.» Abbassò lo sguardo poi, ricordandosi dello scialle, lo raccolse da terra per coprirsi i capelli.

Osbert era rimasto enormemente sorpreso da quella informazione, ma reputò prudente, considerando le circostanze, non mostrare nessuna reazione. Invece assunse un'espressione comprensiva. «Non sono cresciute molto bene, vero?»

«No, signore» rispose lei a voce bassa.

Non era questa la direzione che Osbert sperava avrebbe preso la conversazione, e praticamente non aveva idea di come guidarla in modo da poter ottenere alcune notizie interessanti per la sua raccolta di usanze folcloristiche. Intrecciò le mani dietro la schiena e iniziò a dondolarsi sui talloni e le punte dei piedi. «Ah, be'» disse «le cose possono solo migliorare.» Accorgendosi che lei non aveva nulla da replicare a quella banalità, chiese bruscamente «Voi sapete chi sono?»

«Sì, signore» rispose immediatamente lei «voi siete uno dei gentiluomini che vivono nella Grande Casa.»

«Sì, sì... è così. E voi, immagino, siete la moglie di O'Malley. Dico bene?»

«Sì, signore.»

Un silenzio terribile seguì questo scambio di informazioni, e nell'intervallo Osbert ritenne necessario tossire più e più volte. Sopra le loro teste gli uccelli marini stridevano e – Osbert non riusciva a trovarne una ragione – gli ricordavano la Collina dei Lamenti su quell'isola silente e calma che dominava il mare, al di là del braccio d'acqua. Raramente Osbert si era sentito più a disagio in presenza di un'altra persona. Fissò il mare con grande concentrazione, mentre la donna, paziente, restava in piedi davanti a lui.

«Bene, dunque –» esordì infine l'uomo.

Ma, con sua grande sorpresa, la donna lo interruppe. «Scusate, signore, voi che cosa state facendo?»

«Che cosa sto facendo?» ripeté Osbert. La curiosità non era uno stato mentale che associava a quel genere di persone. Immaginazione, superstizione... ma di certo non curiosità. Per un istante si chiese se la domanda non potesse essere impertinente, ma prima di poter chiaramente definire il comportamento della donna, si ritrovò a rispondere più o meno con gli stessi modi che avrebbe usato se lei fosse appartenuta alla sua stessa classe sociale.

«Cosa sto facendo? Be', raccolgo esemplari di anemoni di mare per osservarli e studiarli... e per disegnarli... quando li avrò portati a casa. Piccole creature, sapete, che vivono nelle pozze lasciate dalle maree.» Ecco, pensò, aveva risposto. Forse poteva semplicemente farsi avanti e chiederle, senza tanti giri di parole: Avete avuto un amante demoniaco? Ma, con suo ancor più grande stupore, lei continuò.

«Scusatemi, signore» chiese timidamente «ma per quale motivo lo fate?»

«Per quale motivo lo faccio? Per quale motivo lo faccio?» Osbert continuò a dondolarsi nervosamente sui talloni. «Lo faccio» rispose infine con tono enfatico «perché mi piace farlo.»

«Oh.»

«Serve a passare il tempo» aggiunse Osbert, sentendosi un idiota, leggermente piccato all'idea di aver avuto bisogno di addurre una giustificazione. Nessuno dei suoi affittuari gli aveva mai posto domande del genere, «Bene, allora» disse, più che mai ansioso di andarsene «credo che –»

Lei lo interruppe di nuovo. «Signore, mi piacerebbe vederle, vorrei vedere le creature delle quali state parlando.»

Lui era quasi seccato. «E per quale motivo?»

«Per capire perché le cercate e le osservate qui nell'acqua.»

Nella mente di Osbert passò un breve, inspiegabile ricordo di sé stesso bambino, in una stanza grande e fredda, con un fuoco fumoso nel camino in fondo, mentre porgeva un foglio di carta a sua madre, la quale, dal canto suo, non gli prestava che un'attenzione superficiale. «Che cosa ha fatto Granville?» aveva chiesto lei. Si trattava del disegno della baracca di un fittavolo con un grasso pollo in cima al tetto. In quel momento Osbert si rese conto che sua madre non era stata interessata né al tema dell'opera, né al modo in cui suo figlio l'aveva realizzata. «Perché non hai disegnato la Passeggiata della Grotta?» aveva chiesto lei. E ora, nel volto aperto e incuriosito della donna che aveva davanti, c'era qualcosa che faceva ricordare a Osbert il bambino che era stato.

«Ce ne sono di molti generi diversi» disse «e sapete, a volte possono essere molto difficili da vedere.»

«Sì» rispose lei, come a voler concordare con l'uomo.

Si accucciarono insieme sulla sabbia, in un anfratto circoscritto dalle rocce, mormorando e indicandosi cose che erano quasi invisibili, e questo genere di comunicazione così intensa tra una contadina e un gentiluomo era così impossibile che nessuno dei due vi pensò coscientemente fino a quando non fu concluso. Osbert disse alla donna, il cui nome scoprì essere Mary, i nomi latini delle molte specie che conosceva, e lei ascoltò attentamente; quindi chiese, con massima gioia interiore dell'uomo, se i Romani fossero soliti raccogliere e disegnare le minuscole creature marine. Lui si domandò in che modo quella povera donna potessere conoscere l'esistenza dei Romani, ma le rispose che ce n'era uno, il primo grande naturalista, che avrebbe potuto interessarsi a quel genere di cose.

«È bellissimo» disse la donna «una specie di giardino. Colori ai quali prima non avevo mai pensato. Guardate come è calmo e limpido... come uno specchio che riflette i nostri volti, ma dietro a essi c'è un intero mondo di cose vive e di esseri straordinari.»

Osbert decise di ricordare la frase riguardante lo specchio e i mondi, per riferirla a Granville. Poi, cosa molto strana, lo assalì il desiderio di tenere per sé la conoscenza di quelle parole.

Ora i silenzi che si stendevano tra i due, chini sulla pozza, erano piacevoli. Sembrava che la donna fosse incantata dalla fragilità e dalla grazia di ciò che vedeva, tanto che le parole le salivano alle labbra lentamente. «Guardate come si muove questo» disse a un certo punto «come se stesse dischiudendo qualche grande segreto qui, nell'acqua.»

Osbert guardò, ed era vero, l'anemone si stava dispiegando, tentacolo dopo tentacolo, con movimenti che assomigliavano a una lenta danza, come a rivelare, in una sorta di cerimonia, ogni misterioso aspetto di se stesso, per la prima volta. Il gentiluomo era ora chino sulle mani e sulle ginocchia accanto alla pozza dove poteva vedere riflessi non solo il suo volto e quello della donna, ma anche l'ombra della mano di lei che passava avanti e indietro sul fondo del piccolo specchio d'acqua. «Notevole» concordò.

«Piccole alghe» disse lei, muovendo la mano qua e là, incerta, sulla superficie dell'acqua «nella stessa corrente. Credo che si conoscano l'un l'altra, le alghe e queste creature.»

Osbert sorrise a questa ipotesi. Un rozzo tessuto come quello che la donna indossava non era mai stato a così stretto contatto con l'Harris tweed, ma Osbert non ci pensava. Ogni indumento che portava era stato creato da qualche altra parte, in un altro paese; tutto, comprese le ossa e la costruzione cellulare della sua carne. Lei, invece, era stata formata dai materiali di quel luogo. È come una bambina, pensava lui, considerando il modo in cui osserva le cose.

«Mi piacerebbe» disse lei «poter camminare in un campo come questo. Che colori. Che danze.»

«Catturerò questi esemplari per voi» annunciò Osbert, con un tono di generosità che risuonava in lui come la marea «e potrete portarli a casa con voi e osservarli laggiù... per un po'.»

La donna non rispose e, invece, si alzò in piedi. Poi scosse il capo. «Perché dovrei separare questo mondo? Non potrebbe più esistere» disse, abbassando lo sguardo verso Osbert, chino sulla pozza. «Se potessi entrare in questo mondo, lo farei e me ne andrei, lasciando tutto esattamente com'è – le piccole grotte, le meravigliose creature. Non porterei nulla di tutto questo via con me.»

Osbert, che era rimasto in una postura ridicola, a quattro zampe, si alzò con tutta la dignità che riuscì a raggranellare e cominciò a spolverarsi dalle ginocchia dei calzoni la sabbia e i sassolini. «Be', allora...» disse, imbarazzato.

Ma lei gli posò una mano sul braccio. «Vi prego» disse «non avrei dovuto dirvi questo. È una maledizione che un tempo avevo su di me e credevo che se ne fosse andata… questi discorsi. Ma non appena ho visto la piccola pozza… mi spiace.» Lo guardò con un'aria preoccupata così genuina e onesta che, con sua grande sorpresa, Osbert provò un'altra ondata di calore e affetto per lei. «Inoltre» aggiunse la donna «non avevo mai guardato una pozza in questo modo, e voi avete perso del tempo per mostrarmela. Ve ne sono grata.» E aggiunse ancora «Signore.»

Si chinò a raccogliere la gerla e si allontanò. Quando Osbert osservò la robustezza della sua schiena e delle sue spalle, provò un'ondata di ammirazione per la fierezza di quella donna. L'idea di essere innamorato non lo sfiorò neppure, ma sentì sorgere un'emozione del tutto insolita, tanto da provare il desiderio di richiamarla, di ammettere il barlume di comprensione che lei gli aveva donato. Ma era inutile, lo sapeva – i loro mondi si erano separati nell'istante in cui lei si era allontanata. Con una certa esitazione si inginocchiò di nuovo per togliere qualche altro esemplare dalla pozza, ma le parole di Mary continuavano a risuonargli nella mente: non esattamente ciò che aveva detto, ma il modo in cui aveva parlato a proposito di entrare nel mondo concluso, nelle sue danze, nel suo paesaggio. Poi, quando alzò di nuovo lo sguardo, lei e la sua gerla erano scomparse.

In carrozza, tornando a casa, con il secchio di acqua di mare che si agitava ai suoi piedi, rammentò l'espressione degli occhi di Mary mentre pronunciava le parole «tutto com'è» e lasciò che il cavallo si fermasse e rimanesse completamente immobile per dieci minuti, anche se non aveva portato con sé il cocchiere e Osbert quindi se ne stava all'aperto, esposto al vento gelido e con il cielo che minacciava pioggia. Poi fece sibilare la frusta e tirò le redini di sinistra in modo che l'animale ritornasse sui suoi passi. Quando arrivò per la seconda volta alla pozza, con un gesto di stizza gettò di nuovo nell'acqua il contenuto del secchio e si allontanò rapidamente, con un senso di colpa e di impotenza. Vide le orme lasciate dai suoi passi e da quelli della donna e riuscì a capire, dalla forma di quelle di lei, che aveva entrambe le suole degli stivali bucate. Provava un senso di confusione, irritazione, tristezza. Decise che non avrebbe raccontato a suo fratello assolutamente nulla degli eventi di quel pomeriggio.

Tuttavia il mattino seguente, a colazione, fece un annuncio. Non avrebbe mai più raccolto anemoni di mare. Invece, intendeva dipingere le pozze delle maree nella loro interezza.

Granville parve sorpreso, e allora Osbert spiegò che ogni elemento delle pozze era connesso, e che togliere alcune forme di vita sarebbe stato come strappare l'oro dalla terra.

In seguito, quel pomeriggio, Granville compose una poesia intitolata «Lamento per un acquario vuoto».

Rientrata a casa, Mary raccontò al marito l'incontro con il proprietario della Grande Casa. Liam stava sulle ginocchia di Brian, ripetendo di continuo tutte le parole nuove che aveva imparato. «Tavolo» diceva, oppure «sasso». «Non dovremmo parlare un po' irlandese?» aveva chiesto lei, man mano che l'elenco continuava. Ma Brian aveva risposto, semplicemente, che non aveva senso parlare una lingua adatta solo a un luogo dimenticato da Dio come quello.

«Ma tu hai detto...»

«Che importanza ha, adesso, quello che ho detto?»

«Ha importanza per me.»

«Presto non sarà più così.»

Gli raccontò della pozza, dei suoi colori e delle sue creature, ma lui la interruppe. «Loro e le loro pozze» disse con disprezzo. «Noi stiamo per morire di fame e loro se ne stanno a raccogliere rifiuti nelle pozze. Cristo, ma non esiste fine alla cecità e alla stupidità?!»

Il bimbo si lasciò scivolare giù dalle ginocchia del padre e corse al lato opposto della stanza per andare a prendere la bambola di pezza che la mamma gli aveva confezionato. Una volta preso il giocattolo, si arrampicò in braccio a sua madre e rimase lì, in silenzio, a tormentare gli occhi della bambola fatti con due bottoni.

«Ma» disse lei con calma «sono così belli se li osservi da vicino. Ci sono colori che si possono solo sognare e cose vive – creature – come se i fiori.»

«Mary» la interruppe Brian «Mary, torna dal posto, qualunque esso sia, dove trascorri il tuo tempo e lascia che ti racconti le ultime novità da Skibereen. Quinn dice che stanno morendo come mosche. Che le fosse e le siepi e i rigagnoli e le strade ne sono colmi – sono colmi di cadaveri. E i laboratori pieni zeppi di malattie e migliaia di persone che muoiono per le strade del paese che conducono laggiù. Non c'è niente da mangiare e ogni giorno navi cariche di grano lasciano i porti dirette in Inghilterra. Buon Dio!» gridò rivolto al cielo incorniciato dalla finestra. «E che altro ci faranno?! Non faranno niente, ecco cosa, perché non resterà nessuno di noi. Persino Quinn ammette che neppure mille preghiere salveranno uno solo di noi. E lui, lui in persona, che mostra la sua faccia stravolta in questa stanza, con gli abiti che gli pendono addosso come il sudario su uno scheletro, da quanto le cose vanno male laggiù, nella tua isola.»

«E la pesca?»

«È andato tutto in malora. Quinn ha detto che gli inglesi e tutti gli altri protestanti hanno rubato le anime degli uomini, tanto che non hanno più né la forza né il coraggio di pescare. Ci sono ragazzi, ha detto, che se ne stanno seduti per tutto il giorno sulla riva, fissando il mare come se fosse un estraneo, e, ha detto, è impossibile costringere i bambini a uscire dalle baracche per stare al sole. Tutta la popolazione si riunisce di malavoglia, ha detto, persino per le veglie e di recente, ha detto, non si riunisce affatto.»

«E mia madre diceva sempre –»

«Tua madre stessa, Mary, si sta spegnendo nel suo letto e io non ho i soldi per pagarle il viaggio in traghetto. Non la vedrai più, questo è certo.»

«No» disse lei con forza «le cose non vanno così male! Ci sono già stati periodi di carestia. Tutti abbiamo passato dei brutti inverni, e molte volte ci sono state le febbri...»

Brian si afferrò con le mani i capelli, stringendoli forte. «Non così» disse a bassa voce, e il suo tono spaventò Mary più di quanto non sarebbe accaduto se lui avesse urlato. «Questa è la fine per noi. Anche se qui le cose vanno meglio che nel resto del paese, è la fine anche per noi.» Assestò un calcio alla gerla che lei aveva portato con sé, tanto che le alghe commestibili si sparsero ai loro piedi. «Di certo non ti puoi aspettare che tuo figlio continui a vivere di queste» disse.

«Non per sempre, solo fino a quando –»

«Fino a quando, Mary? Non ci sarà mai più un buon raccolto. È il suolo stesso sul quale siamo cresciuti a essere marcito... si è trasformato in veleno. Siamo finiti.» Sollevò l'altro braccio e si passò i palmi delle mani sulla fronte, prendendosi infine la testa tra le dita. «Finiti» ripeté rivolto al pavimento o alle ginocchia, sulle quali aveva posato i gomiti.

Il bambino scoppiò a piangere e Mary gli fece appoggiare la testina sulle ginocchia, accarezzandogli i capelli e la guancia morbida. Quando si fu calmato, Mary si alzò e si chinò a raccogliere le alghe dal pavimento, su e giù, fino a formare una collinetta scura sul tavolo. Poi prese il secchio che stava accanto al fuoco e si diresse alla porta. Abbiamo ancora l'acqua, pensava, acqua per lavare e cucinare. Ma il ricordo della massa scura e viscida sui piatti le fece seccare la gola e rimbombare le orecchie. Fuori, i fianchi premuti contro il muretto di pietra del pozzo, guardò giù, verso il fondo. Il suo visino affilato le restituì lo sguardo, praticamente irriconoscibile e ancora più distante, così sembrava, di quanto non fosse mai stato prima.

Tornando in casa con l'acqua che usciva in rivoli argentei dai bordi del secchio, di botto lasciò cadere il suo carico sulla pietra piatta della soglia e afferrò per le zampe gialle e scabre l'ultima, macilenta gallina che stava sul tetto di paglia. Con l'uccello che sbatteva le ali e strillava appeso al braccio destro, si diresse al piccolo fienile di pietra a cercare un'ascia che usò non come un coltello, ma come un randello, fino a quando la sua gonna non fu coperta di penne e sangue. Poi ricadde in ginocchio sul pavimento sudicio e pianse sulle piume che restavano sul petto ancora caldo e morbido dell'animale.

Quando Mary entrò in casa, suo marito la guardò: aveva il viso striato di sangue e lacrime, gli abiti macchiati di scuro e punteggiati dalle piume, ma Brian non disse nulla – si limitò a intingere la penna che aveva in mano nell'ultima boccetta di inchiostro. Mary spennò il corpo scarno della gallina, lasciando cadere le piume a terra, come fiocchi di neve. Il bambino le raccolse a manciate e le fece turbinare in aria.

Dopo un lungo silenzio, Brian parlò. «Adesso non ci saranno più uova» disse. Ma ormai l'aroma calmante della carne arrostita stava prosciugando la rabbia che aleggiava nell'aria.

Mary si lavò la faccia e le mani nell'acqua che restava nel secchio e chiese a suo marito che cosa stesse scrivendo.

Solo un diario del clima, le rispose, visto che non c'è niente altro da registrare. Un sommario delle condizioni nel mese di novembre del 1846. Poi, sollevando il quaderno dal tavolo e inclinandolo, lesse a voce alta.

«Numerosissime belle giornate, con nuvole leggere» aveva scritto «e solo tre tempeste. Vento da ovest nove giorni, vento da sud undici giorni, vento da nord otto giorni, vento da est due giorni. Diciassette giorni di pioggia sottile e fredda, un giorno di gelo e diversi giorni di brina. Tre notti di luce lunare, le altre completamente buie.»

12

*I*n una giornata grigia, Mary era sola nei pressi di Lough Crannog, la gerla piena di patelle e delle alghe commestibili più piccole che aveva raccolto sulle rocce vicino all'oceano, il vento che aggrediva i suoi abiti consunti e stracciati. Tutto in lei era in rovina, slabbrato, come se fosse stata trasformata in un fagotto di vecchi vessilli scuriti dal tempo. Era stato un giorno di pietra, pensò; le pietre erano gli unici oggetti che restavano immobili a contatto con il vento gelido. E quelle fredde giornate erano la cosa che meglio conosceva; dettagli delle rocce bagnate dalle quali raccoglieva di che nutrire suo figlio, suo marito e lei stessa; ecco ciò che vedeva, quando guardava con gli occhi del corpo.

In piedi a contrastare il vento, si guardò le mani sottili, le unghie spezzate per aver grattato il basalto, le nocche graffiate. Poi sollevò la gonna e si guardò gli stinchi coperti di lividi e la pelle delle gambe, diventata rossa e livida per il freddo, e si chiese come fosse possibile che l'amore continuasse a battere le sue ali insistenti nel cuore di un corpo così alterato e sconvolto dalla fatica di percorrere due miglia di andata e due di ritorno per il mare, ogni giorno, in cerca di qualcosa per sostentarsi.

Nella sua mente, questo violento desiderio del cuore stava cominciando a confondersi con la fame del corpo che si insinuava, ogni settimana, poco alla volta, sempre più all'interno della sua casetta.

La superficie del lago era increspata dal vento, che lo faceva sembrare impenetrabile, e lei provò il desiderio di poter scrutare nelle sue profondità, convinta che laggiù esistesse un mondo come quello delle pozze formate dalle maree – con i suoi colori e la sua singolare geografia. Ma anche in giornate calme come quella il lago avrebbe rivelato il suo adorato segreto solo se avesse deciso di farlo, e ora le mostrava uno scudo di luce ridondante di riflessi del mondo reale.

Talvolta lui giungeva quando lei aveva già rinunciato a sperare che la toccasse e spesso, a dire il vero, non le si avvicinava affatto. Com'era strano quel fremito nell'aria che non era vento e la prospettiva della luce che non era la luna né il sole, e entrambi questi fenomeni annunciavano la sua venuta. Qualcosa già aperto in lei si spalancava ulteriormente e lui entrava e le mostrava cose di cui lei non avrebbe mai sospettato l'esistenza e le parlava in una lingua conosciuta che lei non aveva mai udito.

Quel giorno, mentre ogni cosa nel mondo andava in rovina, con il fragore brutale del mare che ancora le rimbombava nelle orecchie, fu l'improvvisa assenza di freddo ad annunciare la sua venuta, e lei spalancò le braccia quasi ad accogliere una mattinata calda. Quel giorno lui era acqua limpida con il riflesso del sole e le ombre turbinanti delle foglie. Ora le insegnò una storia che lei vide dietro agli occhi di lui.

Venendo dall'isola e abitando, come ora faceva, sul promontorio aperto che portava dalla porta di casa alle scogliere, lei non aveva mai visto una foresta ma, non appena lui la toccò, una foresta cominciò a spuntarle dalla testa. Lui le mostrò il ramoscello che sarebbe diventato un grosso albero. E poi il grande albero abbattuto per ricavarne il legname che avrebbe formato la nave che l'aveva ucciso. Le mostrò la foresta nella quale il ramoscello era cresciuto. Lei era circondata da un verde trepido, dalla luce che si rifletteva dalle foglie e che sfiorava appena la corteccia. Piccole farfalle uscivano a sciami dai nascondigli bui, le ali illuminate e spente, mosse dal modo in cui la brezza distribuiva la luce. Lui era il tocco di quella luce. Poi era le gocce di rugiada che scintillavano come stelle sul fondo della foresta, prima che l'aria le facesse evaporare. Ogni cosa era frammentazione – note di canti d'uccelli che si spargevano attorno, il modo in cui il fogliame disperdeva i raggi del sole fino a quando le voci degli uccelli non diventavano le voci di un milione di ombre in movimento. «Vita» si sentì dire, e «verde.»

«Ho vissuto qui, un tempo» le disse lui con la voce che aveva messo nel cervello e nel cuore di lei «ma non conoscevo le radici dell'alberello e l'alberello stesso non poteva prevedere l'ascia.» La luce scintillante veniva riflessa da ogni superficie e non trovava requie.

Il bosco suggeriva, nella sua incertezza di spazio, nella sua trasparenza luminosa – i rumori di entità accennati, poi perduti – che qualche straordinario evento stava già per aver luogo, e Mary seppe che la sua stessa presenza nella foresta, o la presenza della foresta in lei, era l'evento. Lui, la luce illusoria, la goccia d'acqua, che anche in quel momento svaniva dal filo d'erba, la foglia caduta.

C'era un'altra voce che apparteneva solo a lei e Mary la usò sulla riva del lago per comporre un canto, per lui. «*Oh caro, tu dalla voce così dolce*» cantò «*con nubi leggere come un crepuscolo bagnato dalla luna, hai posto immagini accanto a me, sull'erba ed ecco la tua lunga figura stesa al mio fianco. Ti riversi su di me, e sei città, foreste, allegri scoppi di canti d'uccelli. Mi rechi in dono tutto ciò che ti ha assassinato. Dolce annegato, amore adorato dalla bufera, ti ricordo quando la pentola è vuota e la fame tempesta di calci la porta di casa.*»

13

Alcuni esemplari di creature alate presenti nella raccolta di Puffin Court erano così vecchi che cadevano in pezzi tra le mani di Osbert quando lui li toglieva dalle teche, tanto che il pavimento restava coperto di frammenti multicolori, anche se sempre più sbiaditi. Per tutta la mattina aveva studiato sotto la lente del microscopio le ali delle farfalle, osservando un frammento dei disegni che le componevano mettersi a fuoco con effetti sbalorditivi – bagliori di arancione o lavanda, contornati di nero. Nel frattempo, immaginava suo padre ragazzino mentre andava a caccia di quelle barocche bellezze, ancora vive, mentre le prendeva nel retino, le uccideva, le infilzava negli spilli. Ogni esemplare era identificato da un foglietto scritto con calligrafia infantile e sbiadita. Erano trascorsi tre o quattro mesi dal suo incontro con la donna alla pozza. Da allora Osbert non aveva più catturato nulla.

Granville, enormemente compiaciuto della sua stessa abilità, stava componendo un lamento per l'Irlanda nel quale paragonava il paese a una farfalla che, dopo essere emersa in tutto il suo splendore dal bozzolo, veniva catturata, uccisa e confinata in uno studiolo inglese dove «splendeva come altre bellissime creature, ma non dispiegava più le sue antiche ali.»

Sulle finestre si stavano asciugando le strisce d'umidità, lasciando scie di un debole grigio, e fuori, nel cortile, dozzine di pozzanghere cominciavano a diminuire di diametro. I fratelli potevano udire la cameriera che faceva tintinnare le stoviglie nell'acquaio e i cani da caccia che uggiolavano nel canile. Il vento scuoteva i telai delle finestre. Sotto il suo occhio Osbert vide una nuvola tempestosa di polvere sull'ala di un insetto e numerosi filamenti su una zampa nera. Si domandò dove avesse volato quella creatura, cinquant'anni prima.

«Non è meraviglioso» disse Granville, terminando la sua poesia con uno svolazzo «che da fratelli abbiamo una simile comunanza di spirito?»

«Umm» replicò Osbert, mentre un'altra ala corrosa dal tempo si dissolveva tra le sue mani. Alcuni tentativi non riusciti di disegnare grandi frammenti di ali erano posati accanto a lui, alla sua destra.

Fuori, un vaso di fiori venne sospinto dal vento giù da una solida panca di pietra.

«Che cosa è stato?» chiesero i due fratelli nervosamente, all'unisono.

Pur impegnati nelle loro solite occupazioni, per tutta la mattina avevano teso l'orecchio ai suoni che venivano dal di fuori. Era il giorno della riscossione dell'affitto. Negli anni precedenti i fittavoli erano arrivati puntuali alle dieci del mattino, con il berretto in mano, il denaro stretto nel pugno, pagando umilmente le loro spettanze. Il profumo del caffè e delle focacce che venivano generosamente offerti in cambio fin dalla nascita di Puffin Court permeava l'aria. Ora erano le undici e sei minuti, e anche se nessuno dei due fratelli aveva fatto commenti in proposito, non si era presentato neppure un fittavolo.

Granville, non più distratto dalla sua composizione, cominciò a camminare nervosamente seguendo il perimetro della stanza sul pavimento di legno, oltre i bordi del tappeto. Si schiarì più volte la voce poi, esibendo un fazzoletto di seta, si soffiò il naso. Guardava con grande ansia al giorno di pagamento degli affitti, perché gli forniva l'opportunità di scovare altri racconti popolari e di fare domande sui bizzarri e divertenti eventi che costituivano la semplice vita dei fittavoli. In quel momento si sentiva come un bambino i cui amici hanno mancato di presentarsi a una festa di compleanno, molto attesa e desiderata.

«Sarebbe troppo chiederti» disse Osbert stizzosamente «di sederti e smetterla di agitarti?»

Granville si lasciò cadere su una poltrona di damasco rosso, molto consunta da generazioni precedenti di Sedgewick. «Quel microscopio» commentò «che cosa ti dice veramente della vita... cioè, oltre a quelle bestioline appena distinguibili e tutte intente a dimenarsi che mi hai mostrato in una goccia d'acqua?»

Osbert non rispose né alzò la testa. Aveva scoperto che a una delle farfalle di suo padre mancavano gli occhi. Avrebbe tanto voluto essere in grado di assistere ai diversi stadi della loro decadenza. In quale momento erano scomparsi completamente, ed erano spariti nello stesso istante?

«Puoi vedere, per esempio» continuò Granville «in che modo sopravvivono e che cosa mangiano, esattamente?» Si alzò nuovamente in piedi e, dimentico del rimprovero del fratello, si avviò alla finestra con la mani intrecciate dietro la schiena. «E quando quella goccia evapora, le gocce d'acqua nella quale vivono, diventano esse stesse vapore? Forse vengono misteriosamente catapultate verso un'altra goccia. Il vapore torna alle nuvole, giusto? Così forse quelle creaturine guizzanti salgono lassù, si riuniscono alle loro famiglie, e tornano sulla terra sotto forma di pioggia.»

Osbert stava ora disegnando un'orbita vuota.

«Che razza di vita!» esclamò Granville dopo un lungo silenzio. «È proprio il caso di dirlo: che razza di vita! Attirate lassù, tra le nuvole» agitò la mano destra verso il cielo «solo per essere poi rigettate sulla terra. E senza esercitare nessun controllo, naturalmente. Le creature non possono aver nessun controllo su nessuna fase di tutto questo.» Socchiuse gli occhi e sbirciò dalla finestra, verso il viale. «Chissà che cosa mai li può trattenere!» gemette infine.

Osbert allontanò da sé il microscopio e voltò a faccia in giù il foglio di carta da disegno. «Non lo so» disse, incrociando le braccia e appoggiandosi allo schienale. «È mai accaduto, prima?»

«Lo sai che non è mai successo, mai e poi mai.»

«Hai parlato con qualcuno di loro, di recente?»

«No, non da qualche settimana – dovevo rileggere le bozze. E tu?»

«Non sono uscito molto, non sono andato in giro... sai, il tempo. Vanno al lavoro come al solito?»

«Sì... immagino di sì... in realtà non ci ho fatto caso.» Granville tornò alla poltrona di damasco. «Di sicuro non hanno intenzione di sollevarsi contro di noi, vero? In fondo teniamo in conto il loro passato e tutte quelle canzoni e leggende, tutto. Non è possibile che si siano uniti a una società segreta o a cose del genere, giusto? Non possono essere entrati nella Molly Maguires o nella Cuori di Ferro o in una delle altre, come quei Whiteboys. Hai visto per caso parole come ATTENTI AL CAPITANO MOONLIGHT o qualche altra sciocchezza del genere scritta sui muri? Nessuno ha detto niente?»

«A me no. Ma non l'avrebbero comunque fatto, ti pare?»

Granville si stava innervosendo. «Non c'è bisogno di società di quel genere. Noi viviamo qui. Non esistono intermediari e noi siamo sempre stati giusti. Inoltre io, per primo, comprendo le pene d'Irlanda. Anzi, io ho dato voce alle pene d'Irlanda.»

Osbert rammentò la donna sulla spiaggia. «Ci sono state delle difficoltà» disse con tono incerto.

«Ma, come hai detto tu» lo interruppe Granville «non qui, non nell'Ulster. O, perlomeno, non difficoltà gravi.»

«Non ci sono mai gravi difficoltà nell'Ulster.»

«Mai!»

«Possibile che abbiamo sbagliato il giorno?»

«No.»

«Be', allora...» I fratelli, imbarazzati da quella stranezza, evitarono di guardarsi negli occhi.

«Sbaglio» chiese d'un tratto Granville «oppure quell'O'Donovan si deve sposare domani?»

«Sì... credo di sì.»

«Bene, allora ci sarà una specie di ballo – al suono del violino e di cose del genere, si danzerà e si berrà, naturalmente – giù nel fienile del vecchio O'Donovan.»

«È probabile.»

«Credo che dovremmo partecipare.» Granville aveva ricominciato a passeggiare avanti e indietro, nervosamente. «Non sembra anche a te un'idea eccellente?»

Come il maestro, anche il padre dello sposo, Jim O'Donovan, era un piccolo proprietario; un uomo che, in passato, se l'era cavata in modo passabile con pochi acri di terra, sostentando la famiglia con uova, latte, patate e avena, mentre la moglie incrementava le entrate filando e, talvolta, tessendo. Il suo contratto veniva rinnovato di anno in anno quando pagava l'affitto grazie all'introito supplementare e in cuor suo si sentiva, se non completamente libero, almeno abbastanza indipendente grazie alle due mucche, all'asino, al carretto e a un piccolo aratro.

Solo uno dei figli avrebbe ereditato la proprietà, poiché O'Donovan non poteva acconsentire a suddividerla, considerando che la terra non rendeva poi molto. Gli altri due ragazzi si erano trasferiti, o probabilmente l'avrebbero fatto, a Belfast o a Derry per prendere posto dietro ai telai meccanici che alla fine avrebbero privato completamente del lavoro la loro stessa madre. Con un po' di fortuna le due ragazze si sarebbero sposate con gli eredi di piccole proprietà come la loro. Lo sposo in questione avrebbe ereditato la fattoria, anche se in passato si era guadagnato da vivere come bracciante nei vasti possedimenti dei Sedgewick.

Il vecchio O'Donovan non era soddisfatto della scelta effettuata dal figlio: la ragazza era figlia di un poveraccio che abitava nelle baracche dei Sedgewick, i quali gli avevano concesso di occupare la casa e un appezzamento a patate in cambio di lavoro perpetuo nei loro campi di grano e cereali. Quindi apparteneva a un ceto sociale inferiore al suo. Ma O'Donovan era un tipo romantico e piuttosto che vedere suo figlio struggersi nei pub cantando nenie che parlavano d'amore e di morte – come lui stesso aveva fatto alla stessa età – aveva dato l'assenso al matrimonio, permettendo che si tenesse la festa nuziale nel suo modesto fienile, visto che il padre della sposa non ne aveva neppure uno.

A parte questo, considerando i tempi, non ci sarebbero stati grandi festeggiamenti, poiché la famiglia O'Donovan era stata costretta a scendere a due pasti al giorno, costituiti da latte e patate, e se non fosse stato che il suo parroco era un amico di Padre Quinn, il prete dell'isola, whisky non ce ne sarebbe stato affatto. Ma Quinn aveva accettato di contribuire con una piccola quantità della sua scorta poiché i suoi parrocchiani, aveva detto, non avevano né il cuore né la forza per berlo.

Al vecchio O'Donovan, che ora stava avanzando con il corteo nuziale lungo la stradina rocciosa e scoscesa dalla chiesa di Ballyvoy al fienile, restava ben poca forza d'animo. Guardò la coppia che camminava di fronte a lui; suo figlio Hugh portava un paio di calzoni decisamente troppo corti, la sposa indossava un abito che sua madre aveva ricavato da un lenzuolo che aveva visto giorni migliori, oltre al velo che era appartenuto alla madre stessa, nel quale era evidente che i topi avevano fatto il nido. Durante la messa O'Donovan aveva pregato, ereticamente, che la sposa stracciona che ora gli camminava dinanzi fosse sterile, sapendo che quella ragazza era un'altra bocca da sfamare alla sua tavola. La moglie aveva pianto mentre venivano pronunciate le preghiere in latino e i voti della coppia. Nelle sue lacrime non c'era nessuna gioia.

Avevano invitato al fienile alcuni vicini. Il maestro era della partita perché una volta aveva detto a O'Donovan che Hugh era sveglio nello studio, il che aveva riempito il cuore paterno di grandi speranze. Inoltre c'erano la sua silenziosa moglie, quella che era stata altrove, Padre O'Brien della chiesa di Ballyvoy, naturalmente, Padre Quinn, in virtù della sua generosa donazione di beveraggi e un vecchio scapolo, che rispondeva al nome di Kavanaugh, amico di famiglia e noto suonatore di violino. O'Donovan, anche in quei tempi di magra, aveva insistito affinché ci fosse un po' di musica e qualche ballo, nel caso che l'umore della compagnia migliorasse grazie al whisky. Da principio il vecchio aveva detto che non sarebbe venuto, fino a quando O'Donovan, disperato, non l'aveva scosso per le spalle fragili urlando «Non siamo ancora morti!»

Il piccolo gruppo avanzava passando davanti a baracche silenziose; nessuno correva alla porta a guardare. Oltrepassava orti coperti dalle foglie scure delle piante di patata malate, e pascoli tappezzati di fiori selvatici sanissimi, ironia della sorte, gli stessi che decoravano il capo della sposa, tutti diretti al fienile di O'Donovan dove li attendeva una magra cena a base di frittelle d'avena, formaggio e polli magri. Per molti quella sarebbe stata l'ultima occasione di assaggiare del cibo sostanzioso. Ci si gettarono sopra quasi immediatamente e senza fare conversazione, innaffiando il cibo, giovani e vecchi, con il whisky.

Il vecchio violinista fu il primo ad alzare lo sguardo e a levarsi da tavola. Ripetendo la frase che l'aveva condotto al fienile di O'Donovan, annunciò in irlandese e a voce sproporzionatamente sonora, rispetto a quel suo corpo devastato: «Non siamo ancora morti». Poi, con un gesto sorprendentemente aggraziato, imbracciò il violino e l'archetto.

Chiunque si fosse trovato entro un miglio di distanza, sui versanti che portavano al monte Knocklayd, sarebbe rimasto stupefatto da quello che stava per avere luogo nel paesaggio immobile che aveva davanti agli occhi. Il giorno era cupo, coperto, e quasi completamente silente; neppure un alito di vento che agitasse una foglia su un albero. Coolanlough, Ballyvoy, Craigfad e Doon e tutti i possedimenti dei Sedgewick sembravano gelati e abbandonati, poiché era sera e i braccianti erano scivolati, ormai senza più anima, nelle loro abitazioni. Poi, dolcemente, un filo di puro suono emerse dalla porta di un fienile dipinto di bianco e si arrotolò sopra gli orti anneriti, attorno agli antichi terrapieni, sotto le siepi di biancospino. Due aquile, che passavano in volo sulla valle, parvero cogliere quel filo tra i rostri e lo trasportarono sulle loro ali fino a quando l'intera regione non fu piena della terribile, bellissima melodia che usciva dal cuore e dalle mani di un vecchio.

Di lì a pochi istanti tutti gli abitanti della zona in grado di udire quel suono emersero dalle baracche, poiché erano affamati non solo di cibo, ma anche di musica, convinti com'erano che ormai li avesse abbandonati per sempre. Il filo di note li trasse fuori da quegli antri bui, vecchie appoggiate ai bastoni e bimbi che riuscivano appena a reggersi in piedi, pallide fanciulle e anche giovanotti, le cui braccia forti si erano fatte striminzite. Alcuni vecchi non si erano trascinati alla luce per settimane e ora stavano all'aperto, socchiudendo gli occhi verso il cielo bianco prima di barcollare in avanti, verso quel canto. Ben presto apparvero diverse file di esseri in movimento che si unirono per diventare un fiume che si dirigeva lentamente al fienile degli O'Donovan. Tutti, senza eccezione, stavano piangendo.

Di lì a breve un lago scuro circondò l'edificio dipinto di bianco e rimase immobile per alcuni minuti. Poi, come un mare biblico, si divise, in modo che il vecchio potesse entrare e sistemarsi, sempre suonando, al centro. Quando ebbe terminato, il suonatore abbassò il violino e l'archetto. Sulle loro teste le aquile continuavano a disegnare ampi cerchi. Sulla porta del fienile il piccolo corteo nuziale osservò in silenzio la folla di vicini, altrettanto silenziosa, fino a quando, dal centro, si udì la solitaria voce di una donna che cantava.

O bella Portmore, brilli là dove sei
E più penso a te, più penso a lungo.
Se ti avessi, ora, come ti ho avuto prima
Tutti i signori della vecchia Inghilterra
Non comprerebbero Portmore.

La donna non stava cantando per ciò che la circondava – la terra sotto i suoi piedi – ma per un mondo perduto che comprendeva ogni perdita. Quando attaccò la seconda strofa, cinque o sei altre donne si unirono al canto, mentre il violinista teneva dietro con l'archetto. Mary sapeva che questa era una canzone che parlava degli scomparsi boschi d'Irlanda, rammentò la foresta che l'altro le aveva mostrato, e la canzone le uscì di bocca prima ancora che lei si rendesse conto di essersi unita al coro.

O bella Portmore, mi spiace vedere
Una simile distruzione del tuo ornamento, l'albero

Perché stava sulla tua riva per molti pieni e lunghi giorni
Fin quando le lunghe navi da Antrim non giunsero a farlo
Navigare lontano.

Nella canzone c'era una grande pena, e anche una grande gioia, tanto che la prevalenza del dolore non era ancora stata espressa dal coro che la intonava. La terra su cui stavano aveva già udito canti come questi e ne avrebbe uditi altri, perché non era possibile sottrarre loro completamente la musica. Le donne sapevano che le loro ossa avrebbero cantato nella terra dopo la dissoluzione della carne, e gli uomini, che ora si unirono al coro, sapevano che la canzone si sarebbe fatta strada attraverso le generazioni future.

Gli uccelli della foresta piangono amaramente
Chiedendosi dove ripareremo, dove dormiremo?
Perché la quercia e il frassino sono stati tutti abbattuti
E le mura della bella Portmore sono crollate a terra.

Questo fu il canto che salutò Osbert e Granville, che a bordo della loro carrozza percorrevano la strada verso il fienile degli O'Donovan. Il cocchiere, un vecchio, si fermò in modo che la musica non fosse disturbata dal rumore degli zoccoli dei cavalli e dal cigolio delle assi. All'interno della vettura, i due fratelli si guardarono l'un l'altro per alcuni minuti, poi abbassarono lo sguardo a terra, imbarazzati alle lacrime che, per qualche ragione che non riuscivano a comprendere, stavano cominciando a riempir loro gli occhi, e da un confuso rimpianto che sentivano dover essere evidente sui loro volti.

«Credo» disse Osbert quando il canto terminò «credo che non siano in grado di pagare. Ritengo che questo sia il motivo per cui non sono venuti.»

«Sì» concordò Granville, tergendosi il sudore dalla fronte, «sì... deve essere per questo. Credi che dovremmo rientrare?»

Osbert voleva rientrare; voleva tornare alle sue vetrinette zeppe di oggetti, alla Passeggiata della Grotta, ai lunghi saloni di Puffin Court. Ma d'un tratto si ritrovò a vergognarsi del suo desiderio di evitare la miseria. «Credo che dovremmo andare» disse con calma. «Credo che dovremmo dare loro questa.» Palpeggiò una piccola borsa di cuoio piena di monete.

Ma, mentre si avvicinavano alla folla, la borsa che teneva in mano parve rimpicciolirsi fino a quando la sua miseria non divenne dolorosa persino da guardare, da tenere, o da offrire. «No» sbottò, appena prima di arrivare alla curva in fondo alla strada che conduceva al fienile. «No... hai ragione.» E tamburellando sul vetro, fece cenno al cocchiere di invertire la marcia.

«Sono davvero brutti tempi» disse Granville.

Osbert non rispose. Stava cercando di eliminare dalla mente il pensiero poco piacevole che il fratello sembrava ridicolo nella sua marsina di velluto, con i polsini di merletto che danzavano agli scossoni della carrozza; senza parlare dell'idea, ancora più fastidiosa, che lui era l'immagine speculare del fratello. Passando accanto a un campo di patate particolarmente mefitico si tolse di tasca il fazzoletto e se lo tenne davanti alla bocca e al naso.

«Che cosa faremo?» chiese, rimettendosi in tasca il fazzoletto. «Dobbiamo fare qualcosa. Non te ne avevo parlato perché non ci credevo, ma si dice che svengano nei campi... per la fame.»

«Sono troppi» disse Granville colpendo il ginocchio con un pugno «lascia che te lo dica, sono decisamente troppi! Non ci dovrebbero più essere matrimoni come oggi – non dovrebbe essere permesso. Come ce la caveremo?»

Quando Mary aveva visto Padre Quinn far rotolare un barile di whisky verso il fienile, il ricordo di quella mattina sulla spiaggia, tre anni prima, le era tornato alla mente con una chiarezza tale che le parve di poter rammentare ogni onda che aveva portato il suo adorato a riva, benché sapesse che questo era impossibile – poiché nulla è più complicato o unico del frangersi dei flutti. Eppure, quell'immagine interiore aveva fatto sì che si unisse emotivamente alle altre donne in quell'inno doloroso. Anche lei, come loro, era convinta che ben presto sarebbero morti tutti e credeva che la morte l'avrebbe separata, non solo dal mondo che includeva la paglia che aveva sotto i piedi e quel patetico barlume di matrimonio, ma anche dall'altro mondo, quello che aveva avuto il privilegio di visitare; quindi si doleva doppiamente.

La folla aveva cominciato a organizzarsi nelle diverse attività che accompagnavano simili occasioni, anche se in quel periodo le celebrazioni erano in tono minore: le danze erano più quiete, più dignitose e rassegnate. Le coppie formavano dei cerchi con circospezione e lasciavano uno spazio in modo da far posto al terzo ballerino che sapevano trovarsi tra loro. Le mani si sfioravano incerte, oppure non si toccavano affatto. Le ragazze, specialmente, ballavano quasi come in preda a un grande dolore fisico, chinandosi con le braccia sui fianchi o contorcendosi in strani modi, scostandosi dai giovanotti che ballavano loro accanto. I volti non si guardavano.

Con Brian al suo fianco, Mary si allontanò da quella danza così miseranda e attraversò la corte del fienile diretta verso un gruppo di giovani che si stavano silenziosamente sistemando secondo uno schema che lei non conosceva. Concentrati al massimo, erano seduti a terra con le schiene dritte e le gambe tese davanti a loro. In due lunghe file che gradualmente convergevano agli estremi, stavano uno di fronte all'altro mentre, al centro della figura che avevano formato, una specie di rombo, un uomo alto e un ragazzo si muovevano con gesti indolenti e andatura dinoccolata, le mani in tasca e un lenzuolo pieno di toppe steso a terra, tra di loro. Due uomini più anziani dirigevano il gruppo e di quando in quando alzavano gli occhi per scrutare il cielo.

«Che cosa stanno facendo?» chiese Mary.

«Aspettano il vento...» rispose Brian. «Credo che stiano aspettando il vento.»

«Ma perché... perché dovrebbero aspettare il vento?»

«L'ho visto fare solo alle veglie funebri» disse Brian, come se stesse parlando tra sé e sé «e al chiuso. Ma ora mi rendo conto che è diverso... e questo spiega la presenza del lenzuolo»

«E che cosa...?»

«Aspetta e vedrai.» Brian scosse il capo. «È un momento triste» disse con tono lamentoso «quando i giochi riservati alle veglie funebri vengono effettuati ai matrimoni.»

Il violinista aveva ricominciato a suonare, questa volta una melodia più allegra, e gli anziani si stavano avvicinando per fare il loro giro di danza con la sposa – una ghirlanda composta di membra ossute e lenzuola. Un vecchio, rattrappito e decrepito e del tutto dipendente dal suo bastone, parve danzare con quest'ultimo anziché con la ragazza. Il vento, che era mancato per tutto il giorno, fece la sua comparsa e sciolse il velo della sposa che, conciato com'era, pareva un insieme di nuvole scomposte.

Poi dal gruppo dei giovani si alzò un urlo, che rimbombò sulla folla e riecheggiò ai quattro angoli del circondario: fino alla lontana città di Ballycastle, al monte Knocklayd, ai possedimenti dei Sedgewick, e alle brughiere che salivano sulle scogliere. Il violinista abbassò l'archetto, la sposa smise di danzare, tutta la compagnia si fermò, raggelata, e si volse.

Il ragazzo era saltato sulle spalle dell'uomo alto, in perfetto equilibrio. Con una mano sopra la testa e l'altra al fianco, stringeva le cocche del lenzuolo che si era dispiegato al vento. Gli uomini che formavano il rombo si erano presi a braccetto, e si erano gettati all'indietro. Mary osservò, confusa. Suo marito sbottò in un'imprecazione – poi rise. Nel momento in cui stava per chiedergli altre spiegazioni, Mary comprese: gli uomini si erano serviti dei loro corpi scarni per formare lo scafo di una nave, le gambe erano i traversini, i busti erano le fiancate, le braccia le frisate, il ragazzo e l'uomo alto l'albero. Solo il lenzuolo – l'oggetto inanimato – si muoveva; una vela agitata dal vento. Dopo l'urlo iniziale, gli uomini rimasero immobili; anche i loro volti non muovevano un muscolo.

Un evviva di risposta giunse dal gruppo dei presenti. Poi, con grande stupore di Mary, parole che credeva fossero solo sue aleggiarono tutt'attorno.

«Altrove, ragazzi, altrove!» stava urlando la folla, i pugni che martellavano il vento nuovo e rapido.

Quella sera fu una delle poche che i fratelli Sedgewick avessero mai trascorso separati. Osbert, con aria torva, chiuso nei suoi pensieri, sparì nella biblioteca con una caraffa di vino rosso e Granville si ritirò nella sua stanza da letto munito di pezze fredde contro il solito mal di testa. E lì rimase, steso con stivali e marsina, pezzuole bianche e umide sugli occhi e quella canzone lamentosa che continuava a risuonargli in testa, nei momenti in cui non stava mentalmente maledicendo suo padre e il padre di suo padre per aver lasciato anime così sensibili in possesso di quell'eretica confusione.

Verso mezzanotte, mentre cercava di raccogliere forze sufficienti a indossare la camicia da notte bianca e il berretto, udì dei passi pesanti nell'atrio e presunse, fatalisticamente, che i Whiteboys, i Cuori di ferro e i Cuori di Quercia fossero giunti tutti insieme a cercarlo. Ma era solo suo fratello che entrava senza tanti complimenti nella stanza, in preda a una grande eccitazione, mostrando con l'indice un punto in uno dei volumi dell'ultima edizione dell'Enciclopedia Britannica.

«Lo so che cosa bisogna fare!» gridò Osbert, senza prender fiato. «Tutto ciò che dobbiamo fare è vendere uno o due Gainsborough ed ecco fatto!»

«Che cosa dobbiamo fare?» sospirò Granville, che in effetti stava provando un gran sollievo, per non parlare della sorpresa, all'idea che suo fratello fosse disposto a separarsi da una qualunque opera d'arte per un qualsiasi motivo.

«Ecco... guarda qui.» Con gesto enfatico e trionfante, Osbert lasciò cadere il libro sulla trapunta del fratello. Era aperto alle pagine che descrivevano la colonia britannica del Canada.

14

A gennaio del 1848 la notizia che i padroni stavano per inviare nel Nord America britannico alcuni affittuari e le loro famiglie cominciò a circolare, in varie forme, da una casa all'altra. Alcuni dicevano che tutti i cattolici che abitavano nella contea di Antrim sarebbero stati evacuati, insieme ai loro asini, polli e utensili. Altri annunciavano che poiché il paese era una nave che affondava e la decenza richiedeva che almeno alcuni fossero salvati, sarebbero partiti solo le donne e i bambini. Un'altra diceria, quella più vicina alla verità, suggeriva che le famiglie sarebbero state scelte a una a una per quell'avventura dai proprietari stessi, mentre le altre sarebbero rimaste nei campi fino a crollare di sfinimento, coltivando cibo destinato alle tavole britanniche.

I pettegolezzi aumentavano, e la parola «Canada» veniva pronunciata centinaia di volte al giorno – per le strade, nei campi, davanti alle porte delle tetre baracche, accanto al fuoco – e grazie alle parole di chi sosteneva di conoscere qualcosa di quelle terre, o di chi aveva parlato una volta con qualcuno che aveva ricevuto una lettera da oltremare, iniziarono a formarsi immagini del nuovo paese. Gli ottimisti sostenevano che chiunque vi si recava diventasse ricco, che nei ruscelli rotolavano pepite d'oro, che le piante si erano acclimatate e crescevano nella neve, che gli alberi da frutto davano fiori e frutti per tutto l'anno – e che quest'ultimi, grazie a una sottile patina di ghiaccio, restavano sempre freschi. Gli abitanti, dicevano, vivevano in bellissime case fatte di ghiaccio che non si scioglieva mai e si spostavano da una stanza all'altra, su pavimenti gelati, con i pattini. Se interrogati in proposito, questi saggi affermavano che il freddo era di un genere del tutto diverso, un freddo completamente differente da quello mai provato in Irlanda. Era più una secchezza dell'aria, questo freddo, che congelava ogni cosa, e rendeva la vita piacevole. I coloni, dicevano, stavano così bene che pattinavano a braccia nude, coperti solo da camiciole di cotone leggero, raccogliendo la frutta (frutta che era di un tipo totalmente dissimile – trasparente e simile a gemme) da orti che continuavano a produrne. Le scarpe da neve venivano descritte agli astanti, instupiditi dallo stupore, come stivali con un cesto in fondo o scarpe con reti gelate tutt'attorno. Queste, affermavano, venivano date a ogni colono al suo arrivo; e l'arrivo stesso era determinato dal momento in cui l'oceano finiva e iniziava quel ghiaccio così piacevole. A quel punto i nuovi venuti scendevano dalla nave e andavano alla ricerca della casa di ghiaccio ideale (ce n'erano a migliaia – vuote e in attesa di inquilini), con il tetto di paglia congelato e in perfette condizioni.

I pessimisti, come spesso accade, sfornavano a getto continuo teorie più simili alla realtà, anche se solo in parte. Schernivano i racconti degli ottimisti dicendo che, anche se il freddo era estremo, il ghiaccio era scarso, se poi c'era. Il motivo era che il paese era «troppo» nuovo e di conseguenza, come tutte le cose nuove, in uno stato di grande turbolenza. Nulla, dicevano, restava mai fermo abbastanza a lungo da congelare. L'acqua in tutti i laghi e nei fiumi (e di questi ce n'erano molti) tombolava e ricadeva a cascata e scalava le montagne e si riversava giù da scogliere e, avida, ingollava le imbarcazioni con appetito superiore a quello delle acque del Moyle. Tutto cresceva, affermavano, senza sosta, e un uomo che fosse rimasto immobile troppo a lungo probabilmente si sarebbe ritrovato infilzato nel terreno, trattenuto da rampicanti che senza posa si spingevano smodatamente verso la luce. A causa della crescita, continuavano i pessimisti, tutto diventava, o era già diventato, troppo grande. Impossibile scalare le montagne, impossibile guadare i fiumi, le foreste erano impenetrabili, ed era impensabile tagliare gli alberi che queste contenevano. Le patate, se venivano piantate, alla fin fine non si potevano raccogliere, poiché, a causa delle loro notevoli dimensioni, erano troppo pesanti per essere estratte dal suolo. E se, per miracolo, si riusciva a raccoglierle, non erano commestibili perché continuavano a crescere nel tratto digestivo anche dopo essere state inghiottite, causando morte certa.

Gli ottimisti concordavano sul fatto che laggiù tutto fosse effettivamente più grande, ma la velocità, affermavano, compensava ampiamente i problemi causati dalle dimensioni e dalla distanza. I veicoli, dicevano, filavano via nella campagna su lunghe lame, tirati da cavalli grossi e robusti, e quando, di rado, il ghiaccio non c'era affatto, ci si poteva servire di navi di carta (un tipo di carta del tutto differente), così leggere e rapide che persino gli indigeni che le avevano ideate e costruite restavano sbigottiti di fronte al percorso che potevano coprire in un pomeriggio assolato. Inoltre, gli indigeni erano in rapporti talmente buoni con gli «altri» – le fate – che potevano contare su raccolti che crescevano e su animali domestici che si moltiplicavano, e avrebbero generosamente usato la loro influenza per migliorare le condizioni di qualsiasi contadino irlandese morto di fame che venisse a trovarsi tra loro.

Ma i pessimisti sostenevano che la terra inghiottiva in pratica chiunque vi si avvicinasse. Descrivevano insetti giganteschi che rodevano il fegato dal fianco di uomini, donne e bambini, e orde di lupi che falciavano le folle come trebbiatrici. Dicevano che le tempeste strappavano i piccoli dalle braccia delle madri – persino dentro casa – e che i fiumi uscivano con violenza dai loro letti, demolendo qualsiasi cosa incontrassero. Inoltre, era inutile tentare di costruire strade attraverso le foreste perché gli alberi rispuntavano non appena venivano abbattuti. Migliaia di irlandesi, che erano sempre stati famosi per la loro capacità di tracciare sentieri e creare strade, erano rimasti intrappolati per sempre nelle foreste, perduti per l'eternità.

Per alcune settimane le contese tra le due fazioni distrassero la popolazione dal fatto che i volti dei bambini si stavano facendo avvizziti e affilati, che i loro stessi corpi erano praticamente irriconoscibili per la mancanza di cibo, e che l'inverno al quale stavano cercando di sopravvivere era il più cupo e il più freddo del decennio. Quando, infine, vennero annunciati i nomi delle famiglie che erano state scelte, chi era destinato ad andare si rallegrò delle teorie degli ottimisti, e chi doveva restare venne consolato da coloro che serbavano una visione negativa.

Allora, nelle baracche di tutti comparve un libriccino imbarazzante, gentilmente donato dei proprietari terrieri e intitolato «Guida del Colonnello Tarbutt per i coloni del Canada settentrionale». A questo punto ottimisti e pessimisti vennero umiliati e sostituiti da chi, appartenente a qualsiasi fazione, fosse in grado di leggere. In genere, la guida confermava le opinioni degli ottimisti e portò grande gioia a coloro che erano sul punto di partire. La perplessità riguardava le notizie contenute nell'appendice, che il Colonnello aveva intitolato «Equipaggiamento consigliato ai signori coloni per un viaggio confortevole», e nel quale aveva elencato, in ordine alfabetico, diversi oggetti che lui, da veterano del luogo, considerava utili durante un trasferimento nella zona settentrionale del nuovo mondo. L'elenco comprendeva una vecchia corazza, alari, munizioni, barometri, sediole da bagno, giacche sportive da navigazione, perline di vetro, carrelli da tè, candelabri, olio di ricino, decorazioni natalizie, mazze da cricket, acqua di Colonia, stampe raffiguranti il castello di Windsor, Buckingham Palace e la regina, sali di Epsom, cannocchiali, cartelle per raccogliere i fiori secchi, mazze da golf, due buoni cani da caccia, libri mastri, mappe, microscopi, pianoforti, porto, chinino, cespugli di rose, whisky scozzese, racchette da tennis, ombrelli e stivali di gomma. Un'ultima voce al termine dell'elenco suggeriva anche lo stoccaggio di diversi vasi di marmellata d'arance e affermava che era il caso di portare con sé anche una certa pianta inglese chiamata «biancospino», in modo che graziose siepi potessero rimpiazzare le infernali recinzioni fatte con le traversine dei binari.

Un grande silenzio riempì il campo nel quale si erano riuniti gli analfabeti per ascoltare la lettura dell'elenco e il bambino di dodici anni che l'aveva letto, chinò il capo come se lui in persona fosse responsabile della crudeltà del suo contenuto e dell'infelicità del gruppo al quale aveva fornito le informazioni. Una donna, che aveva compreso il significato solo di otto o dieci delle parole pronunciate, chiese, speranzosa, se non si trattasse forse di parole francesi – l'unica altra lingua, a parte l'irlandese o l'inglese, che mai avesse udito. Il bambino non replicò, allontanandosi con gli altri membri della sua famiglia, in silenzio.

Per giorni, dopo la lettura dell'elenco, ogni uomo, donna o bambino che l'aveva udito fu impegnato nella contemplazione di oggetti che aveva amato e perduto. Uno ricordava una sedia con lo schienale intagliato, un'altra una spilla che le era stata donata dal figlio del macellaio, che in seguito l'aveva piantata in asso. Tornarono alla mente alcuni vasetti di ceramica dipinti a fiori, oppure dei cucchiai in bagno d'argento. Una rammentava la testa di una bambola di porcellana che aveva trovato sul ciglio della strada e che aveva conservato con cura in un luogo segreto fino a quando i suoi fratelli non l'avevano scoperta e fracassata. Gli uomini pensavano soprattutto al bestiame, un vitello splendidamente marchiato o un agnello, un maialino particolarmente sani. Un vecchio, con le lacrime agli occhi, ripensava al suo galletto, adorato e pestifero, che aveva chiamato Cromwell e che era stato costretto a mangiare appena due settimane prima. Violini, flauti e orologi da tasca suonavano e ticchettavano nelle menti della gente, finimenti ben fatti e fidate vanghe da torba cigolavano e crocchiavano. Un uomo di mezza età ripensava, con grande rimpianto, a una carriola, immaginando con chiarezza il modo in cui le assi erano invecchiate e si erano consunte e le due impronte lisce lasciate sui manici dalla sua presa.

Nei mesi precendenti la gente era stata così concentrata nello sforzo necessario a bilanciare l'idea di lasciare l'Irlanda con il freddo e la fame, che aveva scordato le fasi precedenti del disastro, quando le patate andavano marcendo nei campi, la carne spariva dalle tavole e poi anche le uova e il latte, fino a quando la tavola stessa non svaniva, insieme ai vecchi sgabelli che la circondavano. Ma ora quando si soffermavano con il pensiero su quanto avevano perduto, il senso di mancanza era immane. Molti avevano solo i vestiti che indossavano, alcuni possedevano solo una ruvida coperta e, consapevoli di questo, riunivano le loro sparute famigliole e scivolavano nel buio delle baracche vuote, facendo a pezzi per la rabbia la Guida del Colonnello Tarbutt, gettandola frettolosamente in quanto restava dei fuochi di torba.

Tuttavia, nel corso delle giornate seguenti, quando le tempeste dipingevano di bianco le colline o ricoprivano le rocce di ghiaccio scintillante, un altro genere di oggetto cominciò a prendere forma nella mente dei fittavoli, e a uno a uno gli uomini emersero dalla disperazione, iniziando a descrivere alle mogli e ai figli ciò che avevano visto nei loro sogni a occhi aperti.

È color del mogano, dicevano, più alta e più ampia del palazzo dove abitano i padroni. Da lei si dipartono quarantacinque ali e il suo corpo è costellato di chiodi di ottone scintillante ed è equipaggiata di gomene fatte di fili di seta. Le assi sui ponti sono lustre e dorate e riflettono la luce del sole e sotto ad esse si trovano stanze ricolme di luce smeraldina, grazie al vetro sottile e verde che ne ricopre le finestre. È più rapida dei gabbiani, e come un gabbiano fila via senza intoppi.

Lentamente, la nave prese forma, asse dopo asse, nelle baracche ormai in rovina, fino a quando i futuri emigranti non la considerarono nel loro cuore come l'oggetto più grande e importante in assoluto. Poi i bimbi emaciati si trascinarono fuori, sotto la pioggia, e costruirono una nave con bastoncini e pezzi di corteccia e foglie, e la vararono in oceani di fango, verso l'altra riva.

15

*O*sbert e Granville consumarono diverse confezioni di carta pergamena redigendo elenchi e registrando conti. Avevano già consumato grandi quantità di carta inviando questionari e richieste ad agenti che si occupavano del trasporto di persone, scoprendo che per lo più erano corrotti all'ultimo stadio o del tutto idioti. Uno aveva suggerito che tutti i contadini irlandesi dormissero sul ponte – per il loro bene – perché la gente del loro ceto non era abituata ai letti e ai materassi e di conseguenza si trovava a disagio quando aveva a che fare con simili comodità. Un altro aveva tentato di addebitare loro un prezzo tre volte superiore a quello corrente per ogni uomo, donna o bambino. Quando i due Sedgewick ebbero scelto cinquanta delle famiglie più povere per il viaggio, le cose furono più o meno decise. Alcuni dei loro fittavoli avevano espresso il desiderio di proseguire, una volta arrivati, per gli Stati Uniti, dove avevano parenti o amici che a quanto pareva si erano già sistemati. Altri affermarono che avrebbero cercato un lavoro a Toronto o a Montreal. Solo pochi dichiararono di volere un pezzo di terra canadese; i più forti, oppure chi aveva un carattere che li legava d'istinto alla terra e che non poteva immaginare un modo di vivere diverso.

Osbert fu stupefatto di scoprire di poter acquistare del terreno vergine per gli emigranti – a somme minime o irrisorie – nelle zone più a nord della colonia, con strani, impronunciabili nomi indiani. Un agente immobiliare di Derry particolarmente cinico suggerì che avrebbe potuto differire il pagamento fino all'arrivo dei lavoratori, poiché era probabile che solo la metà sopravvivesse al viaggio.

«Ma le navi sono pulite e ben tenute» aveva replicato Osbert «e il cibo che servono è della migliore qualità, giusto?»

«Oh, ma certamente» aveva detto l'agente immobiliare, dissimulando un sorriso.

Rileggendo l'elenco dei prossimi emigranti, Granville scoprì, con sorpresa, il nome del maestro, scritto in fondo, a matita.

«Come mai?» chiese al fratello. «Allora è messo così male?»

«Abbastanza male» replicò Osbert.

«Ma è un piccolo proprietario... Di certo non dovremo accollarci –»

«Ci paga l'affitto.»

«Eppure, con i suoi cinque acri dovrebbe raccogliere abbastanza.»

«Abbastanza cosa... patate?» chiese Osbert, con sarcasmo.

«Be', di sicuro non possiamo cominciare a pagare il passaggio in nave a tutti i piccoli proprietari, come facciamo con i braccianti. È venuto a chiederti qualcosa?»

«No.»

«Bene, allora di certo non sei stato tu a suggerire una cosa del genere, no?»

«Non ancora.» Osbert era occupatissimo a mettere in ordine i documenti. «Sto giusto per farlo. Anzi, questo stesso pomeriggio.»

«Ma perché lui! Perché non O'Donovan o Flanaghan? Che cosa c'è sotto?» Granville si stava innervosendo. «Perché non l'intero paese? Perché lui in particolare? Inoltre, è un ottimo fittavolo, dovremmo tenerlo.»

«Non è lui.» Osbert avrebbe tanto desiderato trovarsi da qualche parte del Sentiero della Grotta con la penna e l'inchiostro da disegno. Gli sarebbe piaciuto osservare una minuscola forma di vita con il suo microscopio; una forma di vita incapace di fare conversazione.

«Perché lui?» domandò nuovamente Granville.

«Non è lui.» Osbert sospirò di impazienza. «È lei. La moglie... la donna che è stata altrove.» Da sotto le spesse sopracciglia cespugliose, Osbert lanciò un'improvvisa occhiata al fratello. «Non voglio che muoia di fame» dichiarò «non lo permetterò.»

«È venuta a chiedertelo, ti ha implorato?»

«Certo che no. Non farebbe mai e poi mai una cosa del genere.»

«Forse non desiderano andarsene.» Granville tornò a guardare il foglio che aveva in mano. «Forse non vogliono la terra che, ovviamente, hai già acquistato per loro.»

«Forse.» Osbert si agitò sulla sedia e cominciò a tormentarsi l'orecchio sinistro, un'abitudine che aveva sin da bambino. «Forse... ma li devo convincere. Devono andare.» Stava pensando a voce alta. «Devono andare a causa della luce.»

Il fratello lo osservò, in un silenzio colmo di stupore.

Osbert rivolse lo sguardo alla finestra. «Capisci, c'è una luce in lei» disse «e non deve essere spenta. Non riesco a spiegarlo, ma so che non si deve spegnere, deve essere conservata, in qualche modo, anche se non sono affatto certo che brillerà anche al di là dell'oceano come fa qui. Tuttavia» aggiunse con convinzione «io non resterò qui a vederla affievolirsi.»

«Sei diventato matto! Come fai a conoscere quella donna?»

«Non la conosco.»

«E allora che cosa sono tutte queste stupidaggini sulla luce? Non avrai mica cominciato a credere ai loro racconti bislacchi. Affascinanti, come no, ma puri voli della fantasia.»

«Non ha nulla a che vedere con questo» disse Osbert. «Riguarda solo questa luce subdola. L'ho vista quel giorno, alla pozza.» Si stava infilando il soprabito pesante, allungando la mano per prendere il bastone da passeggio.

«Quale giorno? Quale pozza?» chiese Granville.

Osbert non rispose. Si stava avviando lungo l'atrio, diretto alla porta, sotto lo sguardo degli occhi vitrei di venti puffini impagliati.

Sedeva sulla pietra che costituiva la soglia della casetta, e da lì Mary riuscì a vedere il padrone che si avvicinava per un lungo, lunghissimo lasso di tempo. Da principio era solo una piccola forma scura, che avanzava lungo il sentiero il quale, a quella distanza, non era più largo di un dito disegnato sulla collina verde. Attirò la sua attenzione perché, nelle settimane precedenti, non si era visto nessuno affrontare senza patemi quei paraggi. Alcuni braccianti la mattina, e di quando in quando il prete che correva ad impartire l'estrema unzione, ma per lo più le energie della popolazione erano prosciugate dalla fatica che richiedeva il semplice continuare a respirare.

Mary stessa era rimasta ferma in quel punto – la testa appoggiata allo stipite e la schiena contro la porta – fin dal mattino, quando era faticosamente emersa dal sonno. Numerosi scrosci di pioggia fredda l'avevano inzuppata, ma non aveva la volontà di muoversi. Dentro casa, suo marito e suo figlio erano ugualmente immobili – Brian fissava ora dopo ora la stessa pagina del Supplemento all'Enciclopedia, Liam si passava da una mano all'altra un piccolo cucchiaio di legno, facendolo rotolare sul pavimento sul quale stava accucciato. Mary non poteva sopportare la vista di Brian che trasaliva ogni volta che la guardava. Sapeva che la sua bellezza era svanita.

Avevano smesso di parlare due settimane prima e ora il silenzio era come una quarta presenza tra di loro. Si era insinuato sotto la porta e si era stabilito in cucina il giorno il cui la speranza si era dissolta, come fumo che sale in cielo da un camino. Tutto era stato lasciato ad arrugginire. Non solo la vanga di Brian, che Mary riusciva a scorgere posata in diagonale tra lei e il fienile, ma anche l'elenco di parole nuove del bambino e le lunghe concioni dell'uomo sull'ingiustizia del suo destino.

Nel corso dell'ultimo scoppio d'ira, Brian aveva frantumato con un pugno il vetro più basso della finestra sulla parete della casa volta a sud, e i frammenti erano ancora sparsi tra l'erba. Quel giorno Mary aveva trascorso non meno di un'ora raccogliendo un pezzetto dopo l'altro, e osservando il cielo attraverso ognuno di essi, notando in che modo le incrinature raccoglievano i riflessi dei sassi per terra, o come le bolle nel vetro distorcevano la forma delle nuvole. Scoprì che se si inclinava il bordo spezzato, rifletteva questo o quell'aspetto dei suoi possedimenti, a caso. Lo stava facendo già da un po', quando vide riflessa la sua stessa faccia scarna, e colma di vergogna e disgusto diede un calcio al frammento di vetro. Aveva scordato completamente la lavagna che giaceva in casa, accanto al camino, con una crepa curva che correva da un bordo all'altro, come un ghigno satanico, e qualche parola irlandese tracciata a gesso sulla superficie. A volte parlava al suo adorato assente con poesie o brani di canzoni.

Quando l'ombra del padrone ricadde sulla soglia, Mary era ormai entrata nel giorno delle pietre nere e stava rivivendo la sua scoperta dell'adorato straniero. «Appoggia la tua testa qui» stava cantando o dicendo «dove la brezza calda ti può asciugare il mare sui capelli.»

Osbert le sfiorò il braccio e la trascinò lontano dal mare e dalle pietre. Poi la seguì in casa, dove lei socchiuse gli occhi per osservarlo, o comunque per vedere i punti in cui la luce entrava dalla finestra.

«Dovete andare via» stava dicendo l'uomo «emigrare in Canada. Ho prenotato il vostro viaggio. La nave salpa da Larne tra poche settimane, per il Quebec. Andrete con gli altri. Laggiù ci sarà della terra che vi aspetta, acri e acri, più di quanto possiate immaginare. La nave parte tra poche settimane – alla fine di maggio, da Larne. Il suo nome è *Nuovo Mondo*.»

Mary guardò gli oggetti sparsi sul pavimento della cucina. Una pentola, un mestolo. Ormai aveva quasi scordato il loro uso, e non si trovavano più al loro posto. Non riusciva a mettere a fuoco nulla. Non fino a quando non guardò la lanterna che stava sul tavolo. Non voleva perdere la lanterna, colei che illumina i viaggi. L'avrebbe protetta, l'avrebbe messa in un armadio fino a quando non ne avrebbe avuto bisogno.

Nessuno della casa parlò a Osbert e lui cercò di non guardare i loro volti alterati. Rimase per alcuni istanti accanto alla finestra con il berretto di tweed in mano, rigirandoselo fino a quando le dita non toccarono la punta per poi tornare alla fascia, di continuo. Poi tossì nervosamente e se ne andò.

Nessun abitante della casa aveva parlato, ma uscendo dalla porta Osbert comprese che anche il bambino aveva deciso di partire.

16

Posò il testo di geografia sopra un grosso masso e vi si sedette accanto.

Alla luce del primo mattino i continenti frastagliati spiccarono in rilievo esagerato e Mary ebbe quasi l'impressione che il viaggio che stava per intraprendere avesse dato loro più peso e sostanza. Le pieghe sul dorso del volume, che corrispondevano ai punti in cui ella lo aveva ripetutamente aperto, erano ancor più visibili; ricordi scolpiti dei suoi percorsi tra le parole dell'opera. Avrebbe mostrato al suo oscuro amato, al suo tesoro, il Canada, il luogo nel quale si stava recando. Gli avrebbe mostrato il lungo fiume che penetrava all'interno del continente e i laghi a forma di massi che, diceva Brian, erano mari interni senza sale nell'acqua. Nelle sua mente albergava una certa speranza che l'adorato la seguisse laggiù, e il timore che non lo facesse. Che la terra che l'aveva cresciuto, il mare che l'aveva annegato, e il lago che l'aveva ospitato lo trattenessero lì, lontano da lei, per sempre.

Ora l'acqua di Lough Crannog lambiva i giunchi accanto alla riva. Mary attese nel modo in cui aveva ormai imparato ad attendere, con calma, il palmo delle mani, posate in grembo, volto all'insù, aspettando che si riempissero di pozze di pioggia. Vivaci sprazzi di vita filavano via sul pelo dell'acqua su ali opache e di quando in quando una trota saltava e poi si gettava a capofitto, una lama flagellante, nel lago.

Lui respirò e l'aria tremolò di costellazioni di vivaci spiriti affini. «Ora sei tu» mormorò «questo è ciò che porti con te e ciò che ti lasci alle spalle.» Lei vide re e guerrieri ossessionati, straziati dal dolore e dalla colpa, monaci nello *scriptorium* curvi su libri chiusi da borchie, zingari con strade che si snodavano come vessilli davanti e dietro a loro, donne terribili nello splendore della prima giovinezza, e streghe vestite di stracci, la conoscenza di anni appesa come un rosario alle mani artritiche. Apparve una fila di giovani uomini pallidi, le camicie aperte fino alle gole bianche, il cui unico incarico era cantare grandi dolori per poi morire d'amore. I grandi studiosi, distanti, preoccupati, vennero a lei portando immagini di poeti medievali; uomini e donne delle scuole bardiche, che giacevano proni in stanze senza finestre con grandi pietre posate sullo stomaco e diecimila rime in metrica serbate nei loro cervelli. I santi restavano immobili, le braccia alzate verso il cielo da un tale numero di anni che gli uccelli erano venuti a fare il nido nelle loro mani aperte. «Non sono stati eliminati» disse l'altro ignoto a Mary «si sono accumulati.» Poi vennero i maestri con la vocazione all'insegnamento, e con loro il momento in cui la conoscenza viene trasmessa da una mente all'altra.

Lui le mostrò i maestri fermi sull'orlo dell'istante – un frate vestito di bigio che guidava la mano di un accolita attraverso i tratti obbligati della calligrafia, una zingara che spiegava a una ragazzina ansiosa di iniziare a danzare come mettere esattamente la caviglia nuda, un marinaio che mostrava a un mozzo come avvolgere una gomena per formare i diversi nodi, una donna che sistemava i fili su un telaio mentre la testa bionda della figlia era illuminata dalla finestra che dava luce al lavoro. E tutt'attorno c'era la quiete che accompagna l'atto di trasmettere una capacità da una mente a un'altra. Infine le mostrò Brian che con dolcezza dispiega i segni dell'alfabeto per svelare il significato, e la luce della comprensione sul volto di lei.

L'altro le mise davanti le frasi delle lezioni. «No, così» disse e poi «Lascia che ti mostri» e «Ora prova tu.»

«Ecco che cosa porti con te» ripeté «ecco il carico della tua nave. E quando andrai, di questo diventerai parte.»

Poi lei vide i grandi addii del mondo, invasioni e migrazioni, paesaggi strappati da sotto i piedi delle tribù, i Danai spinti via dai Celti, i Celti a loro volta oppressi dagli Inglesi, guerrieri che nella notte spopolavano villaggi, navi cariche di gementi schiavi africani. Foreste perdute. I figli delle montagne in pianura, i figli della pianura spediti nel mare. E tutti i lamenti per geografie abbandonate.

«E tu» chiese lei «ti porterò con me?»

«Sì e no» rispose l'altro. Lei vide che era vestito con la giacca piumata di un poeta, che grumi di nidi d'uccello erano posati nelle sue mani, e che piccoli fuochi scorrevano accanto ai suoi piedi.

Mentre si avviava al lago, lui le disse: «Sarà, a volte, come se fosse meno duro dormire nel cimitero della tua terra natia, dormire sotto le pietre che coprono la tua isola nel mare».

17

Padre Quinn venne ad assistere alla partenza degli emigranti – con le bisacce piene di pentole, le teste piene dell'immagine della splendida nave che si erano costruiti nella fantasia, con la fame che attanagliava loro la pancia. Il prete si avvicinò a Brian con le lacrime agli occhi e gli mise in mano la sua adorata copia di Cicerone. «Penserete a me» disse «quando lo leggerete in qualche foresta canadese, e alle passeggiate che facevamo guardando verso Rathlin, chiacchierando, in tempi più felici. E per quanto riguarda lei» aggiunse, abbassando lo sguardo a terra e arrossendo «credo che sia stato un dono per voi.» Quindi si allontanò per unirsi al prete di Ballyvoy nelle preghiere e nelle benedizioni che impartiva alla sua gente.

Un anno più tardi Quinn e molti dei suoi parrocchiani erano morti, e le teiere d'argento si ossidavano abbandonate negli angoli bui delle baracche in rovina.

Granville andava da una famiglia all'altra per accertarsi che tutti avessero i biglietti e i documenti, rassicurandoli sull'abbondanza delle razioni a bordo e parlando del governo benevolo del nuovo paese. Mentre la gente si allontanava sui carri barcollanti, i padroni non si accorsero che ogni uomo, donna e bambino stava componendo una poesia di addio a un paesaggio che avevano ritenuto li avrebbe ospitati per sempre. Il gemito che sorse dai contadini destinati a restare avrebbe fatto parte di una lunga eulogia che i sopravvissuti non si sarebbero mai stancati di tramandare ai loro figli, e ai figli dei loro figli.

Osbert non c'era. Se ne stava invece chino sul suo microscopio, studiando una goccia d'acqua. Ma un continuo e doloroso lamento scivolò sotto il telaio della finestra e riempì le sale di Puffin Court, tanto che Osbert alzò la testa e si guardò attorno. Pensò alla pozza e alle splendide creature che ne aveva strappato e alla luce sul volto della donna, e paura e senso di perdita vennero a sedersi accanto a lui, allo stesso tavolo, fino a quando non si coprì le orecchie per liberarsi dai gemiti che sembravano uscire da ogni oggetto presente in quella stanza.

Brian si rivolse alla moglie che era pallida, isolata sia da lui che dagli altri passeggeri del carro, gli occhi bassi come se stesse osservando il ciglio della strada. Aveva le labbra secche e screpolate, ma le stava muovendo, e ne emerse un flebile suono. Stava cantando, ecco cosa, cantava. Lui si chinò su di lei, nel desiderio di condividere la preghiera, qualunque fosse, che era stata indotta a mormorare. La testa del bambino ciondolava avanti e indietro contro il petto scarno di Mary, mentre il carro avanzava traballante.

Brian percepì le parole del canto della moglie. Non era una preghiera, quella che stava mormorando:

Se fossi un merlo
Fischierei e canterei
Seguendo la nave che porta via il mio amato.

E sull'albero più alto
Farei il mio nido
E poserei il capo
Sul petto del mio amato.

Quando Osbert tornò a concentrarsi sul microscopio e guardò attraverso il sottilissimo canale, riuscì appena a vedere che quanto stava osservando scompariva. Benché avesse già assistito molte volte al fenomeno dell'evaporazione, ingrandito, questa volta lo sconvolse e lo commosse a tal punto che allontanò da sé lo strumento e richiuse le vecchie tende rosse in tutte le finestre della stanza.

Un uccello sul ramo

1

Esther sa esattamente che cosa sta facendo, stesa sul letto, sveglia, nel cuore della notte. Sta ricomponendo, riaffermando una lunga storia già raccontata, ricordandola, richiamandola alla memoria. Sa anche che donandole quella storia, tanti anni fa, sua nonna Eileen aveva fatto sì che un cerchio di esperienze si accostasse al dominio di un altro. La bambina che Esther era stata aveva disegnato cerchi di quel genere con il suo compasso quando era a scuola, ombreggiando con la matita lo spazio in cui due di essi si intersecavano; una piccola area densa con pozze vuote ai due lati – un'eclisse parziale, frazionale. La forma ombreggiata di grigio, ora ricorda, era come una foglia di salice posata sulla pagina.

Ora è molto buio. Se non fosse per il molo della compagnia cementifera, che proietta la sua debole luce sulla spiaggia di Loughbreeze, a quest'ora la stanza sarebbe completamente avvolta nelle tenebre. La vecchia Eileen le disse che a volte la foresta era così oscura che la notte diventava più che aria e assenza di luce, diventava qualcosa nella quale affogavi o nuotavi fino a giungere al mattino.

Stesa immobile sul suo letto a barca, Esther si sente come il poeta irlandese di una scuola medievale, bardica. Si rende conto che quegli uomini e quelle donne restavano per giorni e giorni nelle loro celle prive di finestre, componendo e poi mandando a memoria migliaia di versi, il capo avvolto in tessuti di tartan, con delle pietre posate sullo stomaco. Esther non ha né pietre né tessuto a quadri lì con lei, sul suo letto, ma condivide con quegli antichi poeti un desiderio ben preciso. Nulla deve sfuggire. I versi, uno dopo l'altro, devono essere messi in circolazione dalla memoria tra le circonvoluzioni del cervello. Per esempio, a nessun capretto, neppure a uno, deve essere concesso di filarsela dalla *razzia di bestiame a Cooley*: l'odore delle greggi deve essere tenuto, sempre, a portata di naso.

Ben presto le mucche cominceranno a bighellonare, senza meta, nella storia di Esther, le loro chiazze scure come continenti al largo di mari polari.

Ora le mucche se ne sono andate dalla fattoria sulla spiaggia di Loughbreeze, si sono spostate tra i cedri al di là dei pascoli inariditi. Nessun canto, nessun richiamo le farà tornare e iniziare il tranquillo tragitto serale verso casa. Brucano solo in campi percorsi dalla luce della memoria. Esther vede se stessa come una bambina che riconosce la forza della memoria, mettendo da parte libri effimeri e passibili di distruzione, mentre la voce della vecchia Eileen costruisce una storia all'interno del rettangolo conchiuso di una stanza.

Alla cava gli uomini del turno di notte cominciano a innervosirsi. Hanno iniziato a lavorare al caldo e alla luce e ora faticano nel freddo e nel buio dell'ora che precede la mezzanotte. Sono addetti alla cava all'aperto, alla rimozione-terra, creano polvere e rumore. Non hanno mai visto pareti di roccia scintillanti illuminate dalle lanterne, non hanno mai provato che cosa sia la pioggia sotterranea. Tutta l'umidità è nemica, temono il Grande Lago che è loro vicino. Le pompe idrovore lavorano giorno e notte per rimuovere l'acqua che filtra dal fondo della cava.

Alcuni di loro hanno maneggiato i detonatori, hanno preparato i candelotti di dinamite sotto il sole del tardo pomeriggio. Alcuni di loro hanno tirato la corda che attiva l'allarme – cinque gemiti corti e due lunghi che ricordano a Esther il suono che si sente quando cade una comunicazione telefonica. Tutti sono restati a guardare piogge di rocce che esplodono dal terreno e ricadono come grigi zampilli di fontana. Per quanto abbiano lavorato a lungo nella cava, quella manifestazione di pericolo ed energia continua a turbarli.

Sono separati dagli uomini che lavorano sull'imbarcazione sul lago da un istintivo timore per l'acqua, da un molo, da un nastro trasportatore, e di conseguenza nessuno di loro conosce per nome i marinai. Sono separati dagli uomini della raffineria da quaranta miglia di Grande Lago. Non pensano mai a nessuna di queste separazioni.

Non un solo gregge di bestiame bruca nei loro sogni, anche se molti dei loro padri e nonni erano agricoltori. A volte hanno incubi nei quali vengono sepolti da un'inaspettata fontana di rocce o affogano nel Grande Lago che si sospinge colmo di rabbia oltre la parete meridionale della cava.

Ma per lo più i loro sonni sono tranquilli, non vengono disturbati né confortati dal ronzio distante dei macchinari attivati dagli uomini del turno di notte, giunti a prendere il loro posto.

Esther sta pensando alle case: quella in cui si trova, quella sepolta dalla sabbia, quella colpita dal fulmine. Possibile che la vecchia Eileen avesse previsto la scomparsa della geografia della spiaggia di Loughbreeze, parlando della maledizione delle cave? Nel corso della sua vita le case erano state costruite, mantenute, abbellite, le foreste venivano abbattute nel tentativo di riprodurre il paesaggio pastorale delle Isole Britanniche. Era una delle differenze essenziali tra di loro: nel mondo di Eileen le strutture abbandonate si decomponevano, venivano riassorbite dal paesaggio dal quale erano emerse. Nella sua vita Esther aveva visto edifici morire di morte violenta. Demoliti, bruciati, smembrati, o sepolti. Senza che nulla li reclamasse. Così come la terra della cava è ferita oltre ogni immaginazione e nessuno più ricorda i campi che un tempo vi prosperavano.

2

A dire il vero, la casa bianca quasi accecò il bambino, che allora aveva sei anni. Anche se era nel nuovo paese da quasi tre mesi, quella era, senza dubbio alcuno, la prima particella dell'immensa estraneità sulla quale aveva permesso al suo sguardo di posarsi. Brillava nel porto sul Grande Lago come una lanterna, più vivida del sole che la illuminava. Mentre l'imbarcazione su cui stavano viaggiando avanzava sull'acqua verso la riva, la casa sembrava respirare pesantemente e innalzarsi come una cosa viva. Il bambino ne era spaventato e incantato, convinto che la luce fluisse dalle sue finestre, invece di penetrarvi. Immaginava che nelle stanze ci fosse musica, come una specie di messa cantata, ma di toni più sonori. Poi rammentò la visita che Padre Quinn aveva compiuto nell'abitazione dei suoi genitori, e il loro stesso parroco nella chiesa gelida, e d'un tratto non fu più certo di dove si trovava.

La casa bianca era penetrata, attraverso gli occhi del bambino, dentro a ogni cosa che era racchiusa in lui, e ora gli stimoli del luogo in cui si trovava aggredirono i suoi sensi. Quando l'imbarcazione passò accanto all'edificio gli uomini sul molo urlarono e le orecchie del bambino rimbombarono di quel suono. Il calore del sole sui suoi capelli e quello della mano della madre sul suo stomaco si fecero all'improvviso pesanti e opprimenti, e poi c'era l'aria umida che non odorava di sale, anche se l'acqua sotto di lui si estendeva a onde verso un orizzonte sguarnito.

Non lontano dal bambino, stesa immobile sul ponte, c'era una ragazzina non molto più grande di lui, morta durante il viaggio dal Quebec. La madre e il padre erano accovacciati accanto a lei e tenevano lo sguardo fisso sul lago, mentre i riccioli scuri della fanciulla venivano smossi dal vento e una mosca zampettava senza posa da un ciglio all'altro. Il bambino non la guardò, abbracciò con lo sguardo l'intera immagine frontale della casa bianca, fino a quando non sentì gli occhi riempirsi di lacrime.

Quello che il bambino aveva scordato e che non avrebbe ricordato fino a molti anni dopo erano le banchine affollate di Larne e il viaggio, la sofferenza, la fame, la calca disperata sul pontile. Aveva scordato la pancia scura della nave dove non si muoveva un filo d'aria e, con il trascorrere delle settimane, i gemiti dei vicini, gli insopportabili, inesprimibili odori, suo padre che implorava acqua, i corpi accasciati di bambini che aveva conosciuto che venivano issati sulle corde attraverso il boccaporto, giorno dopo giorno, fino a quando egli stesso non aveva cominciato a credere che quello fosse il modo in cui si ascendeva al cielo. Aveva scordato la sua nausea che formava una patina scura sulle assi umide e sudice delle pareti della nave e il lungo sonno che l'aveva distolto dai deliri degli altri passeggeri. Poi si era svegliato convinto che le grida che imploravano aria e luce e acqua fossero la voce della bestia abominevole, la nave che stava divorando un terzo della carne che si era consegnata alle sue fauci. E dopo dieci settimane accovacciato sul fondo della cuccetta dei genitori a bordo della New World e sei settimane confinato in un letto con altri cinque bambini alla stazione di quarantena di Grosse Isle (e alcuni piccoli che venivano lasciati morti accanto a lui per intere mezze giornate), aveva scordato come richiamare a sé le immagini, come conversare, e come camminare.

Ora la casa bianca esplodeva davanti a lui nell'insieme di edifici più scuri del nuovo porto; vetro e verande intagliate e doghe di legno dipinte di bianco. I riflessi nelle grandi finestre della casa candida trattenevano la sua attenzione perché credeva di avere davanti le memorie stesse dell'edificio, dipinte sulla facciata. Se chiudeva gli occhi poteva vedere un'immagine della casa bianca chiara e dettagliata come quella che aveva davanti. Poi, a occhi aperti, vedeva il Grande Lago, qualche albero lungo la riva, e gli alberi delle imbarcazioni che beccheggiavano sui vetri delle finestre dell'edificio.

Sua madre gli posò una mano sul capo, poi la abbassò mettendogliela sulla schiena, mentre l'altra restava fissa sul suo stomaco. Guardò, per un istante, oltre la casa e la piccola cittadina portuale, verso una fila di colline e udì suo padre dire: «Quella cosa scura laggiù... così cupa, dovrebbe essere la foresta.»

La madre non rispose, e spostò sulle ginocchia il peso del bambino che teneva in grembo. Il piccolo aveva sei anni e aveva scordato come si fa a camminare. Dopo la separazione subita alla stazione di quarantena di Grosse Isle, nel mezzo del fiume San Lorenzo, lei era venuta a cercarlo. Lo aveva sollevato dal letto. Da allora il bambino era stato di rado lontano dalle sue braccia.

Una concessione gratuita di terra li aspettava nella contea di Hasting nel Canada settentrionale, e avrebbero dovuto sbarcare a Belleville. Suo padre era affacciato alla murata quando gli avevano indicato quella città, un mazzo di guglie in lontananza, e rendendosi conto di aver preso l'imbarcazione sbagliata, si era messo a correre avanti e indietro sul ponte implorando i marinai di fermare la nave. Ma questi avevano detto che la barca andava a Port Hope, e che da là doveva affittare un carro per tornare a nord, e poi a est. Brian aveva trascorso il resto del viaggio tirando fuori di tasca le poche sterline che gli erano state assegnate e rimettendole via, ben sapendo che una volta pagato l'affitto per il veicolo e qualche provvista, non sarebbe rimasto più niente.

Il bambino sentì la madre della ragazzina morta che continuava a domandare «Non c'è un prete, non c'è un prete per seppellirla?» fino a quando la sua stessa madre non disse: «Oh Signore» e pianse e lo cullò e lo chiamò per nome, «Liam, Liam», mentre la casa bianca che lui stava osservando ondeggiava da una parte all'altra seguendo il dondolio delle braccia.

Avevano messo piede sulla nuova terra due volte – all'isola della quarantena e sui pontili del Quebec – ma Liam non ricordava nulla, e quindi il porto affollato e la casa bianca e scintillante che portava dipinti sulle finestre i ricordi del Grande Lago sarebbero rimasti fissati come il punto di ingresso, l'inizio per lui di una lunga storia – una nascita ricordata. Il bambino veniva scagliato in un mondo che avrebbe richiesto anni per essere conosciuto e compreso. Anche mentre sedeva tra le braccia di sua madre, e torceva il collo per continuare a guardare la casa bianca, le grandi foreste venivano abbattute, allontanate di venti miglia dal lago e, ancora più a nord, in quel preciso istante gli alberi gemevano e crollavano tra le braccia dei loro vicini e sul fondo del bosco. Di lì a pochi anni, Liam avrebbe conosciuto le strade di tronchi di legno che attraversano le paludi e le recinzioni della ferrovia e le macchine per abbattere gli alberi, cavalli e tagliatori e banchine di neve più alte di un uomo, e quelle calzature fatte di rete a forma di lacrima che si devono indossare per attraversare i campi in inverno. Avrebbe conosciuto il profumo del legno negli edifici appena costruiti e la vista al di là del vetro su cimiteri pieni solo a metà di lapidi bianche ed erette. Avrebbe preso confidenza con utensili ingombranti inventati per penetrare nella carne degli alberi o per spezzare terra e roccia.

Nei giorni seguenti, mentre il carro sul quale viaggiava la famiglia dondolava e sballonzolava nel fango del fondo stradale, attraverso foreste che la luce del sole faticava a penetrare, Liam continuò a tenere strenuamente presente l'immagine della casa bianca, convinto che al termine di quel tragitto sarebbe stato accolto dal suo candore. Sarebbe stata una immensa, calma lanterna in quei boschi che fervevano di vita, le doghe lisce e pulite, il Grande Lago che scintillava vivido su ognuna delle sue molte finestre.

Ma quando il carro li depositò sotto le braccia tese di abeti massicci e scomparve in altri domini della foresta, i tre erano colmi di terrore sapendo di trovarsi in una regione dove non era stato costruito niente di niente e dove ogni cosa era impegnata in una crescita pericolosa. Considerando la malattia, la quarantena, e poi l'attesa fuori nel gelo del Quebec, la famiglia aveva impiegato un anno per raggiungere quel punto. Ora erano terrorizzati dal paradiso che avevano immaginato. Per il bambino in particolare, i fiori e l'erba erano diventati immensi e terribili, e i suoi genitori si erano rimpiccioliti e il cielo era stato escluso, per sempre, dal mondo.

Mary e Brian lasciarono Liam sotto a uno degli alberi e cominciarono a mettere a frutto quanto rammentavano della vecchia patria, per scacciare le loro stesse paure. Mentre la foresta gemeva, sibilava e si lamentava, il padre legò insieme alcuni rami, costruendo un riparo che ricordava l'abbandonata scuola all'aperto di Ballyvoy. La madre si era allontanata ulteriormente e stava in piedi, in parte nascosta dagli alberi, lo sguardo a terra. Era lontana da Liam, perduta per lui. Di quando in quando il vento faceva muovere i rami bassi e i cespugli, rivelando un brandello della gonna grigia o il retro della testa e dei vividi capelli rossi. Sembrava così piccina, sotto agli alberi, che Liam temeva potesse svanire del tutto, inghiottita nella foresta. Da quella distanza niente in lei era rivolto alla sua famiglia. Era frammentata dall'intrico di alberi, le cui ombre la facevano apparire e scomparire, e baluginava come una fiamma che sta per estinguersi. Il panico fece scorrere la sua fredda mano lungo la schiena del bambino. Si ritrasse da un'ombra che si stava proiettando verso di lui, e poi ancora da uno splendido raggio di sole che la seguiva dappresso. Liam chiamò la madre ma il fruscio delle foglie e uno stormo di corvi gracchianti coprirono la sua voce. Da quando lei l'aveva sollevato dal letto di Grosse Isle non era stato quasi mai lontano dalle sue braccia.

Tremante, si alzò per la prima volta in piedi e si avviò con passo incerto verso la madre. La spaventosa quantità di rumore che proveniva da ramoscelli caduti e spezzati, dai rami spinti da parte e che tornavano con uno schiocco al loro posto, gli fece pensare che lei doveva voltarsi verso di lui ed essere testimone del miracolo dei suoi passi.

Invece lei stava urlando qualcosa e guardando verso un altro punto, verso Brian. «Brian!» gridò. «Se c'è un ruscello come questo, non dovrebbe condurre da qualche parte… a un lago o al mare? Non dovrebbe condurci in qualche altro posto?»

3

La prima notte la famiglia si accoccolò stretta sotto una tettoia di rami di cedro, su una stuoia fatta con i ramoscelli dello stesso albero. Accesero la lanterna, che fino a quel momento era miracolosamente sopravvissuta al viaggio sull'oceano, all'attraversamento del lago e agli scossoni del carro sulla strada.

Ben presto il riparo venne invaso da falene grandi come aquile che rammentavano di aver visto anche in Irlanda, e che spaventarono Liam a tal punto da convincere Mary e Brian ad affidare se stessi e il bambino all'indicibile oscurità. Giacevano immobili, fianco a fianco, gli occhi spalancati su quel nero d'inchiostro, certi che se avessero ceduto al sonno sarebbero stati fatti a brani dagli animali della foresta. Mary piangeva sommessamente e il bambino si stringeva contro di lei per assorbire il conforto che dava il suo corpo. Brian paragonò la sua carcassa indebolita alla foresta circostante e pregò per avere la forza di manovrare un'ascia. Nel segreto dei loro cuori Mary e Brian credevano che dopo essere sopravvissuti alla carestia, alla malattia, a un insopportabile viaggio attraverso l'oceano e alla separazione per la quarantena a Grosse Isle, fosse loro destino morire in quei boschi pieni di gemiti, dove non potevano neppure godere liberamente della vista del cielo, impedita da foglie e rami. Era il mese d'agosto, l'aria era soffocante. Niente luna, né stelle. L'uomo, la donna, il bambino erano stremati. Infine si addormentarono.

Il mattino seguente cucinarono un po' di carne di maiale salata e tagliarono qualche fetta del pane che avevano comprato a Queensborough, un rozzo villaggio che avevano attraversato poco prima che il carro si fermasse a depositarli. Nella loro confusione non avevano idea di come tornare a quella sacca di civiltà, non erano in grado di determinare la direzione dalla quale erano giunti. Eppure la strada, poco più di un sentiero, e le impronte lasciate dalle ruote del carro nel fango fresco, diedero loro un po' di speranza. Mangiarono accoccolati vicino al ciglio, senza parlare, asciugandosi la bocca con il dorso della mano.

Il bambino fu il primo a sentire i rumori e alzò la testa dal cibo come un cucciolo che sente l'odore del pericolo. Brian e Mary si fermarono, immobili, i sensi allertati, raddrizzarono la schiena, e da ogni direzione il rumore di rami spezzati e di rametti che schioccavano si mosse verso di loro. Uomini scarmigliati e con barbe incolte iniziarono a emergere dal folto degli alberi seguiti, in alcuni casi, da donne di età indefinita. Gli uomini portavano con loro grossi utensili, seghe enormi e asce con lame della dimensione della testa di un cavallo.

Liam si mise a piagnucolare, mentre i suoi genitori si alzavano con cautela in piedi. Poi sentì il più corpulento degli uomini parlare a suo padre con una voce dall'accento familiare e irlandese, e vide che le donne stavano tirando fuori dai cesti un fiume di cibo. La gente continuò a giungere, da ogni direzione, tanto che Liam credette che alcuni degli alberi della foresta si fossero magicamente trasformati in esseri umani.

Mentre gli uomini tagliavano gli alberi, scuotendo le chiome incolte e con le schiene nude lucide di sudore, le donne cantavano il canto dell'ascia; una serie metallica di rumori, un pianto brutale. Quando gli uomini si posero uno di fronte all'altro in coppia, chinandosi avanti e indietro all'unisono – i denti affilati della sega che recidevano il legno tra di loro – le donne cantarono il canto della sega, le note della melodia, lunga e sottile e penetrante. Ben presto il canto staccato del martello riempì la radura nuova e brulla che era stata creata, squadrata, nel mezzo della foresta. Quando venne innalzata la trave che sosteneva il tetto, il canto divenne un proclama di vittoria, un urlo celebratorio al quale si unirono anche gli uomini. In seguito, anche i bambini intonarono l'allegra canzone del calore e del tepore che accompagnava la costruzione del camino di pietra e del focolare.

Liam osservò la rozza baracca innalzarsi e ricordò la casa bianca, convinto che l'avesse abbandonato. Vide sua madre in mezzo alle altre donne, timida e sottile, tra l'entusiasmo dei loro canti. Rammentò la forma dei minacciosi insetti della notte precedente e si immaginò accarezzato dalle loro ali dentro alla baracca di legno. Poi vide suo padre che si muoveva senza problemi tra gli altri uomini; teneva la schiena dritta, le braccia avevano ripreso vigore grazie al lavoro comune e alla compagnia; allora anche Liam raddrizzò la schiena e fece pratica avanzando su quel terreno poco familiare.

In seguito, quel pomeriggio, il bambino si recò fino al ruscello che il giorno prima aveva attirato l'attenzione di sua madre. Guardò nell'acqua limpida e vide un letto di sabbia, dove nuotava un pesciolino, e più a valle una distesa di piccoli ciottoli. Nessun masso, nessun tronco interrompevano o mutavano la direzione del corso d'acqua. Sua madre aveva detto «da qualche parte» e «altrove». Alla fine, Liam lo sapeva, quel ruscello l'avrebbe condotto alla casa luminosa i cui ricordi d'acqua aveva visto riflessi sulle finestre.

4

Una volta finita l'estate la famiglia subì l'attacco di una serie di stagioni estreme. In settembre, dopo le gelate notturne, si svegliavano in un mondo invaso da foglie dorate cadute a terra e da un cielo animato fino al parossismo da uccelli migratori – a volte così numerosi da coprire completamente con la loro ombra l'acro di radura, luce e aria che Brian era riuscito a creare. Nel corso di una notte gelida il summacco esplose in grappoli rosso fiamma mentre gli abeti scuri si torcevano sotto un vento strano. Il mutamento autunnale fu così profondo, così convincente che sia Mary che Brian ebbero la sensazione che si trattasse di una stranezza, un fenomeno innaturale forse destinato a durare per sempre, e poiché la cosa li spaventava, non ne parlarono tra loro. Solo Liam percepì nel fremito dell'aria l'anticipazione di qualcosa di diverso, e reagì restando in piedi nel mezzo delle foglie turbinanti, emettendo risate nervose, stridule, insensate. Raccolse le castagne che punteggiavano il terreno e guardò dritto nei minuscoli, demoniaci occhietti, gli scoiattoli isterici. Quando si recava al ruscello gli capitava spesso di vedere sua madre più a valle, in piedi e in silenzio, passiva, inerte. Affascinato dalla corrente che compiva continui scarti, dal guizzo di un pesce, dal modo in cui le foglie dorate venivano sospinte verso l'altrove di cui sua madre aveva parlato, il bambino voleva sapere che cosa la tratteneva laggiù, così silenziosa, immobile, incantata dall'acqua.

Liam aveva quasi scordato l'ampiezza di respiro della patria che avevano lasciato, ma le canzoni di sua madre avevano il potere di riportargli alla memoria l'interno della vecchia casetta; la branda su cui aveva dormito e la pentola nera appesa sopra il fuoco. La pietra piatta della soglia era apparsa una o due volte, inspiegabilmente, nei suoi sogni, svanendo appena prima del risveglio. Di quando in quando una frase in gaelico gli vagava per la mente e allora la pronunciava ad alta voce, rivolta a una foresta che non aveva mai udito prima niente di simile.

Ogni mattina Liam si muoveva con minor incertezza in un mondo di inesprimibile ricchezza visiva – lo scintillante pianeta della foresta. Foglia e foglia e ombra, ombra e luce sparse là, e laggiù, dal vento. In quel vibrante settembre rammentò il terrore delle tempeste di fine estate che avevano oscurato il mezzogiorno, tuonando alla porta mentre i fulmini si scagliavano sulle cime dei pini sferzati dal vento, e poiché gran parte della sua vita precedente era stata cancellata, giocava con quei ricordi e anche con la paura che provava, come fossero stati giocattoli nuovi di zecca.

Suo padre, dopo aver seminato la prima raccolta di grano invernale, abbandonò per qualche giorno il suo acro di radura, per unirsi agli altri uomini, pagati dal governo, impegnati a allargare l'estremità occidentale della strada. Altre volte si recava con il carro di un vicino a Queenborough per fare provviste. La carta gialla che copriva le due finestrelle della baracca venne rimpiazzata da lastre di vetro piene di bolle e Liam imparò la parola «montante» che in bocca gli suonava come la vista liquefatta degli alberi che aveva davanti agli occhi al mattino, al risveglio. A fine settembre, quando il grano fece faticosamente capolino verso la luce, sembrava stentato, imbarazzato dalla sua stessa uniformità accanto ai tronchi irregolari e all'intrico di piante lasciato intatto. In seguito, suo padre mieté il grano a mano e trasportò i sacchi pieni a bordo del carro di un vicino fino al mulino O'Hara, tornando una notte con cinque sacchi di farina e una macilenta vitellina ottenuti in cambio del raccolto.

A volte Liam parlava alla vitella, che lo guardava con i suoi occhi scuri e docili. Il bambino credeva che fossero entrambi dei cuccioli, che anche la vitella avesse sei anni.

Alla fine di ottobre, Liam trascorreva le sue giornate correndo lungo i margini della foresta, e la sua risata trapassava la pioggia di foglie dorate e rossastre. Sembrava che il bosco si aprisse, come una finestra di vetro colorato, per lasciar passare l'aria e la luce. Il padre aveva appreso dal gruppo di uomini un centinaio di parole per definire gli alberi e i cespugli e la sera le faceva recitare dal bambino alla madre. La notte Brian raccontava a Liam storie in latino – una lingua che Liam non comprendeva, ma che tuttavia amava per la dolcezza dei suoi suoni, *ulli*, *aurum*, *alla*, *orae* rotolavano accanto al fuoco.

Nessun componente della famigliola aveva mai visto fuochi di quel genere, poiché la loro esperienza era limitata alla lenta combustione della torba, e da principio trascorsero intere serate osservandoli, inebetiti dalla vista della fiamma vorace che inghiottiva la legna secca e diventava cenere nello spazio di un'ora. Mary, esasperata dall'avidità del fuoco, dal suo costante bisogno di nutrimento, parlava al bambino dei fuochi di torba sull'isola nella quale era nata, fuochi che erano durati, senza l'aiuto di un fiammifero, per duecento anni. Bastava seppellire un pezzo di torba tra le ceneri della sera e la mattina seguente dare di mantice alla fiamma. Era una caratteristica di quei focolari, sosteneva, mantenere un fuoco nel cuore. Ma non gli parlava delle ceneri fredde dei loro ultimi giorni in Irlanda o di quando, disperata, aveva cacciato quella polvere grigia nella sua bocca, e nella propria.

A novembre l'inverno arrivò all'improvviso e con feroce determinazione, prima che avessero imparato a fare sì che il fuoco durasse anche la notte. Liam si risvegliò con una sottile cortina di cristalli di ghiaccio sulla coperta e, non sapendo che si erano formati grazie all'umidità del suo stesso fiato, pensò che la coperta avesse cominciato a congelare e si domandò come potesse tenerlo al caldo. Tre giorni più tardi la prima tormenta invernale si scaraventò dal nord mentre il bambino e i suoi genitori se ne stavano rannicchiati, istupiditi, contro la parete più a sud della baracca, pregando che i pessimisti giù in Irlanda non avessero avuto ragione con le loro previsioni. Dopo essere sopravvissuti alla seconda e quindi alla terza di quelle esperienze catastrofiche, il loro terrore cominciò a diminuire, anche se non abbastanza da farli uscire di loro spontanea volontà, o spesso, in un mondo oscurato dalle tormente bianche oppure luminoso al punto da provocare un dolore fisico, se il sole feroce batteva sulla neve. L'inverno divenne una stagione d'attesa, quasi di ibernazione; di quando in quando un vicino entrava nell'atmosfera rarefatta, quasi di trance, della baracca, la vitellina miracolosamente cresceva, accanto al fuoco, diventando adulta, e i suoi escrementi venivano bruciati ogni giorno in quel fuoco vorace.

La primavera pose fine alle visite dei vicini poiché la strada divenne un fiume di fango provocato, da principio, da un'impensabile quantità di neve disciolta e poi da una pioggia incessante. Quando il fiore bianco chiamato «trillium» sbucò sul fondo della foresta in un candore incorrotto, Liam credette che l'inverno fosse tornato. Allora trovò il coraggio di uscire dalla baracca per aiutare un po' suo padre a costruire un piccolo riparo di tronchi di legno per la vitella, o per seminare il grano e le patate fino a quando Brian non partì per lavorare sulle strade a spese del governo, e Liam venne lasciato solo con la madre.

Mary aveva iniziato, come prima, a stare accanto al ruscello, nel tardo pomeriggio, con le braccia abbandonate sui fianchi, come a riposarsi dopo il completamento di un gesto significativo, e quando giungeva il vento Liam poteva vedere il sole brillare tra i capelli annodati sulla nuca. Durante l'inverno Mary aveva parlato del ruscello solo una volta, chiedendo a suo marito se fosse morto completamente e se sarebbe tornato o no. Lui l'aveva rassicurata dicendole che sì, che era vivo, anche in quel momento, sepolto sotto molti centimetri di neve, anche se il bambino aveva notato che dalla voce del padre era scomparsa la sicurezza tipica di quando pronunciava i nomi degli alberi.

Quando il ruscello ritornò, non era affatto come il padre, la madre o il bambino si erano aspettati. Ingigantito fino a cinque volte tanto la sua dimensione originaria, passava turbolento accanto alla radura, portando via con sé parte della terra appena arata. Era pericoloso, inavvicinabile e non rivelava nulla di quanto giaceva sotto la sua superficie. Produceva un suono simile a quello delle acque del Moyle, ma del tutto differente da qualsiasi altro che la famiglia avesse mai udito nel nuovo paese.

Questa volta a Liam venne proibito di accostarsi all'acqua, per paura che venisse rapito dalla mostruosa corrente e trasportato via, in un luogo del tutto diverso.

Tornando dalla costruzione delle strade, Brian rimase fermo per un istante, madido di sudore, sulla soglia della baracca, poi avanzò pesantemente sul pavimento di legno di tiglio. Nel corso dell'inverno aveva costruito cinque o sei mobili: tre sedie, un tavolo e, all'inizio del disgelo, una culla di pino imbottita. Passando, la sfiorò leggermente, poi accarezzò i capelli di Liam, infine si avvicinò a sua moglie, che stava in piedi accanto a una delle finestre.

«Ho bisogno di un fuso» disse Mary «e di un po' di lana. Ho bisogno di stampi e cera per candele.»

«Come stai, Mary?» chiese l'uomo. «Si muove?»

Lei si stirò, mettendo le mani sulle reni. «Sì. Credo proprio di sentirlo scalciare.»

Il bambino osservò suo padre che guardava la pancia della mamma. All'esterno, l'aria risuonò di stridii frenetici mentre uno stormo di oche passava sopra gli alberi, diretto a nord.

«Il lavoro è andato bene?» chiese la madre. «Siete arrivati lontano?»

«Gli uomini parlano di aprire una scuola» disse Brian. «Tre miglia a est, dalla parte opposta di Queenborough. Stanno cercando un maestro.»

«Ma a che cosa servirebbero il greco e il latino ai bambini di qui?»

«E a che cosa servivano ai bambini in Irlanda?» Brian era esaltato dalla possibilità di ricominciare a educare. «I greci» continuò dopo un attimo di silenzio «non hanno mai prodotto nulla, se non cibo per la mente.»

D'un tratto Liam ripensò alla visita che avevano ricevuto, qualche settimana prima, da parte di un uomo che chiamavano predicatore itinerante. «Sono venuto a darvi cibo per lo spirito!» aveva annunciato, in piedi sulla soglia. «Cosa?» aveva detto in seguito «voi siete papisti? Be', non ha importanza, è lo stesso Dio, lo stesso Cristo.» Tuttavia, nelle sue parole c'era qualcosa che aveva fatto credere al bambino che esistessero numerosi Dio, e molti Cristo, e che i loro e quelli del predicatore non fossero affatto gli stessi.

Liam osservò le ombre dei ramoscelli, sui quali cominciavano appena a spuntare le gemme, muoversi in un rettangolo di vivida luce disegnato sul pavimento, tra i suoi genitori.

«Non siamo arrivati lontano» disse Brian. Cominciò a grattar via il fango secco da uno stivale, aiutandosi con la punta dell'altro. Zolle di terra insudiciarono il pavimento. «No, non lontano. Solo fino al piccolo lago sotto Madoc. Abbiamo lavorato al ponte, per lo più.»

«Che lago è?» chiese Mary.

«Quello che abbiamo attraversato arrivando qui.»

Mary ricordava il ponte da tempo addietro, quando erano giunti nella foresta, rammentava il fragore delle ruote del carro sulle tavole di legno, e di aver guardato oltre le spallette verso l'acqua, scura sotto una superficie argentea. Ricordava di aver guardato a sinistra e a destra dove il lago si allargava, immagine speculare di se stesso, oltre la strozzatura che il ponte attraversava. «Un tempo» aveva detto il guidatore a Brian «trasportavamo i coloni a bordo di una zattera, con tutto quel che possedevano, i cavalli e persino i carri – prima della costruzione del ponte.»

Brian sedette, si allungò in avanti per slacciarsi gli stivali, poi si appoggiò allo schienale della sedia, con un sospiro. Anche nella penombra dell'interno Liam riusciva a vedere che il volto di suo padre era abbronzato per il lavoro all'aperto. «Non lontano», ripeté Brian, aggiungendo che aveva visto sul lago delle imbarcazioni molto strette, con a bordo uomini vestiti con pelli di animali, i capelli lunghi come quelli di una donna. Poi si voltò, rivolgendosi al figlio. «Sono passati proprio sotto il ponte ma non ci hanno rivolto la parola. E tu, Liam, che genere di uomini immagini che siano?»

Il bambino balzò in piedi e corse accanto a suo padre. «Indiani!» gridò, e poi chiese, con un po' più di calma: «eri spaventato?»

Brian rise. «Erano miti come agnelli... ma di bell'aspetto. Stavano parlando, e cantando, tra di loro.»

«C'erano delle donne con loro?» chiese Mary. «O bambini?»

«Niente donne... niente bambini. L'apripista ha detto che si trattava di un gruppo di cacciatori di un villaggio che si trova da qualche parte, all'estremità occidentale del lago. Vengono chiamati Algonquins, o qualche volta Ojibway.»

«Algonquins» ripeté Liam, lentamente. «Ojibway.»

Quella notte Liam sentì i suoi genitori che parlavano, a letto; il padre si lamentava perché non possedeva dei buoi, e si preoccupava di come poter allargare la radura. Gli uomini, disse, affermavano che sotto parte del terreno di quella zona si stendeva una piattaforma di roccia, a circa venti centimetri di profondità, e che non c'era niente di meglio da fare che bruciare gli alberi di quella terra per farne potassa. Liam si chiese se la cenere fosse la stessa che si raccoglieva sotto le pentole dopo che sua madre aveva cucinato. Poi udì la mamma dire con voce esitante: «Il nostro ruscello corre fino al lago, dunque?» e suo padre rispondere che affluiva a un fiume chiamato Black e che questo, a sua volta, alimentava il lago sotto Madoc.

«Il lago» chiese ancora sua madre «ha un nome?»

La casa era buia e fuori la notte era immobile. Da qualche parte, nella foresta, un gufo ripeteva il suo grido insistente, come una richiesta; era diventato un suono familiare per il bambino il quale ormai sapeva che nessuno – nulla – avrebbe risposto.

«Brian» chiese ancora Mary, le parole impastate dal sonno che stava per giungere «come viene chiamato il lago?»

«Moira» rispose lui. «È il lago Moira.»

Dopo queste parole, il silenzio nella casetta fu così prolungato che Liam, presumendo che i suoi genitori si fossero addormentati, chiuse gli occhi e si voltò su un fianco, verso la parete.

5

Quell'estate, durante gli ultimi mesi della gravidanza, Mary venne pervasa da un'energia così intensa, dall'emergere di una forza così piacevole, che iniziò ad assaporare l'attività. Numerosi nuovi utensili trovarono posto nella baracca e le divennero compagni intimi – estensioni del suo corpo nuovo e vibrante. Mary amava le sue dimensioni, la sua presenza che riempiva ogni spazio. Persino la foresta sembrava trovarsi a proprio agio con la sua sicurezza e lei camminava senza timore tra gli alberi, in cerca di corteccia di acero per la polmonaria che usava al posto del lievito per far gonfiare il pane.

In lei era forte il bisogno di creare oggetti là dove prima non esistevano: voleva far sì che tessuti, candele, burro, pane venissero alla luce sotto le sue mani. Chiese a suo marito chiodi e assi e un martello, e di buona lena montò degli scaffali e un rozzo armadio per la dispensa e, cominciando con una gallina e un gallo, allevò una nidiata di polli per i quali costruì una graziosa stia, tanto che suo marito rise per la sorpresa. Chiamò ogni pollo con nomi di cose che rammentava – Rathlin, Antrim, Moyle, Crannog – e nel farlo distrusse, per il momento, l'orrendo potere della memoria stessa. In lei non c'era nessun desiderio di inventare e cantare canzoni, nessuna voglia di starsene in silenzio a fine pomeriggio, scrutando il ruscello.

Con il denaro ricavato dalla costruzione delle strade, Brian era riuscito a comprare vasellame e vasi a tenuta stagna, posate, utensili, piatti, materiale per la fattoria e infine, un fuso e un telaio per sua moglie. Cominciando dal nulla, così come avevano fatto, i due erano come divinità intente a creare un universo. L'arrivo di un boccale di peltro o di un mestolo per la minestra poteva essere l'occasione buona per festeggiare. Gli utensili domestici venivano accuditi e accarezzati come cuccioli, e grazie a tante cure sviluppavano una vita propria, un'anima.

Una volta la settimana, nel tardo pomeriggio, mentre Brian lavorava all'aperto e il bambino giocava in piena libertà, Mary scaldava dell'acqua sul fuoco. Versava il liquido nel grande semicupio di legno e si toglieva gli abiti per fare il bagno. Poiché nella baracca non esistevano specchi, aveva perso il senso del suo viso riflesso e invece, nel corso di quei pomeriggi, aveva preso confidenza con la pelle e le ossa e i muscoli delle sue membra, il tamburo teso del suo ventre. Ammirava la cute morbida delle cosce e la curva soda delle caviglie. Era potente e risplendente, il bimbo le si agitava nel ventre, le dita calde dell'acqua penetravano negli angoli segreti della sua carne.

Dopo il bagno, portava uno sgabello di fronte alla baracca e si pettinava al sole i lunghi capelli bagnati. Al piccolo Liam, nascosto tra gli alberi, i capelli sciolti sembravano un fiume di pensieri segreti che scendeva dal cranio di sua madre. Avrebbe voluto toccarli e farne parte, ma mai si sarebbe avvicinato a lei in quei momenti, intuendo che la sua presenza sarebbe stata un'intrusione. Restava immobile, si teneva nascosto, e osservava da lontano.

Da adulto è così che l'avrebbe ricordata; il capo che lasciava in libertà un torrente di fuoco, la gola offerta all'aria, le mani pallide che sfioravano il rosso stendardo, districandolo in modo che il sole potesse penetrarvi, il muro di foresta che scintillava di calore e luce.

E lui escluso da tutto il dramma che emanava da lei.

Avrebbe ricordato se stesso seduto su un ceppo fuori dalla baracca, due mesi dopo, mentre una foresta del colore dei capelli di sua madre veniva scossa dai venti autunnali e il suono delle grida di lei riempiva l'aria, avrebbe ricordato in che modo si era coperto le orecchie, serrando gli occhi stretti stretti, immaginando nella sua mente la casa bianca, le sue finestre e i porticati, la sua semplicità, così dissimile all'esterno della baracca piccola e scura.

Quando la vicina gli mostrò la neonata e gli disse che si chiamava Eileen, Liam, disgustato, distolse il viso e chiese di sua madre con tanta veemenza che gli venne permesso di entrare nella baracca dove lei giaceva su un letto di corde, con i meravigliosi capelli legati in una grossa treccia. Ma quando lei spalancò le braccia, in esse venne deposta la neonata e Liam restò in disparte, in un angolo della casupola.

Nelle settimane che seguirono, Liam trascorse le giornate accovacciato tra la casa e il fienile, rimuginando, imbronciato, tracciando segni sul fango secco con un bastoncino, mentre all'interno sua madre si affaccendava attorno alla bambina, al fuoco, e piangeva. Il telaio era silenzioso, il fuso immobile ma, un mattino, Liam entrò in cucina e vide che c'era colore sul viso della mamma e gli occhi le splendevano. Stava preparando un cestino con pane e burro per suo padre, che quel pomeriggio sarebbe partito con l'apripista.

Liam si chiese se il padre avrebbe portato con sé la bambina in quel viaggio e si immaginò lunghi giorni tranquilli trascorsi da solo con la mamma. Ma suo padre rise e disse che non aveva l'occorrente per nutrire la piccola, e anche sua madre rise e lo abbracciò.

Quella notte la mamma cantò a Liam delle ninna-nanne, in irlandese e in inglese. Poi lei gli mostrò come cambiare il pannolino sudicio che era avvolto tra le gambe della sorellina. Timidamente, Liam le parlò della grande casa bianca e le chiese se la ricordava. Lei rispose di no, e allora lui annunciò che un giorno sarebbe stata sua e che l'avrebbe condotta con sé, a vivere laggiù.

«E che mi dici della tua sorellina?» chiese la mamma. «Sarà invitata anche lei? Te ne prenderai cura?»

Liam rimase in silenzio. Osservò i piccoli pugni richiusi come serpi nella culla.

«Sono sicura che vorrai occuparti della piccola Eileen» disse la mamma con dolcezza.

«Sì» rispose il bambino, ansioso di compiacerla «lo farò.» Si stava scaldando al tepore della madre, alla sensazione della mano di lei posata sulla sua nuca. Con il piede sinistro lei faceva dondolare la culla, ma gli teneva la mano sul collo, e gli occhi fissi sul viso.

Il mattino seguente, quando i sogni di Liam vennero invasi dalla voce della neonata, lui si rigirò nel letto e guardò verso il lato opposto della stanza. Il letto della mamma era vuoto, le coperte sistemate così ordinatamente che sembrava che lei non vi avesse affatto dormito la notte prima, o che nessuno mai ci fosse stato sopra.

Il giorno era limpido e chiaro, anche se il sole basso di novembre proiettava a una grande distanza l'ombra del muro della foresta che, a metà pomeriggio, ricoprì sia il fienile sia la baracca. Il bambino trascorse gran parte della giornata al sole, proprio dietro la casa. In quegli spazi era convinto di essere ancora legato alla casa – poteva posare la mano sul limite dell'ombra proiettata dal tetto – ma ne era anche separato a sufficienza da poter ignorare il pianto della neonata. Quando il sole venne del tutto nascosto dalla foresta, il silenzio cadde all'interno della casupola.

In quel parziale crepuscolo, Liam iniziò a considerare i suoi genitori come esseri staccati da lui. Il campicello di grano invernale, quegli steli verdi e abbondanti ancora da raccogliere, che aveva aiutato suo padre a seminare, si chinavano al vento come per prepararsi alla falce. Diversi utensili che suo padre aveva tenuto tra le mani erano appoggiati alla parete del fienile, e guardandoli il bambino rammentò in che modo i muscoli nella schiena dell'uomo cambiavano quando questi lavorava. Cercò di immaginare il lasso di tempo da quel momento a quando il padre sarebbe tornato, con gli stivali insudiciati dal fango della strada. Ma poiché cose come tempo e lavoro e viaggi erano sempre stati definiti da suo padre e da sua madre, era incapace di concepire la lunghezza di una settimana, di un mese, o persino di un giorno.

Da principio non aveva permesso che l'idea della mamma facesse capolino nella sua mente ma, mentre il giorno si scuriva, e il vento sempre più forte faceva turbinare il grembiule bianco di lei, che stava steso in solitudine su una corda tra due alberelli, la chiamò e, senza attendere risposta, corse verso la foresta e sbirciò nell'oscurità. Restando assolutamente immobile, vide gli uccelli volare via e le tamie saltellare, e dopo che fu rimasto impietrito e vigile per un po', una cerbiatta con il suo piccolo passò incurante davanti a lui, a non più di dieci metri di distanza. Non era la sua mamma. «Ho sette anni» mormorò, pensando per la prima volta alla sua età.

Al tramonto voltò la schiena agli alberi a est e si diresse verso gli edifici di legno, sentendo terribilmente il gelo della serata che si avvicinava. All'interno, la notte era già arrivata e Liam non aveva modi per combatterla e nessuna capacità di affrontare la fame che, all'improvviso, gli attanagliava la pancia. Infine trovò un secchio d'acqua accanto alla porta e una crosta di pane sul tavolo. Mangiò e bevve, con cautela, incerto se sarebbe stato punito. Poi si fece strada a tentoni tra gli oggetti nella baracca fino a quando non riconobbe la superficie liscia delle candele, e le tenne alte, una per mano, per almeno un'ora, desiderando che ne scaturisse la luce. La bambina aveva ricominciato a piangere e il piccolo andò avanti e indietro, carponi, sull'impiantito di legno di tiglio fatto da suo padre, fino a quando le mani non sfiorarono l'estremità appuntita di una delle lame della culla; la spinse con forza avanti e indietro nel tentativo di ottenere il silenzio. Udì il botto del corpicino che colpiva le pareti interne della culla e il gemito si fece più intenso. Cacciandosi i pugni nelle orecchie, urlò quello che poteva rammentare delle ninna-nanne che la mamma gli aveva insegnato fino a quando, come per magia, una sottile lama di luce apparve sul tavolo davanti alla finestra. Barcollando, Liam si avviò alla porta e uscì in un mondo fatto di vento gelido e luce lunare.

Fu in quel momento che vide sua madre – o quella che in seguito, nei suoi sogni, avrebbe chiamato mamma – comparire e scomparire tra i pini sulla riva opposta del ruscello, così come aveva talvolta fatto quando era in vena di giocare, nel corso di quella felice estate. La sua forma comparve e svanì, moltiplicata, e poi si rimpicciolì. La luna era una enorme palla che lei aveva scagliato nel cielo e il bambino tese con gioia le braccia per qualche istante, prima di correrle incontro, con una risata che gli usciva gorgogliante dai polmoni, calpestando il campo di grano invernale. Mentre si avvicinava, lei si ritrasse dietro ai cedri e agli abeti rossi, dove il buio fitto la cancellò. Liam si allontanò guardingo a quattro zampe nella boscaglia imbiancata dalla luce della luna e dalla brina. Umiliato. Poi fece per voltarsi e vide le versioni multiple di lei, dritta e sottile e bianca. Il sangue gli rimbombava nelle orecchie alla vista di tante mamme – una per lui, una per suo padre, una per zittire la bambina – e si ritrovò a correre verso il ruscello. I rami scuri si muovevano su e giù come enormi ali attraverso i corpi di quelle donne. Liam si fermò di colpo. La visione cambiò. Si passò le mani, agitato, avanti e indietro sulle maniche della giacchetta che la mamma aveva tessuto. «Betulle bianche» disse a voce alta, usando il nome che suo padre gli aveva insegnato, e ripetendolo, la voce un canto spiegato che nessuno sentiva «betulle bianche, betulle bianche.»

Trascorse la notte al riparo della mucca. Prese una coperta dalla baracca, dopo averne gettato una, con rabbia, sopra la culla dalla quale veniva il pianto, coprendola completamente. Poi, spaventato dalla forma appena distinguibile che si stagliava nel buio, si richiuse di botto la porta alle spalle. Nel fienile il calore dell'animale lo attirò. Appoggiò il viso al pelo ruvido e caldo fino a quando, cominciando ad appisolarsi, non scivolò sulla paglia dove il muoversi di uno zoccolo o il guizzo involontario dei muscoli del fianco dell'animale gli diedero uno strano conforto.

Durante le prime ore del mattino, ancora avvolte nel buio, Liam sognò che la bambina era cresciuta, diventando enorme, era esplosa attraverso le pareti della baracca, le braccia e le gambe che flagellavano la foresta e i campi, il suo pianto un ruggito terrorizzante. Aprì gli occhi e nel buio spinse le porte del fienile, spalancandole su un mattino debole e grigio; poi si rese conto che quel suono mostruoso proveniva dalle sue spalle, dove la vacca, dolorante, muggiva penosamente nel suo stallo. Sollevato, barcollò all'indietro e si seppellì nella paglia accanto alle zampe anteriori dell'animale. Mentre la mucca si lamentava, la debole luce che veniva dalle porte aperte rivelò nell'aria fredda una nube di vapore che usciva dalla sua bocca e dalle narici. Il bambino, ricordando le urla di sua madre, i pianti della bambina, e udendo ora la vacca che gemeva, si rivoltò nella paglia, allontanandosi dal punto da cui proveniva il suono. Allora vide la mammella tesa ancor più della pancia gonfia della sua mamma e un latte bluastro che gocciolava dall'estremità.

Da principio, mentre la mucca gemeva di impazienza, Liam tenne tra le manine quei cilindri di carne, desiderando che il latte ne zampillasse, come aveva visto fare sotto le attenzioni del papà e della mamma. Accorgendosi che non accadeva nulla, circondò con le braccia la mammella rigonfia, stringendola finché la vacca non muggì di dolore e il bambino, spaventato dalla violenza del suono, si allontanò di corsa. L'animale gemette e poi, per un istante, rimase in silenzio. Allora Liam riuscì a udire il flebile pianto della bambina nella baracca, prima che la mucca riprendesse il suo lamento disperato. Steso sulla paglia senza saper che fare, il bimbo rammentò la debole replica della mucca che suo padre aveva venduto in città due mesi prima e pensò alla fragile replica della sua stessa mamma che ora emetteva il suo isterico canto nella baracca, e pianse nascondendo il viso nella manica sgualcita, unendo la sua voce al coro. Era legato a quella dolente orbita di carne dal bisogno, e strillò di rabbia: non era giusto avere tanta fame. Furibondo, scandagliò il fienile cercando il secchio di legno di quercia, che scagliò sotto quella grottesca sacca di pelle. Poi, afferrando le mammelle con tutta la violenza del suo abbandono e del suo desiderio strizzò la carne calda tra le mani e il liquido sgorgò nel recipiente di legno.

Stava goffamente procedendo nel compito quando gli vennero in mente i ritmi usati dagli adulti, mentre la mucca gemeva con dolcezza e si sentiva tutta confortata.

Liam aprì la porta della casetta e rimase in piedi, in ascolto nella luce fioca, con in mano il secchio di latte fumante. Non udendo nessun suono, lo lasciò cadere pesantemente a terra; parte del liquido si rovesciò e dalla culla tornò a levarsi il pianto. Prese dal tavolo una piccola tazza, la immerse nel secchio e bevve con la schiena rivolta alla culla di legno da dove proveniva il gemito. Il latte lo calmò; quindi si avvicinò al lettino e spinse via la coperta.

La sorellina smise di piangere e lo guardò con occhi verdi e limpidi, mentre Liam indietreggiava per la puzza che veniva dalla culla e riempiva la stanza. Ma in quell'istante, la bambina ricominciò a emettere un suono che rammentava a Liam il richiamo di una pecora. Il ragazzino si lasciò cadere su uno sgabello, si prese la testa tra le mani e urlò, rivolto al pavimento, le parole di una ninna-nanna.

Il gemito si fece ancora più insistente; Liam trascinò il secchio vicino alla culla, prese un cucchiaio dallo scaffale e, quasi vomitando per l'odore di urina e feci, iniziò, con una certa dolcezza, a versare il latte nella piccola bocca. Gran parte del liquido scivolò giù ai lati del viso della bambina e tra le pieghe del collo. Quello che riuscì a passare tra le labbra le si fermò in gola, facendola tossire con tanta violenza che il viso le diventò rosso, poi paonazzo, mentre il corpicino veniva scosso da violenti sussulti sotto le coperte sudice della culla. Quando l'attacco passò, il bambino, con cautela, sollevò un'altra cucchiaiata dal secchio, tenendola in equilibrio, e allora le piccole labbra della bimba si mossero verso il cibo. Liam trascorse più di un'ora chinandosi prima sul secchio, poi sulla bimba, concentrandosi a tal punto che il mondo divenne il cerchio del secchio di quercia alla sua sinistra, il rettangolo di pino della culla alla sua destra, e l'ovale bianco del cucchiaio pieno di latte che passava da una parte all'altra. Poi, scrutando il faccino, vide che la bimba si era addormentata.

La biancheria del lettino era impregnata di latte versato e urina. Tutt'attorno si sentiva la puzza che veniva dalla bambina. Ma Liam era riuscito a ottenere il silenzio. Aprì la porta e ascoltò l'assenza di rumore proveniente dal fienile, notando che cominciava a cadere una pioggerellina gelida. Con disgusto ma determinazione spogliò la sorellina addormentata e gettò i suoi indumenti sudici e puzzolenti in una pozzanghera davanti alla veranda. Lavò la piccola con l'acqua del secchio accanto alla porta e la rimise a letto, mentre ancora una volta urlava per lo shock procurato dal panno gelido. Le cacciò le braccia in una maglietta di flanella che aveva tirato fuori fuori da una scatola di legno, insieme a strisce di un materiale bianco, che le legò attorno alle gambe e al sederino. Lei si acquietò nuovamente.

Mentre compiva questi gesti, con i denti che battevano per il freddo, rammentò una scatola di latta, non più grande della mano di un adulto, e i sottili bastoncini di legno con la capocchia colorata che la riempivano, e gli sovvenne in che modo sua madre aveva prodotto il calore, la luce, il fuoco.

Passarono tre giorni e tre notti, in compagnia della mucca, del fuoco, della bambina – tra il crescere e lo svanire di calore e suono e luce. Una volta o due Liam udì il rumore di un carro che avanzava tombolando lungo la sconnessa strada della concessione ma, rinchiuso nello schema dei suoi doveri, non cercò di fermarlo. Una volta, mentre trasportava un secchio d'acqua dal ruscello, qualcuno che conosceva gli passò accanto a cavallo. L'uomo salutò con la mano e Liam restituì a malapena il gesto, quasi nel timore che quell'unico movimento non legato alla sfera di lavoro che si era prefisso potesse rompere l'incantesimo e mandare in frantumi tutto il suo mondo.

La sera del terzo giorno la bambina, vedendolo avvicinarsi alla culla, sorrise e lui si fermò, la prese in braccio, tenendo il suo calore contro il petto per molto, molto tempo. Lei era diventata sua, sarebbero stati uniti per sempre.

Tornando, Brian udì la vocina acuta e sottile di suo figlio che cantava. Mentre si avvicinava alla casetta vide il grembiule della moglie agitarsi, come un fantasma, un ricordo, sulla corda appesa tra gli alberi. Stava componendo parole di lode per il bambino ma il suo corpo era gelido e curvo perché sapeva, senza bisogno di chiedere, che un vuoto pervadeva quel luogo. Qualcosa aveva reclamato sua moglie, così come era successo in precedenza; qualche altra storia, qualche altra geografia l'aveva condotta via. Ma questa volta al suo posto non sarebbe rimasto niente di niente, eccetto due bambini, uno ancora da svezzare.

L'indomani Brian avrebbe falciato il grano invernale, abbattendo il verde estivo con la disperazione di un uomo che ha conosciuto la fame e l'abbandono.

Ora sarebbe entrato nel tepore creato da suo figlio, e avrebbe preso la neonata tra le braccia.

6

A volte quando Brian si guardava attorno nella casupola, pensava di riuscire addirittura a vedere l'assenza di sua moglie. L'aria sembrava senza odore, vuota, e così limpida che tutti gli oggetti che ella aveva toccato e poi abbandonato erano ben delineati, incredibilmente distinti, i loro colori più profondi, i loro contorni più netti, tanto che per lui guardarli era un dolore. Le sue cose e i suoi utensili, pensava, ricordando una canzone. E poi la canzone stessa gli risuonava nella mente:

La gente dice che non esistono due ben maritati
Ma uno ha una pena che non è mai stata detta.
E lei sorrise e passò con i suoi beni e le sue cose
E questa fu l'ultima immagine della mia amata.

C'erano momenti in cui, canticchiando a mezza voce quel motivetto – guardando una zangola o un grembiule – credeva di essere sul punto di impazzire.

Liam trascorreva parte del tempo sotto le betulle bianche, accarezzando con le dita la loro pallida superficie cartacea o fissando i boschetti di alberi sottili da lontano, fino a quando la neve giunse per restare e in quel mondo imbiancato gli alberi non erano più così strabilianti da attirare la sua attenzione. La scomparsa della madre lo legò ancora di più al padre. Condividevano la perdita e il silenzioso accordo di non parlarne mai.

Con l'arrivo dell'inverno una calma triste ricadde sulla famigliola, interrotta solo quando una matrona di buone intenzioni, proveniente da Madoc, giunse su una slitta cigolante con l'idea di adottare la neonata. Liam, intuendo il proposito della visita, si accoccolò vicino alla culla, ringhiando, e quando la donna gli passò accanto scattò e le morse la caviglia. La signora se ne andò, al colmo dell'indignazione, e dichiarò alle sue amiche del gruppo parrocchiale che, come gran parte degli irlandesi e come tutti i papisti, il bambino era selvaggio e pericoloso e suo padre ombroso e incapace di esprimersi. Mentre il suono delle campanelle attaccate alla slitta svaniva in lontananza, Liam singhiozzò tra le braccia del padre, la bimba stretta tra di loro. «Lei è mia» piagnucolò. «È mia, è mia!»

Passarono quattro anni e il mondo attorno a loro si aprì. La foresta spalancò le sue cupe cortine permettendo l'ingresso di qualche altro colono straccione, che fece del suo meglio per dissodare quella terra sassosa, e di una coppia di esploratori scandinavi dall'aspetto selvaggio i cui rilevamenti portarono a una manciata di miniere di ferro e stagno.

Uno dei due fece fare a Brian la conoscenza di due assi sottili, con una estremità ricurva, che si potevano legare agli stivali. Su quei cosi era possibile scivolare sulla superficie della neve a grande velocità, usando un lungo bastone per restare in equilibrio. I primi tentativi con quel mezzo di trasporto furono disastrosi, e Brian rimase intrappolato a faccia ingiù nella neve in posizioni ridicole, mentre l'esploratore, appoggiato al fienile, si piegava in due dalle risate. Quando il finlandese partì per le pendici delle colline della California, lasciò a Brian quello strano equipaggiamento. «Impara a usarli» gli disse «ed entrerai nella storia come il primo boscaiolo irlandese sugli sci.»

Liam – che ora aveva undici anni – e Brian lavoravano insieme, portando il grano al mulino O'Hara a Bridgewater, coltivando patate, grano, orzo, avena, e allevando un piccolo gruppo di animali. La mucca diventò madre e nonna di una famiglia di bovini razza Holstein; Liam l'aveva chiamata Luna, in ricordo della notte trascorsa con lei, della palla che aveva visto in cielo e del cerchio bianco di latte ristoratore che aveva riempito il secchio di quercia.

Suo padre chiamò il primo torello venuto alla luce McGee, in onore del direttore di un giornale, l'«American Celt», sul quale talvolta riusciva a mettere le mani al mulino, quando O'Hara aveva finito di leggerlo. Questo McGee era un poeta, raccontava Brian a suo figlio nelle sere d'inverno, e un grande sostenitore della musica e della letteratura irlandesi. D'altro canto, è un meraviglioso campione del nostro popolo emigrato in queste terre, ed è più giovane di quanto io mai ricordi di essere stato. Ha compiuto un giro di conferenze in tutto il Canada settentrionale. È un uomo, asseriva Brian, che qualsiasi irlandese, uomo, donna o bambino che sia, dovrebbe desiderare di poter ascoltare. Comprende l'ingiustizia, diceva, il suo terribile cuore cupo.

Liam non gli prestava attenzione. Era molto più interessato ai cataloghi di semi. Voleva far crescere su quel terreno tutto il possibile. Era solo un bambino ma gli erano già giunte voci dell'esistenza di fattorie con campi vasti e lussureggianti. Un giorno o l'altro avrebbe coltivato canna da zucchero e ananas. Tutto ciò che ricordava dell'Irlanda era una pietra piatta dietro alla soglia di una porta; il resto del passato era scivolato via.

La prima volta che Brian fece domanda alla Commissione esaminatrice di Madoc offrendo i suoi servigi come insegnante, venne rifiutato. Affermando di tenere in considerazione la sua mancanza di un regolare corso di studi, e la distanza che avrebbe dovuto percorrere dalla fattoria fino alla scuola più vicina, questo gruppo di metodisti, molti dei quali stavano per fondare delle logge orangiste nei diversi villaggi, vedevano in effetti di malocchio le origini irlandesi di Brian in generale e la sua precaria adesione alla «chiesa papista» in particolare, ed erano inoltre alquanto seccati dal grande bagaglio di conoscenze che aveva insistito a esibire nel corso del colloquio. Tuttavia, dopo qualche anno, vedendo che la piccola scuola di tronchi di legno sulla Strada Concessione Numero Cinque non aveva ancora un titolare, passarono sopra al segreto Patto Orangista che ambiva a eliminare per sempre ogni influenza papista, e offrirono a Brian venti sterline all'anno per istruire un numero di studenti che andava da quindici a venti, molti dei quali erano essi stessi di origini irlandesi. Liam non frequentò la scuola. Venne lasciato a casa a occuparsi della piccola Eileen e degli animali, mentre ogni giorno suo padre percorreva a piedi o sugli sci le quattro miglia di andata e le quattro di ritorno.

La prima volta che l'aveva visitata, Brian era rimasto particolarmente colpito dalla scuola. Tutto in essa e attorno ad essa – dalla struttura di tronchi ai banchi degli alunni alla cattedra e alla sedia per l'insegnante – era stato sbozzato dai primi coloni, venti anni prima. Non era fatto di canniccio e non era nascosto dalle siepi, ma era affine alla foresta che lo circondava. E la sua esistenza, la sua sopravvivenza, sembravano così improbabili e contro ogni previsione che, nello spirito, ricordava a Brian la piccola, misera accademia che aveva gestito in Irlanda. Decise che avrebbe insegnato ai suoi alunni un po' di irlandese, fino a quando l'ispettore scolastico non disse che doveva smetterla. Liam veniva istruito a casa e lui, a sua volta, insegnava a Eileen. Il sistema funzionava così bene che a undici anni Liam era già a buon punto con i classici e lei, che chiamavano la piccola, a quattro anni sapeva leggere e scrivere.

La solitudine di Brian per l'assenza della moglie si faceva più acuta la sera, anche se era in qualche modo mitigata dalla presenza dei bambini. Ma di quando in quando, se vedeva la nuvola di capelli rossi di Eileen che brillava alla luce del fuoco o notava uno sguardo distante nei suoi occhi verdi, provava un fremito di riconoscimento e si chiedeva se fosse saggio raccontare le storie di antichi dolori nel profondo di quella foresta, così lontana dalla patria. Ma poiché credeva nell'influenza del paesaggio, sperava che i racconti fossero destituiti di ogni potere, una volta distanti dal suolo natio, quanto le fiabe tedesche, francesi e danesi che i bambini della sua scuola stavano cominciando a imparare dal libro di lettura nel Canada settentrionale.

La strada che passava di fronte alla radura – che era diventata grande diversi acri – vedeva il passaggio di una sfilata capricciosa e irregolare. A volte era costituita da una apparizione o due al giorno, mentre altre volte doveva trascorrere una settimana prima che si presentasse un altro spettacolo. Calderai, venditori ambulanti, ciabattini, carri postali, perdigiorno e guaritori che offrivano miracolose medicine, ogni cosa passava su quella strada. Una volta comparve un piccolo circo sperduto, che cercava il prossimo ingaggio a Tweed. Il direttore scoprì, inorridito, che si stavano dirigendo a nord-est, e non a sud-ovest, e imprecò a voce così alta e con tanta eloquenza che Liam stabilì dovesse essere un poeta e un oratore, come quel tal McGee di cui suo padre continuava a parlare. Il pappagallo della compagnia, che secondo quanto era stato riferito al ragazzo era appartenuto a un pirata, intonò «ossa e sangue, ossa e sangue», mentre la troupe e i veicoli si radunavano, facevano dietro front, e filavano via ballonzolando sui carri. Quando Liam aveva espresso il suo stupore, Eileen si era limitata a guardarlo e a dire: «Gli uccelli possono parlare come me e come te.»

In inverno, quando il suolo si fu solidificato, le apparizioni passavano via a velocità tale che Liam aveva a malapena il tempo di accorgersi del tintinnio delle campanelle e di correre alla finestra prima che quell'occasione di divertimento sparisse su lame di acciaio. A volte vedeva solo una nebbiolina gelida, formata dal fiato degli uomini e degli animali, che aleggiava sulla forma scura e appena abbozzata di qualcosa che non era mai abbastanza rapido da interpretare. E a volte, quando era sicuro di aver sentito le campanelle, non si riusciva a vedere niente di niente oltre la muraglia bianca di neve creata dal vento tra la casupola e la strada.

7

Una gelida mattina di febbraio, prima dell'alba, Liam venne svegliato dalla sorellina, che aveva allora sette anni e che voleva raccontargli un sogno. Mentre il padre martellava il coperchio della stufa e riattizzava il fuoco per far scaturire la fiamma, la bambina parlò di un uccello scuro e di onde gelate vicino a una lunga striscia di spiaggia.

«Ma tu non hai mai visto una spiaggia» disse Liam, ancora intontito dal sonno. «Non hai mai visto un'onda.»

«E l'uccello parlava» continuò lei, ignorando l'interruzione «e portava un cappello a cilindro e fumava la pipa.»

«C'è una storia simile sul libro di lettura.»

«No, non c'è. L'uccello volò sulla mia spalla e mi disse delle cose... ma non riesco a ricordarle.»

«Vai a vestirti. Prenderai freddo.» Anche Liam stava sognando, sognava una donna, e avendo quattordici anni voleva tornare a dormire e scoprire che cosa ci fosse sotto la blusa che lei aveva cominciato a sbottonarsi.

«No, adesso ricordo» annunciò la sorella. «No, forse no. Ma sta arrivando.»

«Chi sta arrivando?»

Eileen lo guardò con impazienza. «L'uccello, l'uccello nero» disse.

«Qui McGee afferma» disse Brian, leggendo un giornale vecchio di un anno che si intitolava "New Era" e gettandolo pagina dopo pagina nelle fiamme «che l'Orangismo è una minaccia per tutti i canadesi.»

La brina sulla vecchia finestra e su quella nuova e più grande si stava leggermente arrossando. «Sarà una bella giornata, limpida» disse Brian, rialzandosi dopo essersi occupato dell'accensione della stufa e distendendo le braccia fino a portarle a livello delle spalle.

«Sta arrivando» ripeté Eileen «e con sé porterà qualcosa per me.»

«Dovresti trascorrere un po' di tempo con Luna, oggi» disse Brian al figlio «e leggerle un po' in latino. Apprezza sempre il latino quando è incinta. Un po' di Ovidio, credo, sarebbe la scelta migliore.»

«Avrà il vitellino da un momento all'altro.» Liam si tirò a sedere e rabbrividì. «Gesù, che freddo.»

«Non imprecare» disse suo padre. E aggiunse «Ci vorrà ancora almeno un mese.»

A piedi nudi, con la sua camicia da notte bianca, Eileen corse accanto al padre. «Ha detto che è anche per te, e per Liam.»

«Che cosa?» chiese Brian.

«Quello che porterà quando arriverà.»

«Chi? Eileen, vestiti immediatamente.»

La bambina si avvicinò alla finestra e alitò un ovale sul vetro, disegnandoci un paesaggio. «Sta scintillando» disse. «Tutta la terra sta scintillando. Non prenderò mai freddo perché sono nata qui e amo la neve.»

Brian scelse dallo scaffale tre o quattro libri e li assicurò con una cinghia di cuoio. Tra essi c'era anche il testo di geografia che aveva dato tanta gioia a sua moglie. Mentre toccava il volume con la copertina di un marrone sbiadito, per la prima volta dopo tanti anni il volto di lei gli passò davanti, proprio come se l'avesse vista non più di un'ora prima. Sganciò la cinghia e tolse il libro, mettendolo sull'angolo destro del tavolo. «Oggi insegna a Eileen un po' di geografia» disse a Liam. «Qualche paese caldo… l'Asia.»

«Asia» ripeté Eileen; le piaceva il suono di quella parola. «Asia, Asia. Quando avrò una bambina la chiamerò Asia.» Si distolse dal vetro, e il vapore del bollitore di ferro che stava sulla stufa cancellò immediatamente la finestrella in miniatura che lei aveva creato alitando.

«Non è ancora arrivato» disse, frugando nella cassa di legno di pino che conteneva le coperte, alla ricerca delle calze di lana. «Là fuori non c'è ancora nessun uccello.»

Come suo padre aveva previsto, fu una giornata chiara, limpida e senza vento, e questo fece sì che la parata di passanti sulla strada fosse più fitta e più vivace. Slitte cariche di qualsiasi cosa si potesse immaginare passavano di quando in quando davanti alla casupola; erano il mezzo di trasporto ideale, in inverno. Quella mattina, nello spazio di due ore, Liam aveva osservato passare veloci davanti alla sua porta madie, stufe da cucina, maiali, orologi a pendolo, un gruppetto di cani uggiolanti, una tettoia, gabbie accatastate piene di oche bianche, e una quadriglia di ottimi cavalli che tiravano una slitta sulla quale stava seduto il proprietario, il quale, appollaiato su di uno sgabello rotondo, suonava una bellissima melodia su un pianoforte verticale. Poi un gruppo di boscaioli francesi e finlandesi passarono sciando e cantando a voce spiegata, diretti a Madoc. Nessuno di questi riuscì a distogliere Eileen dalla finestra nuova, dalla quale lei poteva vedere la foresta e il punto in cui il ruscello stava nascosto sotto la neve. Nessuna lusinga, nessuna minaccia riuscì ad allontanarla dalla finestra per portarla nel regno della geografia. Infine Liam, esasperato, si imbacuccò in numerosi strati di lana e uscì di casa diretto al fienile, per leggere un po' alla mucca.

Lui e Luna erano intenti nell'apprezzamento delle *Metamorfosi* quando Eileen, coperta solo da uno scialle leggero, entrò di corsa dalla porta del fienile e annunciò: «Adesso sta arrivando, quindi è meglio che tu venga con me.»

«Chi sta arrivando?»

«L'uccello nero! Tra poco emergerà dalla foresta.»

Liam sospirò, mise un segno nel libro con un filo di paglia, fece scorrere con affetto la mano sul ventre rigonfio di Luna, si alzò, e prese la manina che sua sorella gli tendeva.

Lei lo condusse al portico posteriore della casa ed entrambi scrutarono tra i due giovani aceri che un tempo erano stati alberelli, gli stessi che avevano retto una corda e un grembiule, oltre, verso l'oscurità della foresta, socchiudendo gli occhi per contrastare la luce intensa. «Eileen» disse Liam con dolcezza, dopo qualche istante. «Eileen, qui non ci sono uccelli.»

«Aspetta e vedrai!»

«Conterò fino a cento. Adesso comincio.»

Arrivato a quarantuno, Liam vide un gruppo di uomini emergere dal bosco nel punto in cui il ruscello nascosto curvava verso il campo. Sei uomini portavano in spalla quelli che sembravano essere rami di cedro. Un altro, che camminava davanti a tutti, indossava un cappello a cilindro e fumava la pipa.

Non era più giovane, e per questo la sua faccia era rugosa e in alcuni punti solcata da segni profondi. Tuttavia era alto ed eretto, e le due trecce che uscivano dal cappello a cilindro erano nere come il carbone e lucide. Il taglio della giacca riproduceva esattamente quello della marsina di un gentiluomo inglese, ma l'indumento era fatto di pelle di daino e generosamente ornato di perline, anche se non in ogni sua parte. Lo stesso materiale gli fasciava le gambe e i piedi. Le mani, anche in quella temperatura gelida, erano nude.

Mentre si avvicinava alla casa con il suo gruppo si tolse dal panciotto un orologio da tasca d'oro, lo guardò per un istante, poi richiuse di scatto la cassa. «Siamo arrivati» gridò ai due bambini stupefatti «esattamente a mezzogiorno, e questo è bene.»

Man mano che si faceva più vicino, Liam riuscì a scorgere le piume di corvo che stavano infilate tutt'attorno alla fascia del cappello come soldatini di piombo anneriti dal fumo.

«Questo è bene» ripeterono gli uomini che lo seguivano.

Arrivò accanto ai bambini e strinse loro la mano con aria solenne e formale, continuando però a tenere lo sguardo fisso su Eileen. «Un'altra» mormorò. Poi, senza voltarsi, si rivolse agli altri sei uomini. «Mettetela giù» disse «in modo che i bambini possano vedere.»

La lettiga di rami venne posata a terra; vi era adagiata una bellissima donna, pallida e congelata. Anche lei, come l'uomo alto, era vestita di pelle di daino, ma la blusa non era decorata di perline e i capelli sciolti le incorniciavano il viso come una nube di fuoco. La brina si era raccolta ai bordi di quella nube, nei bioccoli di riccioli che le ornavano la fronte, sulle ciglia e sulle sopracciglia, e l'effetto finale la faceva sembrare quasi trasparente accanto ai rami scuri di cedro che la sostenevano. La pelle della faccia e del collo e delle mani nude era così perfetta, così priva di ogni difetto, che sembrava essere stata creata più recentemente di quella di Eileen. Le labbra erano immobili, congelate in un sorriso appena accennato.

Dopo aver abbassato lo sguardo sulla donna per qualche istante, l'uomo alto con le piume di corvo sul cappello sedette di colpo sul porticato posteriore, mentre i suoi compagni tornavano alla foresta, scomparendo. I bambini non aveva spiaccicato parola, non avevano emesso neppure un suono.

Lo strano terzetto se ne stava ora a capo chino, guardando la donna congelata. La loro immobilità era così assoluta che, non fosse stato per il vapore che usciva a volute dalle bocche e dalle narici, sarebbero sembrati congelati quanto lei. Attorno a loro ogni cosa era immobile – né un ramo né un albero né una nube mossi dal vento né un coniglio che saltellasse nella neve. La strada era deserta. Un ghiacciolo argenteo pendeva dalla grondaia, sopra il barile dell'acqua piovana. Luna era tranquilla nel suo recinto, come tutte le altre mucche nei loro. Le galline sui posatoi erano addormentate, con le piume lisce. Si era nel cuore dell'inverno. Dal profondo della terra nulla aveva cominciato a sospingersi verso la luce, la linfa non scorreva e gli animali in letargo, rannicchiati nelle tane, respiravano a radi intervalli. L'intera atmosfera era così immobile che neppure uno dei capelli rosso oro della testa della bellissima donna congelata o della bimbetta magra si muovevano. Le mani del ragazzino, che di solito non stavano mai ferme, pendevano irrigidite e statiche dagli orli delle maniche. La pipa di erica bianca dell'uomo non fumava più.

Fu in questo quadro che Brian, avendo lasciato i suoi alunni liberi di godersi la bella giornata, scivolò a bordo dei suoi sci, cantando.

«Guarda, papà» disse Eileen mentre Brian le passava accanto. «Guarda, è una grande bambola.»

Con l'arrivo di Brian il mondo si dischiuse. Un venticello gelido spruzzò un velo di neve polverizzata sul volto della donna morta. Brian sedette sul porticato. Guardò verso la foresta e scoppiò a piangere. Eileen, terrorizzata dall'improvvisa manifestazione emotiva del padre, continuava a ripetere: «È una bambola. È una bambola.» Liam si cacciò le mani nelle tasche dei calzoni e si allontanò infuriato per raggiungere Luna nel fienile, dove si mise a leggere a voce alta le *Metamorfosi* con tono appassionato per il resto del pomeriggio.

Brian cercò più volte di convincere il figlio a entrare in casa, ma le sue parole vennero inghiottite da un vortice di frasi in latino. Persino Eileen non riuscì a smuoverlo. Al tramonto la porta del fienile si socchiuse; Liam, senza alzare lo sguardo, riconobbe l'odore del tabacco e vide stagliarsi sulla paglia l'ombra del cappello a cilindro piumato.

Liam continuò a leggere in latino ma l'ombra non si mosse. Infine il ragazzo richiuse il libro e si voltò a guardare il visitatore.

«Mi chiamo Exodus Corvo» annunciò l'uomo a voce forte e chiara. «Il corvo era lo spirito-guida di mio padre e, a tempo debito, divenne il mio. È un uccello saggio che sopravvive alle durezze della vita e ama ciò che luccica. È un uccello con una voce possente che insiste per essere ascoltato. Poiché se ne sta sul ramo più alto dell'albero più alto della foresta, e vola ancora più in alto, può vedere molte cose nello stesso momento, e quindi è una buona guida. Poiché vola veloce e stride forte, è un buon messaggero.

«Mi chiamo Exodus perché mia madre, alla quale un uomo di chiesa insegnò a leggere, perse interesse per la Bibbia a metà del Libro dell'Esodo. Il nome Exodus le piaceva e quindi questo libro la deluse doppiamente. La Genesi, diceva, era piena di molte storie: l'uomo con la barca piena di animali, la donna convinta dal Serpente ad addentare la mela, e molti sogni e visioni profetiche. C'è molto manitou in quel libro, la Genesi. Invece mia madre diceva che quell'altro, quello chiamato Esodo, non teneva fede al suo nome perché era pieno di battaglie per la conquista della terra e la definizione delle leggi. E il Grande Spirito cambia dopo il primo libro, e da creatore di animali e alberi e rocce e fiori e sogni e visioni diventa creatore di battaglie per la conquista, e invia leggi alla terra. A mia madre questo non piaceva, ma le piaceva il suono della parola Esodo e voleva dare a questo nome un destino migliore. Mi chiamò Exodus.»

Dopo questa sfilza di affermazioni, il silenzio pervase il fienile. Liam finse di esaminare la copertina del libro chiuso che teneva in grembo, ma Luna voltò il grosso collo e guardò con occhi liquidi la figura che si stagliava sulla soglia.

Questo parve incoraggiare l'uomo alto a fare qualche altro passo all'interno del fienile e a riprendere il discorso.

«Mia madre, che è morta, credeva nel manitou che è parte di tutto» disse. «Tua madre era ricolma di questo manitou. Ora anche lei è morta. Ma prima di morire mi disse di andare dai suoi bambini e di raccontare loro la sua storia, perché, disse, erano ancora piccoli, quando fu costretta a lasciarli. La sua storia passerà attraverso me con la stessa facilità con la quale il vento passa tra i pini della foresta. Come Corvo verrò ascoltato. Tua sorella vuole ascoltare la storia, tuo padre vuole ascoltare la storia. Ma tu, che andrai avanti e compirai il mutamento, tu devi ascoltare la storia. Eppure, con il tuo silenzio mi stai dicendo che non desideri farlo.»

Liam continuò a tacere.

«Racconterò la storia all'intera famiglia. Se tu fossi uno dei miei figli andresti nella foresta per un lungo, lungo periodo, per scoprire chi sia il tuo spirito-guida. Quando l'hai capito, e quando hai convissuto con quel tuo silenzio nei boschi per un lungo, lungo periodo, allora diventi un uomo. Ma tu non sei uno dei miei figli e non fai parte del mio popolo. Se ascolterai la storia di tua madre, sarà come trascorrere sette lunghi giorni e notti solo nella foresta, avrai freddo e paura, ma dopo aver ascoltato la storia sarà come se tu avessi allungato la mano per toccare la tua stessa maturità.»

Luna abbassò la grossa testa e iniziò a masticare con aria pensosa un po' di paglia. Liam vide il vitellino muoversi nella sua pancia.

«Sto pensando» disse Exodus «che questa mucca ha molto manitou. È lo spirito che è in ogni luogo e nel quale noi, i Nishnawbe, crediamo.»

Exodus si richiuse silenziosamente alle spalle la metà inferiore della porta e lasciò Liam tagliato a metà dall'ombra dell'uscio. Il ragazzino riprese a leggere in latino alla mucca, ma voltare le pagine gli causava un impaccio sempre maggiore. Aveva le mani livide di freddo e, inoltre, non riusciva a scuotersi di dosso la sensazione che Luna non lo stesse più ascoltando.

Il dolore condiviso sul porticato posteriore aveva creato un immediato legame di fiducia tra Brian e Exodus Corvo, e quando ebbero smesso di piangere, l'irlandese aprì la porta della casa accogliendolo con autentica cordialità. Sapeva che Exodus conservava nella sua mente il misterioso racconto degli ultimi sette anni, e che quell'uomo alto e dignitoso aveva portato a casa la donna congelata non solo per restituire i suoi resti, ma anche per narrare la sua storia. Eppure, per il momento, l'indiano Ojibway aveva rivelato solo tre fatti: che lui, i suoi amici e il loro carico avevano lasciato il lago Moira un giorno e mezzo prima, che erano avanzati sul ghiaccio del fiume Black, poi di uno dei suoi affluenti, e che era addolorato perché la donna era stata sua amica.

Quando il ragazzo entrò nella baracca i due uomini stavano divorando zuppa di piselli e grossi pezzi di pane. Il padre gli fece cenno di unirsi a loro, ma Liam scosse il capo e si avviò all'angolo opposto della stanza, alle loro spalle, dove non potevano vedere la sua faccia. Il rumore della minestra che entrava nella bocca dei due uomini gli dava la nausea. Con la loro fame avevano tradito sua madre. Lei giaceva abbandonata, stesa nella neve, mentre loro accendevano il fuoco, si godevano il cibo e il tepore, e cancellavano la sua immagine restandosene al riparo di una scura parete di tronchi. Voleva che il dolore di suo padre si manifestasse lì, nella stanza, voleva che le parole della sua stessa rabbia oltrepassassero le labbra del padre.

«Le costruirò una bara» disse Liam, e le sue parole erano una sfida.

Il padre non replicò ma Exodus fece un giro completo sulla sedia per rivolgersi al ragazzo. «È bene che tu lo abbia detto» mormorò. «È bene che tu abbia parlato perché ora ti racconterò di tua madre.»

Exodus, di ritorno dopo la caccia autunnale con una slitta piena zeppa di cervi e conigli, aveva scorto la donna nei boschi sulla riva nord-occidentale del lago Chuncall, quello che ora veniva chiamato Moira. Non era un lago dove la gente andava a pescare, perché un grandissimo numero di Iroquois era stato massacrato nei dintorni; i loro corpi erano stati gettati nell'acqua e in quel modo, si diceva, avevano dato vita a pesci carnivori così feroci che squarciavano la gola di chi tentava di catturarli.

«Questo non è del tutto vero» disse Exodus «visto che io stesso sono passato molte volte sul lago con la canoa e ho visto pesci pacifici che scivolavano sotto la superficie. Tuttavia, è usanza andare a pescare da qualche altra parte.»

L'aveva scorta perché il sole si rifletteva nei suoi capelli color rame e per poco non l'aveva presa per un cervo o per qualche altro animale, tanto era strana quella tinta. Ma poi aveva visto la gonna marrone muoversi tra gli alberi e la sua faccia bianca; e inoltre quegli occhi verdi che lo osservavano attraverso gli alberi. Che cosa stava facendo una donna bianca nella foresta ormai coperta dalla prima coltre di neve? Era forse, si era chiesto, un fantasma? Poi aveva rammentato che i fantasmi dei bianchi restano sempre nelle case che hanno costruito e non vanno mai nei boschi che, si dice, temono.

Lei era venuta verso di lui e con dei gesti delle mani gli aveva fatto capire che aveva fame e voleva cibo. Allora Exodus aveva visto che si era costruita una casupola di ramoscelli e rami di pino, e vicino a questa c'erano i resti di un fuoco, qualche lisca e teste di pesce. Era come se lei avesse avuto una visione rivelatrice e avesse appena interrotto il digiuno, giusto il giorno prima. Evidentemente non temeva i pesci del lago e in qualche modo era riuscita a catturarli.

Exodus le aveva indicato che sapeva parlare inglese. «Come stai?» le aveva chiesto.

«Sto bene» era stata la risposta «ma ho fame.»

«Dove vivi?» aveva domandato Exodus.

«Vivo qui» aveva risposto lei, con una tale sicurezza che Exodus aveva dovuto rammentare a se stesso che ciò non poteva essere possibile.

Poi l'uomo aveva acceso un fuoco e dopo aver tagliato un po' di carne da una carcassa caricata sulla slitta, l'aveva cucinata per lei. Nel frattempo la donna non aveva pronunciato parola, restando però a osservarlo con una tale concentrazione che Exodus aveva compreso che ogni suo gesto era stato memorizzato. Stava esaminando gli stivali della donna, e aveva concluso che non le avrebbero mai permesso di superare l'inverno. A un certo punto, mentre se ne stava chino sui rametti e sulla fiamma, il vento aveva sollevato da un lato la gonna di lei mettendo in mostra una gamba di alabastro, così morbida e liscia che Exodus aveva capito che non poteva trovarsi nei boschi da molto tempo.

Avevano mangiato in silenzio, la donna accucciata accanto al fuoco e Exodus seduto di fronte a lei. Dopo aver finito, lei aveva sospirato e aveva ripiegato le gambe sotto il corpo, sedendosi sui talloni con le mani allacciate in grembo.

Poi Exodus le aveva chiesto, facendo cenno verso le lische: «Se sei stata capace di prendere il pesce ed eri affamata, perché non ne hai pescato ancora?»

«Perché ieri mattina, quando sono andata al lago, era coperto da uno scudo di ghiaccio.»

Exodus aveva riso, sia per lo strano accento nella sua voce sia per quello che aveva detto. «Ma devi fare un buco nella lastra» aveva replicato. «Allora i pesci affiorano.»

«Quindi il ghiaccio non li uccide?»

«No, anche in seguito, quando la lastra è più spessa, non li uccide.»

Exodus era incerto su come scoprire da dove veniva la donna, e anche su come convincerla a tornarci. Infine, aveva deciso di chiederle direttamente se avesse sempre vissuto nella foresta.

Allora lei gli aveva raccontato della sua patria tormentata, dove viveva in una piccola isola oltre le acque del Moyle, a due miglia dalla riva. Gli aveva parlato del Figli di Lir che avevano vissuto per trecento anni nelle acque del Moyle, e che avevano vissuto là sotto forma di cigni. Gli aveva parlato del Sentiero dell'Uomo Grigio che scendeva all'acqua, della bellissima donna che danzava sulla scogliera e i cui lunghi capelli galleggianti vicino alle rocce che l'avevano uccisa avevano dato a quel fazzoletto di terra il nome di Fair Head. Gli aveva raccontato di Finn Mac Cumhail e della Fianna, del grosso cane di Finn, Bran, e del poeta Oisín che era scomparso nel Tír na nÓg, la terra dei giovani, tornando secoli dopo per discutere delle antiche usanze e delle antiche credenze con colui che Oisín chiamava Patrick del Pastorale Spezzato. Gli aveva raccontato degli «altri», quelli che vivono sotto la terra e quelli che vivono sotto l'acqua, e che erano sempre nei paraggi e dentro a ogni cosa e creavano la musica più stupefacente – una musica così dolce e così triste che una volta ascoltata non la si poteva più scordare. Aveva detto che nella sua isola non esistevano né un uomo né una donna che non fossero in qualche modo tormentati da quella melodia.

Aveva parlato per un lungo, lungo tempo. Al termine del racconto aveva guardato Exodus quasi come se fosse stata sorpresa di vederlo lì, e gli aveva chiesto: «Tu mi credi?»

Exodus le credeva certamente, perché, le aveva detto, era come se la sua stessa madre gli avesse raccontato storie di spiriti.

Le credeva così completamente che per la prima volta aveva avuto la sensazione che nei bianchi ci potesse essere un po' di saggezza oltre a quella che predicavano nel Libro dell'Esodo e sapeva, disse a Liam, che quella donna era benedetta dal manitou, e a causa di quel che lei aveva detto provava una grande affinità con lei.

Così le aveva parlato del manitou – lo spirito che è in ogni cosa e che è partecipe della terra e dell'aria e dell'acqua e della luce. E aveva detto che i capelli di lei contenevano la luce del sole nascente e del sole calante e per questo lei era benedetta. Aveva detto che esistevano mondi celesti e mondi di nubi e mondi d'acqua, e gli spiriti che in essi vivevano erano amici degli uomini e delle donne e su di essi uomini e donne dovevano contare per il cibo che cresceva dalla terra e perché la caccia avesse successo. E poi lui, Exodus, aveva guardato la donna e le aveva chiesto se gli credeva e lei aveva detto che sì, gli credeva.

Exodus aveva affermato di sapere che la fede era ovunque nella foresta attorno a loro e nel lago il cui scudo di ghiaccio scintillava attraverso gli alberi e nelle nuvole e nel vento che sfiorava i rami dei pini. Così aveva raccontato alla donna del primo missionario che si era recato in visita a suo nonno, e quel missionario aveva parlato di Mosè e Dio e Gesù. Suo nonno aveva ascoltato e aveva creduto alle parole del missionario. Ma quando il nonno aveva parlato al missionario degli spiriti che circondavano e proteggevano la sua tribù, l'uomo bianco lo aveva deriso.

«Io ti credo» aveva detto il nonno di Exodus. «Perché tu non mi credi?»

Exodus sapeva che la donna lo capiva e che lui capiva la donna, ma si domandava come avesse potuto sopravvivere nei boschi.

«Da quanto tempo vivi qui?»

«Tre giorni.»

«E ora tornerai alla tua casa?»

«No, non posso tornare.»

«L'inverno si farà più rigido.»

«Non posso tornare.»

Ma la donna aveva letto le domande nella sua mente, e dopo un lungo sospiro, aveva risposto.

«Sono amata dallo spirito di questo lago, questo lago che condivide con me il nome – Moira. Da principio lo spirito mi trovò quando viveva sotto le acque del Moyle, di cui ti ho già parlato. Quando abitavo nella grande isola venne a me in un lago scuro vicino alla mia casa. In questa terra pensavo che mi avesse scordata, fino a quando non sentii parlare del lago chiamato Moira. Allora seppi dove si trovava. Resterò accanto a lui fino alla morte. Sono amata da lui e lui è amato da me.»

Exodus Corvo non aveva replicato. Aveva percepito che le orecchie della foresta si stavano aprendo, in ascolto. Il sole si era spostato dietro una nuvola e il lago oltre gli alberi era una distesa grigia.

«Tu mi credi?» gli aveva chiesto la donna. E quando lui era rimasto in silenzio aveva aggiunto: «Io ti ho creduto – perché tu non mi credi?»

«I suoi occhi» disse poi Exodus a Brian, «ebbero un guizzo di divertimento, quando mi fece questa domanda.»

Anche gli occhi di Brian erano lucidi di lacrime, ma annuì, rammentando le improvvise, delicate manifestazioni di umorismo della moglie.

«Infine le risposi» continuò Exodus Corvo. «Dissi che le credevo, perché era vero.»

Brian cominciò a spostarsi nei vari angoli della casa accendendo una lampada dopo l'altra, togliendo lanterne e candele dagli armadi e dagli scaffali, per accendere anche quelle. Voleva che un improvviso bagliore riempisse la stanza, rendendo più chiaro quello che l'uomo alto gli stava dicendo. «Ma io sono suo marito» disse, con uno stoppino che ardeva in mano.

Exodus concordò sul fatto che era proprio così e che i due bambini, che avevano avvicinato le sedie al tavolo, erano i suoi figli. «E lo sono ancora» disse. «In questo mondo. Lei veniva da un'isola dell'altro mondo. E io ero suo amico. Quello che veniva dall'acqua non era di questo mondo. Era il suo spirito-guida.»

«Le insegnai a leggere.» D'istinto, Brian volse lo sguardo a una pila di libri posati sul lato opposto del tavolo.

«Lo so, e le hai insegnato quel che sai delle terre lontane. Me lo raccontò. E mi disse che tu sapevi che lei era stata, come si dice nell'isola dalla quale provieni, "altrove". Ma poiché tu non credevi a questo, non riuscisti a capire quando lei si allontanò di nuovo.»

«Per vivere nel lago» disse Eileen.

«Per vivere accanto al lago» la corresse Exodus. «Forse ora lei vive nel lago.»

Brian accese l'ultima lampada a olio di catrame. «Se avesse scelto di tornare... io la amavo.» Si interruppe. «Ma lei non tornò» concluse.

«Tutti noi alberghiamo un folle amore per coloro che non possiamo possedere completamente» disse Exodus.

L'interno della baracca era così luminoso che ora le ciglia di Eileen brillavano, e riflesse nei suoi occhi si potevano scorgere mille minuscole candele. Oltre la parete, la luce che usciva dalle finestre avanzò sulla neve, fin sul volto della donna congelata. Poi, man mano che la notte veniva scossa sempre più dalla tormenta, mentre la neve si sollevava da terra come ampie matasse di seta, il volto di lei si oscurò, e brillò, come un segnale che giungeva da una riva lontana.

«Tutto il mondo è un'isola» continuò Exodus «e tutti coloro che vi abitano sono isolani – camminano in superficie, galleggiano sull'acqua, stanno sulle montagne. Nessuno è mai dentro le cose, fino a quando non viene toccato da ciò da cui lei fu toccata.»

«Volevo diventare un poeta» disse Brian «ma nella mia poesia non c'era nulla.»

«Lei aveva canzoni che aveva creato per lo spirito dell'acqua che giungeva dall'isola dell'altro mondo, erano belle e armoniose» riprese Exodus e quindi si rivolse a Liam, con rispetto, come fosse stato un uomo della sua stessa età. «Le cantava con una bella voce.»

«Non sento la voce di mia moglie da sette anni. Perché non l'hai fatta tornare?»

Exodus si volse a guardare Brian. «Dopo averla vista la prima volta, sognai un pesce rosso che cantava con parole che non sapevo riconoscere, e capii che cosa dovevo fare. Dovevo aiutare quella donna a restare accanto al suo spirito e a vivere là, nella foresta. E quando lo dissi agli altri, loro approvarono, e dissero che era quello che andava fatto. Ma sapevo che per vivere accanto allo spirito la donna doveva imparare a nascondersi, a fare le cose con precisione, e doveva saper resistere. Avrei costruito ripari robusti in modo che potesse sopportare gli inverni, e le avrei portato della legna perché restasse al caldo. Le avrei portato carne di cervo e le avrei insegnato come si fa a bollire la melassa in aprile per ricavarne lo zucchero. Le mostrai come preparare una tisana con i germogli freschi di abete, e questo le piacque. E le mostrai come cucire le pelli che le portavo, in modo che potesse ricavarne abiti per coprirsi.»

Brian non disse nulla. Liam si era in parte rilassato e ora era accasciato su una sedia con lo schienale ricurvo, e giocherellava con una crosta di pane che stava sul tavolo davanti a lui.

Exodus Corvo aveva altre cose da dire. Si schiarì la gola e riprese. «Dopo che ebbe trascorso nei boschi più di un inverno, mi parlò della donna chiamata Deirdre che aveva vissuto felicemente nella foresta con tre fratelli guerrieri, uno dei quali era amato da lei, fino a quando un re cattivo non li aveva uccisi, e così Deirdre morì di dolore.»

In seguito Mary aveva detto a Exodus che ora sapeva perché Deirdre aveva amato la foresta tanto da viverci, così come lei aveva imparato, e imparato bene, che il semplice ramo di un albero può rallegrarti il cuore. Dopo essere rimasta nella foresta per numerosi inverni, gli parlò di cose oscure; dell'epoca in cui le terre erano state rubate dalla sua isola, e della malattia, e della lingua perduta, della gente che un tempo cantava e che ora era silenziosa, della gente che un tempo danzava e ora restava immobile.

«È vero» disse Brian con amarezza. «Coloro che non sono morti sono dispersi, e la loro voce è spezzata, le loro parole perdute.»

«Mi raccontò una cosa spaventosa» disse Exodus, dopo qualche minuto di riflessione. «Mi disse che sulla grande isola un tempo esistevano foreste fitte come quelle di questa terra, ma i vecchi re e signori di Inghilterra avevano abbattuto ogni albero, fino al punto di lasciarsi alle spalle solo colline desolate e brulle.»

«Anche questo è vero» disse Brian.

Exodus si chinò sul tavolo e guardò fisso negli occhi l'irlandese. «E io le dissi che alcuni bianchi si erano impadroniti della terra del mio popolo e avevano ucciso molti animali solo per divertimento, e violentato le nostre donne.»

Le mani dei due uomini erano posate di piatto sul tavolo, ma nessuno distolse gli occhi dal volto dell'altro. «E allora lei che cosa rispose?» chiese Brian.

Exodus riprese con voce spezzata. «Mi abbracciò e disse che la stessa angoscia albergava nei cuori dei nostri due popoli.»

Il giorno seguente, quando i due uomini e il ragazzo prepararono la fossa per Mary, scoprirono che durante la notte la neve l'aveva ricoperta completamente.

«Dovremmo trovare un tronco cavo e dei rami di cedro» disse Exodus.

Liam stava osservando sua sorella che se ne stava a giocherellare per terra, facendo pupazzi con la neve. «Voglio costruire una cassa» disse il ragazzo.

«Non saremo mai in grado di scavare il terreno tanto da far entrare una delle vostre casse.»

«Ne farò una sottile» disse Liam con una tale intensità e una tale rabbia che i due uomini decisero di lasciarlo fare, e si dedicarono alle loro incombenze.

Liam lavorò nella falegnameria che lui e suo padre avevano costruito contro un lato del fienile, con l'odore delle mucche che filtrava dalla parete. Mentre inchiodava le assi di pino immaginò il percorso di sua madre lungo il ruscello fino al fiume che arrivava al lago Moira, alternando il racconto alle difficoltà che aveva affrontato con Luna e la bambina. Considerò ciò che sapeva sulle rive del piccolo corso d'acqua e vi aggiunse le fattorie dei coloni che ben conosceva e quelle di cui aveva sentito parlare – uno o due villaggi come Bridgewater e Hazard's Corner – e nella mente fece in modo che il ruscello e sua madre le attraversassero. Tra queste sacche di civiltà inserì tratti di territorio selvaggio e impenetrabile, in modo che il viaggio che la allontanava da lui fosse difficoltoso; in alcuni punti, quasi impossibile. Inventò giganteschi alberi caduti che bloccavano il cammino e zone paludose che rallentavano i passi. A volte rimase irrigidito, con un chiodo tra i denti e il martello che pendeva, negletto, dal pugno, mentre la sua mente attraversava il ruscello e poi il fiume, i sassi e i massi, la schiuma delle rapide, il duro fondo roccioso.

Di quando in quando, con la fantasia, fece cadere sua madre goffamente a terra e la fece rialzare a fatica, lentamente, torcendo il collo a guardare indietro, verso il luogo in cui aveva abbandonato i suoi bambini. Lei avanzava a fatica lungo lo scuro nastro d'acqua che si insinuava per foreste e paludi. Avrebbe potuto fermarsi in qualsiasi punto – per sistemare uno stivale, ad esempio, o quando si specchiava per bere da quell'acqua color inchiostro. Avrebbe potuto cambiare idea e trasformare il tragitto in un ritorno a lui invece che in un abbandono, perché fino a quando non avesse raggiunto il lago sarebbe sempre stata sua madre.

Di questo era certo. Ma per quanto Liam cercasse di costringere la sua mente a virare a valle, per osservarla mentre si avvicinava e non mentre si allontanava, riusciva a vederla solo di profilo, o con le spalle rivolte a lui. Posò il martello e bersagliò di pugni la parete della baracca fino a quando le schegge non gli penetrarono nella pelle tenera della mano.

Quando ebbe infilato l'ultimo chiodo nella cassa poco profonda e sottile, sua madre era ormai diventata una silhouette in piedi sulla riva di una scintillante distesa d'acqua; uno tra i molti alberi piantati in un paesaggio sconosciuto. La linfa scorreva nelle sue vene, il sangue che aveva condiviso con Liam ormai dimenticato, in favore della vista sul lago.

Gli faceva piacere sapere che sarebbe stata sepolta nella terra.

8

Mentre gli uomini si chinavano in avanti per sollevare la donna e posarla nella cassa che Liam aveva costruito, Eileen arrivò di corsa alle loro spalle e insinuò il corpicino infantile tra il padre ed Exodus. Poi, cadendo in ginocchio, accarezzò le pieghe dei morbidi indumenti di daino della madre tastando e cercando fino a quando, da una tasca sulla sinistra del petto, non estrasse un cerchio di capelli rossi e neri intrecciati tra loro.

«Questo è mio» annunciò tutta soddisfatta. Poi, correndo verso casa, gridò, senza voltarsi: «È per me!»

Gli uomini si scambiarono un'occhiata perplessa, ma non fecero commenti.

Scavarono una fossa con i picconi, rivoltando il terreno accanto al ruscello che la donna aveva seguito; Liam lavorava con passione ed energia superiori a quelle dei due adulti. Ricoprirono la fossa con tronchi e sassi, in modo che gli animali non disturbassero la tomba, mentre Exodus intonava un canto nella sua lingua, e Brian recitava il rosario in latino.

Liam se ne rimase in disparte, lo sguardo fisso sul ruscello, in direzione opposta a quella presa da sua madre. Non riusciva a vedere né l'acqua, che era sepolta dalla neve, né il ghiaccio che sapeva ricoprire l'acqua, ma il letto del ruscello, verso nord, disegnava uno stretto sentiero attraverso la foresta; una strada neutrale, poiché sapeva che sua madre non l'aveva percorsa in quel senso.

Il piccone che aveva gettato a terra al termine del lavoro era per metà sepolto dal nevischio, e divenne un enorme punto interrogativo sulla neve. In tutta la distesa del cortile si potevano distinguere le orme dei passi, come se ci fosse stata una grande folla riunita per il funerale della donna. Tuttavia, d'istinto, nessuno aveva calpestato i pupazzi di neve fatti da Eileen che ora, agli occhi del fratello, sembravano i resti di una triste, inspiegabile schermaglia che aveva avuto luogo nel cortile, tra la casa e il fienile.

Brian stava descrivendo a Exodus la costruzione del lungo tavolo di pino. Lui in persona aveva visto uscire l'asse in un solo pezzo da una segheria di Queensborough. L'enorme tronco d'albero, disse, era stato affettato come una pagnotta. E ora c'era quell'essenziale elemento di mobilio. Poi annunciò che la manifattura si stava sviluppando sia nella contea di Elzivir che in quella di Madoc, e snocciolò un elenco delle nuove imprese. «Conceria Sal Rawlin, Mattonaia Pringle» disse a voce alta, con un certo orgoglio.

L'ospite ascoltava educatamente, e quando Brian ebbe terminato, disse: «Indosso questo cappello e porto questo orologio da tasca per avere un legame con il popolo dal quale lei proveniva. Non è usanza della mia gente.»

«No, naturalmente no» replicò Brian, con la mente ancora piena di mattoni e assi e macchinari, provando un'improvvisa sensazione di imbarazzo.

«In Irlanda mettono le assi per terra?» chiese Exodus. «Ci sono i pavimenti?»

«A volte... ma spesso c'è solo un fondo di terra battuta, e della paglia sul tetto.»

«Lo immaginavo» replicò Exodus. «Non sembrava che le desse fastidio avere la terra come pavimento.»

Liam entrò nella casetta, lanciò un'occhiata agli uomini, e gettò rumorosamente a terra, a sinistra della porta una bracciata di legna per il fuoco. Poi, consapevole di avere attirato l'attenzione degli altri due, si diresse all'angolo opposto della stanza.

«Siamo a corto di fascine» disse Brian. «Le lampade hanno bisogno di essere riempite. Ci sono novità di Luna?»

Liam non rispose.

«È una splendida mucca» disse Brian a Exodus. «È con noi quasi fin dall'inizio. Liam, però, è il suo beniamino. Credo che riescano a comprendersi. Luna ti parla, figliolo?»

Con un moto di impazienza Liam si alzò e si avvicinò al padre. «Lui quando se ne va?» chiese. «Ormai è qui da giorni, quando se ne va?»

Eileen, che stava giocando accanto al fuoco con tre bambole fatte di pannocchie, disse «Non se ne va ancora.»

Brian si voltò bruscamente sulla sedia, facendola stridere sul pavimento di assi di pino, e lanciò uno sguardo adirato al figlio. «Adesso basta. Non ti permetto di...»

«Aspetta» si intromise Exodus. «La bambina ha ragione. Non sto ancora per andarmene.» La stanza cadde nel più assoluto silenzio, mentre l'uomo alto si levava in piedi. Si diresse all'angolo dove si era ritirato il ragazzo, che ora se ne stava seduto con le lunghe gambe ripiegate su un piccolo barile. «Non sto ancora per andarmene» disse. «A causa tua.»

Il ragazzo si scostò con rabbia una ciocca di capelli dalla fronte e abbassò lo sguardo a terra. Sui pochi, sottili peli del suo labbro superiore si era formata una pellicola di sudore. Il pomo d'Adamo si muoveva goffamente su e giù nella gola. «Se è per me, non hai bisogno di restare» sibilò. «Non hai bisogno di restare a causa mia.»

«Guarda, papà» mormorò Eileen, «il sole a quest'ora di mattina.»

«È necessario» disse Exodus al ragazzo.

«E allora, di che si tratta?» Il capo di Liam barcollò sul collo mentre lui, di nuovo, si scostava i capelli dagli occhi. Era il gesto di una persona impegnata in una lotta quasi fisica con l'invisibile.

«Non ti ho restituito tua madre» rispose Exodus «e fino a quando non l'avrò fatto non posso andarmene.»

«Lei è morta» sbottò Liam con amarezza. «È là fuori, sottoterra.»

«Non volevo dire questo.»

«Che cosa vuoi dire?»

Exodus rimase in silenzio. Poi annunciò: «Ora uscirò da questa casa e quando tornerò lo saprò. Allora ti dirò che cosa intendo dire.»

«È un brav'uomo» commentò Brian, dopo che la porta della casupola si fu richiusa.

Liam non replicò.

«Non è necessario che tu sia scortese con lui.»

«Per quanto tempo gli permetterai di restare?»

«Fin quando lo desidera. Era amico di tua madre.»

Liam rise. «Se era suo amico perché non l'ha riportata a casa anni fa? Perché l'ha lasciata morire di freddo? Perché le ha permesso di vivere là fuori come una selvaggia?»

«Non sarebbe tornata.»

«Come fai a saperlo?»

«Lo so.»

«Era tua moglie. Ti apparteneva.»

«Era mia moglie, ma non mi apparteneva.»

«E allora a chi apparteneva? Tu credi in quello spirito?» Nel porgere la domanda, Liam si era alzato in piedi. «Ci credi?» chiese con ardore. «Credi a questa favola?»

«Un tempo no.»

«E allora ci credi adesso? Sei impazzito?»

Ma Brian non rispose. Si limitò a mettersi gli sci sulle spalle e uscì, così come aveva fatto quasi ogni giorno negli ultimi anni, per andare a insegnare ai bambini che frequentavano la piccola scuola di tronchi.

Liam tornò a sedersi sul barile; Eileen portò due delle sue bambole di pannocchie vicino al fratello, e gliene mise una su ogni ginocchio, coperto dai vecchi calzoni di flanella grigia. «Sì, lui ci crede» fece dire da una bambola all'altra. I giocattoli sembravano saltare e agitarsi quando lei li faceva parlare. «Lui ci crede» disse la seconda bambola «perché è vero.» Liam osservò le foglie secche di granturco, le gonne delle bambole che fremevano appena sopra il suo ginocchio.

Più tardi, quel pomeriggio, attraversando il cortile che si stendeva tra la casa e il fienile, Liam vide Exodus seduto ai piedi del salice che cresceva dal lato opposto del ruscello. Gli voltava la schiena e Liam ne fu felice, poiché non desiderava essere osservato da nessuno mentre camminava sulla neve sulla quale c'erano ancora i pupazzi di Eileen e le orme profonde lasciate dagli uomini, oltre alla sagoma oblunga della lettiga che aveva trasportato il corpo di sua madre.

Era quell'ora, che giunge in certi giorni d'inverno, in cui il cielo coperto di nuvole sembra non essere molto diverso dalla terra congelata sottostante, quando i rami degli alberi potrebbero essere radici che si conficcano in una terra opaca. Niente luna, niente stelle, quella notte. Suo padre, Liam lo sapeva, sarebbe emerso ai margini dell'oscurità che lo avrebbe seguito lungo la strada, tra gli alberi, aspettando di avvolgere la casa nel momento in cui lui avrebbe richiuso la porta, posando i libri sul tavolo.

Il ragazzo trovò Luna agitata; colpiva con i fianchi le assi della stalla, ricadendo sulla paglia per poi rialzarsi in piedi, goffamente, gemendo. Quando lo vide inarcò la schiena e sollevò la coda come se volesse urinare, poi ruotò la grossa testa sul collo massiccio e lanciò un grido con voce così umana che Liam fu tentato di scappare via.

Suo padre, pensò. Dov'era suo padre? Luna aveva sempre figliato di notte, con l'aiuto di Brian, e i suoi muggiti sfioravano i sogni dei ragazzi facendoli rigirare e gemere nel letto, ma senza svegliarli. D'un tratto nella mente di Liam apparve un'immagine di suo padre mentre alla luce della lampada lottava con l'animale che assomigliava così poco alla bestia mansueta al cui fianco lui stesso era cresciuto. «Gesù» mormorò il ragazzo con voce strozzata, mentre la mucca cadeva sulle ginocchia e poi si rialzava, colpendo le rozze assi di pino con la parte sinistra della cassa toracica.

La mucca si accasciò sulla paglia e rimase lì sdraiata, sul fianco, il corpo gonfio, il vapore del respiro che formava un velo di nebbia e confondeva le linee del muso distorte dal dolore.

Bianca e nera, pensò Liam stupidamente. Questa mucca è bianca e nera. Non ci dovrebbe essere niente di così bianco e nero.

Non appena ebbe formulato il pensiero, da sotto la coda della mucca sgorgò un rivolo di liquido chiaro che si riversò sulla paglia, congelandosi al contatto. Un'ombra interruppe il fascio di luce che veniva dalla porta – era il visino bianco di Eileen. Luna rovesciò gli occhi all'indietro. Quando Liam si voltò di nuovo, la bambina se n'era andata.

Ormai poteva vedere la membrana bianca della placenta emergere tra le zampe posteriori dell'animale, e all'interno due blocchi grigi che galleggiavano. Gli zoccoli, pensò. Una contrazione scosse l'addome dell'animale, che gemette e ansimò. «Ti prego, sbrigati... ti prego» mormorò Liam, ricacciando la nausea che gli stava salendo alla gola. «Ti prego, Luna, fa' il piccolo.» Ma la placenta non sembrava voler uscire dal corpo della mucca, che ora respirava come se stesse parlando. «Un punteruolo» sembrava dire. «Un punteruolo.»

Liam si concentrò, inutilmente, sulla capocchia di un chiodo che fuoriusciva dalla parete del fienile. Perché era lì? Di solito che cosa vi stava appeso? Chi aveva preso in una mano il martello e nell'altra quel ridicolo, insignificante pezzo di ferro? Avrebbe chiesto a suo padre perché quel particolare chiodo era lì. Lo irritava, lo confondeva e lo tastò con le unghie. Poi, mentre Exodus entrava come una furia dalla porta e lo spingeva lontano, la manica della giacca di Liam si strappò contro la capocchia.

«No!» urlò Liam, vedendo il coltello lampeggiare in mano all'uomo.

Luna muggì di dolore mentre un'altra contrazione le scuoteva il ventre. Ora Exodus teneva tra le mani le zampe anteriori del vitellino, che nel gelo sembravano fumare. L'intera stalla ribolliva di una nebbia composta di fiato caldo e del vapore che saliva dal sangue e dall'acqua. Liam si concentrò sullo strappo a triangolo della sua giacca – come fare a ripararlo, con quale ago, con quale filo? – fino a quando non si costrinse a guardare il vitello che giaceva a terra, scosso dalle convulsioni.

«Non sta respirando», disse a Exodus. «L'hai ucciso con il coltello.»

Exodus non guardò il ragazzo. Si calò di peso sul vitellino fremente e voltò il muso verso di sé, mentre con una mano gli toglieva il muco dalla lingua e dalle narici. Poi accostò la bocca a una delle narici dell'animale ed espirò lentamente. La bestiola rabbrividì e rimase immobile. Liam osservò Exodus che gli apriva la bocca e di nuovo premeva la faccia sul muso. Luna si rialzò faticosamente in piedi e in quel gesto la placenta le scivolò fuori dal corpo. Si stava guardando alle spalle, cercando il vitellino. Liam osservò Exodus che con delicatezza si levava dal corpicino bianco e nero, poi guardò il vitello alzarsi, le zampette sottili che tremavano come ramoscelli in primavera.

Con delicatezza, posandogli una mano sul collo, Exodus guidò il piccolo verso la mammella della madre. «So che cosa si deve fare» disse, oltrepassando Liam e dirigendosi alla porta del fienile.

Il ragazzo lo seguì ma si fermò a tre passi dal fienile, distratto dalla vista di una figura che giungeva lungo la strada, trascinandosi dietro la notte come un mantello. Brian salutò con la mano. Liam cercò di rispondere al saluto, ma si ritrovò piegato in due sullo stomaco, a vomitare nella neve.

Nonostante i ripetuti richiami, nonostante le lusinghe e le preghiere, Eileen non aveva nessuna intenzione di scendere dall'albero: affermava di non aver ancora finito di pensare.

Quando rientrò in casa, diverse ore dopo la calata delle tenebre, si scosse la neve dai piedi più a lungo del necessario. Brian stava mettendo della paglia fresca nella stalla e Liam era nella casupola, chino su un ago lucido, con la giacca e una lunga gugliata di filo nero. La zuppa sobbolliva sulla stufa e il pane era nel forno. Il ragazzo aggrottava le ciglia, socchiudendo gli occhi sulla manica strappata. Eileen si tolse dal collo una lunga sciarpa di lana, con gesto rituale, aspettando che il fratello rivolgesse lo sguardo verso di lei.

«Hai già visto il vitellino?» chiese infine Liam, accorgendosi che la bambina non si era mossa dalla porta e non gli aveva parlato.

Allora lei sorrise, e con aria di grande sicurezza annunciò «Exodus dice che sa che cosa fare. Se n'è andato per un po', ma tornerà, questo è sicuro.» Attraversò la stanza per guardare nella pentola sulla stufa. «Sono più affamata che mai» annunciò. «E il vitellino» aggiunse, rimettendo a posto il coperchio «lui dice che il vitellino si dovrà chiamare Genesi.»

«Se n'è andato?» L'ago era una spada in miniatura, lucida, tra il pollice e l'indice di Liam. «Ma io volevo... ha ripreso il cammino lungo il fiume?»

«No» disse Eileen, sedendosi al tavolo per aspettare che il padre tornasse dal fienile. «Prima si è trasformato in un uccello, poi è volato via, molto in alto, altissimo sopra gli alberi.»

Liam non era soddisfatto dall'aspetto dei suoi punti, ma comunque tenevano insieme la stoffa. L'ago si muoveva dentro e fuori, senza fatica, attraverso il tessuto. Eileen gli si accostò. «Papà dice che mi comprerà dei fili colorati a Queensborough per fare dei ricami sulle federe. Potrei farne uno sulla tua manica.»

9

Da allora in poi, ogni primavera, Liam sarebbe andato a cercare Exodus, spiando la sua canoa lungo gli affluenti del Black e del Moira, le acque che attraversavano le due contee che formavano la sua geografia più prossima. Spesso si imbarcava sui traghetti, in cerca di acque nascoste, allontanandosi ostinatamente dal ruscello che attraversava la sua proprietà, convinto che seguire la strada presa dalla madre non l'avrebbe mai condotto dall'uomo che stava cercando. Inoltre spesso alla fattoria c'era bisogno del suo aiuto, e il viaggio verso il lago che la madre aveva reclamato per sé aveva assunto nella sua mente proporzioni tali che non riusciva a immaginare un ritorno, se non dopo molto tempo, quando ormai fosse stato vecchio. Ulisse che torna faticosamente a casa sotto il peso della sua avventura, facendo vela verso una famiglia abbandonata e completamente mutata. Sapeva che non avrebbe mai potuto abbandonare Eileen tanto a lungo, non poteva lasciarla affatto, ne era convinto, per più di qualche giorno.

Anni dopo avrebbe detto che in quel periodo aveva imparato a conoscere i boschi. Fino ad allora, il bordo della foresta gli era sembrato un muro che proteggeva il buio dalla radura; un territorio privo delle vivaci, lineari sequenze che componevano la strada e i suoi viandanti. L'immagine che il bosco gli aveva mostrato era stata piatta, senza dimensioni, colorata da piante di cui aveva imparato i nomi solo su insistenza del padre. Ora, quando camminava tra gli alberi, i rami bassi gli sfioravano la faccia e le mani mentre attorno a lui forme di vita segreta fremevano e fuggivano. Scorgeva bestiole pelose che sgusciavano dal terreno e udiva gli stridii indignati delle creature alate nascoste dietro una cortina di foglie. Tutto attorno a lui si muoveva o era mosso.

Non si innamorò mai della foresta ma arrivò ad ammirarla e a rispettarla. Attirava il suo interesse, e quando, nella sua mente, si apriva a rivelare i milioni di fatti della sua esistenza, la affrontava, dettaglio dopo dettaglio, vincendo la vaga paura che provava. E la rabbia. Cessando di essere la belva che aveva inghiottito sua madre, la foresta divenne, se non un'amante, quasi un'amica. Una volta o due, con la canoa in equilibrio sulle spalle, incontrò gli orsi, grossi gentiluomini cordiali che si ritraevano e si facevano da parte per lasciarlo passare. Non si perse mai; non esistevano due punti della foresta uguali tra loro. Con la pratica non ebbe più problemi a riconoscere la struttura particolare di ognuno dei mille pini apparentemente simili.

Con il trascorrere degli anni, la ricerca nella foresta a tarda primavera divenne un rito. Il fiume cupo e le acque del ruscello – le loro superfici come quadri del Rinascimento ricoperti da una spessa patina, che lui non avrebbe mai visto – si trasformavano in invitanti strade maestre. Non avrebbe mai ritrovato Exodus e infine, verso il suo diciannovesimo o ventesimo anno, scordò qual era stata l'intenzione iniziale. Invece, trovò rocce e cortecce e paludi e cedri e strane, strette vie liquide color mogano e, per il momento, questo era sufficiente. Imparò cose singolari sul suolo, il concime, la semina e la crescita. Luce e aria. Verde tenero. Sapeva di voler far crescere le cose, voleva, sopra ogni cosa, nutrire, allevare, essere un contadino.

Suo padre invecchiava, e a ogni inverno si faceva più debole; anno dopo anno i tragitti verso la scuola e di ritorno gli prendevano un po' più tempo fino a quando non divenne necessario partire e tornare con il buio. La sua bella faccia robusta era crollata in rughe e pieghe, e nella pelle cascante del collo c'era qualcosa di doloroso. Le sere d'inverno raccontava storie sempre più cupe: patate nere, casupole piene di famiglie scheletriche, bambini divorati dai topi, navi come bare, fosse comuni su Grosse Isle, Cromwell, e la lunga vicenda della persecuzione della razza irlandese. Il fiorire delle logge orangiste nella sua stessa patria lo turbava, e sapeva che molti dei suoi vicini, di religione protestante, si erano impegnati a eliminare il cattolicesimo ovunque si annidasse. Uno degli operai che lavoravano alle strade, un pescatore che si era iscritto alla loggia e ne era in seguito uscito, aveva recitato a Brian il giuramento segreto orangista. L'uomo aveva riso di fronte a tanta arroganza, ma le parole si erano impresse nella mente del maestro e la sera, dopo qualche bicchiere, a volte le ripeteva ai suoi figli. «Giuro che non sono e mai sarò un cattolico romano o un papista» declamava. «Che non ho sposato e mai sposerò una cattolica romana o una papista, non educherò i miei figli e non permetterò che vengano educati alla fede cattolico romana, se è in mio potere impedirlo.» Poi si colpiva la fronte con la mano, in un gesto di rabbia e incredulità. «Hanno portato l'odio con loro al di qua dell'oceano... tutta quell'acqua» diceva, guardando fuori dalla finestra, verso la neve che turbinava. «Sembra quasi impossibile.»

Narrò ai suoi figli una vicenda che aveva letto qualche anno prima su un giornale trovato al mulino O'Hara. Folle violente di orangisti avevano attaccato la processione di San Patrizio a Toronto, causando un tumulto nel corso del quale un giovane padre cattolico e irlandese era stato colpito alla schiena con un forcone. Il delitto era rimasto impunito. Fino ad allora non aveva mai parlato di quel fatto ai ragazzi, ma quando ne era venuto a conoscenza qualcosa in lui si era spezzato.

La vista gli si stava indebolendo e non sopportava gli occhiali, così il piacere che aveva ricavato dalle lunghe ore di lettura non lo poteva più distrarre dal rimuginare sui vecchi problemi. Brian ora aveva la sensazione che le vecchie minacce si stessero ripetendo, che le vecchie ferite si stessero riaprendo.

Sapeva che il suo eroe, D'Arcy McGee, aveva lasciato gli Stati Uniti per Montreal, era entrato nel mondo politico canadese, e ora era ministro dell'Agricoltura e dell'Immigrazione. Questo dava a Brian un po' di conforto, così come le canzoni rivoluzionarie irlandesi che amava cantare ai suoi figli – melodie di una bellezza così straziante che sua figlia Eileen, a tredici anni, le aveva già imparate tutte a memoria. Nei pomeriggi d'inverno, mentre costruiva castelli di neve sotto il vivido sole obliquo di numerosi gennai, la bambina cantava allegramente ballate che narravano l'impiccagione di giovani coraggiosi, di coloni avventurosi, della maledizione di Cromwell, di padroni crudeli, dell'impossibilità dell'amore corrisposto, e del furto delle terre.

L'anno in cui Eileen compì quindici anni e Liam ventidue, Brian apprese che il suo eroe, la sua speranza per il futuro, McGee, era stato inviato dal governo all'Esposizione Internazionale di Dublino. Era il 1865. Durante il soggiorno in Irlanda, McGee era tornato alla sua città natale, Wexford, per una breve visita. Qui aveva parlato dei problemi degli immigranti irlandesi nel Nord America e delle follie dell'attivismo politico. Brian era ben consapevole che come ministro dell'Immigrazione appena nominato, McGee era un esperto di quella questione, e come partecipante alla disastrosa rivolta della Giovane Irlanda, nel 1848, era un esperto anche di quest'ultima. McGee se l'era presa con i demagoghi che, lo sentiva, stavano promuovendo l'attività politica feniana* nel Nord America e aveva discusso i difetti del carattere cattolico-irlandese che lasciavano il gruppo esposto alla manipolazione da parte di simili personaggi. Aveva annunciato che lui e i compagni della Giovane Irlanda erano stati, politicamente parlando, «una manica di pazzi». Il discorso aveva gettato nella disperazione molti dei suoi sostenitori cattolico-irlandesi ai due lati dell'Atlantico, i quali per lo più credevano che McGee fosse stato in qualche modo comprato, corrotto, o ricattato.

Una sera di giugno, sentendosi gli occhi particolarmente stanchi, Brian chiese a Eileen di leggergli da un giornale il testo del discorso.

* Società segreta che rivendicava l'indipendenza dall'Inghilterra.

Lei si mise di profilo contro la finestra, dove la luce era buona, le mani più bianche del solito a paragone della carta ingiallita e delle parole che vi erano stampate, e lesse con voce priva di ogni emozione la lista di D'Arcy McGee riguardante le fragilità del suo stesso popolo. Non aveva ancora l'esperienza per reagire alle parole che stava pronunciando – crescendo nella foresta, era inconsapevole dell'identificazione con un gruppo qualsiasi. Nella sua mente non era mai risuonata una voce collettiva, e quindi pronunciava parole come «squallore» o «analfabetismo» o «pigrizia» esattamente con lo stesso tono di voce che avrebbe potuto usare leggendo una poesia o una favola. All'esterno, le betulle vibravano alla brezza fresca. Quando ebbe terminato, posò il giornale su uno sgabello accanto alla stufa e si voltò per fare al padre una domanda riguardo alla cena. Solo allora si accorse che aveva pianto.

«Che tradimento» stava mormorando. «E lui stesso è un cattolico irlandese. Che tradimento.»

E da allora non pronunciò mai più il nome di McGee.

10

A scuola Brian cominciò a insegnare ai ragazzi una storia dell'Impero britannico del tutto diversa da quella tracciata da Egerton Ryerson nel suo prospetto per le scuole del Canada settentrionale. Parlando con i toni confidenziali di chi distribuisce perle di saggezza davanti a un caminetto acceso, raccontò le confische di terre che avevano preceduto l'insediamento dei protestanti inglesi e scozzesi nell'Ulster. Distogliendosi lentamente dalla lavagna come se il suo corpo fosse stato un vecchio cardine, lanciava occhiate da sotto le sopracciglia cespugliose a quello che ormai per lui era diventato un mare confuso di piccoli volti e chiedeva a qualche giovane alunno di recitare i diritti che nel XVIII secolo, ai tempi delle Leggi penali, erano stati negati ai cattolici d'Irlanda.

Tracciava sulla lavagna le parole «Non potevano…» e i bambini, divertiti dal gioco, gridavano le risposte, entusiasti, all'unisono.

«Acquistare o affittare terreni» recitavano a voce alta. «Avere un'educazione, svolgere una professione, votare, concorrere a un posto pubblico, praticare la loro religione, possedere un cavallo di valore superiore alle cinque sterline, serbare per sé i profitti derivanti dall'affitto delle terre, o parlare gaelico.»

«E che cos'è il gaelico?» chiedeva allora Brian.

«Il gaelico è la lingua degli studiosi e dei poeti.»

Brian venne richiamato numerose volte riguardo a questo approccio alla storia, ma poiché gli uomini della comunità si fidavano di lui – benché fosse cattolico – e poiché i bambini lo amavano, esitavano a licenziarlo. Tuttavia in seguito, nel giugno del 1866, quando un piccolo manipolo di Feniani oltrepassò con cautela il confine con gli Stati Uniti, determinato a lottare per l'Irlanda in una zona più vicina al territorio britannico, le loro misere, inutili scaramucce diedero la stura a una tale esplosione di sentimenti anti-irlandesi che il Comitato Fiduciario della Contea di Madoc decise all'unanimità che Brian doveva ritirarsi dall'insegnamento attivo.

Liam aveva appena finito di dare il fieno fresco a Genesi, Levitico, Atti e Ruth (Luna era morta l'anno prima in tarda età, ed era stata sepolta dalla piccola famiglia in lacrime, vicino alla fossa dove giaceva la loro madre) quando udì la voce del padre, in lontananza. «Perché la libertà deriva dalla destra di Dio e necessita di un seguito divino» declamava avvicinandosi a gran passi. «E gli uomini giusti devono rendere di nuovo la nostra terra una nazione.»

Così come aveva fatto l'anno prima, nello stesso mese, Eileen era in piedi accanto alla finestra con un giornale in mano. Questa volta stava leggendo le parole del Proclama Feniano che il generale Sweeney aveva portato con sé quando aveva tentato di invadere il Canada. Suo padre sedeva con le braccia allungate sopra il tavolo, la testa che andava su e giù. Liam, che lo osservava dall'angolo opposto della stanza, non riusciva a stabilire se il padre stesse annuendo per manifestare la sua approvazione o se, per la debolezza, la testa fosse diventata troppo pesante da sostenere.

«Veniamo tra voi» leggeva Eileen «come nemici del dominio britannico in Irlanda.

«Abbiamo impugnato la spada per liberare l'Irlanda dal Tiranno.

«Non ci proponiamo di privarvi di nessun diritto del quale oggi godete. Siamo qui come amici della libertà contro il dispotismo, della democrazia contro l'aristocrazia.

«Ci rivolgiamo agli irlandesi di tutta la provincia in nome di sette secoli di iniquità britannica e di miseria irlandese.

«Offriamo la mano tesa e onesta dell'amicizia. Prendetela, irlandesi, francesi, americani. Prendetela e abbiate fiducia in essa.

«Desideriamo incontrarci con amici. Siamo pronti a scontrarci con nemici.

«Proveremo a conquistare la fiducia dei primi. I secondi non potranno attendersi da noi altro che la clemenza di un avversario determinato ma generoso, e i limiti e le relazioni imposti da una guerra combattuta con civiltà.»

«Per questo mi hanno portato via i miei ragazzi» disse Brian. Poi si diresse alla stanza sul retro e si abbandonò sul letto.

Eileen si rivolse al fratello. «Pensavo che le parole fossero molto belle» disse. «Pensavo che avessero il tono della poesia.»

Una settimana più tardi, dopo aver dettato una lunga lettera concernente la lingua perduta dell'Irlanda e la poesia che era stata sottratta al popolo, una lettera che la figlia trascrisse con ogni cura, Brian voltò il viso verso la parete e morì. Aveva cinquant'anni e il corpo di un vecchio: stremato e sfiorito.

Incapace di sopportare la scena della morte di suo padre, Liam sedeva su uno sgabello fuori dalla porta quando la sorella gli pose la piccola mano sulla spalla. Gli mise in mano il foglio di carta. «Desiderava che una copia di questa andasse a Exodus Corvo» disse Eileen al fratello «e un'altra a un prete in Irlanda, un certo Quinn.»

Liam non rispose. Stava pensando che suo padre era morto così tranquillamente nel tardo pomeriggio, il momento del giorno in cui, l'anno prima, era giunto dalla strada sugli sci, e il suo mantello era come una vela nera, e la notte lo inseguiva, come per cercare di raggiungerlo.

11

La fattoria non prosperava, nonostante la presenza di Genesi, Levitico, Atti e Ruth, che d'inverno riscaldavano il fienile con i loro corpi massicci e d'estate spezzavano il verde uniforme dei pascoli con il loro mantello a chiazze bianche e nere ben delineate. I pochi raccolti erano scarsi e stentati. Poco dopo la morte del padre, Liam cominciò a considerare l'idea di disboscare altri due o tre acri, in modo da poter coltivare il mais per nutrire il bestiame. Prese in mano un grosso coltello e perlustrò tutta la terra che ora possedeva, conficcando la lama nel suolo ogni venti metri. In alcuni punti trovò roccia dura a circa quindici centimetri di profondità, in altri a sette centimetri. Il resto della proprietà era costituito da marcite fumanti, che d'estate erano infestate dalle zanzare, mentre d'inverno eruttavano i resti grigio cenere dei cedri morti attraverso una liscia, indifferente coltre di neve. Liam si accorse che il salario del padre, per quanto fosse parso insignificante, aveva comunque fornito denaro contante estremamente necessario. Ora c'erano momenti in cui la notte il giovane, svegliato dal furioso vento invernale del nord, sentiva nella sua mente il sapore acido del limite del panico e il ronzio acuto, lacerante del terrore. I rari vicini che aveva conosciuto lungo la strada, poveri irlandesi come lui, erano morti, lasciandosi alle spalle casupole di tronchi in disfacimento, oppure vivevano nella più squallida povertà – mitigata di quando in quando dalla disponibilità di whisky distillato in casa.

Voleva pensare alle cose che suo padre gli aveva insegnato: i diversi nomi degli alberi, qualche canzone rivoluzionaria irlandese, l'amore per gli animali. Invece pensava ai capelli di sua madre alla luce del sole. Era stata lei a dirgli come si poteva creare un campo, nello spazio di qualche anno, grazie alla paziente applicazione di alghe sulla roccia asciutta. Le alghe, diceva, si devono trasportare sulla schiena con una gerla legata alle spalle. Aveva detto inoltre che la strada che si diparte dal mare, da qualsiasi mare, è sempre in salita. Mentre lei parlava, la sua mente di bambino aveva immaginato un oceano nel quale crescevano i fiori di campo che ben conosceva – carote selvatiche, *Rudbeckia serotina*. Ma ora questo non aveva importanza. Qui non c'era il mare né, a quanto sembrava, il tempo, figurarsi poi la pazienza. Queste cose erano irrilevanti per il terreno sul quale ora si trovava tanto quanto il *Lessico Greco* o l'*Antologia di Oxford* o i *Versi Britannici* di suo padre. Né i poeti inglesi né quelli greci avevano qualcosa da dirgli su come gestire una fattoria tra i boschi del Canada.

L'anno seguente, in un caldo giorno soleggiato di fine marzo, Liam si ricordò dell'esistenza della piccola collezione di libri di testo che stava nello sgabuzzino della scuola. Prese gli sci, che dalla morte del padre stavano appoggiati alla parete, e si avviò lungo la vecchia strada. Passò in mezzo a una foresta di pini che era come una sciarpa verde svolta ai due lati, oltre capanne costruite alla bell'e meglio e fattorie abbandonate. A volte, scivolò attraverso un gruppetto o due di alberi tra i quali il sole faceva capolino proiettando sulla neve ombre che riflettevano stranamente la struttura a tronchi intersecati del fondo stradale. Ora suo padre giaceva sotto la neve. Un uomo mite, ma colmo di rabbia, ormai ridotto al silenzio. La sua tomba non si era ancora amalgamata alla forma della terra, contrariamente a quella della madre, che aveva ceduto quasi immediatamente, o a quella di Luna, che l'aveva fatto nello spazio di pochi mesi. *Rian fir ar mhnaoi*, aveva detto Brian a Eileen poco prima di morire, e la lingua irlandese era già suonata estranea nelle loro orecchie, impossibile da tradurre. Quando aveva implorato Maria, non avevano capito se desiderasse la Beata Vergine o la moglie, le cui ossa si stavano disfacendo a un centinaio di metri dal letto dove lui delirava. Liam ricordava di essere rimasto seduto nel porticato sul retro, evitando il momento del trapasso del padre. Allora aveva ricordato che *Rian fir ar mhnaoi* significava la traccia di un uomo su una donna. Aveva mormorato la frase tra sé e sé, ripetendola, fino a quando non aveva sentito la pressione della mano di Eileen sul collo.

La scuola della quale il padre di Liam era andato così fiero era sigillata con le assi, il nevischio di fine inverno sul lato occidentale arrivava quasi al cornicione, i vetri delle quattro finestre erano rotti, oppure ricoperti da una coltre di polvere che risaliva all'estate precedente. La campanella, per ottenere la quale Brian aveva lottato a lungo e duramente, era sparita dalla torretta di legno, e ora una corda grigia e sdrucita pendeva nel nulla come un ricordo mutilato. Liam si tolse gli sci e, oppresso dal dolore e dalla rabbia, si incamminò nella pesante neve primaverile verso la porta d'ingresso; gli fu facile aprirla con un calcio, e l'impeto del gesto lo proiettò d'un colpo al centro di quella stanza cupa e remota. Davanti a sé vide quel che restava del mondo di suo padre in una nuova terra.

Sulla lavagna in fondo alla stanza era stata tracciata con il gesso la mappa dell'Irlanda, punteggiata dai nomi in gaelico dei territori, delle città, dei villaggi, delle baie e dei fiumi. Una serie di frecce che giravano in direzioni improbabili suggerivano feroci invasioni straniere, prive di princìpi. Tra la piccola massa che rappresentava l'isola di Rathlin e la grande massa dell'Irlanda, c'erano tre puntini bianchi; Liam sapeva dai racconti del padre che quelli erano i Figli di Lir, che salutavano i loro possedimenti scossi dalla tempesta sotto forma di cigni, sulle acque del Moyle.

Accanto alla mappa c'era un elenco di nomi gaelici scritti dalla mano di suo padre, e accanto a questi i loro corrispondenti in inglese scritti dalla mano di un bambino: «carestia», «dolore», «patria», «arpa», «mare», «guerriero», «poeta», e la parola «castello», interrotta alla prima sillaba – il gessetto che l'aveva tracciata stava sul bordo sotto la lavagna.

Allora Liam immaginò la scena che suo padre si era sempre rifiutato di descrivere. La bambina stava diligentemente scrivendo quello che aveva imparato, mentre i pochi altri alunni si dimenavano sulle sedie, e l'insegnante, in piedi di lato con le braccia incrociate, annuiva alla lista di nomi che si dipanava sulla lavagna, separato dalla piccola scolara da una mappa piena di frecce violente e parole proibite. E poi l'entrata a sorpresa dei fiduciari, la loro rabbia e le argomentazioni del padre, e in mezzo a tutto questo la bambina che interrompeva la parola «castello», posava con cura il mozzicone di gesso sul bordo, e se ne tornava tranquillamente al posto.

Che cos'era a trattenere la terra natale così permanentemente e dolorosamente nel cuore di suo padre? Quale terribile potere aveva quel particolare insieme di roccia e suolo, mare, erba e cielo, tale che le sue pene potevano reclamarlo e fargli disegnare la sua immagine su una parete costruita al centro di una foresta, a migliaia di miglia di distanza? Concentrandosi, Liam d'un tratto rammentò, con grande vivezza, la zappa da torba di suo padre, il manico consunto e le macchie di ruggine sulla lama, e il covone di fieno fumante. Della partenza, e della miseria che l'aveva preceduta e seguita, non ricordava assolutamente nulla. Il suo primo ricordo era il momento dell'arrivo – l'immigrazione – e la casa bianca con l'acqua che danzava sui vetri delle finestre.

Le storie di suo padre, che l'avevano divertito da bambino mentre i ghiottoni ululavano dietro alle pareti della casupola nelle gelide notti d'inverno, avevano lasciato intonsa la sua anima. Ma sua sorella, lo sapeva, aveva assorbito i racconti, la loro oscurità – il singulto nella voce del canto, la tristezza di un paese distrutto – e quindi portava, nel corpo e nella mente, parte della terra di quel paese. Lei che era nata in un mondo del tutto nuovo e scabro, avrebbe continuato a guardarsi indietro, verso paesaggi perduti, e a guardarsi dentro, verso ricordi ricevuti in eredità, mentre lui agognava l'istante del mutamento e della crescita, l'ascia che penetra nella polpa dell'albero, la zappa che squarcia un suolo vergine. Temeva, più di ogni altra cosa, l'inclinazione al canto della sorella e i giorni che trascorreva sul salice che, tanti anni prima, Exodus Corvo aveva scelto per lei. Liam non riusciva a immaginare un futuro per la grande parte di lei che si rivolgeva indietro. Pensava che Eileen avesse trascorso fin troppo tempo sola nei boschi.

Liam trovò i libri che stava cercando, disposti su due rozzi scaffali in fondo alla stanza. Odoravano di muffa, erano coperti di polvere. Qui, tra la serie di *Libri di Lettura Canadesi*, tra l'*Aritmetica Elementare* e *Avanzata*, tra la *Grammatica Inglese* e un vecchio volume macchiato del *Supplemento* alla quinta, sesta e settima edizione dell'*Enciclopedia Britannica*, scorse il *Compendio di Geologia Canadese*. Rammentava che suo padre aveva ordinato il testo per la scuola in preda al più vivo entusiasmo, pagandolo con il suo stesso salario, affermando che aveva cose importanti da dire sulla composizione della nuova terra. Liam voleva imparare quella composizione. Voleva farvi crescere qualcosa.

Aprendo il libro sulla prima cartina del Canada Settentrionale, localizzò Belleville sulle rive del lago Ontario, poi fece scorrere il dito a nord oltre il lago Moira e trovò la posizione approssimativa della sua fattoria, notando che l'ombreggiatura della mappa era mutata, trasformandosi da una pioggia di puntini in una serie di linee inclinate. Le linee inclinate coprivano l'enorme area che pendeva, come il colletto di pizzo prezioso di una signora, dal collo della Baia di Hudson, e un nastro ricadeva proprio sulla sua contea. Secondo la nota in fondo alla pagina, quel vasto territorio era chiamato Scudo Canadese. Copriva centinaia di migliaia di miglia quadrate. Non c'erano interruzioni nella sua estensione, nessuna eccezione alla sua continuità. Era stato posto lì da un'era glaciale che non si sarebbe mai più ripetuta, sarebbe rimasto lì per sempre, ed era composto di roccia impenetrabile.

Liam alzò lo sguardo dalla cartina e si ritrovò davanti la parola irlandese che significava carestia; la calligrafia di Brian, netta e bianca, sulla superficie nera della lavagna. Chiuse di colpo il libro, pensando a uomini più intraprendenti di suo padre, uomini che avevano avviato miniere di ferro, che avevano bruciato grandi porzioni di foresta per fare potassa, che parlavano di macchinari, mentre aspettavano che il loro grano venisse macinato nel mulino O'Hara. Nessuno di loro era irlandese. Alcuni erano comparsi sulla soglia di quella stanza mentre una bambina si interrompeva a metà della parola «castello» e posava il gesso sul bordo.

Suo padre era stato a conoscenza dello scudo di roccia e non gliene aveva mai parlato. Aveva sempre saputo della barriera che ora avrebbe separato Liam da tutto ciò che desiderava. D'improvviso si rese conto che quegli uomini intraprendenti avevano avuto ragione a licenziarlo. Ne era convinto.

Continuando a tenere in mano il libro, Liam afferrò uno straccio che stava su un banco e ridusse gli ultimi resti del suo adorato padre a una macchia grigia e confusa. La polvere di gesso riempì come neve l'aria soleggiata, mentre Liam si voltava e, dopo aver richiuso con un calcio lo sportello della fredda stufa di ghisa, lasciava per sempre quella stanza.

Tornando sugli sci verso la casetta si accorse che, senza volerlo, aveva portato con sé il *Compendio di Geologia Canadese*, e lo gettò tra gli alberi che fiancheggiavano la strada. Scomparve immediatamente alla vista, inghiottito dalla banchina di neve pesante che si stava sciogliendo.

Quando scorse la casupola e i pochi acri di radura, Liam si sentì abbandonato e indifeso come il giorno, diciassette anni prima, in cui si era svegliato e aveva scoperto che sua madre se n'era andata. Udì Eileen che lo chiamava dal salice sulla riva opposta del ruscello.

«Il corso è aperto, più a monte» gridò la ragazza. «Il sole di oggi lo ha aperto e lo fa scorrere.»

Liam sciò fino alla banchina, poi si fermò, reso cauto dal ghiaccio che si stava sciogliendo, e gridò alla sorella «Che cosa fai lassù? Non sei più una bambina. E adesso come farai ad attraversare il ghiaccio?»

«Ho già fatto tutto» gli gridò lei di rimando. «Ho infornato quattro pagnotte. Le tue camicie sono lavate. Sto pensando... e parlando all'uccello. Non ti preoccupare del ghiaccio, l'uccello dice che mi sosterrà.»

Liam ignorò la sua risposta. «Domani andiamo in chiesa» le disse.

La risata di Eileen risuonò nel campo accanto al ruscello. «Sei diventato matto?» Adesso era in piedi, abbracciata a un grosso ramo alla sua sinistra. «E comunque, non c'è chiesa per noi. Papà diceva che dovevamo fare troppa strada per andare a messa. Troppo lontano andarci. Troppo lontano tornare.»

«Andiamo alla chiesa metodista di Queensborough» gridò Liam. «E tu indosserai qualcosa di carino. Hai diciassette anni ed è tempo che ti sposi.»

Eileen rise di nuovo. «Non ci vengo» disse. «Mai e poi mai!»

Liam minacciò il cielo con il bastone da sci. «Tu ci vieni» gridò. «Incontrerai e sposerai un uomo che venda mobilia, o che estragga il ferro dalla terra, o che possieda una segheria, un mulino, una conceria!»

«Macellaio, fornaio o candelaio» cantilenò Eileen.

«Non puoi passare il resto della vita su un albero!» urlò il ragazzo con rabbia. «Su questa terra non crescerà mai altro che sassi. Noi viviamo sullo Scudo Canadese. Non c'è scampo, è ovunque sotto di noi. Andrai in chiesa.»

«Sassi? Che cosa intendi dire, cos'è lo Scudo Canadese?»

«Una distesa di roccia! E quindi tu diventerai qualcuno. Sposerai un gentiluomo. Niente contadini, niente maestri e niente, assolutamente niente poeti!»

«Ci sono dei poeti da queste parti?»

«No.»

«E allora non verrò in chiesa. Tu ti sposerai. Io non mi sposerò mai. La notte scorsa» annunciò «ho sognato di essere una volpe nella tana.»

«Una volpe nella tana» borbottò Liam avviandosi sugli sci verso casa. «Una volpe nella sua stramaledetta tana.»

«Non ti preoccupare» gli gridò dietro Eileen, «andrà tutto bene. Me l'ha detto il corvo.»

«Gesù Cristo» esclamò il ragazzo, affondando il bastone nella neve, «il corvo glielo ha detto! Tanto nessuno sarebbe disposto a sposarla, eccetto uno stramaledetto poeta.»

Il mattino seguente, dopo aver percorso sei miglia a piedi nella neve mezza sciolta che arrivava fino alla caviglia, Liam e sua sorella entrarono nella chiesa di legno e si sistemarono negli ultimi banchi. L'intera congregazione si voltò a guardarli, e ogni membro si rivolse al suo vicino e sussurrò la parola «papisti».

Mentre il predicatore, sull'orlo dell'isteria, blaterava di peccato e morte, Liam notò che il sole aveva cambiato posizione nella stanza e ora stava trasformando i capelli rossi di Eileen in una fornace. Uno a uno gli uomini presenti voltarono il capo a guardarla, quasi sospinti dal suo calore, e poi se ne distolsero rapidamente, come se il fuoco tra quei capelli li potesse accecare.

«È possibile» intimò il predicatore «che voi abbiate già peccato al massimo grado.»

Liam sentì una pressione sulla spalla e il calore del corpo della sorella accanto al suo. Vide il pastrano di Eileen muoversi su e giù, al ritmo del suo respiro.

«AL MASSIMO GRADO!» ripeté il predicatore.

Gli uomini continuavano a rigirarsi sulle sedie per guardare Eileen, per poi distogliere rapidamente gli occhi. Alcuni di loro portarono le mani sulla nuca, nervosamente, o si raddrizzarono con aria determinata. Il capo di sua sorella, il fuoco nei suoi capelli, posava pesante sulla spalla di Liam. Si era addormentata profondamente.

Fino a quando non vide gli uomini girarsi sulle sedie, Liam non si era mai reso conto che Eileen era bellissima. Non aveva capito quanto può essere pericolosa la bellezza. Nell'aria si percepiva l'odore della paura. Le schiene robuste degli uomini sembravano pronte a esplodere, nei loro vestiti della domenica. Sua sorella era addormentata e aveva i capelli in fiamme.

Liam desiderò che entrambi potessero tornare bambini; trascorrere un giorno dopo l'altro facendo i giochi che lui aveva inventato, quando era assai più giovane, da insegnare a Eileen. Desiderava che l'esperienza fosse ridotta alla semplicità dei problemi nel libro di testo di aritmetica che gli piaceva tanto. Pensava, ora, a quelle narrazioni brevi, stringate e ai semplici desideri delle persone che vi erano citate, e desiderava essere di nuovo bambino, interessato a quanto potrebbe costare a un uomo indefinito acquistare tredici stai di mele a undici pence lo staio.

Per il momento dimenticò l'uomo che stava diventando, colui che aveva preso in considerazione l'idea di consegnare sua sorella a uomini che erano al tempo stesso attratti e spaventati dalla bellezza – uomini che non l'avrebbero mai capita.

Eileen continuava a dormire, affatto disturbata dalla tensione che aleggiava nella sala. Quando la funzione ebbe termine, Liam le tirò la manica e le prese la mano. Lei si guardò attorno nella chiesa, poi osservò il fratello, stranita e confusa, senza rendersi conto, da principio, di dove si trovassero di preciso. In quei pochi secondi fu come se lei non lo riconoscesse affatto.

12

A metà del mese di maggio, dopo una primavera piovosa che aveva fatto gonfiare il ruscello trasformandolo in un imponente fiume scuro, Liam e Eileen videro un uomo che camminava sulle acque.

Il piccolo raccolto di frumento e avena, che erano stati seminati nel fango limaccioso, stava cominciando a cambiare il colore della terra. Levitico, Genesi e il toro che era stato ribattezzato Atti dal padre dopo il discorso di Wexford di D'Arcy McGee, avanzavano lentamente nel pascolo, brucando. Ruth stava allattando il suo nuovo vitellino. Liam spingeva l'aratro a mano nell'orto che cresceva vicino alla porta della casupola, e Eileen lo seguiva cantando, con semi di pomodori, cetrioli, fagioli e carote.

Liam era certo di riuscire a sentire la lama dell'aratro che grattava lo scudo di roccia sottostante il terreno. Nei suoi sogni gli stava appeso al collo come un collare di ferro, e quando camminava sbatteva pesantemente contro lo sterno, esercitando sui suoi polmoni una pressione tale che si svegliava senza fiato, ansimando. In quel momento, mentre spingeva l'aratro davanti a sé, stava pensando alla terra fertile che circondava il Grande Lago Ontario, terra nelle mani di uomini con nomi come Smith o Johnson – neppure un Murphy o un Callaghan tra di loro. Rammentò che il nome del luogo nel quale, da bambino, aveva visto la grande casa bianca era Port Hope. Sapeva che dalla contea dove abitava i fiumi e i torrenti si dirigevano verso quella zona fertile, quasi a voler fuggire dalla roccia. Aveva visto gocce di pioggia colpire il corso d'acqua che scorreva accanto alla sua proprietà e aveva immaginato il loro viaggio a sud, lontano dalla barriera di granito, verso la prosperità.

Dietro di lui, Eileen di colpo smise di cantare. Liam, immerso in un terrorizzante sogno a occhi aperti nel quale lo scudo si spezzava sotto di lui, oltre lo strato sottile di terra, si voltò verso quel silenzio e vide che la sorella fissava imbambolata l'acqua, una mano ancora nel sacchetto che conteneva i semi, ogni muscolo del suo corpo teso, attento. Liam seguì il suo sguardo, lasciò cadere l'aratro a terra e alzò la mano per proteggersi dal sole accecante che gli impediva di vedere, tenendola davanti a sé fino a quando non parve paralizzato in un gesto a metà tra il benvenuto e il bisogno di difendersi.

Genesi, Atti, Ruth, Levitico e il giovane Numeri si erano diretti tutti verso il lato del pascolo che confinava con il ruscello e ora erano rivolti alla riva opposta, le code che si muovevano all'unisono.

C'era un vecchio che camminava sull'acqua, verso la radura.

L'uomo, vestito con calzoni bianchi, giacca e camicia, e delineato dagli abeti scuri alle sue spalle, aveva lunghi capelli bianchi, che fuoriuscivano da un elmetto da minatore. Assomigliava talmente all'incisione di Mosè che Liam aveva visto al mulino O'Hara che il giovane si chiese, per un brevissimo istante, se non avesse dovuto prestare più attenzione al predicatore della chiesa metodista. Tuttavia, abbandonò quel pensiero quasi immediatamente dopo averlo formulato, privilegiando quello seguente. Quello non era un qualsiasi profeta del Vecchio Testamento, eh no, quello era un fantasma.

«Il corvo aveva detto –» esordì Eileen, ma prima che potesse terminare la frase, il fantasma si mise a gridare tutto allegro. «Voi siete qui!» esclamò, barcollando sull'acqua. «Siete qui... immutati, quasi per magia, e nel cuore di una foresta! Ho così tante cose da mostrarvi! Siete qui! Io sono qui! E guardate quanto ce n'è qui! È meraviglioso. La flora! La fauna!»

«Sì» gli rispose Eileen, «è meraviglioso!» Poi si rivolse al fratello e sussurrò «Chissà che cosa intende dire? Il corvo aveva detto che –» Venne interrotta nuovamente, mentre il fantasma, dopo essere riuscito a superare la distesa d'acqua, crollava a terra ai piedi di un gruppo di bovini variamente curiosi, che reagirono all'invasione abbassando lentamente la testa per osservare lo sconosciuto più da vicino. Liam e Eileen corsero al punto della banchina su cui l'uomo era crollato.

«Sono stato mangiato vivo da quest'aria ronzante» stava dicendo l'uomo alle mucche «e sono stato male da morire nelle case che ho incontrato per via.» Senza alzarsi da terra, sganciò un grosso zaino che portava sulla schiena e lo lasciò cadere con un grugnito di sollievo. «Ma ne è valsa proprio la pena» continuò. «Ho fatto mille e uno disegni di ogni cosa.» Si chinò in avanti per estrarre dall'acqua due lunghi pali. «Questi trampoli» disse con orgoglio «sono una mia idea. Ho sentito parlare di gente che deve percorrere venti miglia per trovare un ponte, quando tutto quello di cui avrebbero bisogno è un paio di trampoli.» Li infilò sotto uno spago che teneva legato attorno allo zaino. «Nel bosco sono un po' scomodi» ammise «quando ci si imbatte nei rami bassi degli alberi o in cose del genere, ma tornano utili quando si devono guadare i fiumi. Ma questo posto» continuò pieno di entusiasmo, alzando le braccia al cielo, «questa foresta» – agitò una mano in direzione della riva opposta – «è una enorme pozza di marea brulicante di vita! Solo dei miceti avrò fatto un centinaio di disegni! Ma mia cara» si alzò in piedi e si avvicinò a Eileen «che cosa assolutamente splendida rivedervi

– mi ci è voluto più tempo di quanto credessi per trovare il luogo.» Scrutò il volto della fanciulla. «Vi ho trovata, vero?»

«Non lo so» rispose Eileen allo sconosciuto. «È così?»

«E voi chi siete?» chiese a Liam. «Non il maestro della scuola all'aperto, questo è certo.»

«Mio padre è morto» disse Liam.

«Morto?» Il vecchio si chinò in avanti, aprì lo zaino e ne trasse un paio di occhiali. Era rimasta solo una lente. Chiuse l'occhio senza correzione e guardò Eileen con l'altro, attraverso il vetro. «Ma certo, morto, e voi siete solo una bambina, anche se la somiglianza è straordinaria. Vostra madre... dov'è vostra madre?»

«È scomparsa» rispose Eileen, «e poi è morta.»

«Oh» disse con calma il vecchio. «Allora voi non potete sapere nulla della pozza di marea.»

«No» replicarono all'unisono i due ragazzi.

«Ma io so qualcosa di voi» disse Eileen. «Corvo mi ha detto che stavate per arrivare.»

«Corvo?»

«Oh, niente, niente» si intromise Liam, imbarazzato. «Il fatto è che talvolta è convinta di parlare agli uccelli.»

«Bene!» sbottò il vecchio. «Magnifico!» Si rimise lo zaino sulle spalle con notevole agilità. «Mi chiamo Osbert Sedgewick» annunciò. «Vengo dall'Irlanda. Mio fratello e io conoscevamo i vostri genitori. Ora è morto, mio fratello, intendo. Tutto è cambiato... completamente. Ho molta sete. Pensate che potrei avere una tazza di qualcosa da bere? Avevo intenzione di mostrarle tutti i miei schizzi. Ho lasciato tutto com'era, sapete, non ho cambiato nulla. Volevo tanto mostrarle i disegni.»

«Potete mostrarli a me» disse tranquillamente Eileen. «Mi piacerebbe vederli.»

Osbert Sedgewick rimase con Liam e Eileen per un mese e mezzo o piuttosto, a dire il vero, furono loro a rimanere con lui.

La sua presenza riempiva la casupola di un'atmosfera di piacevole formalità, qualcosa che assomigliava un preciso contrappunto musicale. I ragazzi erano affascinati dal vecchio. Permise a Eileen di usare le sue piccole pastiglie di tinta ad acquerello azzurro, giallo, rosso e verde per colorare i disegni che aveva fatto dei fiori e delle foglie, e in seguito le regalò quattro matite perfettamente temperate in modo che la ragazza potesse disegnare da sola. Liam gli insegnò a pagaiare la canoa, in modo che i fiumi e i ruscelli potessero diventare una porta d'ingresso per la foresta, e non una barriera. Fratello e sorella erano stupefatti dal comportamento del vecchio a tavola. Aveva viaggiato con un tovagliolo di lino nello zaino, serrato in un anello d'argento che portava inciso il suo nome a caratteri svolazzanti. Ai pasti Osbert dispiegava quel pezzo di stoffa con gesto teatrale, come se stesse evocando per magia il piatto fumante che gli stava davanti. Mentre Liam ingollava la cena con un cucchiaio, le lunghe mani di Osbert compivano una specie di danza aggraziata attorno al cibo. Infine Eileen riuscì a scovare i quattro tovaglioli di lino che sua madre aveva portato con sé sulla nave e persuase Liam a usarne uno.

Un'intera vita trascorsa con l'abitudine di camminare aveva reso Osbert forte e robusto, ma era del tutto incapace di eseguire i lavori della fattoria, e così si rendeva utile in altri modi: riempiva le lampade a olio prima del calar della sera, raccoglieva bacche selvatiche mentre stava nei boschi a disegnare, percorreva le sei miglia fino a Queensborough e le sei miglia di ritorno portando provviste nello zaino e notizie del mondo sotto il braccio. I progressi del nuovo paese lo riempivano di ammirazione: voleva salire sulla Grand Trunk Railway, la ferrovia che era stata costruita tra Toronto e Montreal, attendeva ansiosamente il completamento della confederazione delle province, ammirava McGee, l'irlandese-canadese i cui discorsi indicavano un profondo coinvolgimento nella logistica della confederazione.

«Un meraviglioso oratore» disse Osbert ai ragazzi. «Un buon politico, ma un pessimo poeta. Quel suo ultimo discorso – "La dotazione morale dei nuovi domini" – è strabiliante!»

«Papà ne era rimasto deluso» disse Eileen. «Era convinto che avesse tradito gli irlandesi.»

Per molte settimane Osbert aveva evitato qualsiasi conversazione concernente l'Irlanda, continuando invece a discorrere sulle differenti specie di abeti in una particolare zona della foresta o elencando le sette varietà di picchio che aveva scorto durante il giorno. Poi gradualmente, con dolcezza, aveva iniziato a introdurre l'argomento chiedendo a Eileen di cantare «Kerriswater» oppure «She Moved Through the Fair», e quando la ragazza aveva finito si rivolgeva a Liam e diceva: «Sono belle canzoni» e chiedeva: «Tu ne conosci qualcuna?» Infine fu il giovane stesso che cominciò a porgergli delle domande.

Quando Osbert parlò ai ragazzi di Puffin Court, degli uccelli impagliati e delle passeggiate panoramiche, Liam credette che le descrizioni facessero parte di una mitologia simile a quella delle storie che Exodus Corvo aveva raccontato su sua madre e lo spirito del lago. Ma il volto di Eileen cambiò, si fece rosso e confuso fino a quando, con tutta la rabbia e il dolore che erano state di suo padre, non affrontò il visitatore. «Voi non eravate amico di mio padre» disse con voce bassa e incolore. «Voi eravate il suo padrone.»

Osbert non rispose immediatamente, ma si guardò le mani lunghe e candide appoggiate sul tavolo di pino. «Ero il suo padrone» disse infine, «ma non ero cattivo come certi altri.»

«E chi sono ora i vostri fittavoli? Oppure sono tutti morti?»

«Non ho più fittavoli.»

«Allora sono morti tutti?»

«Mandammo via la maggior parte di loro – qui – e alcuni morirono durante il viaggio.»

«Ne prenderete altri?» chiese ansiosamente Liam, pensando a vaste distese di terra sotto l'aratro. «C'è molto grano laggiù?»

La porta si richiuse di botto. Eileen era uscita dalla casupola. Seguì un silenzio imbarazzato. Poi Osbert rispose. «C'erano tonnellate di grano. Veniva inviato in Inghilterra via nave. Ci fu una terribile carestia – e nel sud le cose andarono ancora peggio. Alcuni dei miei fittavoli morirono. Agli altri pagammo il riscatto d'affitto e li mandammo qui. I vostri genitori furono tra i primi a partire... insieme a te.» Fece un cenno con la testa verso Liam pronunciando la parola «te». «Ne mandammo via così tanti che non rimase nessuno a lavorare la tenuta e non ci rimase neppure denaro.»

«E così voi siete venuto qui?» chiese Liam.

«No... non subito. Mio fratello non riuscì mai a vedere le cose con chiarezza. Gli uomini cadevano morti nei campi e lui non riusciva a vederli. E non riuscì a vedere neppure quando non rimase più denaro. Scriveva pessime poesie – peggiori persino di quelle del vostro McGee – continuò semplicemente a scrivere pessime poesie. Poi morì.»

«E voi?»

«Ho venduto la proprietà, tutti gli animali impagliati, le vetrinette, la biblioteca, i campi – ogni cosa – alla prima persona disposta ad acquistarla.»

Osbert si alzò e si avviò all'angolo opposto della stanza, dove aveva posato lo zaino. Ne tirò fuori due tazze di latta e una bottiglia che aveva riportato da una delle sue visite a Queensborough. Versò il liquido ambrato prima in una tazza e poi nell'altra, ne diede una a Liam e alzò l'altra al cielo. «Ho venduto tutto a una fabbrica di whisky» disse. «Una stramaledetta fabbrica di whisky. Poi sono andato alla tomba di mio fratello e ho versato un po' di quella roba su tutta l'erba. "Scrivi un poema su questo" ho detto.» Osbert ingollò il contenuto della tazza, tossì e sogghignò. «Per quanto mi riguarda, non me ne importa niente di questa roba, tuttavia la bevo, di quando in quando.»

«Mio padre scriveva poesie, talvolta» disse Liam. «Diceva che erano brutte.» Liam sentì l'alcol scorrergli ardente in petto, nel punto in cui, nei suoi sogni, appoggiava lo scudo.

«Tua madre era l'unica, tra tutti loro, ad avere in sé vera poesia… perché lei era "altrove". Non ho mai sentito nessuna delle sue poesie ma sapevo che le aveva dentro. Una volta mi mostrò una pozza di marea, e non l'ho mai scordata. Lei cambiò qualcosa in me. Non ne ero innamorato, ma cambiò qualcosa in me. Granville, mio fratello, non riuscì mai a comprenderlo – anche se voleva conoscere la sua storia, capisci? Collezionavamo racconti popolari. Lui era convinto di amare le leggende – ma non puoi amare qualcosa in cui non credi e lui non credette mai a una sola parola di quelle storie.» Osbert si versò un'altra dose di whisky. Stavolta la inghiottì senza smorfie. «*Rian fir ar mhnaoi*» mormorò.

«Che cos'è?» chiese Liam raddrizzandosi sulla sedia, i sensi all'erta.

«Qualcosa che ho trovato scritto su una lavagna nella casupola in cui vivevi tu con i tuoi genitori. Dopo che tutti se ne furono andati non rimase che quella lavagna, spezzata, per terra. Rimisi insieme i pezzi. Qualcuno aveva scritto *Rian fir ar mhnaoi*.»

«È… è quello che disse mio padre poco prima di morire.» Liam si portò la tazza alle labbra. Lasciò che il liquido si fermasse per qualche istante in bocca, prima di inghiottirlo.

«Non ho idea di che cosa significhi» disse Osbert con tono di scusa.

«Io lo so.» Ora Liam stava cominciando ad apprezzare il whisky. «Significa che forse mio padre era un pessimo poeta, ma probabilmente credeva nella poesia.»

«Alla salute dei pessimi poeti, ovunque si trovino» disse Osbert sollevando un po' la tazza dal tavolo.

Eileen trascorse la notte sull'albero; non voleva entrare nella casupola dove l'uomo che aveva posseduto i suoi genitori se ne stava a bere, convinta che se avesse acconsentito a tornare, in qualche modo si sarebbe dichiarata sua fittavola.

Era una chiara notte di luna. Ogni cosa era fiocamente illuminata o ombreggiata. Le stelle assomigliavano ai doni che il corvo le aveva fatto: metalli scintillanti provenienti dal letto del ruscello, grafite, pirite, a volte cristalli di quarzo. Era il suo uccello; il suo segreto. Un paio di volte Eileen aveva provato a condividerlo con il fratello, ma la sua incredulità aveva eliminato la possibilità che il corvo intervenisse in qualsiasi esistenza che non fosse quella della ragazza. Una volta l'uccello si era presentato a lei tutto tronfio con in bocca un bottone di vetro, e poi con uno di madreperla. Le aveva portato tanti oggetti scintillanti da riempire un cassetto: fibbie di cintura, un anello d'argento, monetine, catenelle da orologio.

La luce aranciata che veniva dalle finestre della casupola arse per tutta la notte, disturbando il sonno di Eileen, fino a quando non dovette cambiare posizione per mettere uno dei rami dell'albero tra lei e quel chiarore. E anche allora venne svegliata diverse volte da voci, ululati, risate.

Eileen non poteva saperlo, ma il ragazzo e l'uomo si erano infine addormentati sul tavolo, dopo aver fatto fuori tre quarti del whisky. Liam con la testa appoggiata sulle braccia e una pozza di vomito accanto al piede sinistro, Osbert stravaccato sulla sedia, il naso rivolto in alto, la bocca spalancata come se stesse invocando Dio. Nessuno dei due aveva pensato a Eileen, nessuno aveva percepito la sua assenza che si era prolungata per tutta la notte.

La mattina il corvo la svegliò facendo chiasso tra le foglie e lamentandosi al suo orecchio. Il salice sul quale la ragazza aprì gli occhi era un miracolo; le gonne femminee e i lunghi capelli piegati alla brezza, esotico come una palma sul margine di un bosco composto per lo più di rigidi pini e di cedri fitti. In inverno, Eileen faceva scorrere le mani sulle ossa lisce dell'albero, si arrampicava sul ramo più alto e restava a osservare la foresta. In estate, si apriva un varco nella cortina di foglie e penetrava il suo mistero. Durante il giorno riusciva a malapena a vedere oltre. Le lunghe foglie lanceolate si muovevano al vento e la luce del sole diffusa faceva sembrare l'aria circostante una distesa di acqua verde. Suo padre le aveva detto che il mare era verde – il ruscello era del colore del legno polito. A Eileen non era mai venuto in mente che l'acqua potesse essere azzurra.

Azzurro era il colore del corvo – la sua lucentezza – una vernice stesa sul nero. Nero come il nome di un fiume che aveva il colore del legno polito.

Chinando il capo, il corvo la fissò prima con uno dei suoi occhi brillanti, poi con l'altro. Il becco scintillava come la finestra della casupola nella notte. Ogni mattina, per sette anni, Eileen si era svegliata alla sua risata, ma quel giorno, per la prima volta, si risvegliò nel mondo del corvo.

«Il padrone è lui?» chiese la ragazza con aria petulante, scostandosi i capelli dalla faccia e allungando le gambe sui grossi rami sui quali aveva dormito. «Il padrone è la persona che mi dicesti sarebbe giunta?»

Ridendo, il corvo si levò in verticale dal ramo. Eileen lo sentì ripetere la parola «padrone» e la parola «lui». Poi, dopo aver eseguito una specie di danza lungo il ramo, distogliendo timidamente lo sguardo, come timoroso di essere udito da qualcuno, le disse che non esistevano padroni, che non esistevano i signori della terra.

Eileen aprì le fronde di salice davanti a sé – un varco di appena pochi centimetri – in modo da poter vedere la casupola. Il corvo si stava frugando furiosamente con il becco sotto l'ala, ignorando completamente la ragazza, poi scivolò attraverso il morbido schermo verde fino al ruscello che scorreva veloce, vi si tuffò e tornò con in bocca quello che sembrava un pezzetto di sole. Eileen tese la mano, ma il corvo fece uno scarto sul rametto, con aria dispettosa.

«Non hai intenzione di darmelo?» chiese lei.

Il corvo sembrava ansimare, il becco tenuto aperto da quel pezzetto di luce solidificata. Si diresse tranquillamente verso Eileen, un passo alla volta, l'occhio fisso su qualcosa in lontananza. Poi lasciò cadere nel palmo di lei l'ultimo dono.

Se ne restò appollaiato per qualche istante sulla spalla della ragazza, gli artigli che stringevano la stoffa tessuta a mano, prima di filare via, lasciando Eileen immersa in quel verde luminoso. Lei era calma, decisa, stringeva in mano un dono prezioso; aveva una gran fame, era pronta per fare colazione.

A Liam occorsero due giorni per riprendersi dagli effetti del whisky, ma durante la permanenza del liquore nel suo corpo qualcosa in lui si era spalancato. Era ancora perso nell'adorazione per l'uomo che glielo aveva versato, ma erano diventati più intimi, come soldati feriti nella stessa battaglia. Paragonavano guai e aneddoti, ridendo di Liam che barcollava fuori per pisciare, ululando alla luna, tenendo concioni alle mucche nel fienile. Rammentavano stupefatti che, a un certo momento, Osbert aveva letto a voce alta da un giornale una delle lunghe diatribe di D'Arcy McGee contro il Fenianismo, enfatizzando le parole con gesti esagerati e un pesante accento irlandese.

Eileen notò che il tono della voce del fratello era cambiato; quando parlava cercava di muovere con grazia le grosse mani da contadino, emulando Osbert – ansioso di compiacerlo – nel desiderio che un po' della sua educazione filtrasse in lui attraverso il chiarore della lampada a olio che illuminava entrambi. Non sembrava comprendere, come Eileen, che quel che Sedgewick cercava di ottenere dai ragazzi era un'assoluzione.

Il vecchio si spinse fino a Madoc, tornando il giorno seguente con un bue, un carretto, due pietre tombali, e un tagliapietre. Eileen presumeva che uno dei due monumenti fosse per suo padre, l'altro per sua madre. Ma Osbert, che aveva provato una grande commozione in seguito al lacrimevole resoconto fatto da Liam sulla sua infanzia con la vacca, voleva un mausoleo per Luna. Versi appropriati vennero composti e scolpiti sulle superfici di marmo. Il tagliapietre venne invitato a trascorrere la notte con loro. Un'altra bottiglia di whisky fu consumata.

Dopo due tazze, Liam cominciò a blaterare a proposito dello scudo. «È ovunque» disse. «Su tutto il paese, con l'eccezione del fronte giù vicino al Grande Lago. Su questa terra non crescerà mai niente se non pini macilenti. Capite, è uno scudo che impedisce alle cose di crescere.»

«Però ci sono delle belle betulle» lo interruppe Osbert.

Liam rammentò che una volta, alla luce della luna, aveva creduto che una betulla fosse sua madre. Ora le betulle gli sembravano ossa che tintinnavano nel vento invernale. Conosceva troppo bene la foresta. Ormai non lo interessava più. «C'è troppa roccia» disse. «Come si può pensare che un uomo faccia il contadino, se c'è tutta questa roccia sotto ogni cosa?»

«Però ci sono miniere ovunque» disse il tagliapietre. «Un sacco di minerali ferrosi – Marmora, la miniera Seymour – qualche cava, marmo, pietre litografiche.»

Eileen era seduta al lato opposto del tavolo, e stava colorando i disegni delle margherite che Osbert aveva fatto. Con grande calma posò il pennello accanto al foglio, si alzò in piedi, e salì la scala a pioli fino al solaio dove ora dormiva. Dopo pochi istanti tornò al suo posto e si mise a osservare attentamente gli uomini, dimentica del suo acquerello.

«L'unico metallo che vale la pena cercare» annunciò Osbert «è l'oro – il grande stabilizzatore dell'universo. Una ricerca fruttuosa... uno straordinario risanatore. La questione morale, naturalmente, è se lo si debba rimuovere da una zona così fortunata da contenerlo. Personalmente, direi di no. Lasciatelo dov'è, direi io. Ma l'avidità umana... be', lo sapete.»

«Io lo toglierei dal terreno a tutta velocità» disse il tagliapietre.

«È esattamente quello che penso io.»

«Non mi importa che si faccia in un modo o nell'altro» disse Liam. «Io voglio soltanto che nel terreno cresca qualcosa... non voglio togliere dalla terra niente che non ci abbia messo io. E comunque, l'unico oro da queste parti è quello contenuto in questa bottiglia» e se ne versò un dito nella tazza. «Da queste parti non c'è nessun oro.»

«Oh, sì che c'è» disse Eileen.

«Davvero?» Il tagliapietre le rivolse un sogghigno. «Come puoi esserne così sicura?»

Eileen aprì le dita della mano destra. Il suo palmo scintillò.

«Vedi» disse al fratello «il corvo ha sempre saputo dell'oro, lui sa che cosa fare.» Stava parlando al fratello, ma i suoi occhi non lasciarono mai il volto del vecchio.

«Come particelle di un fulmine spezzato» stava dicendo Osbert «esattamente come particelle di un fulmine spezzato.»

Sedgewick pagò la proprietà con una grossa mazzetta di banconote che per tutto quel tempo erano state nel fondo del suo zaino. Erano sudicie, ammuffite, e avevano l'odore del pezzo di formaggio accanto al quale erano rimaste per tutto il tragitto di Osbert nella boscaglia ma, impilate sul tavolo, formavano una collinetta alta quindici centimetri. Osbert ne tolse un paio di centimetri per sé e spinse le altre verso Liam. «Denaro di whisky!» esclamò. «Cantiamo le lodi dei ruscelli che scorrono: quello che ribolle attraverso la proprietà di Puffin Court e crea il whisky; quello che corre veloce verso il fiume Black e ci dona pepite d'oro.»

«Quanto ce n'è? Quanto è?» chiese Liam.

«Mai contato.» Sedgewick incrociò le braccia e si appoggiò allo schienale della sedia. «Be', un bel po', direi. Non spenderlo tutto insieme.» Rise sonoramente della sua pessima battuta, poi tamburellò con le nocche sul tavolo, come per richiamare l'attenzione della classe. «Un posto fisso nell'universo» dichiarò «è tutto quello che ho sempre desiderato – e questa pozza di foresta brulicante di vita.» Poi lanciò un'occhiata penetrante a Liam, e annunciò «Sai, le pozze di marea sono andate distrutte in tutta l'Inghilterra. Un certo Gosse ha scritto un libro sulla natura vicino al mare e la gente di cultura si è accalcata nelle spiagge cercando le pozze di marea, rubando le forme di vita con un retino.» La sua espressione era severa. «Lei lo avrebbe odiato. Tua madre l'avrebbe odiato.»

Più tardi, quello stesso giorno, dopo che Eileen fu entrata nel mondo verde dell'albero, il corvo le confidò che l'unico problema era che da quel momento in poi la sua famiglia avrebbe subito la maledizione delle miniere.

Conficcò il becco nella polpa dell'albero più e più volte, come a voler rendere chiaro il concetto.

Eileen stava osservando il modo in cui le ombre delle foglie passavano sulla pelle delle sue braccia, e il modo in cui il sole che penetrava dalle foglie creava bagliori che scivolavano sul corpo piumato del corvo, avanti e indietro, come olio da lampada sull'acqua. Ben presto se ne sarebbe andata e sperava di portare con sé quelle cose. Posò l'indice sul collo del corvo ma lui non aveva nessuna intenzione di guardarla e così la ragazza passò leggera oltre la cortina di foglie, salì sulla canoa, e pagaiò fino alla sponda opposta. Mentre issava l'imbarcazione sulla banchina udì il corvo dall'interno dell'albero. Ma il fogliame era troppo fitto. Non riusciva più a vederlo.

Prese con sé solo il ricordo di strutture, sottili ombre di foglie sul suo braccio, e la consapevolezza di quanto l'oscurità possa brillare. In futuro, l'uccello sarebbe stato qualcosa che lei quasi ricordava svegliandosi nell'ora più silenziosa della notte, con una sensazione non identificabile di grande perdita che le pesava addosso e un fruscio di ali nere vicino al cuore.

13

Ancor prima che Liam e Eileen avessero deciso come e quando lasciare la radura, la sfilata sulla strada, che si era ridotta a qualche anima miserabile man mano che i coloni avevano scoperto l'impossibilità di coltivare la roccia infinita e dura, divenne più vivace e insolita di quanto era mai stata in tutta la sua breve vita. Erano bastate una o due settimane perché la notizia del ritrovamento dell'oro, riportata dalle labbra del tagliapietre fino a Madoc, si diffondesse ai quattro venti. Ora le processioni che emergevano dalla foresta e passavano davanti alla porta della casupola erano così bizzarre e interessanti che Genesi, Levitico, Ruth, Atti e il giovane Numeri lasciavano di rado la zona del pascolo che confinava con la strada, dove se ne stavano allineati come una parata militare, masticando con aria pensosa e osservando le manovre.

Alla solita accozzaglia di esploratori stracciati e instupiditi dalla boscaglia, che viene richiamata ogni volta che si parla della scoperta dell'oro, si unirono funzionari a mezzo servizio, membri del parlamento, intraprendenti uomini d'affari americani, un branco di orfani sbandati, cowboy a cavallo, una banda di rapinatori in fuga, marinai, *coureurs de bois*, e un silenzioso trio di monaci in sandali e saio provenienti dal Quebec. E poi un giorno apparve un carro pieno di puttane di Montreal, pigolanti e ilari, vestite con colori e stoffe che né Liam né Eileen avevano mai visto in vita loro.

«Quelle, miei cari» disse Osbert, quando quello spettacolo oltrepassò la curva e apparve «sono, se non vado errato, donne di bassa reputazione.»

Il loro capo – alle redini della quadriglia che trainava il carro – era una donna grassoccia e allegra chiamata Madame Beausejour la quale spiegò, prima in francese e poi in inglese, che benché lei e le sue *petites filles* avessero intenzione di metter su casa, avevano, soprattutto, portato con sé il loro *équipement de prospection*. A quel punto le ragazze brandirono con fierezza picconi e padelle, e su quest'ultime si misero a battere il tempo mentre continuavano allegramente per la loro strada cantando canzoni francesi da boscaioli.

Villaggi di baracche costruite in fretta e furia, pascoli e magazzini sorgevano nella zona da un giorno all'altro, fregiandosi di nomi come Eldorado, Enterprise, Nugget Niche, Beaucoup d'Argent, Eureka e Coeur d'Or. Nel giro di tre settimane la popolazione della città di Madoc triplicò. Spuntarono negozi di barbiere, birrerie e studi d'avvocato, e gli affari delle chiromanti prosperarono. Sorsero magazzini di utensili e alberghi e ai lati di nuove strade fangose che portavano i nomi di guerrieri aztechi e divinità inca vennero costruiti marciapiedi di assi di legno.

I sobrii festeggiamenti che erano stati programmati mesi prima per celebrare la confederazione delle province, il primo di luglio, divennero una parata pagana in onore della febbre dell'oro. Per esempio, quando le *petites filles* di Madame Beausejour entrarono nel parco cittadino, fasciate in seta azzurra trasparente e pronte a rappresentare *les lacs et les rivières du Québec* nel quadro vivente delle donne metodiste intitolato «I Nuovi Domini», per poco non scoppiò una sommossa. Rifiutate con disprezzo dalle matrone della città, le ragazze entrarono di prepotenza nella Orange Hall, dalla quale strapparono numerosi stendardi colorati. Con questi marciarono per le vie della città chiedendo *liberté, égalité, fraternité*. Il concerto della banda cittadina, che doveva comprendere alcuni inni e alcune recenti composizioni destinate forse a diventare inni nazionali, venne subissata dalla musica eseguita da esploratori pieni di talento armati di violino e cornamuse, i quali suonarono *reels*, *strathspeys*, *walzer*. Anziani veterani canadesi della guerra del 1812 si misero a litigare con veterani americani della stessa campagna, ognuno proclamando di aver vinto la battaglia – il tutto seguito da brevi, furibonde ricostruzioni di alcuni scontri passati alla storia. Un gruppo di simpatizzanti feniani, resi audaci dalla generosa abbondanza di whisky, recuperarono lo stendardo dell'Ordine Orangista dalle mani delle ragazze e percorsero su cavalli bianchi l'intero perimetro del parco, proclamandosi Silly Billys e Worshipful Masters e indirizzando repliche ingiuriose ai disfattisti che si trovavano tra la folla.

Una seconda invasione di cercatori d'oro seguì a breve distanza la prima. Due o tre settimane dopo che l'ultimo fuoco d'artificio dei festeggiamenti si era spento nel cielo notturno, le strade cominciarono a riempirsi di immigranti tedeschi, svedesi, polacchi e finlandesi, deviati dalla loro destinazione originaria dalle notizie che ormai avevano raggiunto i moli di Quebec City. A questi si unì qualche schiavo americano emancipato di recente e alcuni veterani della Guerra Civile, magri e emaciati, i quali, a dispetto dei loro arti artificiali e dell'evidente stato confusionale dovuto allo scoppio delle bombe, avevano compiuto un lungo viaggio dalla Virginia al Canada.

E fu nel mezzo di tutto questo che Liam e Eileen si fecero infine strada; la ragazza spaventata, aggrappata alla manica del fratello, poiché mai in vita sua aveva visto una tale quantità di persone, il ragazzo risoluto, che fendeva la folla spinto da un impeto tale che a volte aveva la sensazione di poter sentire lo scudo sciogliersi, come ghiaccio al sole, sui polmoni e sul cuore. Dietro di loro, legata a una corda lunga circa due metri, veniva Genesi, che si fermava a brucare più spesso di quanto a Liam non sarebbe piaciuto; era stata scelta come compagna in parte per il nome, che Liam considerava essere convenientemente simbolico, e in parte perché era la mucca che più assomigliava a sua madre. Con loro portavano solo quello che erano riusciti a infilare negli zaini a spalla. Nel caso di Eileen c'erano gli acquerelli, due piccoli album da disegno, un libro di geografia, quattro tovaglioli di lino, un cerchio di capelli rossi e neri intrecciati tra loro, un frammento di porcellana azzurra, e una penna di corvo nera. Liam aveva riempito lo zaino con calzini, una camicia di ricambio, alcuni maglioni, e il grosso rotolo di banconote. Nella mano sinistra teneva una lanterna, una vera fortuna perché, trovando le case lungo il tragitto piene di cercatori d'oro e le strade intasate, lui e sua sorella decisero ben presto di viaggiare di notte. Di giorno dormivano in fresche sale da soggiorno che odoravano di whisky, tabacco e del sudore che continuava a aleggiare dopo la partenza degli esploratori della notte precedente e che, nel pomeriggio, reagivano al sole estivo sul tetto raggiungendo temperature insopportabili.

Uscivano da quelle ore di incoscienza soffocata e drogata nel morbido crepuscolo senza vento di una città dopo l'altra. I giochi della sera si acquietavano, dai portoni aperti delle chiese uscivano gli inni dei cori che si esercitavano. Liam e Eileen erano consapevoli che quei mondi non avevano niente a che vedere con loro, ma sapevano anche che ogni elemento di essi si fermava e si voltava a guardare due ragazzi e una mucca attraversare le linde strade residenziali e immergersi nella notte. Quando cadeva l'oscurità spesso si ritrovavano in un bosco reso argenteo dalla luna, circondati dall'alone color ocra – quattro metri di diametro – disegnato dalla lanterna, mentre cercavano di allontanare le nuvole di falene che volavano sul loro viso o ricoprivano il vetro che proteggeva il lume. Al sorgere dell'alba di solito avevano oltrepassato un paio di villaggi addormentati, dove il loro arrivo e la loro partenza erano annunciati dall'abbaiare dei cani e dove, talvolta, i gatti si accoppiavano rumorosamente. Si accorsero che c'era sempre una candela che ardeva da qualche parte, e un giocattolo – una bambola, un cerchio, una palla – abbandonato in un cortile. Di quando in quando un cavallo o una mucca, di cui avevano attirato l'attenzione, attraversava al piccolo galoppo o senza alcuna fretta un pascolo madido di rugiada per andare loro incontro e si appoggiava contro la staccionata, mentre Genesi muggiva dolcemente.

Si stavano dirigendo verso il primo porto che Liam aveva visto sul Grande Lago, ripercorrendo la strada per cui i loro genitori erano passati più di diciassette anni prima, ma quando il ritmo delle loro notti si fu stabilizzato, ebbero l'impressione che avrebbero camminato per sempre, del tutto distaccati dalla vita che si svolgeva attorno, spostandosi con discrezione da un insediamento all'altro. Deloro, Marmora, Blaiton, Prevenau, Havelock, Asphodel, Indian River. La luce della lanterna, le falene impazzite e una candela solitaria dietro a un vetro erano i loro unici punti di riferimento.

Man mano che si dirigevano con decisione a ovest, la terra si aprì rivelando, all'alba, grandiose fattorie con immensi fienili a portico e belle case di mattoni rossi, ben curate, viali fiancheggiati da alberi e giardini all'inglese. Di quando in quando, nelle prime ore del mattino, un carretto della posta rosso fiammante li oltrepassava con supponenza, facendoli tossire per la polvere che sollevava dalla strada.

«In tutta la mia vita non ho mai ricevuto una lettera» notò Liam.

Poi una mattina, rammentando improvvisamente una cosa, fece un cenno al furgoncino che si avvicinava, agitando in aria due buste bianche. Consegnò al guidatore le lettere di suo padre indirizzate a Padre Quinn, Rathlin Island, Contea di Antrim, Irlanda, e a Exodus Corvo, lago Moira, Contea di Madoc, Canada Settentrionale. E vi aggiunse una banconota da dieci sterline che se ne stava in cima alla mazzetta di denaro che teneva nello zaino. Il guidatore, sconcertato, restò senza parole, stupefatto, guardando il denaro che aveva in mano, incapace di proseguire per la sua strada.

Dopo una settimana di cammino, il sole del mattino rivelò in lontananza la città di Peterborough. Il fiume era un nastro d'argento, le guglie scintillavano. Eileen e Liam si fermarono per la giornata nella locanda di Downers Corner, incapaci, dopo una notte di percorso, di affrontare la folla che popolava quel grosso centro. Liam spiegò a sua sorella che sarebbe stato necessario attraversare la città per poter raggiungere la strada che svoltava a sud e conduceva al Grande Lago; un lago molto più grande di quello lungo e stretto che, illuminato dalle stelle, aveva tenuto loro compagnia nelle due notti precedenti. Il locandiere disse che il lago veniva chiamato dagli indiani Rice, a causa del riso selvatico che cresceva lungo le rive, nei canneti paludosi.

«Che sarà successo a quell'indiano, Exodus Corvo?» chiese Liam, stendendosi a fianco di sua sorella sul materasso di piume mentre istupidite mosche estive ronzavano ai bordi del vetro polveroso. «E che intendevi dire a proposito dell'oro e di lui che sapeva che cosa fare?»

«Non lo so» rispose Eileen con sincerità, vagamente, scivolando con dolcezza nel sonno. «Forse un tempo lo sapevo, ma l'ho scordato.»

Dopo la confusione di Peterborough, per fratello e sorella distogliersi e allontanarsi dalla loro passata esistenza fu semplice come svoltare a sinistra. La strada che imboccarono diretta a sud li condusse fino a uno spazio desolato, ricordo di un ghiacciaio ormai svanito in favore del Grande Lago che si era lasciato alle spalle. Collina dopo collina discesero nel buio, mentre la lanterna consumava l'olio acquistato all'ultima locanda, la luce riflessa dalle file di finestre illuminate nelle grandi case delle prospere fattorie che oltrepassavano. Anche nell'oscurità quelle tenute si stavano imprimendo nella mente di Liam così fermamente che le vecchie case di tronchi e il piccolo fienile di legno cominciarono a perdere forma, a sciogliersi come lo scudo di roccia. Genesi sbandava a destra e a sinistra legata alla corda, girando la testa e allargando le nari, inalando l'odore di belle mandrie nutrite da pascoli grassi e fertili. Al lato opposto della strada, gli aceri crescevano così robusti e a distanza così regolare uno dall'altro che Liam e Eileen allontanarono il ricordo dei fitti, continui pini e cedri che avevano fiancheggiato i sentieri della loro infanzia.

Alle prime luci del terzo giorno di tragitto verso sud, sulla cima di un'altra delle molte colline che si innalzavano in successione davanti a loro come un'immensa, ondulata scalinata, il ragazzo, la ragazza e la mucca si irrigidirono al centro della strada che, mezzo miglio più avanti, si stava trasformando nella via principale di un villaggio chiamato Rossmount. Rimasero a osservare, quasi senza respirare, mentre il sole rosso-sangue fremeva all'orizzonte orientale di una distesa d'acqua diversa da qualsiasi cosa Eileen avesse mai visto e che Liam ricordava solo vagamente. Distava venti miglia e si stendeva circa trenta metri sotto di loro, eppure con la sua semplice presenza rimpiccioliva qualsiasi elemento del paesaggio circostante.

«Buon Gesù» disse Liam. «Santa Vergine, Buon Gesù, guarda che lago!» Sua sorella aveva voltato la schiena a quella visione. «Eileen» disse ancora il ragazzo, «guarda! Andremo a vivere da qualche parte su quelle rive.»

Il lago aveva già cambiato colore e il sole si alzava, ormai pieno, qualche centimetro sopra il bordo. «Guarda là, Eileen!» Il fratello la afferrò per le spalle ma lei si divincolò. Non aveva nessuna voglia di voltarsi, tanto che Liam fu costretto a girarle intorno per poterla guardare in faccia. «Che c'è che non va? Guarda che lago incredibile.»

«Non posso guardare» balbettò lei. «Ho paura. Credo che sia mio ma ho paura.» Si appoggiò, esausta, contro Genesi. «È mio e non ne so nulla. Non ha un'altra riva.»

«Sì che ce l'ha, ce l'ha.» Suo fratello era impaziente, ansioso di entrare in quel mondo. Nei campi che si stendevano davanti a loro come tavole coperte da tovaglie riusciva a vedere i colori del raccolto di orzo di agosto e acri di grano verde, sano e abbondante. La vista lo commuoveva. Aveva voglia di correre come un pazzo giù per le colline e di gettarsi, senza fiato, tra le braccia di quello splendido lago.

«Ha un'altra riva» disse a Eileen. «Solo che noi non la possiamo vedere. Ricordi? L'America è laggiù, dall'altra parte.»

«No» disse Eileen, voltandosi lentamente e riprendendo il cammino, gli occhi fissi sui sassi della strada. «Me lo sento nel cuore. Non c'è fine, non c'è affatto fine.»

La traccia di un uomo su una donna

1

Quando Esther era bambina raccoglieva sulla spiaggia le lumache che trovava sui sassi, mettendole in vasi e ceste sparsi per tutta la casa fino a quando sua madre, che era un tipo pratico, sopraffatta dalla quantità non aveva preteso che venissero tutte ributtate giù, sulla riva.

«E se tu avessi anche delle pietre bianche» aveva aggiunto la vecchia Eileen, parlando per la prima volta da un mese, «buttale giù nell'acqua.»

«Che cosa intendi dire?» aveva chiesto Esther. Ma ancora una volta la vecchia signora era ricaduta nel silenzio.

Alla società cementifera il turno di mezzanotte è formato da uomini piuttosto diversi da quelli che lavorano durante il giorno, al crepuscolo e nelle prime ore di oscurità.

In queste notti estive, gli uomini di mezzanotte iniziano il lavoro sotto un fitto tappeto di stelle, ma le notano solo di rado, perché i macchinari sono esposti ad altre forme di illuminazione, tanto che ogni cosa, al di là del bagliore che queste emettono, diventa un muro nero. Poiché gli spazi nei quali si muovono sono avvolti nelle tenebre, gli uomini forse immaginano stanze dalle forme diverse. A differenza dei loro colleghi del turno di giorno, nessuno di loro si è mai chinato sul fondo della cava per raccogliere un fossile che la dinamite ha fatto affiorare. Nessuno di loro ha mai portato a casa dei fossili in regalo ai bambini.

Non sono addetti alla dinamite – il governo non permette che la notte avvengano delle esplosioni – e quindi non hanno mai assistito al momento in cui la parete della cava si frantuma, si piega e infine crolla, e tutt'attorno la polvere si alza, come una cortina di pioggia. Il suono che producono è forte e incessante, e poiché nelle notti d'estate il vento e il lago sono calmi, il frastuono pervade ogni cosa. Gli uomini non si accordano al ritmo del resto del mondo e, di conseguenza, a volte la loro vita familiare è inquieta.

Tutto ciò che fanno, tutto ciò che hanno fatto negli ultimi trent'anni, è penetrato di soppiatto nei sogni di Esther.

Rappresentano il genere più pericoloso di mutatori di forme: coloro che non possono vedere, a causa del buio, oltre il gesto che compiono in quell'istante.

2

Figlia della foresta, Eileen era turbata dall'immensa realtà del lago. Un fenomeno così imponente, così regolare, non aveva mai fatto parte del suo paesaggio. Ma soprattutto la turbava la sua familiarità; la sensazione di essere legata ad esso, in un modo che non riusciva a comprendere. Quando si mise a osservarlo, restando sulla riva, capì all'istante che suono avrebbe avuto, e in che modo avrebbe mutato tono e struttura al mutare del cielo. L'immensa distesa del lago era sua; qualcosa che aveva ereditato alla nascita, ma che non aveva mai chiesto – un parente indisciplinato con il quale, prima o poi, si deve venire a patti. La spaventava. È mio, aveva detto a suo fratello, non sapendo affatto che cosa intendeva con quell'asserzione, se non che si trattava della verità. Avrebbe dovuto vivere sulle sue rive, con la sua voce che risuonava perennemente nelle orecchie.

Liam rifiutò di riposare dopo l'ultima notte di cammino. «Raggiungeremo il porto al calar della sera» disse a sua sorella «e dormiremo laggiù, in un vero albergo di città, con una sala da pranzo e forchette d'argento e cucchiai. Ci comporteremo come ci ha insegnato Osbert. Domani compreremo un po' di terra e una casa. Compreremo un cavallo e una carrozza e tu potrai avere un parasole.»

«Cos'è un parasole?»

«Una cosa che sembra un grande fiore e che le signore si tengono sopra la testa.»

La mente di Eileen era ricolma di immagini rimaste dai trasferimenti notturni e dall'imposizione di quel lago nella sua vita; l'aveva invasa. «Non voglio un parasole» disse.

Il fratello ignorò il suo commento. «Avremo una mandria di cento mucche» disse «e quattordici acri coltivati per ogni vegetale che si può piantare. Assumeremo dei braccianti.»

In seguito aggiunse: «Ho contato quarantatré navi sul lago – nove vaporiere e trentaquattro velieri».

La strada curvava davanti a loro, conducendoli a un villaggio. In una bottega comprarono pane e formaggio, mangiando all'ombra tremolante di un acero. Mentre calava la sera, a poco a poco la baia di Port Hope si illuminò sotto di loro, e dall'ultima altura poterono assistere all'accendersi dei lampioni a gas, a uno a uno, mentre tutte le imbarcazioni riflettevano la luce artificiale sulle acque del lago. Poi un gran fracasso a ovest li fece sobbalzare mentre un treno – con i finestrini che sembravano avvolti dalle fiamme – attraversava di gran carriera un ponte a tralicci; a quella distanza, la struttura sembrava troppo delicata per poter reggere il peso implicato da tanto frastuono.

«Quella era una locomotiva.» Liam era colpito, gli occhi sbarrati. «Ben presto dovremo salire su una locomotiva.»

Nel buio Eileen era più a suo agio con il lago, anche se l'aria era umida per quella presenza, e solo quando il treno oltrepassò sferragliando il ponte, la fanciulla fu in grado di fermarsi ad ascoltare la conversazione che, lo sapeva, le onde stavano intrattenendo con la riva.

Liam e Eileen non si fermarono in nessuno degli alberghi in muratura di Port Hope, con sale da pranzo e posateria d'argento, poiché le stanze erano tutte occupate da imprenditori, speculatori e finanziari attirati dalla recente prosperità della città. Il proprietario del British Hotel li congedò senza tante storie facendoli uscire dall'atrio, insospettito dalla loro aria da straccioni e più che seccato dalla presenza della mucca. Il suo collega all'American Hotel, al lato opposto della strada, fu più loquace. Raccontò ai due la storia della ferrovia e del conseguente «boom» della città, e li indirizzò al porto e a un posto che a volte veniva chiamato Seaman's Inn e a volte era noto come Canada House.

Seguendo le istruzioni, i due ragazzi si incamminarono lungo le traversine di ferro della ferrovia che conducevano al porto. Quel porto, disse Liam, non assomigliava a nulla che potesse ricordare. Raccontò a Eileen che quando era arrivato con i loro genitori la ferrovia non esisteva ancora, e non c'era neppure nessuna di quelle grandi case; indicò con il dito le poche residenze in stile neogotico, di recente costruzione o a diversi stadi di avanzamento, che si levavano sulle colline alle loro spalle. Era convinto che lì ci fosse stata una casa bianca con molte finestre, vicino alla riva, ma immaginava che ormai fosse scomparsa, con tutte quelle nuove banchine – perduta nel «boom». Alla luce innaturale Liam sembrava a Eileen più pallido, più magro di quanto era stato durante i loro spostamenti notturni; i suoi capelli, sotto i lampioni a gas, assumevano una bizzarra sfumatura rosata. «È un vero peccato» aggiunse il ragazzo, riferendosi alla casa.

Udirono la locanda ancora prima di vederla – musica e voci maschili, risate e di quando in quando un'imprecazione. Quando infine la scorsero in lontananza, illuminata contro il lago scuro, sembrava, anche dal retro, immersa in uno stato di grande turbolenza, e la struttura pareva vibrare per l'attività che si svolgeva all'interno. Eileen udì un frammento di un *reel* irlandese che conosceva, poi il rumore di un vetro che andava in frantumi. Dalle finestre sul retro riusciva a vedere le schiene robuste di marcantoni che si muovevano in diverse direzioni, fondendosi e dividendosi in quella che a lei sembrava una vera e propria lotta. Dopo che lei e Liam ebbero girato l'angolo, iniziando a salire le scale di legno che fronteggiavano la spiaggia sassosa e il lago, Eileen si rese conto che le assi sotto i suoi piedi tremolavano. Rimase a osservare Liam che legava la corda della mucca alla staccionata del porticato, poi si convinse a farsi condurre oltre la soglia, nel mezzo di un tumulto di uomini impegnati nella danza.

Una spalla le passò accanto, a pochi centimetri dalla sua faccia, una barba da orso le comparve davanti e scomparve di nuovo. Eileen si appiattì contro la parete mentre una fila di schiene muscolose viravano verso di lei e poi scartava dirigendosi al lato opposto della sala. Il fracasso di un treno che passava sul vicino ponte a tralicci – il più lungo e il più alto del Canada, così aveva detto l'impiegato all'American Hotel – venne quasi completamente subissato dal calpestio degli stivali chiodati. Tenendosi a braccetto, cinque uomini saltellanti collassarono contro il bar, facendo sobbalzare immediatamente una quantità di boccali lucidi che finirono in frantumi. Coppie di uomini si tenevano per le spalle con le braccia tese, scalciando come pazzi a sinistra e a destra, incespicando nelle sedie che venivano sollevate in aria per qualche istante prima di essere scagliate contro il muro.

Dopo qualche istante di pandemonio, tutto il fracasso, di colpo, finì. Gli uomini si abbatterono sui tavoli, sulle sedie, per terra, sul bar, il petto imponente che si sollevava ansimando per lo sforzo. Poi, come se un invisibile comandante l'avesse ordinato, tutti, all'unisono, si voltarono a guardare con calma i nuovi arrivati.

«Sono il capitano O'Shaunessy» disse un omone ben piantato, con i capelli grigi, barbuto, che stava dietro il bancone. «Che cosa posso fare per voi?»

Venne assegnata loro una grande stanza, arredata spartanamente e affacciata sul Grande Lago. Le onde si potevano udire per tutta la notte, quando il rumore non veniva coperto da una locomotiva di passaggio o dalle sporadiche esplosioni di danza al pianterreno.

«Si tratta per lo più di marinai del lago» aveva detto a Liam il capitano O'Shaunessy mentre salivano le scale. «Sono tutti bevitori e sono tutti ballerini. Vivranno tutti fino a cent'anni, almeno fino a quando non prenderanno il lago per scontato, o non navigheranno insieme a qualcuno che lo fa. Io stesso sono quasi centenario, anche se non ho mai contato gli anni. Non l'ho mai preso per scontato. Là fuori ci sono cinquecentoquaranta differenti tipi di condizioni climatiche, e io rispetto ciascuno di esse. Burrasche bianche, nebbie verdi, ghiaccio nero, e il temibile ciclone giallo, tanto per citarne qualcuno. Ce ne sono poi alcuni che non si possono neppure menzionare, perché, se lo fai, verranno a prenderti persino in terraferma – anche all'interno, molto all'interno. Adesso sono in pensione, ma continuo a non prendere il lago per scontato. Se desiderate qualcosa chiedetelo pure a mio fratello. È il capitano O'Shaunessy.»

«Ma anche voi siete il capitano O'Shaunessy.»

«Ovvio. Sono suo fratello. Poiché c'è una signora vi darò la stanza con la porta che conduce alla veranda superiore. A volte da là potrete scorgere i diversi tipi di clima. Dovreste vedere il lago quando sta arrivando l'inverno» aggiunse con tono sinistro «o quando sta mettendo in opera un ribollire di onde porporine.» Aprì rumorosamente la porta con una grossa chiave di ferro. «Dormite bene» disse tornando a dirigersi verso le scale. Eileen e Liam lo ringraziarono, ma le loro voci si persero nell'assordante frastuono della musica della fisarmonica e dei piedi che battevano il tempo.

Le mattinate alla Seaman's Inn erano relativamente tranquille; i ballerini se ne stavano a russare nelle loro stanze oppure salpavano rispettosamente sulla superficie del Grande Lago. Eileen si svegliò con un cielo luminoso, una stanza vuota, e il rumore del treno che passava. Poco dopo, suo fratello entrò silenziosamente dalla porta. Era già stato a fare una passeggiata e aveva comprato pane e mele per la colazione. Mangiando passeggiava avanti e indietro su un occhio di sole che illuminava le nude assi di pino.

«Sembra impossibile» disse infine «ma deve essere così. Sono sceso al lago, mi sono voltato, ho guardato la Seaman's Inn, ed eccola là.»

«Eccola là *cosa?*»

«La casa... Riuscivo a vedere il riflesso del lago sulle sue finestre. Credevo che fosse sparita, e invece era là. Quante finestre!»

Dalla finestra Eileen riusciva a scorgere un faro. Si concentrò su quello invece che sul lago. La luce tremolante che la circondava dava l'impressione che la stanza fosse piena di pioggia.

«Era il mio primo ricordo» stava dicendo il fratello «che mi fissava a sua volta. Chissà se anche papà se la ricordava.» Si voltò verso la finestra. «Perché non glielo ho mai chiesto?» Il giovane spalancò la finestra e gettò un torsolo di mela verso il lago. «A volte non ho idea di dove mi trovi. Se la luce non fosse stata giusta, se il lago non si fosse riflesso nelle finestre, non avrei mai capito dove mi trovo.» Richiuse i vetri. «Ho intenzione di comprarla, Eileen, credo che sia destino... credo di essere destinato a comprarla. Una casa... rimasta per tanti anni nella mia memoria. Ho intenzione di comprarla.»

«Va bene» disse Eileen, infilandosi in fretta la gonna «ma dov'è? Ci sono tanti moli e banchine. Portami a vederla.»

«Non devo portarti a vederla. Non devo portarti da nessuna parte.»

«Liam...»

«Ci sei dentro. La casa bianca del mio ricordo è la Seaman's Inn.»

Le trattative si rivelarono difficili. La locanda era di proprietà dei due capitani O'Shaunessy, ormai in pensione, gemelli identici la cui sola differenza era nel nome di battesimo – Sean e Seamus – e nei rispettivi stati mentali. A volte se ne stavano entrambi dietro il bancone, a volte ce n'era uno solo. Ma quale dei due? A volte la cosa aveva importanza, altre volte no. Sean voleva vendere, ma Seamus no. Poi Seamus accettò di cedere la locanda per una cifra fissa, mentre Sean dopo qualche whisky divenne sentimentale e pronunciò un lungo, lacrimevole discorso sul lago.

«Non l'ho mai preso per scontato» disse a Liam «ma non l'ho neppure mai abbandonato. Ho dormito sul suo cuore e mi sono sdraiato accanto a lui. Non venderei la Seaman's Inn neppure per un paio di tette di sirena. Io ti chiedo, dove andranno a ballare tutti quei ragazzi se io venderò questa locanda?» Fece un gesto magnanimo a indicare la stanza piena di clienti corpacciuti. «E che ne sarà di lui?» aggiunse indicando con il pollice il lago. «Se dovessi vendere la Seaman's Inn lo offenderei e lui manderebbe un po' del suo maltempo a prendermi, ovunque mi trovi.» Si appoggiò sul bancone e guardò Liam con intensità. «Manderebbe il mälström magenta a prendermi. E» aggiunse, con tono cupo «manderebbe a prendere anche te.»

«Bene» rise Liam, «questo sarebbe un vero problema. Mia sorella dice che sulla nostra famiglia pesa già la maledizione delle miniere e sarebbe un peccato aggiungere anche quella del mälström porporino.»

«E perché dovreste subire questa... la maledizione delle miniere?» Seamus si avvicinò loro dall'estremità opposta del bar per rivolgersi a Eileen, che se ne stava compostamente seduta su un alto sgabello di legno, accanto al fratello.

«A causa delle miniere che si apriranno tutt'attorno alla nostra vecchia proprietà. L'abbiamo venduta, e qualcuno ha detto che ci sarebbe stata una maledizione... non rammento chi.»

«E che genere di miniere ci dovrebbero essere, Liam?» Seamus versò premurosamente un bel po' di whisky nel bicchiere del suo inquilino.

Il giovane sorseggiò lentamente, tacendo per aumentare l'effetto delle sue prossime parole. Rimise con cautela il bicchiere sul bancone. «Miniere d'oro, Capitano O'Shaunessy» disse infine. «Nella proprietà che abbiamo venduto c'è un'incredibile quantità d'oro. E noi l'abbiamo venduta» aggiunse «per un ottimo prezzo.» Si mise in testa il cappello di feltro che aveva appena acquistato. «Devo uscire a sistemare qualche faccenda. Immagino che baderete voi a mia sorella.» Lanciò un'occhiata sospettosa agli altri uomini nella sala. «Se uno di loro la tocca» disse Liam «ci sarà ben più di un mälström porporino da affrontare. Ho vissuto a lungo tra i boschi. So come affrontare gli orsi.»

Gli affari di Liam lo reclamarono in città ogni pomeriggio della settimana seguente, lasciando Eileen in una stanza piena di marinai irlandesi, al sicuro sotto la custodia di uno o l'altro dei due capitani O'Shaunessy, e spesso di entrambi. Restava vicino al bar con la schiena rivolta al lago, ricamando silenziosamente dei fiori su una stoffa bianca e ascoltando i capitani che litigavano a proposito della vendita della locanda. «Sei un pazzo, Seamus... il ragazzo ha il denaro delle miniere» oppure «Il lago è nel nostro sangue, Sean... vendere la Seaman's sarebbe mostrare mancanza di rispetto.» O viceversa, a seconda dell'ora della giornata o dell'umore di chi parlava.

Entrambi erano specializzati in un genere di monologo che si potrebbe definire solo come arte declamatoria, e spesso passavano dalla discussione privata alla predicazione rivolta all'intera sala. «Che cosa ne pensate, ragazzi?» diceva uno o l'altro. «Quel bel tipo del capitano O'Shaunessy dice che dovremmo abbandonarvi tutti, lasciarvi a ballare senza la protezione di queste pareti e delle assi del tetto della Seaman's Inn, lasciarvi senza una casa dove tornare dopo che siete stati là fuori a porgere i vostri rispetti a lui, senza prendere per scontati i suoi umori, sopportando i suoi scoppi d'ira, in attesa delle sue bonacce. Come Cromwell in persona, lui vi priverebbe della vostra legittima casa e vi sparpaglierebbe ai quattro angoli del mondo per soddisfare il semplice desiderio di avere un luogo dove bere e ballare. Mi spezza il cuore, sì, lo giuro, pensare a tutti voi dispersi nel mondo e alla mancanza di rispetto nei suoi confronti che ciò significherebbe.»

I marinai annuivano saggiamente ascoltando in silenzio; sapevano che il giorno seguente l'altro capitano O'Shaunessy avrebbe rivolto loro un discorso simile.

Dopo una di queste vibranti dichiarazioni, in un tardo pomeriggio verso la fine della settimana, quando nella stanza erano riprese le discussioni sui passi di danza e gente che voleva scacciare i marinai dal lago, mentre i capitani lucidavano i bicchieri e litigavano senza animosità o più o meno amabilmente, Eileen aveva raccolto coraggio a sufficienza per sedersi guardando avanti a sé da un punto in cui poteva sbirciare, di quando in quando, oltre la finestra, verso il lago. La porta della locanda si aprì e di lì a pochi istanti tutti coloro che si trovavano nella sala si alzarono in piedi. I tavoli vennero spinti contro le pareti, le sedie impilate in cataste barcollanti, i violini si accostarono ai menti, le fisarmoniche vennero strette tra le braccia e la folla, che si era accalcata attorno alla porta, si divise in due metà festanti, mentre nella stanza entrava danzando un giovane alto, eretto, con i capelli ricciuti. I due capitani O'Shaunessy si abbracciarono, asciugandosi le lacrime dagli occhi. «È lui» dissero all'unisono a Eileen. «Il più in gamba e il migliore. Dio sia lodato, è di nuovo qui. Aidan Lanighan.»

«L'antidoto ai veleni di Cromwell» disse Seamus.

«Il virgulto dei figli di Usnach» disse Sean.

«Il tesoro del vecchio mondo.»

«La gioia del nuovo mondo.»

Aidan Lanighan piroettò come una meteora nella stanza, stringendo in segno di benvenuto le mani di chiunque gli capitasse a tiro, colpendo con cordialità i bicipiti di chiunque conoscesse, scompigliando i capelli dei suoi migliori amici, e infine facendo scorrere le dita, quasi inconsapevolmente, sui lunghi capelli rossi di Eileen. Di lì a pochi minuti chiunque si trovasse nella stanza aveva sentito l'effimera, strabiliante scossa del suo tocco. Si fermò un istante in mezzo alla sala, poi esplose in una giga che era al tempo stesso espressione di allegria veemente e di furioso dolore. Testa, braccia, fianchi, gambe, piedi, dita e muscoli del viso erano impegnati in una frenesia di movimenti precisi, che traevano energia dal lago, dalla luce, dal sangue che pulsava nelle arterie di ogni altro uomo presente. Era come se Aidan Lanighan stesse al tempo stesso creando e annullando la stanza, prendendola con sé nel suo spazio, e la sua vitalità faceva sì che il sole del tardo pomeriggio penetrasse senza posa dalla finestra occidentale; il lago fece scivolare sotto la porta il suo canto ritmico, la vecchia fisarmonica divenne un'orchestra, i capelli e gli occhi degli astanti brillarono. L'uomo interruppe di botto la giga e iniziò una combinazione di balzi improvvisi, *step-dancing* e energiche piroette. In un miracolo di tono, spinta, tempo, pausa, ritmo, silenzio e impeto, la locanda si riempì di storie di corteggiamenti, matrimoni, funerali, carestie e raccolti.

I fiori ricamati di Eileen le caddero dal grembo a terra. Aveva la gola secca, il cuore che le martellava in petto. Una frase irlandese, *Rian fir ar mhnaoi*, continuava a risuonarle in testa, il suono di quelle parole era nei gesti dell'uomo che le stava davanti; la lingua perduta di suo padre, viva e danzante, mimava la sua stessa storia in un nuovo mondo, sulle rive di un Grande Lago. La Fianna, i Figli di Tuireann, partenze disperate, secoli di riunioni, l'allontanamento di sua madre, e ogni malvagia manifestazione del clima del Grande Lago erano in quella danza che ora era aerea e pulsante al tempo stesso. A metà dell'ultimo, veloce movimento, un'immersione in acque cedevoli, Aidan Lanighan passò una mano tra i capelli di Eileen e fece scorrere l'altra sul pavimento. Lisciò sulle cosce della ragazza il pezzo di cotone che lei aveva lasciato cadere, e sparì nella folla di allegri marinai.

Eileen fissò per un buon minuto la rosa non ancora terminata sulla stoffa bianca. È rossa e scarlatta, pensò. La gugliata alla quale era ancora appeso l'ago sembrava una striscia di sangue che scendeva fino al punto del pavimento dove Aidan Lanighan si era chinato per raccogliere il ricamo.

Si alzò e attraversò la sala, su per le scale, nella sua stanza.

«Ehi» le disse uno dei due capitani O'Shaunessy «dovrei tenerti d'occhio. Tuo fratello ha detto...» Ma quando avrebbe potuto riferire a Eileen le parole di Liam, lei stava appoggiata contro la porta chiusa, e lo sguardo oltrepassava tutta la lunghezza della stanza, direttamente fori dalla finestra, verso il lago.

Liam tornò con una nuova marsina, orologio d'oro, camicia bianca, cravatta a farfalla, bombetta, ghette e un'aria soddisfatta e prospera. Quando entrò nella locanda, tra le braccia portava una quantità di abiti di cotone.

«È andata nella sua stanza» gli venne riferito da uno o dall'altro dei capitani O'Shaunessy.

«E non ha intenzione di uscirne.»

I capitani si scambiarono occhiate colme di significato e si schiarirono rumorosamente la gola, aspettando che Liam ponesse altre domande. Ma dopo aver saputo che la sorella era al sicuro, il ragazzo, che era gonfio di novità e stava quasi per esplodere dalla voglia di comunicarle, gettò la bracciata di abiti sul bancone, dove ristettero come una donna svenuta, si tolse dalla tasca del panciotto una mappa del fronte del lago, la spianò con i palmi delle mani e si preparò a rivolgersi ai proprietari della locanda.

«C'è un'incredibile estensione del lago su quella mappa» disse Seamus.

«Domina... domina la mappa, certo che sì» concordò Sean.

«Vedete quanto è piccolo Port Hope a paragone della sua vastità.»

«Insignificante.»

«Un'inezia.»

«Signori» li interruppe Liam, prima che i capitani raccogliessero energie sufficienti per un sermone in piena regola sulle correnti del lago e sui disastri nautici. «Signori, ho acquistato un centinaio di acri di terra, che si estendono per un miglio e mezzo sul fronte del lago, dieci acri di radura, una foresta di alberi di legno duro, due sorgenti e un ruscello.»

I capitani non replicarono.

«La terra migliore della contea del Northumberland, del Canada settentrionale, forse del mondo intero!» Liam colpì il bancone con un pugno. «Vi crescono mele, patate, mais, orzo, frumento, avena, erba medica, e ogni possibile tipo di ortaggio. Ottimo pascolo per pecore, capre, cavalli, bovini.»

«E come se la cava la tua mucca, giù nella stalla?»

«Bene. Il tutto è fornito di due fienili, un magazzino per gli attrezzi, un molo, e una darsena.»

«Un molo?»

«Una darsena?» I capitani assunsero un'aria dubbiosa.

«E una piccola casa di tronchi, un pozzo, e una stia per i polli. È proprio qui» e Liam indicò un punto sulla carta, circa venticinque miglia a est di Port Hope. «Proprio sotto il villaggio chiamato Colborne.»

«Colborne, certo» disse Sean. «Gran bel posto.»

«Un vero buco d'inferno» disse Seamus.

«Che genere di idiota vorrebbe fondare un villaggio a due miglia dal lago?»

«Solo un americano di ascendenza inglese.»

«Un lealista dell'Impero Unito – Joseph Keeler – un maledetto orangista.»

«Ormai è morto, Dio sia lodato.»

«Ma suo figlio no, ed è un altro maledetto orangista.»

Liam ignorò i commenti. «Tutti i raccolti di quest'anno sono pronti e abbondanti, alcuni sono già stati falciati, i fienili sono pieni da scoppiare, il bestiame è incluso nel prezzo, e prenderemo possesso della proprietà il primo settembre. Da bere per tutti!»

«Che giorno è oggi?» chiese Seamus.

«Il venti di agosto.» Sean posò il braccio sulle spalle del fratello. «È un vero peccato che noi fossimo pronti a vendere la Seaman's Inn per un giusto prezzo, non credi anche tu, Seamus?»

«Sapendo, naturalmente, che tu e tua sorella ve ne saresti presi buona cura.»

«E noi progettavamo di costruire un'altra locanda un po' più vicino alla riva.»

«Con un pavimento come si deve. Di legno duro.» Seamus strusciò la punta di uno stivale avanti e indietro su un'asse di pino consunta, sotto il bancone.

«Che ne pensate di questo, ragazzi?» disse Sean, rivolgendosi agli astanti. «Il capitano O'Shaunessy e io progettavamo di costruire una bella locanda nuova per tutti voi e adesso questo giovanotto viene meno alla sua parte dell'accordo… ed è un irlandese.» Scrollò tristemente il capo.

«Ma voi avevate detto che non avreste mai venduto la Seaman's Inn» rammentò loro Liam.

«Era quello che avevamo detto.»

«Ma non era quello che intendevamo dire.»

«Intendevamo che non l'avremmo mai venduta a un inglese.»

«O a un orangista.»

«O a un francese.»

«Ma tu sei irlandese.»

Liam non ci capiva più niente. «Era una fantasia» disse, debolmente. «Rammentavo questo edificio dai tempi della mia infanzia. Me n'ero innamorato.»

«E ora te ne sei disamorato? Che carattere instabile.»

«Incostante.»

«Sentite, io non posso trasformare in fattoria tralicci ferroviari e moli e magazzini.» Come a confermare il parere di Liam il treno delle sei e quattordici ruggì sopra di loro diretto a ovest, verso Colborne.

Uno dei capitani O'Shaunessy versò lentamente al giovane un whisky. «Ora, tu questo lo definiresti un problema, Sean?» chiese. «Questo giovanotto qui, che vuole venire ad abitare alla Seaman's Inn e che vuole anche una fattoria che si trova laggiù, a Colborne? Non lo definiresti un problema insormontabile?»

«No, Seamus» disse l'altro, lucidando un bicchiere con aria pensosa. «Direi che l'Impero Britannico è un problema, sono un problema la carestia, o le navi-bara, o il fatto che il nostro primo ministro è diventato un orangista. Cose del genere sono un problema, ma sicuramente non vivere in questa casa e coltivare quella terra.»

«Da bere per tutti!» gridarono all'unisono i due capitani O'Shaunessy. «Da bere per tutti! Paga la casa!»

3

Quando era ospite della Seaman's Inn, Aidan Lanighan danzava due volte al giorno, alle cinque del pomeriggio e poi ancora alle undici di sera. Trascorreva il resto del tempo seduto con aria pensosa davanti alla finestra, illuminandosi quando un marinaio in arrivo lo salutava, per poi ripiombare nei suoi sogni a occhi aperti, che sembravano non aver nulla a che fare con il luogo in cui si trovava. Il suo stato mentale era esattamente all'opposto di quello in cui esplodeva durante la danza. Gli altri uomini presenti nella sala gli lanciavano occhiate affettuose, talvolta adoranti; spesso, passando, gli sfioravano il braccio o la spalla, e in sua presenza loro stessi danzavano un po' meglio, ma per lo più lo lasciavano solo a rimuginare sui suoi misteriosi pensieri.

Eileen, che ora aveva preso l'abitudine di trascorrere la maggior parte del giorno seduta nella veranda al piano superiore, lo sguardo fisso sul lago, ogni pomeriggio scivolava silenziosamente al pianterreno, apparentemente in cerca del fratello, ma in realtà per assistere all'esibizione di Lanighan. Indossava sempre uno dei nuovi abiti di cotone – alto sulla gola e con le maniche strette. La sua infanzia si era dissolta, lontana, su ali nere. Nella mente albergavano solo ricordi recenti: le camminate notturne alla luce della lampada, il tramestio del ponte a tralicci, il traffico di imbarcazioni sul Grande Lago, e la danza di quell'uomo che la turbava. Si rendeva conto che gli occhi di lui erano ancora più verdi dei suoi. Lo trovava bello.

Mangiava un po', ma non molto, del pesce di lago e delle patate che le venivano offerti nella taverna. Già sottile, dopo aver assistito per la prima volta alla danza aveva iniziato a perdere peso. Liam era distratto, le prestava poca attenzione, impastoiato com'era in lunghe, difficili trattative con i fratelli O'Shaunessy, o nelle visite all'agente immobiliare di Walton Street. La sera restava dabbasso fino alle due o alle tre. Distesa sulla sua branda metallica, osservando le luci del porto riflesse tremolare sul soffitto, Eileen aspettava fino a quando non udiva, alle undici in punto, la danza di Lanighan che iniziava. Quindici minuti dopo, quando il ballo aveva termine, voltava il viso da una parte e piangeva silenziosamente per poi addormentarsi. Non rammentava mai i sogni. Sia lei sia il fratello avevano scordato il giorno del suo compleanno, ma una di quelle mattine si svegliò consapevole di avere diciassette anni.

La quinta mattina dopo l'arrivo di Lanighan, il clima si fece soffocante; il lago turbolento si lanciava sui frangiflutti alti due metri al termine del molo senza una ragione apparente – visto che non c'era vento – ed Eileen, inconsapevole, fino a un'epoca abbastanza recente, dell'esistenza di quantità d'acqua così immense, restava a guardare dalla finestra con un misto di fascinazione e orrore molto simile a quello che provava osservando Lanighan danzare. Sembrava che le onde, chissà come, fossero rimaste intrappolate nella sua testa, tanto che quando si muoveva la confondevano, facendola sentire come ubriaca. Le sue premonizioni, delle quali da bambina non aveva mai dubitato, l'avevano abbandonata completamente. Si rendeva conto di non avere idea di quel che le sarebbe capitato – credeva di poter restare intrappolata in quel mondo di onde violente e uomini danzanti e treni ululanti e tralicci tremolanti, per l'eternità. Tornò nella sua stanza, la percorse in cerchio tre volte, e decise di scendere.

Lanighan sedeva silenzioso al suo tavolo. Dietro la testa dell'uomo, attraverso il vetro della finestra, Eileen riusciva a vedere gli spruzzi d'acqua sul molo che balzavano alti e ricadevano.

Si avvicinò al bar e affrontò il capitano O'Shaunessy, qualunque fosse dei due, che vi stava dietro. «Ho bisogno di sapere una cosa» si udì sussurrare.

«Di che si tratta?» Il capitano O'Shaunessy si chinò su di lei.

«Perché non parla mai?»

O'Shaunessy le si avvicinò ancora di più. «Non parla mai» le sibilò all'orecchio «perché ha avuto il cuore spezzato da quel traditore di McGee, il quale, bada bene, era la *nostra* voce», l'uomo barbuto fece un cenno verso tutti gli irlandesi presenti «fino a quando non diresse la sua voce contro di noi, qualche estate fa, nella vecchia patria, e da allora continua a farlo, ogni volta che ne ha l'occasione. Proprio lui, costretto a fuggire dalla sua terra natale quando era ancora più giovane di Lanighan, con una taglia sulla testa a causa della rivolta della Giovane Irlanda. E ora, sulla «Montreal Gazette», dice che farà l'elenco, e senza prove, bada bene, dei nomi e degli indirizzi dei suoi compatrioti che, afferma, hanno partecipato alle rivolte feniane. È un mondo strano, mia cara, questo che permette a un uomo di rivoltarsi contro i desideri della sua propria terra natale, e quando lo fa c'è una nube che incombe sulle teste di tutti i fratelli di Lanighan.»

«Credete che parli con i suoi fratelli?»

«Sto parlando di fratelli spirituali, non carnali. Tutti hanno scelto il silenzio quando D'Arcy McGee si è rivelato un traditore della causa, aderendo a quell'orangista, Macdonald. Questa doveva essere la nostra nazione, capisci – ecco il punto. Siamo noi in maggioranza nelle viscere delle barche sul lago o nelle fabbriche in città, o sulle strade, o a costruire i canali. McGee ha sputato laghi interi di parole ma, alla fin fine, si è rivelato un traditore. Resteranno in silenzio fino a quando non cambierà ancora idea perché, essendo irlandese, lo farà, tornerà a dedicarsi alla causa.»

«È tutto qui, dunque?»

«*Tutto qui*? L'intera speranza del popolo irlandese gettata nella polvere dall'avidità politica e dall'ambizione di colui al quale ci eravamo rivolti per avere conforto e salvezza? Dobbiamo forse essere ignorati, usati come bestie da soma, trattati come cani qui come lo eravamo laggiù? Io stesso resterei in silenzio, se fosse nella mia natura... ma non è così, e non è neppure in quella di mio fratello.»

«È un feniano, quell'Aidan Lanighan?»

«È un patriota.»

«Ma può parlare?»

«Parlare, dici? Parlare? Oh, può farlo. Ma soprattutto, può danzare.»

Eileen era come drogata dal lago ma, continuando a sottostare alla sua malia, stava sviluppando una specie di tolleranza.

Raggiunse questo stadio grazie alle lunghe veglie sulla veranda, che erano compensate dalle passeggiate nel corridoio buio del secondo piano della Seaman's Inn – tutte le porte chiuse a mezzogiorno, il frastuono del Grande Lago attutito.

Ce ne andremo presto, aveva detto Liam, per recarci nella terra a sud di Colborne. E allora, le disse, tutto sarà perfetto, per sempre.

«Sei mai stato innamorato, Liam?» gli aveva chiesto una sera.

«No, ma ho intenzione di esserlo presto. Avrò bisogno di figli per la fattoria, e di una moglie.»

«Aidan Lanighan ha avuto il cuore spezzato da quel tale di cui parlava papà... quel certo McGee, il membro del parlamento. Dicono che resterà in silenzio fino a quando lo farà McGee... a proposito della miseria irlandese.»

«Che ce ne importa della miseria irlandese, Eileen? Siamo in Canada, adesso, siamo canadesi, non irlandesi. Io non ricordo neppure l'Irlanda e tu sei nata qui. Ben presto vivremo nella nuova fattoria e io avrò una moglie, dei figli, un centinaio di mucche.»

«E io che cosa avrò, Liam?»

Sorrise a sua sorella con aria indulgente. «Tu avrai una grande stanza tutta per te con una splendida vista sul lago.»

Una notte Eileen aprì la porta della stanza e percorse esitante il corridoio buio per assistere alla danza delle undici. Si fermò sul terzultimo scalino e, cosa per lei insolita, si fece il segno della croce, prima di continuare la discesa. Una volta entrata nella sala, evitò i ballerini saltellanti e si avvicinò al bar.

«Sei venuta a vedere l'ultima esibizione?» chiese uno dei capitani O'Shaunessy.

«Domani il ragazzo si imbarca su una nave che trasporta grano, per intercedere presso McGee» disse l'altro.

«E come potrà farlo se non è disposto a parlare?»

I due capitani la guardarono sorpresi. «Ma non hai forse visto? Ballerà. Ecco perché ha fatto pratica qui per tutta la settimana... la petizione a McGee.»

«Lui la *ballerà*?»

«Sì, e spezzerà a quell'uomo il cuore in petto, se non è completamente perduto alla nostra causa.»

«Ma come farà a sapere quel che Aidan sta dicendo?»

«Un vero irlandese sa sempre quel che sta dicendo un ballerino.»

Quella sera, quando Lanighan cominciò a danzare, spezzò il cuore di Eileen. I suoi piedi tamburellavano sull'impiantito, le braccia sibilavano come spade nell'aria. Eileen leggeva i gesti che sembravano chiedere spazio, territorio, una terra promessa, colline, il cielo. Udì la danza urlare dichiarazioni appassionate e implorare giustizia. Vide il sangue del giovane pulsargli nel collo e le vene battere alle tempie, la danza esprimere un lamento, poi ululare di gioia. Lanighan fece una piroetta, scosse la testa, e il sudore dei suoi capelli si sparse come pioggia per la stanza. Il Grande Lago tuonò, il ponte a tralicci sferragliò, e ognuno dei bellissimi, lunghi muscoli di Aidan Lanighan si tese ancora di più, rendendolo più grande della sala della taverna che conteneva la sua agitata eloquenza.

Eileen osservò tutto questo da sotto le palpebre, che teneva semichiuse. Poi osservò se stessa alzarsi e unirsi alla danza. Le pareti apparvero e si allontanarono. Danzò dietro agli occhi di Lanighan e conobbe, d'un tratto, la pece nera sulle chiglie delle navi sul lago, intensi impegni politici, un'infanzia in quartieri sordidi, notti nelle affollate pensioni di Montreal. Conobbe la voce di Lanighan, il suo canto abbandonato, il suo dolore, il suo silenzio. Le mani di lui, come già avevano fatto un'altra volta, passarono sui capelli di Eileen, la bocca aperta e il respiro nei polmoni di lei.

Per una frazione di secondo un uccello nero, ingiustamente dimenticato, parve volarle sulla fronte, tracciando un tatuaggio delle sue stesse pene, dei suoi stessi tradimenti. Poi furono i capelli di Aidan, così vicini che lei poteva vedere le sferzate della luce a gas riflesse su ogni ricciolo nero. Era radioso, infiammato, e Eileen era l'ombra che vi stava attaccata. Se lui avesse irradiato altrove la sua luce, lei sarebbe scomparsa. Il viso sconvolto del fratello le passò accanto, e i capitani O'Shaunessy, ghignanti, gli enormi marinai nella stanza tutti in piedi, esaltati, che battevano il ritmo della danza con le mani; una protesta, un proclama, una celebrazione. La bocca aperta di Aidan Lanighan era così vicina al suo orecchio, e lei sapeva che lui la respirava – lei stessa era una serie di complicati messaggi inviati da una rete di nervi attraverso il cervello e il corpo dell'uomo. Avrebbe condiviso il suo silenzio, gli avrebbe dato una voce.

La stanza si acquietò, Eileen rimise a fuoco le pareti indistinte. Al culmine della danza Aidan Lanighan le aveva afferrato il braccio proprio sopra al polso e l'aveva sollevato sopra la testa di lei, dove le dita, di riflesso, si erano richiuse a pugno. Lei aveva guardato – il braccio pallido, le linee scolpite nel punto in cui le nocche si piegavano, la pelle tesa sulle ossa fragili, il bottone da quattro soldi sul polsino di cotone della manica bianca. La mano di lui, del colore della sabbia del Grande Lago, la stringeva. Si era staccata dall'uomo, allora, ed era corsa verso le scale di legno.

Nel corridoio scuro si frugò nelle tasche vuote, cercando la chiave che, sebbene non lo sapesse, giaceva nella polvere sotto il bar, sbalzata fuori dalla tasca nell'impeto della danza. Scosse la maniglia con tanta furia, così rumorosamente, che non si accorse dei passi di Lanighan che saliva le scale, e si rese conto della sua presenza solo per il calore dell'alito di lui sulla nuca. Posò la fronte madida contro il legno freddo della porta. Poi si voltò.

Mentre lui la accarezzava, Eileen raccontò a se stessa la breve, brutale storia della vita di Aidan, composta in parte dalle cose che i capitani le avevano detto e in parte dalle canzoni che aveva cantato, inconsapevole, da bambina. Guardie nazionali sotto la luna, affetto per i compagni di lotta, umiliazione, sconfitta. Gli errori marchiani dei capi accecati dalla sete di vendetta. Commilitoni lasciati a morire soffocati dal dolore nei pressi di boschi sconosciuti. Il traffico di ridicole quantità di armi avanti e indietro sul Grande Lago, lunghe notti trascorse a elaborare veementi filippiche per i giornali politici. Era la prima storia del mondo per Eileen, raccontata, ne era sicura, dalle mani dell'uomo. Lei, che aveva trascorso gran parte dell'infanzia dietro alla cortina tremolante di un salice; lei che aveva visto il suo stesso padre esalare l'ultimo respiro sulle ultime parole irlandesi, seppe improvvisamente che quella era anche la sua storia, quella che stava udendo dentro di sé mentre le mani disperate del giovane vagavano avanti e indietro sul suo cuore. Capì che lui sapeva usare il silenzio come un'arma, che non avrebbe narrato la storia fino a quando McGee non sarebbe tornato insieme al suo popolo, come avrebbe fatto, come non poteva fare a meno di fare, dopo aver visto la fervida danza di Lanighan.

Credeva a tutto, alla frenesia del corpo dell'uomo, al tocco delle sue mani, alla pressione della sua bocca, all'insistenza del racconto che continuava a snodarsi in lei. Tra le sue braccia Eileen si sentiva assalita, rapita da una mitologia appresa.

Udì i passi del fratello sulle scale. Si irrigidì. «So dove stai andando» le sussurrò Lanighan. «Ti troverò appena possibile.»

Sfuggì alle sue braccia e salì sul davanzale della finestra aperta in fondo al corridoio.

«Dov'è andato?» sibilò Liam. «Che cosa ti ha fatto? Non l'ho visto neppure lasciare la stanza.»

«Qui non c'è nessuno» disse Eileen, stringendo nella mano la pistola che Lanighan le aveva infilato in tasca. «Ho perso la chiave.»

Ogni sillaba era una lama che le squarciava la gola, le prime menzogne a suo fratello. Aveva dato una vera voce a Aidan Lanighan. Lui gliel'avrebbe resa quando sarebbe tornato, per lei e per la pistola.

4

Lunedì 2 settembre 1867, gli abitanti della città di Port Hope e gran parte della popolazione della città vicina e rivale, Cobourg, si ritrovarono ad assistere al varo della Seaman's Inn. La folla riempiva i moli e si allineava sugli impiantiti di legno davanti ai magazzini. I bambini si arrampicavano sui lampioni. Carrozze piene di persone benestanti scesero tranquillamente dalle colline, dalle residenze di Dorset Street, lasciandosi alle spalle solo qualche vecchia signora affettata che considerava l'intera faccenda leggermente volgare ma che, tuttavia, rimase a guardare verso il lago dalla veranda più alta sul tetto di casa, munita di cannocchiale. Tutti i negozi di Walton Street vennero chiusi e, benché fosse lunedì, neppure uno straccio di biancheria stava appesa nei cortili dei quartieri meno prestigiosi.

Nei giorni precedenti, mentre la Seaman's Inn veniva preparata al suo viaggio, Liam e la sorella, immersa nel silenzio, avevano occupato una suite all'American Hotel, e i capitani O'Shaunessy erano ospitati in stanze all'ultimo piano dello stesso esercizio. Una sera, nella tetra sala da pranzo, dopo che Eileen si era allontanata con aria stranita da una cena che aveva appena toccato, i tre uomini parlarono delle sue condizioni.

«Il capitano O'Shaunessy e io crediamo che abbia subito gli effetti della "terribile calamità"» disse Sean a Liam. «Si è innamorata di un patriota, e per questo non esiste cura.»

«Non è niente di grave» replicò Liam, annoiato. «Tornerà in sé tra un giorno o due.»

Il mio dolore è sul mare, guarda come rotolano le sue onde
Perché si innalzano tra me, e l'amore del mio cuore.

Citò Seamus.

E il mio amore seguì, egli venne dal sud
Il suo petto sul mio, la sua bocca sulla mia.

Aggiunse Sean.

«Non è niente di grave», ripeté Liam, ma senza la stessa convinzione di prima. Anche in quel periodo così eccitante, mentre se ne stava al limite di un futuro che sembrava snodarsi davanti a lui come una strada ben battuta, Liam di quando in quando si fermava a osservare attentamente sua sorella. Era, come sempre, sconcertato dal suo comportamento. Chi era questa ragazza alla quale era legato da un vincolo affettivo e di sangue, che condivideva con lui stanze e paesaggi? Per lui restava un mistero; gli schemi della sua mente erano indecifrabili come lo erano stati durante le sere estive nella casupola quando, senza parlare, lei usciva dalla porta, attraversava il ruscello, e saliva sul salice – a volte tornando solo dopo che si era fatto buio.

Ora era come se lei non fosse tornata affatto, come se si tenesse lontana da lui, rinchiusa in un mondo verde e vivido al quale lui non aveva accesso. Aveva voglia di prenderla in braccio e di tenersela stretta al cuore, come faceva quando Eileen era piccola, per riportarla a un mondo reale di progetti e scadenze e risultati.

Ora i piani per la partenza della Seaman's Inn erano in piena attività; i due capitani O'Shaunessy impartivano ordini, posizionando i loro corpulenti clienti nei punti strategici servendosi dei fischietti nuovi di zecca che avevano acquistato il sabato precedente al magazzino di ferramenta Cooper. Dopo una serie di quattro sibili acuti, l'edificio cigolò e tra le braccia amorose di ottanta marinai si alzò dalle fondamenta originali, mandandole in frantumi. Gli uomini lo fecero girare su se stesso e lo depositarono su una struttura di tronchi di abete rosso che ricopriva la spiaggia degradante verso l'acqua. A quel punto l'edificio iniziò a rotolare a un'andatura pericolosa verso le onde, tanto che gli ottanta energumeni furono obbligati a correre di lato, aggrappandosi alle finestre e agli stipiti delle porte nel tentativo di rallentarla. Infine, un piccolo rimorchiatore a vapore spinse una chiatta il più possibile vicino alla riva. Allora gli ottanta marinai entrarono in acqua, e la locanda cigolò nuovamente mentre veniva finalmente issata a bordo.

Liam aveva insistito perché lui, sua sorella e Genesi percorressero il tragitto fino alla riva vicina a Colborne nella loro nuova casa, con i capitani che pilotavano il rimorchiatore che tirava la chiatta. Fu necessaria una mezz'ora di manovre complicate per sistemare adeguatamente un ponticello di sbarco tra la fine del molo e la veranda della locanda.

Guidata da Eileen che non guardava né a sinistra né a destra, Genesi si avviò con calma sulla chiatta barcollante come se avesse trascorso gran parte della sua vita in mare. Liam girò su se stesso, si toccò la bombetta in segno di saluto alla folla, salutò e mandò baci. Era il suo penultimo gesto eccessivo dal principio alla fine e anni più tardi, dopo stagioni e stagioni passate a fare il contadino, ne avrebbe continuato a parlare a chiunque fosse disposto ad ascoltare. «Mi voltai, mi toccai il cappello, mandai baci alla folla, e scendemmo lungo la riva, per venticinque miglia fino a Loughbreeze Beach» – il nome che avrebbe dato alla fattoria, un termine parzialmente gaelico a ricordo di suo padre.

I capitani O'Shaunessy avevano tolto gran parte della vecchia mobilia per poterla riutilizzare nella nuova locanda, ma avevano lasciato un letto a barca e un cassettone nella stanza che Eileen e Liam avevano occupato nelle settimane precedenti. E, in timida deferenza nei confronti di Eileen, non avevano rimosso il tavolo di Lanighan, quello davanti alla finestra.

Eileen ora sedeva a quel tavolo e osservava la città di Port Hope farsi più piccola e lontana mentre il rimorchiatore tirava la chiatta facendola uscire dal porto, oltre il faro bianco, sul lago. Ben presto la sabbia e i sassi della spiaggia, i pioppi, i cespugli, i salici, i pascoli, gli orti e le zone a foresta sulla riva del Grande Lago passarono, rugosi e distorti dietro al vetro irregolare della finestra. Alcuni alberi erano già punteggiati di rosso, e la *solidago* era sparsa come polline sui prati che si susseguivano senza posa. Un gabbiano si posò sul davanzale esterno e la guardò con aria incuriosita prima di aprire ali sorprendentemente larghe per volare via.

Il bordo interno della finestra era tarlato e scalfito, in alcuni punti la vernice si stava già staccando. A volte questo attirava l'attenzione di Eileen più della bellissima linea costiera, ma soprattutto la ragazza esaminava il piano scuro del tavolo su cui si erano posate le braccia di Aidan Lanighan. Dopo aver fissato a lungo, molto a lungo la struttura del legno, lanciò un'occhiata fuori dalla finestra e vide colline verdi, tonde, come le spalle di Aidan Lanighan e campi pieni di erba alta che si muoveva al vento come i suoi capelli.

«So dove trovarti» aveva detto lui, mentre l'acciaio gelido veniva fatto scivolare nella sua tasca. «Tienila per me.»

«Ha avuto il cuore spezzato» mormorò la fanciulla.

Il villaggio di Lakeport si faceva lentamente strada all'angolo destro della finestra, scompariva alla vista e poi riappariva, mentre gli scarsi abitanti salutavano dalla riva.

Genesi, con aria annoiata e intorpidita, se ne stava placida accanto al bancone del bar, barcollando leggermente con il rollare del pavimento. Liam era steso a terra, la bombetta calata sul viso, in preda alla nausea.

Eileen si distolse dal paesaggio e si alzò dal tavolo per passeggiare nella sala della taverna, tastando le assi con i piedi per identificare il punto esatto in cui Aidan Lanighan aveva raccolto da terra una rosa di stoffa per poi deporla con dolcezza sulla sua gonna di cotone. Ora quel gesto sembrava così intimo che, mentre lo rammentava in quella stanza ondeggiante e scintillante, era costretta a chiudere gli occhi per il dolore.

Dopo la partenza di Lanighan, prima che la Seaman's Inn venisse svuotata della mobilia e della clientela, Eileen aveva trascorso i giorni spostandosi apparentemente a caso da un tavolo all'altro della taverna che ora ondeggiava attorno a lei. Sembrava persa, alla deriva, ma, in effetti, stava nuotando nelle correnti di conversazione che passavano tra gli uomini, assorbendo informazioni su Lanighan, concentrandosi su aneddoti e opinioni con una tale intensità che i volti di chi parlava e le loro parole sarebbero rimasti scolpiti per sempre nella sua mente. Sentiva che anni dopo, se le fosse capitato di scorgere tra la folla uno o l'altro di quei marinai, sarebbe stata costretta a salutarlo come se fosse stato un confidente perduto, tanto vitali erano le storie che le loro memorie conservavano. Ascoltandoli, era entrata con ogni cautela negli episodi, veri o presunti, della vita di Lanighan; il modo in cui lui, in persona, si diceva avesse viaggiato tra le città di guarnigione del Grande Lago e il lungo fiume come sarto del reggimento. Ora, aveva saputo, risiedeva per lo più a Montreal, lavorando privatamente come cottimista, mutando continuamente impiego in modo da avere il tempo per vaghe attività politiche che erano descritte dagli uomini in termini più emotivi che concreti.

«Ha avuto il cuore spezzato da McGee» aveva sentito dire a uno degli uomini. «È quello che è successo a tutti noi e così sarà per sempre. Questo ci ha distrutti.»

Ma a Eileen importava ben poco di quanto tutti loro fossero distrutti, tutto quel che voleva udire era il racconto della sofferenza dell'uomo che avrebbe preteso per sé: l'energia che lo faceva danzare freneticamente in una stanza per poi spingerle le spalle contro una parete e nasconderle la faccia nel collo. E poi voleva vedere una volta quel tale McGee che aveva costretto Lanighan al ruolo di postulante a distanza, lasciandola là, intorpidita, in trance, completamente senza potere – prigioniera, ora, di quell'edificio che ondeggiava, galleggiava sul Grande Lago.

Il motore del rimorchiatore borbottò e si fermò. Eileen guardò dalla finestra e vide una lunga spiaggia a forma di mezzaluna formata da sassi grigi e lisci che vicino alla riva diventavano ciottoli. Alle sue spalle, alti pioppi tremolavano alla brezza leggera e la sagoma fissa, scura di un grande fienile appariva ai bordi di un bosco di cedri. Mentalmente, permise a Lanighan di premere ancora una volta la bocca contro il suo orecchio. «So dove trovarti» sussurrò, e le labbra di lei formarono silenziosamente le parole, mentre si alzava dalla sedia per sbarcare.

Nel suo ultimo gesto esagerato, Liam si strappò di dosso la marsina, la camicia e i calzoni e si tuffò nel lago dalla veranda. Giunto a terra, baciò la spiaggia, uno dei pioppi, il fienile, e l'erba che cresceva accanto alla casetta di tronchi che di lì a poco sarebbe stata demolita. «E poi mi tuffai dalla veranda» avrebbe detto, in futuro, a chiunque fosse disposto ad ascoltarlo.

Mentre gli O'Shaunessy, Liam e un gruppo di uomini di Colborne manovravano con cautela la Seaman's Inn sulle nuova fondamenta che l'attendevano, Eileen percorse da un'estremità all'altra la spiaggia sassosa a forma di mezzaluna. A poca distanza dalla riva, attraverso l'acqua limpida, riuscì a scorgere piccoli scudi di calcare che si protendevano nella profondità del lago. Le rammentavano le cartine nel libro di geografia, i continenti che giacevano come tavole dalle forme bizzarre sul fondo dell'oceano, e ogni linea costiera implicava la forma della massa terrestre sulla riva opposta, tanto che il mondo intero sembrava non concluso – congelato in uno stato di perenne separazione – desideroso di riunirsi. Non temeva più il lago, le sue dimensioni e il suo potere, sapendo che poteva far sì che Aidan Lanighan apparisse, magicamente, al suo orizzonte. L'aria attorno a lei era umida, piena di aspettativa, i sassi sotto i suoi piedi pieni delle memorie di forme di vita precedenti.

Avrebbe parlato poco – sarebbe diventata silenziosa, una persona in attesa. Avrebbe serbato Aidan Lanighan nella sua mente. E lui l'avrebbe ritrovata.

5

Mentre il bianco edificio di legno si assestava sulle nuova fondamenta, la sua precedente identità lentamente gocciolava via, e le vedute che si potevano scorgere dalle finestre sulla facciata, dove il Grande Lago continuava a danzare, cambiarono completamente. Da ovest penetrò nelle stanze l'idea del frutteto e del pascolo, da est il cortile, la porcilaia, la stia per i polli e, a nord, la scura forma tumescente del boschetto di cedri premeva verso le pareti di legno, sostituita, nel tardo pomeriggio, dalla sua stessa ombra. L'odore di fumo e whisky che aveva riempito quella che un tempo era stata la taverna, diminuì poco a poco, per essere rimpiazzato da altri odori, più terragni. La casa, che non vibrava più sotto il tramestio dei piedi dei marinai o per il frenetico sferragliare dei treni sul ponte, assunse uno stato di pace e calma che si avvicinava quasi alla raffinatezza. Poi una notte, circa una settimana dopo l'arrivo a Loughbreeze Beach, sia Liam che Eileen vennero svegliati da un rumore aspro seguito da profondi gemiti gutturali – erano gli ultimi fantasmi che salutavano, e se ne andavano. Ormai, per un centinaio d'anni, l'edificio non sarebbe stato più scosso da nulla, anche se le sue cellule avrebbero continuato a conservare una tendenza latente verso quel genere di esperienza. Liam non si sarebbe mai più riferito alla struttura come «Seaman's» o «Inn» e la casa si rilassò, con dolcezza, adattandosi a una più banale esistenza come fattoria.

La saletta della taverna, che ben presto fu trasformata in un grande, comodo salotto, agli occhi di Eileen sarebbe rimasta illuminata a giorno dall'energia della danza di Aidan Lanighan, così come il corridoio al piano superiore, persino con tutte le porte aperte su stanze spaziose, sarebbe rimasto legato al buio vellutato delle sue furtive carezze. La notte, quando lei si spogliava alla luce della lampada nella grande stanza che guardava il lago, si esaminava le spalle, il collo, il seno, certa che una volta o l'altra sarebbe stata in grado di scorgere una prova eterna del passaggio delle mani di lui. Teneva l'unico dono tangibile di Aidan, la pistola a canna corta, sepolto sotto due camicie da notte bianche accanto al cerchio di capelli rossi e neri intrecciati e a un'unica, lucida penna nera, il cui significato non fu mai più in grado di ricordare.

Durante il giorno restava a osservare suo fratello che si legava sempre più strettamente alla terra. Spesso lo scorgeva nei campi dove, come un bambino, scavava con le mani il suolo fertile. A volte Liam tornava di corsa in casa dal frutteto con in ogni mano una gigantesca mela. «Guarda!» diceva spesso mostrandole un cesto pieno zeppo di granturco, un'agnellina grassa, o un cestino di uova provenienti dal pollaio.

Una volta entrò con passo deciso in cucina e trascinò Eileen al lato opposto del cortile fino al fienile dove rimasero in silenzio nella luce piena di pulviscolo, Liam con il cappello stretto al petto, il volto rapito, come se si fosse trovato in una grandiosa cattedrale.

Eileen si assunse il governo della casa, in silenzio e senza tregua. Come in trance, passava facilmente, senza interesse, da un compito all'altro, presa dalla routine. Suo fratello, ansioso di conservare ogni ortaggio che cresceva nell'orto, le procurò una dispensa piena zeppa di vasi a tenuta stagna e tre immensi bollitori di rame. Quando le tempeste dell'equinozio d'autunno cominciarono a scuotere il lago e a far rotolare i sassi sulla spiaggia, Eileen si trovò immersa in una stanza riempita dai bioccoli di vapore e dall'odore della frutta cotta, e le sue mani reggevano vasi di vetro color del lago e svolazzanti veli di garza che usava per separare i semi e le bucce. Cucinava i pasti per il fratello e per i tre uomini che aveva assunto, i quali, dal principio, erano rimasti molto colpiti dal suo aspetto, ma il cui ardore si era ben presto raffreddato, quando si erano resi conto che le facezie e i complimenti venivano accolti con una indifferenza distratta. «Deve essere già promessa» aveva detto uno all'altro.

La mattina Eileen attraversava il cortile spazzato dal vento per mungere Genesi e la mezza dozzina di mucche che non si era presa la briga di battezzare. Poi dava da mangiare ai polli e tornava in casa, all'ordine che lei stessa aveva creato. Dalle finestre della cucina si vedevano gli indumenti appesi ad asciugare che fremevano come furiosi pennoni contro lo scuro bosco di cedri. Riflesso sulle finestre del salotto il lago ribolliva, e nubi di foglie dorate venivano spazzate via dai rami dei pioppi, restando a turbinare nell'aria. I fuochi di Eileen, alimentati dall'ossigeno dell'equinozio, ardevano di una brillantezza acuta, aranciata, le fiamme nei bracieri del Quebec si insinuavano come lame nella polpa dei ciocchi di pino. Mentre lavorava, Eileen teneva d'occhio l'orizzonte, cercando la vela che, ne era certa, avrebbe subito identificato come quella di lui, e intanto la voce di Aidan Lanighan le risuonava nell'orecchio.

Poi una mattina, al termine della prima settimana d'ottobre, Eileen si svegliò all'alba in un mondo privato di ogni turbolenza. Le tempeste d'autunno erano finite. Salì alla veranda del piano superiore, scrutò l'orizzonte alla ricerca di una particolare vela, guardò a est verso il lungo braccio di Presqu'ile Point e Bluff Island, che formava la sua mano stesa, e poi in basso, dove l'acqua pacificata e limpida del lago lambiva i ciottoli sulla riva.

Liam e gli operai erano già al lavoro al piano sottostante: martellavano i coperchi delle stufe, accendevano fuochi scoppiettanti con legna minuta di cedro, e si scambiavano opinioni sulla magnifica giornata. In quel clima, la voce di Aidan Lanighan era svanita dalla mente di Eileen anche se la ragazza non era svuotata della sua presenza. Il mondo reale, tuttavia, nella cruda luce autunnale, era impegnato a mettersi sfacciatamente in mostra, e questo squarciava la sua preoccupazione e le consentiva di vedere, abbastanza distintamente, non solo le strisce di sabbia della lontana penisola, ma anche i ciottoli colorati in fondo al lago, a qualche metro dalla riva. D'un tratto si rese conto che, dal giorno dell'arrivo, non si era mai allontanata dalla casa più di trecento metri.

Quel pomeriggio, volgendo le spalle al lago, circondata dal verde scuro dei cedri, rammentò la sua infanzia solitaria – i pupazzi di neve, la voce di suo padre, il volto congelato di sua madre, con i capelli rossi contornati dal bianco, qualcosa che forse era un'ala del colore di un cielo notturno senza luna, con riflessi azzurrini, una cortina ondeggiante di verde. Rammentò le canzoni di suo padre, note allegre dettate da parole amare, o melodie che suggerivano la paralisi del grande amore. *Proprio tu hai lasciato il mio cuore distrutto, in una desolazione senza speranza, mentre sto davanti a te.* Cantando a bassa voce Eileen avanzava, scostando i rami di cedro, mentre i mormorii del lago svanivano. A volte ricordava solo frammenti di canzone, così improvvisava i finali per i versi che rammentava in parte o ne creava di interamente nuovi, che assomigliavano all'originale solo nel tono.

Solo dopo qualche tempo si accorse che stava seguendo un sentiero ben tracciato che l'aveva guidata lontano dalla zona dei sempreverdi, in una parte del bosco del tutto diversa, ed ora era circondata dai tronchi scabri di alberi dal legno duro, mentre le foglie colorate continuavano a caderle attorno, e il suono di una seconda voce si univa alla sua al termine di un verso di «Renerdine». Da due cespugli di summacco emerse una ragazza con la pelle scura e gli occhi azzurri, che guardò dritto in faccia Eileen, gettò indietro la testa, e rise a gola spiegata.

«Tu chi sei?» si chiesero simultaneamente le due ragazze.

«Io vivo qui» replicarono entrambe.

«Allora tu sei una dei nuovi» disse la ragazza, «con quella grande casa che una volta era una barca. Io vivo qui» annunciò con franchezza, afferrando il polso di Eileen e trascinandola lungo il sentiero tra i due cespugli di sommacco fiammeggianti. «Abito qui con mio padre che è arrivato nel '48. Era stufo della barca perché ci metteva tanto dal Quebec, ed era estate e così ha contato fino a venti, è saltato giù dal parapetto e ha nuotato fino a riva. Vedi, la spiaggia gli piaceva, e allora su questa terra non c'era nessuno. Ma non era mai stato il tipo da vivere in riva all'acqua. Così ha fatto ottomila e novecento passi dentro la foresta – uno per ogni settimana di infelicità inflitta agli irlandesi dagli inglesi – e si è costruito una casa e ogni giorno si è spinto più a nord, a piedi, cercando un po' di lavoro. Il lavoro era difficile da trovare, ma di lì a pochi giorni ha incontrato mia madre – pochi giorni, dice lui, proprio un miracolo. Lei era una Ojibway» annunciò la ragazza, piena d'orgoglio. D'un tratto si interruppe e scrutò la faccia di Eileen. «Tu non sei inglese, vero?» chiese, sospettosa. «No... direi di no, sei irlandese, come il mio papà; e io sono mezzo quello e mezzo Ojibway, per via della mia mamma. Adesso lei è morta.»

«Come la mia... e anche mio padre.» Eileen era sorpresa per la facilità con cui comunicava con quella ragazza così loquace. «Ma ho un fratello» aggiunse.

«Ormai siamo quasi arrivati. Oggi mio padre è andato a lavorare in un fienile. Ha detto "A loro non piacerà, Molly, non gli piacerà che restiamo qui, a quelli là che stanno in quella bella casa. Dobbiamo solo starcene tranquilli per un po' e lasciare che si rendano conto della nostra presenza, a poco a poco." Questa è una gran giornata perché sei venuta a trovarci.»

«Non sono proprio venuta –»

«Tu e io abbiamo così tante cose in comune che saremo come sorelle, perché siamo irlandesi e perché le nostre mamme sono morte.»

«Io ho una penna nera» disse Eileen alla ragazza, per ragioni che non riusciva a comprendere bene. «E credo che ci fosse un uccello.»

«Là dove lavora, papà ha uccelli dappertutto, e tamie che zampettano su per un braccio e giù per l'altro.»

Erano arrivate a una piccola radura nel bosco. Nella radura c'era una capanna con una canna di stufa di latta, un piccolo laboratorio dipinto di arancione acceso, e un cortile pieno zeppo di tronchi, assi, lastre di latta e cavalletti per segare il legname. Sopra il laboratorio un'insegna proclamava: THOMAS J. DOHERTY: PITTORE DI INSEGNE E DECORATORE DI FIENILI. Ma, cosa ancora più sorprendente, la zona circostante era invasa da un insieme multicolore di macchine a vento che sferragliavano e frullavano nella brezza, e figurine meccaniche in miniatura che zangolavano burro, mungevano mucche, correvano sul posto, cavalcavano, mentre alcuni esserini solitari compivano gesti ridicoli con le braccia o scalciavano come pazzi. Stracci di vari colori sventolavano freneticamente su fili attaccati per un'estremità a un palo e per l'altra agganciati alla casupola o al laboratorio, dando l'impressione che la foresta e la radura fossero state fatte a brandelli. Le pareti dei due edifici erano ricoperte di ferri di cavallo, eccetto quella anteriore e quella di lato al laboratorio, che erano decorate con immagini di mucche, ritratte di profilo e immerse in una serie di improbabili paesaggi.

«Ecco quello che fa» disse la ragazza, indicando il dipinto della mucca. «Le fa grandi sui fienili, per denaro. Oggi ne sta facendo una.»

«E quelle...?» chiese Eileen, guardando le figurine di legno che continuavano a muoversi.

«Quelle le fa per arte» disse Molly Doherty.

Molly Doherty fu la sua prima amica, ed Eileen le avrebbe voluto bene per sempre. Molly non si innervosiva mai per i silenzi di Eileen, per la sua reticenza; la ragazza con i capelli scuri le parlava di tutto quel che le passava per la mente – bacche selvatiche, il lago, suo padre, il popolo di sua madre, cavalli, venditori ambulanti di medicinali, i cappellini che desiderava tanto – concedendo a Eileen il piacere di una compagnia occasionale. Non le chiedeva mai di rivelare il suo lato più oscuro, anche se poteva immaginare che esso esistesse. Le parlò dell'isola O'Doherty che era situata al largo della costa settentrionale dell'Irlanda; suo padre diceva che era piena di prati gialli, mucche bianche, e tre volte cinquanta delle donne più belle del mondo. «Papà dice di aver lasciato la O del suo nome a una delle bellissime donne di laggiù, e un giorno mi ci porterà, per riprenderla.»

«Mia madre veniva da un'isola a nord» disse Eileen. «Si chiamava Rathlin, e là c'erano donne che portavano sulla schiena gerle piene di alghe.»

«L'isola O'Doherty è molto diversa... non si potrebbero mai paragonare, quelle due isole.»

«Perché no?»

«Perché ai tuoi occhi sarebbe invisibile. L'isola O'Doherty può essere vista solo dai membri della famiglia O'Doherty.»

«Un'isola dell'altro mondo.»

«Sì, una di quelle.»

«L'isola di mia madre era più simile alla tua di quanto tu non possa immaginare... ma non riesco a rammentare il perché. C'era qualcosa a proposito del mare e di un lago. C'era un uccello che apparteneva a me, o a lei, ma non so quale sia.»

Le ragazze chiacchieravano ovunque: fuori, sul molo, sedute tra i sassi della spiaggia, passeggiando nei boschi o, se il tempo era brutto, come spesso accadeva, accoccolate dentro alla baracca di Doherty ingombra di materiali. Solo una volta Molly chiese una notizia che Eileen non era disposta a dare.

«Hai un innamorato?» domandò con insolita timidezza.

Era ormai il principio di novembre ed Eileen aveva sopportato la tensione dell'attesa sul collo e sulle spalle, come una corda d'arco tesa. Eppure, non voleva alleggerire quel peso confidando all'amica la storia di Aidan Lanighan; voleva conservare per sé persino il dolore che provava per lui, sorvegliato gelosamente, accanto al suo sangue. La continua assenza dell'uomo era una forte gomena che la avvinceva, e che la attirava a lui.

«No...» rispose. «Non proprio.»

«Nemmeno io» confidò Molly tutta allegra. Poi, accorgendosi che il volto dell'amica si era rannuvolato, cambiò argomento. «Mio padre sa fare anche qualcos'altro, sai?»

«Di che si tratta?»

«Ammaestra le puzzole.»

Fin dall'inizio di ottobre l'odore delle puzzole a Loughbreeze Beach era aumentato d'intensità; ora permeava l'aria quasi fino al villaggio di Colborne e, quando il vento soffiava da est, arrivava ben oltre il piccolo centro abitato di Lakeport. Liam non aveva mai visto le responsabili, anche se teneva il fucile a portata di mano in vista dell'eventualità, ma quell'odore lo accompagnava costantemente. Quando non c'era vento, la puzza era insopportabile, tanto che uno degli operai se ne andò, disgustato, e una volta Genesi e le altre mucche ne furono così disturbate che il latte inacidì. Ad Eileen la puzza non dava così fastidio come agli altri. Per lei era una manifestazione dell'inanità del suo stato; l'immagine di Aidan Lanighan si attaccava a lei come un odore che non vuol sapere di andarsene. Spesso, mentre lavava i piatti la sera, in cucina, scrutava fuori dalla finestra nel cortile buio e vedeva punti esclamativi bianchi che filavano via nell'erba. Ma quando suo fratello entrava in cucina, loro se l'erano già svignata – per il turno di notte. Le puzzole, secondo gli operai che riuscivano a sopportare la puzza, ben presto sarebbero andate in letargo, emergendo a giugno con cucciolate di cinque o sei piccoli. Dall'odore, disse uno degli uomini, si poteva già capire che ce n'era almeno un centinaio.

Questa irritazione si sommava a ciò che Liam definiva il suo «secondo problema in quell'angolo di paradiso»: lo straccione che, ora lo sapeva, si era stabilito nella parte settentrionale del bosco.

Poche settimane dopo che Eileen aveva incontrato Molly, facendo amicizia, Liam si recò nel bosco a fare un'ispezione, e trovò Doherty in persona che lavorava a una macchina del vento nello spiazzo ingombro di materiale. «Il mio nome è Thomas J. Doherty» aveva detto con vigore l'uomo, ben sapendo lo scopo della visita di Liam e senza distogliere lo sguardo dai due pezzi di legno colorato che stava cercando di mettere insieme.

Liam tentò di ignorare gli stendardi stracciati che si agitavano tutt'attorno a lui. «Da quanto tempo vivete qui?» chiese.

«Dipende» rispose Doherty, gettando a terra con un calcio il piedistallo di una statuina che rappresentava una mungitrice «da quello che intendete per vivere.» Fece un passo indietro e osservò a occhi socchiusi il lavoro. «E, naturalmente, da quel che intendete con la parola qui.»

«Qui, in questo luogo, su questa terra.»

«Da pochissimo tempo, questo è certo.»

«Ma io credevo –»

«Da pochissimo, paragonato alla lunghissima storia di ingiustizia inglese nei confronti dell'Irlanda. Anche voi siete irlandese» aggiunse Doherty, sorridendo con aria ammaliatrice. «Nell'accento avete un po' della nostra cantilena.»

«Lasciamo perdere» tagliò corto Liam. «Questa è la mia terra. Non potete continuare a vivere qui.»

«Ecco, guardate la fanciulla che parte!» Doherty aveva fissato la sua banderuola alla cima del palo. «Non è meraviglioso?»

«Dovete trovare un posto tutto per voi» continuò Liam, senza convinzione.

«L'ultimo proprietario mi permise di restare.» Doherty si accomodò su un ceppo d'albero e lentamente, con indifferenza, accese la pipa. «E lui è uno scozzese, si chiama McCormack. Ha venduto a voi, giusto? Un vero peccato che... la fattoria andava così bene: né infestazioni, né problemi, né cattivi odori. Diceva di voler scrivere un libro su un certo posto chiamato Patagonia. Per conto mio non so scrivere, ma so parlare e dipingere. E posso –»

«Vi concedo due settimane» concluse Liam. «Prendere o lasciare.»

«Bene, credo che prenderò e lascerò» rispose Doherty. «Lascerò nel senso che non me ne vado da nessuna parte, e prenderò nel senso che avrò le due settimane e molte, molte di più.»

Liam scorse il visetto tondo dell'amica di Eileen, con i suoi capelli scuri, incorniciato dalla finestra. La ragazza alzò la mano per salutarlo.

«Due settimane» ripeté Liam con la sua nuova voce da proprietario terriero.

«Posso rendervi la vita molto più facile o molto più difficile» gridò Doherty a Liam, che si stava già allontanando. «L'ultimo proprietario non ha avuto problemi. Vostra sorella, quella sì che è una brava ragazza. Lei e la mia Molly sono diventate amiche.»

Mentre Liam tornava alla fattoria e al fienile, le cortecce delle betulle bianche tremolavano ai margini del suo campo visivo e il sommacco ardeva. Il ragazzo si era accorto che il vento andava scemando, e l'odore delle puzzole si faceva ancora più penetrante di quanto non fosse nelle sere precedenti. Era l'odore di una rabbia più sottile, più insinuante di quanto avesse provato durante l'adolescenza. Il sommacco aveva il colore di una cosa del tutto differente, qualcosa che anticipava molto più del gelido inverno che, lo sapeva, di lì a poche settimane sarebbe sceso su ogni cosa, giungendo al lago da est. Passando accanto al cespuglio, spezzò due o tre rami e, giunto a casa, li mise in uno dei vasi che aveva acquistato per Eileen e che lei non aveva ancora riempito.

Una settimana più tardi Eileen tornò dalla visita a Molly e scoprì che il lago era in un furioso tumulto sotto il cielo imbronciato, ma attorno alla fattoria non c'era vento e l'odore delle puzzole aleggiava pesantemente nell'aria.

Liam stava rivoltando il fieno, senza metodo ma ostinatamente, e sembrava che volesse creare una nuova topografia all'interno di uno spazio chiuso, controllato.

«Mr. Doherty riesce ad addomesticare le puzzole» gli disse Eileen. «Me l'ha detto Molly.»

«Ma per l'amore del cielo, Eileen.»

Eileen salì due pioli della scala che portava al soppalco. Tenendosi aggrappata con una mano e un piede, ruotò lentamente il corpo. «Io le credo.»

Liam fece una smorfia di disprezzo. «Sì, come un tempo tu parlavi con gli uccelli.»

«Davvero?» Eileen ruotò in direzione opposta, e la sua mano faceva da cardine sul palo di legno. «Molly è per metà Ojibway» disse con aria assente.

Liam si rialzò per un istante e si appoggiò al forcone. «Ti ricordi quell'Ojibway, Exodus Corvo, quello che riportò indietro la mamma? Papà se la intendeva a meraviglia con lui. Io ci misi un po', ma alla fine piacque anche a me.» Una forte zaffata di puzzola invase il fienile. «Gesù» continuò Liam «non riesco più a sopportarlo. Forse è questo il motivo per cui McCormack ha venduto la proprietà, anche se Doherty afferma che non aveva nessun problema con le puzzole.»

«Non ricordo quell'Ojibway» disse Eileen.

«Ma è impossibile. Eri tu quella che gli era più affezionata.» Liam riprese il lavoro. Eileen scese dalla scala a pioli e camminò in equilibrio su una bellissima asse resa liscia e lucida dal grano. Nel freddo riusciva a vedere il suo fiato e aveva le mani intirizzite.

«E così adesso sei un proprietario terriero» disse al fratello, voltandogli la schiena.

«E con questo che vorresti dire?» chiese lui, sospettoso.

«Be', hai comprato tutta questa terra e c'è gente che ci vive e stai per cacciarli via.»

«Io l'ho comprata onestamente e senza imbrogli. Non me ne sono impadronito, nossignora. Ho pagato in contanti.»

«A chi?»

«A McCormack… lo sai benissimo.»

«E lui da chi l'aveva comprata?»

«Gli era stata assegnata dalla Corona per aver servito nell'Esercito Inglese. Che cosa significa questa storia, Eileen?»

«E loro – voglio dire, quelli della Corona – da chi l'avevano avuta?»

«Non l'avevano avuta da nessuno, Eileen, era qui e basta. Ecco tutto.»

L'orlo della gonna di Eileen era impolverato dalla polvere di grano. Si chinò a spazzolarsi. «Io credo che l'abbiano avuta da qualcuno.» Mise la mano in tasca e tirò fuori una pietra piatta e quasi rettangolare, con un bordo affilato. Mostrandola a Liam, disse: «Molly afferma che è un coltello per scuoiare. L'ho trovato sulla spiaggia».

«Molto interessante. Cristo, ma questo odore non se ne andrà mai?»

«Credo che gli inglesi abbiano preso la terra agli indiani, come l'hanno presa agli irlandesi. E poi si sono limitati a farli morire di fame, oppure...» e guardò dritto in faccia Liam «li hanno cacciati via, o entrambe le cose.»

Liam non replicò.

«Così hai intenzione di scacciare delle persone da una terra che, tanto per cominciare, non avresti mai avuto se gli inglesi non l'avessero rubata... e se non avessero rubato l'Irlanda.»

«L'Irlanda non ha niente a che vedere con questo.»

«E invece sì... l'hai comprata con il denaro di un uomo che possedeva terre irlandesi.»

«No, lui non era un cattivo diavolo» disse Liam, sulle difensive.

«Ecco perché non è più un proprietario terriero. Adesso lo sei tu.»

Liam gettò a terra il forcone. «E da quando in qua sei diventata così saccente e saputa e politicante? Perché non ti metti in lizza per il Parlamento, visto che sai così tante cose? E poi che cos'è questa faccenda? D'un tratto sei tre volte più chiacchierona di quanto non sei stata da mesi e mesi, peccato che tu dica solo scemenze. Io voglio soltanto coltivare la terra... è forse un crimine? Anche tu vivi qui» aggiunse.

Eileen si diresse alla porta del fienile. «Se fossi in te, concederei a Mr. Doherty la possibilità di occuparsi delle puzzole.»

«Doherty ha ancora sei giorni per andarsene.»

«Dagli una possibilità con le puzzole, Liam» disse Eileen oltrepassando la soglia del fienile. «Altrimenti te ne pentirai.»

Liam non parlò con la sorella per due giorni, ma la mattina del terzo giorno lei lo vide inoltrarsi nel boschetto di cedri, e riemergere un'ora dopo con Doherty e Molly al seguito.

Mentre passavano davanti alla casa, Eileen scorse le medagliette dei santi ciondolare sul berretto di Thomas J. Doherty, e lo sentì mentre spiegava a Liam che il muschio stava spuntando sul lato a ovest degli aceri, il che poteva solo significare che l'inverno sarebbe stato rigidissimo. Erano diretti alla spiaggia. Eileen agguantò una delle giacche di Liam e si unì a loro.

Molly teneva in mano due grandi ceste. «Papà mi fa raccogliere i sassi bianchi» spiegò a Eileen, «mentre lui pronuncia le preghiere. Dio, da queste parti l'odore delle puzzole è potente.»

«Questo significa –»

«Tuo fratello dice che se le puzzole spariscono noi possiamo restare. E papà ha aggiunto all'affare anche il ritratto sul fienile di una vostra mucca, una certa Genesi.»

Doherty stava dicendo a Liam che era necessario pregare i santi che avevano legami con gli animali. «San Gerolamo per il suo leone, san Francesco perché parlava agli uccelli, e san Patrizio perché si tratta di un esilio. Sono venuto a voi come decoratore di fienili ed esiliatore di puzzole» disse con fierezza. «E come irlandese e devoto cattolico.»

«C'è una cosa triste da dire, a proposito delle puzzole» continuò «perché loro non hanno nessun patrono, nessun santo che le protegga... poiché sono originarie del Nord America e i santi invece sono nati dall'altra parte dell'Oceano Atlantico. E quelle poveracce non sono mai riuscite a nascondersi sulle navi tanto da poterlo attraversare, visto che la loro presenza viene scoperta così facilmente. Quindi si devono accontentare dei santi degli altri animali. È davvero triste.»

Liam annuì e lanciò un'occhiata a Eileen, alzando scetticamente le sopracciglia.

«Dunque, se solo san Patrizio potesse tornare per far qualcosa a proposito di quelle serpi inglesi» stava dicendo Doherty. «Ma Dio deve avere un piano di più ampio respiro.»

Eileen si chinò a raccogliere un sasso bianco per il cesto di Molly, poi si rialzò e scrutò l'orizzonte. Ai bordi degli strati di calcare, le alghe si muovevano nell'acqua come lunghi capelli verdi. Si sentiva bene, quasi felice, impegnata a cercare, chinandosi, raccogliendo. Il Grande Lago era punteggiato di scintille di vivida luce, come se un essere grande e potente avesse gettato giù dal cielo manciate di stelle. I sassi bianchi, quando li trovava, erano lisci e freddi e si adattavano benissimo al palmo della sua mano. Molly chiacchierava ad alta voce, insegnando a Eileen come gettare larghi pezzi di pietra calcarea sull'acqua increspata. «Mi piace tuo fratello» disse «e sarà di umore migliore, quando le puzzole se ne saranno andate.»

Due giorni dopo l'odore delle puzzole era più forte che mai. Consultato da Liam, Doherty gli rammentò che l'ora più buia è quella che precede l'alba e che la pazienza era la virtù che il Signore Iddio prediligeva su tutte le altre. Il territorio della fattoria era decorato da cerchi, frecce e punti interrogativi, tutti composti di sassi bianchi. E Molly, seguendo le istruzioni di suo padre, aveva composto le parole ANDATE E MOLTIPLICATEVI DA QUALCHE ALTRA PARTE sull'erba di fronte al lungo porticato anteriore, dove le pietre brillavano al sole.

Eileen aveva paura per la sorte dell'amica. «E se non se ne andassero... le puzzole, intendo dire» chiese a suo fratello la sera del secondo giorno.

Liam posò il libro che stava leggendo. «Credo che lo faranno... probabilmente domani. Inoltre, l'odore non mi da più tanto fastidio» disse in tono casuale. Poi, con grande sorpresa di Eileen, aggiunse: «Comunque, un ritratto di Genesi per me sarebbe stato ragione sufficiente per farli restare».

Il mattino dopo, all'alba, mentre lavava i piatti della colazione, Eileen guardò fuori dalla finestra e vide una folla di puzzole che si dirigeva bel bello nei boschi e scompariva. Thomas J. Doherty e Molly arrivarono un'ora dopo per raccogliere i sassi. «Queste pietre bianche devono essere gettate, una a una, nel Grande Lago, altrimenti l'anno prossimo le puzzole torneranno con i loro piccoli» confidò Doherty.

Liam emerse dal fienile, strinse la mano a Doherty, e accompagnò Molly e Eileen alla spiaggia, per la cerimonia del lancio dei sassi. Anche se per lo più teneva lo sguardo fisso all'orizzonte, Eileen non poté evitare di accorgersi che suo fratello faceva bella mostra di sé, si pavoneggiava. Il corpo chino, gli stivali che crocchiavano sui ciottoli della spiaggia, tentava di gettare i suoi sassi a incredibile distanza, sopra l'acqua.

Era un giorno limpido e freddo di fine autunno. A Port Hope si stavano martellando gli ultimi chiodi nell'ultima versione della Seaman's Inn, mentre i fratelli O'Shaunessy se ne stavano sulla riva, ammirando il nuovo edificio e litigando sulla data dell'inaugurazione ufficiale. Più a nord, a Elzivir Township, contea di Hastings, Osbert Sedgewick stava incollando delle foglie autunnali su un album che aveva fatto lui stesso con corteccia di betulla tenuta insieme da fil di ferro, e nel frattempo osservava l'operaio che aveva assunto a Madoc, il quale stava installando una cancellata di ferro battuto attorno alle tombe.

E a Ottawa, capitale della nuova nazione, il politico irlandese-canadese, D'Arcy McGee, escluso dal primo gabinetto del Dominio nonostante i suoi sforzi di portare avanti la causa della Confederazione, si avviava lemme lemme verso Parliament Hill, zoppicando vistosamente a causa di un'ulcerazione alla gamba, che si era infiammata per le preoccupazioni degli ultimi mesi. Nella sua prima sessione parlamentare del nuovo Dominio avrebbe occupato un seggio che si era conquistato a fatica nelle elezioni autunnali. I suoi nemici lo braccavano, i suoi alleati politici lo stavano abbandonando e il suo elettorato, i poveri irlandesi della rada di St.Anne a Montreal, era confuso dal suo atteggiamento, se non amareggiato. Era alto meno di un metro e sessanta, di una bruttezza insolita, un poeta sentimentale e prolifico, e aveva il fegato mezzo andato a causa di una passione per la bottiglia che durava da sempre. Ma quando apriva bocca per parlare, il mondo attorno a lui restava in silenzio, e ascoltava; le sue parole erano come una rete invisibile che si stendeva sul caos delle folle. Era il suo dono e la sua maledizione; la capacità di entrare in contatto, e poi di provocare devozione o rabbia eterne. Quando McGee apriva bocca per parlare nessuno che fosse in grado di ascoltarlo riusciva più a distogliere l'attenzione.

Negli ultimi mesi aveva aperto bocca per parlare decisamente troppo di frequente.

6

Eileen prese a leggere «Irish Canadian», un mensile di Toronto che aveva scoperto nella baracca di Doherty; ricordava che una copia stava appesa a un bastone di legno anche nella vecchia Seaman's Inn. Conteneva un bizzarro assortimento di pessime poesie, romanzi d'appendice, proclami a mezzetinte, lettere indignate al direttore, annunci pubblicitari di cliniche oculistiche o di otorinolaringoiatri, pettegolezzi, necrologi, partecipazioni di nascite, cronache di burle feroci, satira politica, inviti a riunioni della Hibernian Benevolent Society e della Società Letteraria di San Patrizio, editoriali esagerati e in stile ampolloso e una rubrica, *Strano ma Vero*, piena di fatti bizzarri. Le autorità lo consideravano una minaccia di stampo feniano così pericolosa che il suo direttore veniva regolarmente rinchiuso in cella – a volte persino per sei mesi di fila. Di conseguenza, la diffusione e la distribuzione erano piuttosto irregolari. Quando il giornale arrivava nelle mani di Eileen era monco, stropicciato, coperto di appunti e ormai vecchio di mesi, poiché era giunto, con settimane di ritardo, alla casa di uno dei clienti di Doherty e da lì era passato nelle mani del decoratore di fienili. Eileen leggeva ogni riga, meravigliandosi della miscellanea di dettagli che comprendevano accenni ai ventitré mercati di carne equina di Parigi, in Francia, e al fatto che il poeta Tennyson trascorreva lunghi giorni leggendo e meditando per scrivere appena sette o otto stanze. Beveva le eloquenti parole dell'ultima esplosione di McGee contro il nazionalismo irlandese e le sue denunce di simpatie feniane in Canada, che venivano riportate con tanto di commenti sprezzanti. Suo fratello diceva che il giornale era una scemenza e che non voleva vederselo tra i piedi in salotto. In seguito a questa dichiarazione, Eileen lo lesse in segreto, con la porta della sua stanza chiusa a chiave. Non aveva intenzione di cedere. Sapeva che era pieno di messaggi nascosti da parte di Aidan Lanighan. Nelle frasi del giornale poteva sentire il battito del cuore di lui.

Oltre la finestra, il Grande Lago aveva cominciato a gettare pezzi di ghiaccio verso la riva. Tutte le vele erano sparite. Quel giornale divenne il suo unico legame con il calore che lei conservava nei sogni e nel ricordo, una sottile catenella d'argento che legava due uccelli in volo. Era dicembre. La neve ricoprì i sassi. A volte Eileen udiva il rumore di un treno che passava sui binari a più di un miglio di distanza, a nord, e il suo sibilo era il grido di un animale. La sua poesia preferita, che aveva trovato sul giornale, si intitolava «La sposa del patriota» e terminava con questi versi:

Questa è la profonda inquietudine del suo petto candido e puro
Per il fato di questa terra sfortunata.
E lo spirito che sospira per la selvaggia rivolta
Di qualche compagnia di patrioti coraggiosi.

Nei pomeriggi di dicembre lei stirava, a volte sempre le stesse bluse e le stesse gonne, di continuo, mormorando tra sé e sé parole dell'«Irish Canadian», come se le stesse imparando a memoria. *«Buio», disse il giovane straniero dopo qualche minuto di silenzio, «e luce.»* oppure *Profondamente rimpianto da tutti coloro che lo conoscevano*, oppure *Il frutto nelle menti dei contadini oppressi*, o ancora *A Filadelfia cento uomini di colore in buona salute, tutti reduci dall'ultima guerra, hanno offerto i loro servigi per marciare fino al confine canadese e combattere per la libertà e l'indipendenza irlandesi.*

A volte si limitava a cantilenare elenchi di parole nuove, parole che non aveva mai usato nella conversazione quotidiana: «munizioni, indignazione, asserzione, benevolenza, infame, cospirazione, sprezzante, oblio, pregiudizievole». Un titolo attirò la sua attenzione e le si fissò nella mente, perché il resto dell'articolo era stato strappato. D'ARCY MCGEE DÀ FUORI DI MATTO! annunciava, seguito da una frase spezzata del testo che esordiva: «Dopo il suo calunnioso discorso di Wexford...» Lei aveva cercato la parola «calunnioso» – «pieno di inganni» – nel vecchio dizionario di suo padre, che Liam aveva portato nello zaino durante il lungo tragitto notturno, a piedi, e poi aveva cercato il significato di «dar fuori di matto». «Infuriarsi, prendersela, scaldarsi» le diceva il dizionario. «Agire con modi eccitati, violenti, furiosi» diceva. Era quello che lei voleva, lo sentiva, dar fuori di matto, e le dispiaceva che quegli eccessi fossero nelle mani del traditore.

Quel pomeriggio stava stirando, applicando calore e pressione al tessuto, respirando l'odore della biancheria pulita, con la frase «dar fuori di matto» che le turbinava nella mente, quando, in fondo al vialetto, comparve Aidan Lanighan. Da principio pensò che Liam, che aveva portato la falciatrice in città, fosse finito nel fosso e stesse tornando a piedi. Poi vide il colore dei capelli dell'uomo contro la neve. Era chino per contrastare il vento, le mani cacciate in fondo alle tasche. Eileen non riusciva a muoversi, poteva a malapena socchiudere gli occhi. Lui era più basso di quanto non ricordasse, così chino. Eileen vide se stessa che correva lungo il sentiero, i suoi capelli una fiamma in inverno, ma scoprì che era inchiodata nella posizione che aveva assunto quando aveva sbirciato fuori dalla finestra; una mano allungata a prendere una camicia appoggiata sullo schienale della sedia, l'altra che teneva il ferro da stiro dritto, la sua bocca che ancora formava l'ultimo suono che aveva mormorato. Poi le sue membra si sciolsero e corse alla porta, rovesciando la sedia e il ferro mentre si precipitava nell'aria invernale. Cristo, pensò, Liam vedrà le sue orme, perché fino a quel momento aveva creduto che il cammino di lui verso di lei sarebbe stato un tragitto senza tracce, mosso dal vento sulla superficie del lago. Quando lo raggiunse, gli afferrò la manica e lo trascinò nel fienile. Lui rise tra le sue braccia, i capelli coperti di neve.

Nel soppalco le cacciò le mani sotto gli abiti, cercando la sua pelle, e al tocco delle dita gelide Eileen trattenne il respiro, la faccia affondata nel collo di lui, circondati dal fiato che usciva dalle loro bocche.

«Sei sola?» chiese lui.

Eileen aveva il volto arrossato, e un rivolo di sudore all'attaccatura dei capelli, nonostante il freddo. «Liam non è qui, se è ciò che intendi dire.»

«Ho bisogno di restare per qualche giorno.»

«Ma lui tornerà e non ti permetterà di entrare in casa.»

«Posso rimanere quassù… solo per un paio di notti, poi salterò su un treno per Montreal.»

«Da dove arrivi? Dove sei stato?»

«Toronto.»

«Farà freddo qui… congelerai.»

«C'è la paglia… me la caverò. Se tu mi porterai da mangiare, me la caverò.»

Sentendo le campanelle della slitta di Liam, Eileen si scapicollò giù per la scala, scuotendosi dalla gonna i fili di paglia. «Verrò quando farà buio» mormorò.

Al suo rientro, la cucina era piena dell'odore del fumo, anche se l'aria era leggera e pulita. Eileen raddrizzò la sedia rovesciata e si chinò a raccogliere il ferro caduto a terra. Aveva lasciato una traccia triangolare nera sul pavimento di legno, e un po' di vernice bruciacchiata era ancora attaccata sul fondo. La bruciatura, in sé, pensò Eileen per un istante, assomigliava all'orma carbonizzata dello zoccolo di un grosso animale.

Le successive generazioni della famiglia avrebbero esitato a togliere l'asse con il segno del ferro, ma senza saperne il motivo. Quando glielo chiedevano, la vecchia Eileen si stringeva nelle spalle e distoglieva lo sguardo. La ragazza che era allora fece scorrere le dita sulla superficie, percependo il calore ancora trattenuto dalla struttura del legno. Per lei era una prova della sua stessa emozione; il momento di contatto con il sogno, la mano di Aidan Lanighan che bruciava la pelle della sua vita.

A notte fonda Eileen tolse da un gancio nel deposito della legna la lanterna che aveva illuminato il viaggio notturno e, con un bel po' di fiammiferi in tasca, e carne di maiale, pane e burro avvolti in carta oleata sotto il braccio, attraversò il cortile coperto di neve fresca, sperando che prima dell'alba il vento si alzasse a cancellare le sue orme. Giunta sotto il soppalco accese lo stoppino e iniziò a salire la scala, posando la lanterna sul piolo soprastante, in modo che il suo arrivo fosse preceduto dalla luce dorata e da ombre danzanti. Aidan Lanighan era rannicchiato, tremante, sulla paglia. Era una notte fredda e limpida; le stelle penetravano negli interstizi tra le assi al lato opposto del fienile, avvolto nel buio. Mentre lui si avventava sul pane e sulla carne, Eileen lo travolse di domande, pretendendo dettagli della sua vita. Ma lui non era disposto a dirle per quale motivo era stato a Toronto e le propose, invece, uno scarno resoconto della sua infanzia nella baraccopoli irlandese di Griffintown, a Montreal. Come Liam, era arrivato in Canada spinto dalla carestia, sua madre era morta nelle stanze della quarantena, mentre suo padre era diventato operaio con una paga da fame. Le disse che anche lui era stato apprendista presso un vicino che faceva il sarto. Era un lavoro facile, disse, si poteva svolgere ovunque. Stava pensando di trasferirsi a Ottawa.

Dopo l'invasione feniana era stato in prigione, così come suo padre e «tutti i disperati irlandesi-cattolici su cui quei bastardi riuscirono a mettere le mani.» Molti erano suoi amici – persino qualche prete. «Nessuno di noi» aggiunse «aveva niente a che vedere con quella storia. Certi non avevano mai neppure sentito pronunciare la parola "feniano". Fu una disgrazia.»

«Io so tutto in proposito» disse Eileen. «Conosci quel direttore, quel Boyle?»

«Sì, conosco Boyle.»

«Ho letto il suo giornale e l'ho capito. Ho capito l'ingiustizia.»

«Ingiustizia, dici?» Era divertito dal modo in cui la ragazza usava quella parola.

«E a proposito di quel tale McGee – i suoi discorsi.»

«Ho sentito McGee, parecchie volte.»

«E lui è un voltagabbana. St.Anne è il suo distretto, no? Non è lì che si trova Griffintown? E si è rivelato un traditore.»

«Come fai a saperlo?»

«È scritto così sul giornale. Tu conosci Patrick Boyle... non è fantastico il modo in cui dice le cose sul suo giornale?»

«Io non ne so niente.»

«Ma l'ha fatto, devi vedere –»

«Non lo so» la interruppe Aidan Lanighan «perché non ho mai imparato a leggere.»

A causa del freddo, quella prima notte raggiunsero una conoscenza dei rispettivi corpi solo parziale, scoordinata; Aidan lasciò che pochi centimetri di stoffa si aprissero attorno a un seno, Eileen sbottonò una quindicina di centimetri di camicia per posare la guancia contro la peluria, sul cuore di lui. Il dolore della penetrazione la fece gridare e lui le coprì la bocca con la curva fresca del palmo, fino a quando lei si mise a gemere e si acquietò, con la sensazione che il dolore venisse sostituito da una specie di malinconia che solo in seguito avrebbe riconosciuto come piacere. Poi lui pianse, brevemente, prima di cadere in un sonno agitato durante il quale le sue membra si torcevano, come se stessero ricordando una danza. Eileen percepiva il liquido caldo tra le cosce e il tocco leggero delle lacrime di lui che le scivolavano lungo il collo. Lo ricoprì con un pesante scialle a disegni cachemire che il fratello le aveva comprato a Port Hope, e scrutò il viso liscio di Aidan per un'ora alla luce della lampada, il fiato di lui che annuvolava l'aria, il suo stesso fiato che usciva a fiotti convulsi, e le mani tremanti, mentre cercava di sistemarsi i capelli e di riabbottonarsi gli abiti.

Quando si alzò per andarsene, Aidan si svegliò e le afferrò la gonna, tirandola a sedere accanto a sé. «Ascolta» mormorò «è stato in quella cella che ho imparato a danzare, la notte, quando gli altri, stanchi e solitari, si rintanavano nei loro pensieri. Io sapevo fischiare, e lo feci per un po', fino a quando la guardia non mi gridò di smetterla. Ma io non ero disposto a farlo. Fischiai ancora di più e danzai e danzai fino a quando gli uomini si avvicinarono alle sbarre delle celle, gridando evviva e incitandomi. Una volta venni picchiato per la mia danza, ma non smisi.»

«Hai danzato per McGee?»

«Ci ho provato.»

«Ma lui non l'ha mai capito?»

«No, non l'ha mai capito.»

Nei due giorni seguenti lei talvolta scivolava fuori dalla casa con latte caldo di mucca o una scodella di porridge, ma per lo più se ne stava chiusa in cucina, per paura di destare i sospetti del fratello. La seconda notte spogliò Lanighan e fece scorrere le mani su quel corpo così poco familiare mentre lui restava steso, tremando e ridendo nel freddo. Poi lei gettò i suoi stessi abiti nella paglia e si sdraiò accanto a lui, osservando la sua gamba morbida accanto a quella di lui, più dura, più scura. La pelle di Aidan sapeva di sale e polvere, la bocca di lui sul suo capezzolo era l'unico punto caldo in un mondo gelato. Quando non poterono più sopportare il freddo si seppellirono nella paglia, gli abiti abbandonati, e si nutrirono uno del calore dell'altro, ansimando. Eileen era devastata da quella nuova piacevole malinconia. Lanighan si avvolse i capelli di lei attorno al collo come una sciarpa e si addormentarono, abbracciati.

Una volta, svegliandosi di colpo, Eileen scosse la spalla di lui. «Mi ricordo di te» disse, afferrandogli i capelli con la mano. «Qualcosa in me ti ricorda, da qualche parte.»

«La Seaman's Inn.»

«No... qualche altro posto. Come potrei conoscerti così bene?» Si infilò la gonna di lana, gli stivali. «Non ci lasceremo mai, anche se saremo separati.»

Eileen afferrò il coltello che aveva portato con la carne e il pane. Chinandosi verso la luce si tagliò una ciocca di capelli e la porse all'uomo.

«Tienila sempre» disse. Il vento scuoteva il fienile e si insinuava tra le fessure. Aidan ebbe un gemito e si coprì le gambe con la paglia. «Quando te ne vai ti porti via tutto il calore» disse.

Il mattino seguente se n'era andato.

La neve turbinava al di là delle finestre della fattoria di Loughbreeze Beach. Aidan se n'era andato nel mezzo della tempesta del primo mattino, senza lasciare impronte nel cortile. Eileen fissò a lungo la paglia, per trattenere qualche impronta reale del suo corpo, un ricordo della sua presenza. Ma non c'era nulla di lui, niente di niente. Nulla eccetto la lunga ciocca dei suoi capelli, negletta, inanimata nella debole luce invernale. Non aveva preso con sé l'unico dono che lei gli aveva fatto e, Eileen se ne rese conto di colpo, non aveva neppure chiesto della pistola.

Passando per le stanze della casa, Eileen si sentiva inutile, sconvolta dal dolore, e furibonda. Per giorni e giorni, dopo aver portato a termine senza entusiasmo i doveri domestici, fece un pellegrinaggio nei luoghi che erano stati toccati dall'esistenza di Aidan. Il salotto che in un'altra vita era stato scosso dalla sua danza, il corridoio al piano di sopra dove per la prima volta lui aveva spinto la bocca contro la sua, il segno scuro e triangolare sul pavimento della cucina provocato dalla sua apparizione sul vialetto. Strofinando i pavimenti con furia, Eileen evitava i punti che lui aveva calpestato o su cui aveva danzato, nel timore che la spazzola e la saponata potessero cancellare ogni traccia, ogni profumo di lui dall'edificio che la ospitava – dalla sua vita.

La notte giaceva sveglia mentre la tormenta sibilava e la casa gemeva nel vento, inventando per lui una comunità – una banda di coraggiosi patrioti – composta dai pochi brandelli di informazioni che le aveva fornito, la saga celtica delle «antiche pene» che suo padre le aveva insegnato, e le bizzarre combinazioni di realtà e finzione che aveva letto nell'«Irish Canadian». Nei suoi sogni, McGee appariva in lontananza, una bestia accucciata, un goffo iceberg, lei su una riva lontana e Aidan che la chiamava dalla sommità della massa di ghiaccio.

La sera suo padre le cantava spesso le canzoni irlandesi che parlavano di Castle O'Neill, mentre lei gli sedeva in braccio accanto al fuoco. Una volta, gli aveva chiesto di tradurre i versi, e la sua mente di bambina, incantata dall'immagine creata dalle parole, aveva ricordato un verso. Aveva cantato le parole un giorno d'inverno quando i rami nudi del salice erano coperti di brina. Era stata circondata dalla luce; l'ombra dei rami dell'albero erano una rete di vene azzurrine nella neve. Ora, perlustrando la casa, mormorò quelle parole: «Non aspiro a una dote di pecore e bestiame o terra, ma le mie due mani che sostengono il tuo capo come un cuscino di rami»; e non pensò mai ai rami che l'avevano sostenuta così di frequente.

Tre giorni prima di Natale, Thomas J. Doherty trascinò un abete lungo il sentiero che emergeva dal boschetto di cedri portandolo fino al salotto, poi tornò il giorno seguente con un assortimento di uccelli che aveva intagliato e dipinto, per decorarne i rami. Eileen cucinò un'oca per suo fratello, i Doherty e i tre operai della fattoria. Preparò un *plum pudding* con salsa densa e tagliò biscotti a forma di stella da una spianata di pasta di farina d'avena. Ma le sembrava che la casa si piegasse in strane direzioni, come in ricordo della traversata sul lago, e i frammenti irregolari e scabri di ghiaccio che riempivano la piccola baia avevano un aspetto affilato e minaccioso. Liam e Molly cantarono insieme carole di Natale, uno degli operai aveva una fisarmonica. Eileen lottò contro il desiderio di piantarsi il gomito nel fianco, chinandosi in due per il dolore. Impossibile osservare il ghiaccio lucente sul lago. Né l'orto invernale né i cedri cupi circondati dalla neve riuscivano a placarla. Non esisteva una veduta neutrale.

Continuava senza posa a creare Aidan, gli attribuiva frasi che lui non aveva mai pronunciato. «Ti amo» le diceva nella sua immaginazione. «Tu sei il mio tesoro.» Poi, guardando nell'inferno del fuoco della stufa, Eileen pensava: Ha scordato i miei capelli; non ricordava nemmeno di avermi consegnato la pistola.

Nella sua immaginazione la banda di pazzi vagabondi, disperati combattenti per la giustizia, nazionalisti irlandesi con il cuore a pezzi che lei aveva messo insieme per farne la famiglia di Aidan Lanighan non stava mai ferma. I patrioti galoppavano sulle colline con il vento tra i capelli oppure saltavano avanti e indietro su enormi tronchi galleggianti, come aveva visto fare dagli uomini durante il trasporto del legname nel territorio di Elzivir. La notte correvano con la luna alle spalle, e quando sedevano a tavola e parlavano – usando nuove frasi che lei aveva imparato sul giornale di Boyle – erano tesi, con la schiena dritta, pronti a dar battaglia. Avevano nel corpo l'energia dei giovani puledri che aveva visto scalciare indefessamente all'alba, nei campi accanto ai quali lei e il fratello erano passati l'estate prima. Erano compagni d'armi, leali fino allo spasimo, e i nuovi domini erano l'arena dei loro combattimenti. Erano tutti uomini, eppure Eileen era convinta di essere una di loro, credeva che la mano di Aidan Lanighan le avesse garantito un ruolo nel teatro, nelle rappresentazioni che costituivano le loro vite.

Subito dopo il disgelo di gennaio e la massa di aria artica che lo seguiva sempre, la baia alle spalle della spiaggia sassosa gelò liscia e profonda nell'aria fredda e senza vento. Gli abitanti del villaggio di Colborne arrivarono con una slitta leggera fino al Grande Lago, portando pattini e rompighiaccio. Molly e Liam si unirono alla compagnia, così come Thomas J. Doherty, il cui rompighiaccio personale esibiva vele coloratissime e piccole banderuole segnavento. Eileen rimase alla finestra davanti alla quale Aidan Lanighan era restato in meditazione, e da dove lei, a sua volta, era rimasta a osservare la riva del Grande Lago scivolare via; e si accorse che la baia era diventata un luogo di pubblico ritrovo. Là dove un tempo c'era stata solo acqua scintillante, illimitata, e l'attesa di una particolare vela, ora c'era un insieme di preti e bottegai infagottati, figli maggiori e figlie minori, contadini e tessitori, mogli e zitelle. Qualcos'altro stava distogliendo Eileen dalla normalità, lo sentiva; la allontanava, faceva sì che potesse unirsi alla banda patriottica, giacendo tra le braccia del suo amante. Anche coloro che amava, suo fratello e i due Doherty, erano in grado di pattinare allegramente tra la folla, scambiando saluti in esuberante festosità, mentre lei si era affiliata agli invisibili compagni di Aidan Lanighan e a tutte le antiche pene che credeva loro agognassero. Si infilò il mantello azzurro e la cuffietta e si recò con la slitta, come ormai faceva di frequente, a vedere il treno delle due e quindici sferragliare via, diretto rumorosamente a est, verso Montreal. Si rendeva conto di non avere nulla di suo, se non la separazione dagli allegri pattinatori, il ricordo del corpo di un giovane uomo, il sogno di un gruppo di persone legate dalla passione, e il suo costante stato di desiderio, un unico desiderio. E in un cassetto al piano di sopra la sua biancheria e i suoi indumenti, e tre di quattro oggetti significativi, e tra questi una pistola.

Dopo che il treno fu passato, e tutte le tracce del frastuono si furono dissolte nell'aria, Eileen attese, come al solito, per venti minuti, nella convinzione che Aidan Lanighan fosse sceso da una delle carrozze alla stazione di Colborne e si stesse dirigendo verso la sua slitta, dopo aver portato a termine qualche misteriosa missione a Toronto. Vedendo che lui non giungeva, tirò rabbiosamente le redini, fece fare dietro front alla pesante slitta, e tornò a tutta velocità al lago e alla luminosa, negletta stanza dove Aidan Lanighan aveva danzato; cominciava a credere che lui sarebbe rimasto per sempre assente da quelle mura.

Quando suo fratello e Molly giunsero barcollando goffamente sui pattini fino in casa, lei aveva già tolto una banconota da cinquanta sterline dalla pila – in rapida diminuzione – che Liam teneva in una scatola da biscotti sotto il letto, e l'aveva aggiunta alla sua collezione di oggetti speciali, nel cassetto.

Quella notte, mentre Liam riaccompagnava Molly alla baracca nel bosco di cedri, Eileen rimase a fissare a lungo i tre quarti di luna sul lago gelato. Il ghiaccio sembrava sottile, miserando e fecondo; dal canto suo, sembrava che qualcuno potesse senza fatica gettare la luna giù dal cielo, come una monetina. Oltre i progetti che lei aveva creato per Aidan Lanighan, con lei al suo fianco, non c'era nessuna magia. Fin dall'arrivo dell'aria gelida non era più caduta altra neve, e il terreno dietro il porticato era rigido alla luce della luna. Avrebbe cercato il suo amante, se ne sarebbe andata da lì.

Nella sua grande stanza, affacciata sul lago, Eileen volse la schiena alla luna e scrisse un verso nella lunga lettera, impossibile a consegnarsi, la cui stesura impegnava le sue serate.

Riconoscerei la tua ombra anche fuori, nel sole accecante
Eroe luminoso e amore, per te ho sofferto una limitazione.
Sono i tuoi folti capelli ricci che mi riempiono di malinconia
E separarmi da te mi ha lasciato accanto, per sempre, questo dolore.

Smise di scrivere e fissò per un istante la fiamma del lume a olio. Se entro due mesi lui non fosse apparso in fondo al vialetto, sarebbe andata a cercarlo. Il lago paralizzato oltre le finestre conduceva a un grande fiume, e il fiume a Montreal. Immaginò di pattinare laggiù mentre la folla ordinaria giaceva, addormentata, a letto. Poi rammentò le rotaie argentate che ogni giorno andava a vedere. Avrebbe aspettato fino a primavera, e se lui non fosse arrivato, sarebbe andata a cercarlo.

Eileen tracciò un segno nero sulle parole «per sempre», nell'ultima parte della strofa. Non avrebbe aspettato, non avrebbe sofferto per sempre.

Più a nord, nel territorio di Elzivir, c'era stata una nevicata, e Osbert Sedgewick, spegnendo l'ultima lampada a olio nella casetta, guardò fuori dalla finestra. Il delicato riflesso azzurrino della radura lo riempiva di meraviglia, si sentiva commosso dalla struttura che la cancellata di ferro battuto attorno alle tre tombe disegnava sul nevischio, accanto alle lapidi di marmo. Pensò a Liam e a Eileen, al loro recente benessere in una terra del tutto nuova; i loro figli sarebbero stati liberi, non avrebbero servito un padrone, avrebbero scelto chi adorare, non avrebbero dovuto rispondere a nessuno. Non sapeva che esistesse un teatro interiore nel quale una fanciulla poteva costruire una prigione. Non vide Eileen che traduceva dal mito alla vita le canzoni che suo padre le aveva insegnato.

7

Dopo la bella giornata di sole e l'improvvisa esplosione di pattinaggio che l'aveva celebrata, l'inverno aggredì violentemente Loughbreeze Beach, con una serie di tormente che giungevano sibilando nell'entroterra dal centro del lago. Nei rari momenti di calma il nevischio si insinuava fin sui gradini della veranda, fino alla porta d'ingresso, il gelo lasciava ghirigori sul vetro, i rami degli abeti si piegavano sotto spesse coltri bianche.

Ogni giorno, con ai piedi le racchette da neve, Liam si recava a casa dei Doherty, spesso riportando indietro con sé Molly nella speranza che tenesse allegra Eileen, la cui malinconia aveva finalmente attirato la sua attenzione. Insieme a Molly entravano in salotto chiacchiere e compagnia. A volte la ragazza aveva con sé alcune copie dell'«Irish Canadian». «A Eileen piace leggerlo» insisteva di fronte alle obiezioni di Liam, «per le poesie.» La tristezza della sorella confondeva e preoccupava il ragazzo. Se lei voleva delle poesie, poteva averle. Non gli venne mai in mente che la politica e il desiderio si fossero impadroniti della sua immaginazione, e che nel corso di quel breve, rigido inverno stavano creando nel suo cervello una tormenta tutta interiore, anche se la parte di Liam che più assomigliava al padre si domandava come mai, se Eileen voleva delle poesie, non si rivolgeva ai Latini o ai Greci. Ma da parte sua si sentiva felice, elettrizzato. Aveva chiesto a Molly Doherty di sposarlo – prima possibile. Non vedeva l'ora di avere dei figli, di avere ancora più acri di terra sotto l'aratro e, soprattutto, anche se non l'avrebbe mai ammesso, di avere una donna che gli scaldasse il letto. Thomas J. Doherty era più che felice della soluzione, anche se, da parte sua, affermava che l'amore era il più grande dei sette peccati, così potente da fargli scordare gli altri sei.

Per il suo compleanno, che cadeva in gennaio, Molly cucì per Liam una busta di tessuto dove riporre le cravatte a farfalla, su cui aveva timidamente ricamato la frase «Un altro legame ci unirà». La loro felicità feriva Eileen.

In una vecchia copia dell'«Irish Canadian» la ragazza lesse una notizia a proposito di Thomas D'Arcy McGee: aveva minacciato di denunciare i feniani di Montreal e aveva tenuto fede alla minaccia in un'edizione dei primi di dicembre dell'«Ottawa Citizen». Eileen lesse attentamente la lista di nomi con il cuore in tumulto, così come, mesi prima, aveva scrutato l'orizzonte alla ricerca di una particolare vela. Non trovando le parole «Aidan Lanighan», non fu certa se quello che provava era sollievo o delusione. All'inizio di febbraio lesse che McGee era stato espulso dalla Società di San Patrizio, in seguito alle sue «accuse blasfeme». Eileen immaginò Thomas D'Arcy McGee, un omuncolo, un feniano fallito, non più giovane, livido di invidia, e che alla fine pensava solo ed esclusivamente a se stesso. Immaginò Aidan, dritto e fiero, impegnato nel dibattito con McGee; la bellezza e la virilità della sua danza. Era come Oisín nella terra degli eternamente giovani; giusto nella sua rabbia, con il ricordo di una fratellanza tradita ancora caldo nella mente.

«Il mio popolo» mormorò Eileen, pensando al modo in cui suo padre le aveva spiegato Oisín, Finn e la Fianna. «Il nostro popolo.»

Voleva essere come Deirdre, correre senza meta nei boschi, in intima compagnia di fratelli dannati. «Tutte le storie» le aveva detto suo padre «nascono dal dolore.» Percepì la propria storia che si dipanava senza di lei, mentre cucinava o dormiva o accendeva il fuoco, intrappolata dall'inverno in una casa da cui ogni azione era fuggita. Voleva il potere, la collusione, la potenzialità della tragedia. Durante il giorno scrutava dalla finestra della taverna che Aidan Lanighan aveva abbandonato, verso le tormente che si agitavano sul lago – tormente di cui lei non faceva parte.

La notte sognava che la sua anima era intrappolata nel cuore delle tempeste, si era unita a loro, e ora martellava la casa, la sua prigione. Poi sognava che la sua anima sarebbe restata legata all'energia delle tormente mentre queste si dirigevano a est, lungo il lago verso il fiume San Lorenzo, verso Montreal.

8

Alla fine di marzo, la crudezza dell'inverno del 1868 iniziò a perdere impeto. La temperatura si alzò, nel cortile il nevischio venne sostituito da zolle di erba grigiastra e dalla melma, a parte il mezzo acro di bosco a legno duro dove un grande fazzoletto di neve brillava indisturbato. Liam trascorreva le giornate oliando e lucidando la sua nuova collezione di aratri, mentre la notte aiutava a venire alla luce una congerie di cuccioli sani. Sembrava non dormire mai, le sue ore erano riempite dal corteggiamento, dalle nascite o dai preparativi per la nuova fioritura della terra. E al tempo stesso in lui c'era uno stato di tensione, di aspettativa, che di solito si associa a chi è ben riposato, e in ogni sua attività regnavano l'ordine e la precisione. Eileen trovava difficile definire il cambiamento che avveniva in suo fratello. Aveva perso la capacità di riconoscere la soddisfazione.

Un martedì mattina, a metà del disgelo primaverile, Eileen si svegliò risoluta sul da farsi. In una borsa da viaggio mise delle bluse, biancheria pulita, una spazzola per capelli, una bottiglia di acqua di rose, e un paio di graziosi stivaletti bianchi. A questo insieme di oggetti aggiunse il cerchio di capelli intrecciati, la penna nera, la pistola, poi richiuse la borsa e la nascose dietro alla tenda che celava il suo armadio. Canticchiando una canzone rivoluzionaria irlandese, con la banconota da cinquanta sterline nascosta in seno, scese al piano di sotto con aria innocente e accese il fuoco.

Liam era ansioso di andare a veder il bestiame, e ingollò la colazione in tutta fretta. Passando accanto a Eileen, mentre si dirigeva alla porta, la strinse alla vita e chiese: «Come vanno le paturnie stamane?» Era solo una battuta, non si attendeva una risposta. Gli altri uomini, che per mesi non erano riusciti a capire il comportamento della ragazza, non la guardarono e non le rivolsero neppure la parola.

Quando la casa fu deserta e silenziosa, Eileen si recò in tutti i luoghi a lei sacri: finestre, angoli, certe assi del pavimento. Superstiziosamente, si sentì obbligata a guardare un'ultima volta il soppalco dove lei e Aidan avevano fatto l'amore, dove lo squisito dolore del piacere si era fatto conoscere per la prima volta. Ma dopo aver indossato i suoi vecchi stivaletti marroni, attraversato a metà il cortile, rammentò che il fratello stava governando i vitellini e le vacche e tornò verso casa. Non poteva sopportare la vista del volto innocente di Liam, quella mattina; era turbata dall'affetto che provava per lui, dai loro legami di sangue, ed era quasi certa che non l'avrebbe mai più rivisto. Allontanandosi lo sentì rivolgere alle mucche parole in latino di Ovidio, ed esitò, ricordando una luce alla finestra, tre modeste tombe, un campo di frumento invernale.

Posando la mano sulla porta della casa, poté udire il rumore del passato, gli sci di suo padre che si avvicinavano, le lezioni che Liam le aveva impartito. La fronda di un salice ondeggiava nella memoria e, per un istante, invase di verde la sua mente. Aidan Lanighan danzava, i suoi piedi martellavano una marcia militare, un comando. Lei doveva percorrere le strade fangose e dissestate, dodici miglia fino alla stazione di Brighton, dove nessuno la conosceva, doveva acquietarsi in modo da sembrare una ragazza qualsiasi che iniziasse un viaggio qualsiasi.

Rientrò in casa e salì le scale per prendere la borsa, poi scese di nuovo, lasciando una scia di impronte fangose; una mappa confusa, residua delle sue intenzioni, che implicava una frenetica incertezza sulla direzione della fuga.

Attraversò di corsa il cortile e imboccò il vialetto. Di recente, quando guardava fuori dalla finestra della cucina, quella strada si era trasformata, nella sua fantasia, in una navata che conduceva alle braccia di Aidan Lanighan, la strada d'accesso a una vita più ricca. Lo ricordava chino in fondo al vialetto, mentre emergeva dalla neve che cadeva.

Passando accanto al bosco di cedri pensò per un attimo a Molly, la sua amica, il suo sostegno. Ricordava come le era apparsa nell'agosto passato, in mezzo al campo di grano, i capelli e la pelle scuri, i denti e il vestitino bianchi. Molly prendeva degli steli di grano, li piegava per formare un cerchio, legava un covone, lo lanciava in aria, e riusciva a legarne un altro prima ancora che il precedente toccasse terra. A Eileen era sembrata un giocoliere gioioso e alacre. Ora Molly se ne stava seduta nella baracca rattoppando biancheria per le signore di città, mentre sulla stufa sobbolliva lo stufato che aveva preparato per il pasto serale del padre. Era una donna che amava la realtà, che non dubitava mai della sua concezione semplice del mondo, mentre ogni cosa concreta attorno a Eileen si dissolveva e svaniva.

Liam non sarebbe stato in grado di togliere le orme lasciate da Eileen sulle scale, avrebbe sofferto per la perdita e avrebbe cercato in ogni modo di conservare qualche prova della sua esistenza. Ma dieci giorni dopo, quando Liam la portò a casa come sua novella sposa e signora, Molly, forte e pratica, nel fermo convincimento che Eileen sarebbe tornata, sfregò il pavimento facendolo tornare pulito, e anche le scale, gradino dopo gradino.

In futuro sarebbe stata Molly a far pulsare la fattoria di energia, tanto che i granai sarebbero sembrati più pieni, i campi più ricchi, i raccolti più abbondanti; lei che portava nella struttura delle ossa e del sangue le cellule del vecchio e del nuovo mondo. Da vecchio, Liam avrebbe ricordato e elencato tutti i risultati raggiunti dalla moglie. Era in grado di portare sulla schiena un sacco di sale di ottanta chili. Poteva starsene a un'estremità della cucina e far scivolare lungo il tavolo di pino quattordici piatti, facendo sì che ognuno si fermasse al posto giusto. Poteva caricare sessanta ceppi di cedro sulla slitta a cavalli, guidarla fino alla segheria Hayne, e tornare al crepuscolo con tegole sufficienti per un nuovo tetto.

«Tutto ciò che dovevo fare» concludeva Liam «era appendere i miei calzoni ai piedi del letto, e lei era già incinta.»

Molly allevò con successo cinque figli, quattro dei quali erano suoi.

9

Eileen scese dal treno e si ritrovò con l'acqua a metà gamba, nel caos. Disorientata, stordita da un viaggio durato tutta la notte nel traballante vagone ferroviario, rimase completamente immobile per qualche minuto, con la borsa appesa alla mano sinistra, la gonna sollevata e rappresa in un groppo sul ginocchio destro, osservando le zolle di fango, che i suoi stivali avevano raccolto durante il tragitto a piedi fino allo scalo di Brighton, disintegrarsi e svanire nell'acqua – ultime tracce della sua vita precedente. Si chiese se il Grande Lago che aveva abbandonato l'avesse seguita fin lì, incapace di rinunciare all'influenza sul suo futuro. Rammentò che si era aspettata sempre una vela, qualcuno che arrivasse dall'acqua. Poi arrancò per le strade allagate.

Un ragazzino con stivaloni alti le si accostò, esitante, e alla domanda di lei rispose: «*C'est le fleuve dans les rues* – il fiume nelle strade – ogni primavera si riversa così nelle strade.» Poi, ridendo e sollevando spruzzi tutt'attorno, saltellò via. «Avrete bisogno di una barca» le urlò senza voltarsi indietro.

Eileen si avvicinò a un poliziotto con stivaloni di gomma, presumendo, a causa dell'uniforme, che fosse un soldato. «Griffintown» chiese «dov'è Griffintown?» I piedi le dolevano già per il freddo.

Lui indicò verso sud. «Laggiù» rispose «con il culo nel fiume. Per quanto mi riguarda» aggiunse «ho sempre pensato che sarebbe molto, molto meglio se se ne restassero completamente sott'acqua per una ventina di minuti o giù di lì. E sembra che Dio sia d'accordo con me.»

Eileen avanzò goffamente verso il punto indicato dall'uomo. Camminando, sentì l'acqua arrivarle prima alle caviglie poi alle ginocchia, ed ebbe l'impressione che il livello del fiume si stesse alzando. Poco a poco si accorse che, invece, era la strada che iniziava a scendere. Due bambini le passarono accanto sballonzolando e cantando dentro a un barile. Gli uomini le si avvicinavano sui barchini, guardandola con malizia, offrendole passaggi gratuiti. Lei si allontanava da loro, spaventata, lottando contro la corrente, le labbra livide per il freddo. Morirò, pensava. Morirò prima di trovarlo. Infine una grassa signora, circondata da ceste di biancheria pulita, le si avvicinò su una chiatta formata da una porzione del marciapiede di legno che si era staccata. «Salite a bordo, *chérie*» disse «o non vi resteranno più piedi per camminare. *Va t'en!*» strillò a un uomo barbuto che stava compiendo dei cerchi attorno a Eileen su una scialuppa. «*Cochon*» borbottò a denti stretti, e poi, rivolta a Eileen, aggiunse: «Dove state andando?»

«Griffintown.» E si arrampicò su quella zattera improvvisata, battendo i denti; poi rammentò il nome di un albergo citato sull'«Irish Canadian» e disse: «Cerco la Old Countryman's Inn».

«*Oh, la*» disse la donna «*en bas*. Giù sui moli. Sarà un disastro laggiù... *vous avez besoin d'un bateau*. Vi accompagnerò per un tratto di strada.»

L'intera popolazione della città si era trasferita, a seconda della posizione e dell'elevazione, dieci o venti centimetri più in alto, o ancora più in su. I commerci si svolgevano dalle finestre del primo piano. I marciapiedi di assi di legno, incatenati alle porte d'ingresso, venivano usati come pontili d'attracco o, in alcuni casi, come sale di soggiorno, e la gente se le stava lì sulle sedie a dondolo, fumando e chiacchierando al sole. Dalle grandi finestre al pianterreno entravano e uscivano piccole barche a remi. Una vetrinetta piena di porcellane frantumate galleggiava maestosamente verso un'intersezione alla quale Eileen e la donna si stavano avvicinando, e dovette essere spinta via con un remo. Diretto in senso opposto, con le grandi orecchie a pelo dell'acqua fangosa, un cane le oltrepassò nuotando in tutta calma. Qualcuno fischiò da sopra un tetto; l'animale svoltò a sinistra, entrò nuotando dalla porta aperta di un balcone, e scomparve.

La chiatta si fermò davanti a un minuscolo edificio che si chiamava Le Grand Hotel. «Io sono arrivata» disse la donna a Eileen, e urlò: «*Un bateau, un bateau pour la jeune fille! Maurice, es-tu là?*» Una barba grigia fece capolino da una finestra del secondo piano. «*Un istant*» gracchiò stizzosamente l'uomo.

«È mio marito, *mon mari*» disse la donna a Eileen. «Ha una barca legata dentro, e non permette a nessun altro di condurla... e così devo usare un pezzo di marciapiede per portare a casa le *nettoyage. Il est très stupide*, ma non vi darà fastidio perché ha paura di me. Maurice» urlò ancora, mentre una vecchia barca a remi spuntava dalla porta d'ingresso. La donna guardò con severità il marito. «Sta cercando la Old Countryman's Inn» gli disse. «Viene da qualche altro posto.»

Mentre Eileen sedeva a prua della barchetta, diretta a sud, il fronte dell'acqua risaliva le facciate degli edifici lungo la strada. Adesso, nella vasta distesa del fiume, riusciva a scorgere alcune isole e l'incredibile arcata del Victoria Bridge, che si stendeva come un arcobaleno inondato dall'acqua ai due estremi.

«Comincerà a scendere domani» disse timidamente il barcaiolo. «Ora il ghiaccio è rotto, ma dovrete entrare dal secondo piano della Old Contryman's Inn perché è giù, vicino ai moli, e il livello dell'acqua è alto.»

Eileen aveva dei problemi a distinguere tra ciò che stava galleggiando e ciò che emergeva. Ora erano entrati in un quartiere più povero della città, intere famiglie miserabili se ne stavano accoccolate su tetti di paglia o di latta, circondate da tavoli, sedie e qualche magra gallina. I pochi edifici di mattoni emergevano a rari intervalli e sembravano navi ancorate in un porto pieno zeppo di imbarcazioni naufragate. Sulla superficie dell'acqua zolle di terra che si erano staccate da casupole ormai sommerse si mescolavano a frammenti di ghiaccio. «Le loro capanne» spiegò il barcaiolo, facendo cenno con il capo verso un gruppetto di gente particolarmente miserabile, e poi indicando una piccola isola galleggiante fatta di fango, graticci e paglia «le loro capanne si sciolgono ogni primavera. Gli *Irlandais*, gli irlandesi.»

Poi chiese: «Qualcuno vi sta aspettando alla Old Countryman's?»

«No... ma forse laggiù mi daranno notizie di lui.»

«Allora aspetterò, nel caso voi desideriate recarvi da qualche altra parte, Mademoiselle.»

Scovarono i proprietari della Old Countryman's Inn in una stanza del secondo piano, seduti su numerose casse di legno che contenevano l'intera riserva di whisky della locanda.

«Con l'eccezione di una o due bottiglie che sono galleggiate via» spiegò un uomo tondo e calvo, con un viso rubizzo.

«Mademoiselle sta cercando qualcuno» disse il barcaiolo.

«E chi potrebbe essere?»

«Il signor Aidan Lanighan» disse con esitazione Eileen, facendosi di brace.

L'uomo calvo si illuminò. «Lanighan, eh? E non vi accontentereste di me?»

«Aveva detto che viveva a Griffintown» aggiunse la ragazza, lo sguardo fisso sulle assi del fondo della barca.

«Be', sicuro, ma lo faccio anch'io.» L'uomo rise di gusto al silenzioso imbarazzo di Eileen. «Oh, allora andate da lui. Rue Coleraine 43. Una bella fortuna per lui avere quella soffitta.»

Eileen riconobbe il nome. «È Coleraine, come quella che c'è in Irlanda?» Rammentava che suo padre le aveva parlato del mercato di Coleraine.

«Ma certamente. Ci possono essere altre Coleraine?» Distogliendosi dalla finestra l'uomo calvo spiegò il giornale che teneva sotto il gomito sinistro. Eileen si accorse, con grande piacere, che stava leggendo l'«Irish Canadian».

Eileen osservò l'albergo parzialmente sommerso allontanarsi, circondato dall'acqua fino a metà della struttura. Uno stormo di grosse anitre canadesi si tuffò, starnazzando, dal cielo, slittando sulla superficie ai lati della barca, alzando una scia paurosa e riempiendo l'aria di stridii polemici. Nuotarono verso un vicino forno: le pagnotte erano salpate in strada, e ora rimbalzavano pigramente contro il muro esterno della bottega.

La mansarda del numero 43 di Rue Coleraine si rivelò essere il piano superiore di una casa di legno, antica secondo gli standard del Nuovo Mondo, con le fondamenta dilavate da anni e anni di inondazioni primaverili, le assi di legno sconnesse. Costruita su un terreno così instabile, la struttura era inclinata esageratamente sulla destra, e nel contempo sembrava sprofondare al centro. Sopra il livello dell'acqua restava solo il tetto fatto di assicelle di legno di cedro, un abbaino, e qualche decina di centimetri di assi di legno sbilenche. Tutt'attorno all'edificio c'era un insieme di altri tetti a differenti gradi di distruzione – qualcuno di paglia, qualcuno di latta, qualcuno che ospitava gli sfortunati abitanti, altri deserti, perché gli inquilini erano fuggiti su un punto ancora più alto. Un vecchio sedeva fumando la pipa, la schiena appoggiata a un comignolo in rovina. Fu lui a indicare la finestra aperta che apparteneva al numero 43. Squarciò l'aria con il cannello della pipa e socchiuse gli occhi guardando Eileen. «È tornato a casa la notte scorsa» disse «tardi. Anzi, è rientrato stamane.»

Maurice accostò la barca al davanzale della finestra. «Guardate dentro» continuò. «È lì?»

Eileen vide una sagoma distesa su un materasso. «Sì, c'è.»

«*Eh bien, au revoir.*»

«Vi pagherò. Quanto?»

«Niente, niente... sono state alcune ore di pace in una bella giornata. *Faites attention* – prestate attenzione – potete salire dalla finestra. Non siete in pericolo. Il fiume, lui, scenderà domani.»

Eileen scavalcò il davanzale e lì si fermò, ascoltando l'acqua che lambiva la parete esterna e osservando una mano perfetta illuminata da un raggio di sole del tardo pomeriggio, le ombre delle dita appena ripiegate che disegnavano una curva contro il palmo.

Questa mano mi ha toccata, pensò.

Mentre la sua vista si adattava alla luce, il resto del corpo di Lanighan si delineò: il petto che si sollevava al ritmo regolare di un sonno profondo, una gamba accavallata sull'altra sotto il ginocchio, come interrotta a metà di un passo di danza, il braccio che non si stendeva verso il sole posato sulla fronte. Il viso era composto, del tutto privo di qualsiasi espressione, le sopracciglia ben delineate rispecchiate da due cerchi scuri sotto gli occhi chiusi, la mascella ombreggiata da una barba di tre giorni.

La sua bellezza la terrorizzava.

La carta da parati della stanza era macchiata, e in alcuni punti mancava del tutto. Distaccata dall'umidità, qua e là pendeva in larghi brandelli dai muri, sollevandosi e ricadendo alla brezza che entrava dalla finestra. Sopra il materasso era appeso un quadretto del Sacro Cuore di Gesù, e Eileen ne fu commossa, immaginando Lanighan che cercava martello e chiodo per appenderlo. Teneva la bocca aperta, come un bimbo. Di quando in quando il braccio veniva scosso da un fremito. Guardando i suoi stivali, che stavano abbandonati, lontani uno dall'altro, ai due angoli opposti della stanza, Eileen sentì gli occhi riempirsi di lacrime. In silenzio, lasciò cadere la borsa per terra. Il tonfo fece sobbalzare l'uomo, che si girò verso la parete, ma non si svegliò. Lei non sapeva cosa fare. In quella stanza non c'era nulla, se non il materasso e un ragazzo addormentato con un cuore sanguinante appeso sopra la testa, e oltre la stanza nulla se non un fiume che aveva cercato di imitare il Grande Lago.

Anni dopo, Eileen avrebbe detto alla sua nipotina: «Ecco che cos'è l'amore, uno dorme e l'altro veglia, ma non potrai mai sapere chi dei due sta sognando.»

Si appoggiò al davanzale della finestra aperta. Il sole si era già spostato di una quindicina di centimetri sul materasso e stava scivolando sui riccioli di Lanighan, verso il suo ciglio. Quando gli sfiorò lo zigomo lui si svegliò, balzando immediatamente in piedi, perlustrando la stanza con lo sguardo, l'aria sconvolta.

Eileen gli andò incontro, stendendo il braccio per sostenerlo. «Sono io» disse, posandogli una mano sulla spalla. «Sono venuta ad aiutare la causa.»

«La causa» ripeté lui, ancora intontito dal sonno.

«Sono venuta per aiutarti a sconfiggere il traditore, McGee.»

«Sei venuta per questo?» Lanighan scrollò il capo, per disfarsi della sonnolenza.

«Ho aspettato. Ho aspettato senza posa» disse lei «ho aspettato che tu arrivassi. Ma nel frattempo ho imparato di più sulla verità delle cose.»

«La verità...?»

«Il nostro popolo... l'oppressione... l'ingiustizia» dichiarò lei, con tono appassionato. «Mio padre diceva che ci hanno rubato la lingua e la voce.»

Lanighan camminava lentamente avanti e indietro nell'angolo più buio della stanza. «Tuo padre» disse «lui sapeva tutto a proposito, vero? E come ha fatto tuo padre a restare in vita?»

«È morto.»

«Ma mentre era vivo.»

«Era un maestro di scuola... e un contadino, anche se Liam diceva che la terra era un disastro.»

«Era un privilegiato.»

«Privilegiato!» Eileen arrossì. «Privilegiato? Durante la carestia è quasi morto di fame.»

«Tutte le nostre madri, tutti i nostri padri sono quasi morti di fame durante la carestia – e molti sono morti per davvero! Ma tuo padre... aveva la terra, la terra e l'istruzione: due privilegi. E adesso, Liam... terra e istruzione... la prima acquistata con i soldi di un padrone, la seconda conquistata nel tempo libero. Ma che ne è del mio popolo? Che ne è del resto di noi, di chi non ha né la terra né il tempo libero? Che ne è di tutti noi che dobbiamo vivere in questo marciume schifoso che chiamano Griffintown?»

Eileen non rispose, ma arretrò verso la finestra. Poteva udire l'acqua sciabordare contro le assi, e per la prima volta si rese conto che sotto di lei c'erano stanze sommerse. Là fuori, gli uomini fischiavano, chiamandosi l'un l'altro, sulle barche.

Lanighan si passò la mano tra i capelli. «Sono ancora mezzo addormentato» disse. «Non mi dare mai retta quando sono in questo stato.»

«E allora vuoi che me ne vada?» La voce di Eileen tremava. «Non vuoi proprio che io resti qui?»

«Ti voglio» disse lui. Una affermazione, una constatazione. «Adesso sono sveglio. Per un attimo devo aver pensato che tu fossi un sogno.»

Quella notte l'acqua del fiume si ritirò, senza che se ne accorgessero il giovane e la ragazza, la cui camicia da notte si riversava attorno a loro come latte nel buio. Eileen non si accorse che il materasso su cui giacevano era vecchio e strappato e che le coperte che li coprivano a malapena erano consunte e sbiadite, e non fece caso all'incrinatura che attraversava il vetro del Sacro Cuore appeso sopra il letto.

Con il pensiero rivisse il viaggio in vagoni ferroviari traballanti e barche instabili, con la differenza che ora il paesaggio che passava a fianco era così alterato dal piacere che la sua stessa trasformazione era profonda, una cellula dopo l'altra. Quando chiuse gli occhi sotto il peso del corpo di Lanighan, nella sua mente apparve una successione di immagini – la prua di una barca che solcava l'acqua dell'inondazione, il fango e i sassi sulla strada per Brighton, le impronte lasciate sulle scale, la scia creata dai marciapiedi galleggianti, erbacce che tremolavano in un vento causato da locomotive lanciate a tutta velocità. Le misteriose conseguenze della fuga.

Si stava congiungendo al potere di Aidan, lo sentiva avanzare nel flusso sanguigno mentre si muovevano insieme, e per la prima volta ripeté il suo nome, ancora e ancora, il suono di quelle lettere finalmente piacevole sulla sua lingua, l'inizio di un nuovo linguaggio, i suoni lunghi e brevi delle vocali e la dura consonante che le univa e le divideva. Facevano parte della stessa tribù e lei era forte tra le sue braccia, pronta a conquistare il nuovo territorio.

«Aidan» disse, facendo scorrere la mano sulla pelle liscia della sua spalla. «Aidan, che magnifico nome hai.»

«È il nome di un santo, non proprio adatto a me.»

«Ma come suona...» si interruppe. «Tu credi che il mio nome sia adatto a me?»

Lui non rispose. Era caduto, ancora una volta, nel tunnel del sonno.

10

La mattina seguente Aidan ed Eileen si svegliarono tardi, con l'odore della muffa e della colla della carta da parati in disfacimento; odori che la notte prima avevano ignorato. Si vestirono e scesero lungo le scale ancora umide per verificare i danni subiti dal resto della casa. Una pellicola di fango marrone chiaro ricopriva tutti i mobili che non erano stati portati al piano superiore, macchiava le pareti sbrecciate e le assi scalcagnate del pavimento. Le macerie erano ovunque: volantini, ramoscelli, giornali, forcine da capelli, un guanto, una barca giocattolo e, in una stanza al primo piano, una trota prigioniera, annegata, che guizzava flebilmente nei due centimetri d'acqua rimasti. Con un calcio Aidan spalancò lo sportello di una stufa a legna e l'acqua fangosa si riversò sui suoi stivali.

«Torneranno presto» disse «per dare una pulita.»

«Torneranno?»

«Quelli che vivono qui.» Prese Eileen per mano e la condusse in una stanzetta all'estremità della sala centrale. «Qui è morto mio padre» disse con tono cupo «anche se non è rimasto più nulla di lui... niente di niente.»

«Quando è morto?»

«L'anno scorso.» Aidan scrostò il sudiciume dalla superficie del vetro di una finestra, e comparve un pezzetto di terra fangosa circondato da una palizzata di legno in rovina. «Aveva quarantotto anni. Morto nel sonno. Crisi cardiaca.»

«Hai fratelli e sorelle?»

«Non più. Solo mio padre e io sopravvivemmo all'emigrazione. Mia sorella morì sulla nave, e poi mia madre e i miei fratelli furono portati nelle baracche della quarantena. Non li vedemmo mai più.»

«Io non ricordo mia madre da viva» disse Eileen.

La puzza di legno marcio e di muffa li circondava, l'aria era pesante, carica di umidità. Una canna fumaria arrugginita, senza più la stufa, sporgeva da una parete, un disgustoso tubo di scarico che sputava un rivolo di acqua sudicia. All'interno delle pareti il liquido correva come tanti sorci.

«Mio padre lavorò al ponte, laggiù» disse Aidan, facendo cenno con il braccio verso sud «e una volta, mentre affondavano uno dei piloni, si imbatterono in alcune ossa, e poi ancora ossa e ossa. Capisci, avevano trovato la fossa comune, dove vennero gettati migliaia di noi. Tutti quelli che lavoravano al ponte erano irlandesi, e quindi stavano portando alla luce i loro fratelli e figli e mogli. Non erano disposti a farlo» – Aidan tossì – «non potevano farlo... qualsiasi cosa dicessero i capi. Ci furono dei tumulti. Alcuni operai sedettero a terra, e piansero. Nessuno era più disposto a smuovere una sola zolla di terra.»

Si schiarì la gola e distolse lo sguardo da Eileen. «E allora i signori Brassey e Betts spostarono la posizione del ponte.»

«Per rispetto?»

«Non c'era nessun rispetto, Eileen, non c'è mai stato nessun rispetto. Se è questo quello che cerchi, sei venuta nel posto sbagliato. Lo fecero perché gli uomini non erano più disposti a lavorare e non esistono operai più a buon mercato degli operai irlandesi.»

Eileen notò che l'uomo teneva la mano destra stretta a pugno.

«La settimana seguente tirarono fuori dal fiume un grosso masso e gli uomini decisero che doveva essere un cippo funerario. E così se ne sta là – un enorme Gesù di pietra e seicento irlandesi sotto di lui. È là che si trova la mia famiglia.»

Eileen gli sfiorò la manica. «Cambieremo tutto» disse. «Sta a noi farlo.»

La casa colava acqua, sgocciolava ticchettando come una piccola collezione di orologi.

«Tu lo credi? McGee era la nostra unica speranza. Aveva tutto il nostro amore, e non l'ha mai capito.»

«Sì» disse Eileen «non l'ha mai capito.»

Quel giorno Eileen lo seguì lungo le strade sudicie e piene di fango di Griffintown. Il mondo di Lanighan – un mondo che si stava goffamente rimettendo in carreggiata. La gente lo chiamava dalle soglie delle case e dai tetti. Qualcuno gli proponeva il primo verso di una canzone, alla quale lui rispondeva con voce pastosa, terminando la strofa prima di continuare per la sua strada. Altri gli stringevano la mano e gli raccontavano i loro guai. Si fermava spesso, per aiutare donne e vecchi a far rientrare qualche mobile ingombrante in stanze zuppe d'acqua, o per trascinare i materassi di piuma fuori al sole ad asciugarsi. Lui e Eileen mangiarono a un angolo di strada – una salsiccia, un pezzo di pane – e bevvero da bottiglie che vennero passate loro dalle finestre. Al loro passaggio ragazzine vestite di stracci, che se ne stavano a crocchi appoggiate alle pareti umide, bisbigliavano e ridacchiavano, e Eileen sentiva che le guance le si facevano di fuoco quando Lanighan gettava indietro il capo e rideva o quando, salutato per nome, esplodeva in un breve accenno di danza.

Era un attore, sempre sul palcoscenico davanti al pubblico del suo mondo; il più insignificante dei suoi gesti veniva analizzato e adorato. Ogni strada sulla quale metteva piede gli cambiava attorno, e la sua sola presenza scatenava mormorii di approvazione. I bambini gli si attaccavano alla manica, gli adulti gli offrivano spontaneamente doni. Qualunque fosse l'intensità dei piccoli drammi familiari nei quali lui e Eileen si imbattevano, questi venivano interrotti per permettere che un'opera più vasta, la presenza di Lanighan, avesse luogo. Eileen era immersa nella sua luce, si sentiva orgogliosa di camminargli a fianco, con la gonna che gli sfiorava il risvolto dei calzoni.

Quella sera Lanighan si recò a una riunione alla Old Countryman's Inn, e non le permise di andare con lui. «Tra di noi non c'è mai stata una donna» disse. «Rovinerebbe la conversazione.»

«Ma io sono una di voi» obiettò Eileen. E accorgendosi che queste parole non producevano l'effetto desiderato, aggiunse: «Metterò i calzoni e nasconderò i capelli.»

«Mai» rispose lui, trattenendole la chioma con le mani. «Non devi mai, mai nascondere i capelli.»

Quando se ne fu andato, Eileen scrisse una lettera a Liam – una lettera che non avrebbe mai spedito – infarcendola di frasi concernenti l'amore e l'ingiustizia. «Ben presto» scrisse d'impeto «andremo a Ottawa per entrare al Parlamento e ascoltare il traditore, che si è rivoltato contro la causa della libertà irlandese. Non resto qui solo per amore» continuò «ma per nostra madre e nostro padre e le loro sofferenze, per i tuoi figli, Liam, e per i miei. Con Aidan Lanighan e con i suoi fratelli posso far sì che le cose cambino. Se tu vedessi questo posto, questa gente, vorresti unirti a noi... ma rammenta, qualunque cosa accada, rimango sempre la tua affezionata sorella.»

Ripiegò il foglio in quattro e lo mise in una busta marrone. Dopo aver scritto l'indirizzo la nascose nella borsa, e con la mano sfiorò il metallo freddo della pistola; aveva quasi scordato la sua esistenza.

Il frastuono della povertà e della disperazione filtrava dai piani più bassi della casa attraverso il pavimento sottile – frammenti di conversazioni alterate; il pianto di un bambino, il fracasso dei vetri frantumati – mentre l'odore di umido e muffa circondava Eileen penetrandole nei capelli e nella pelle. Non sapeva come o dove fare un bagno, e la inorridiva essere costretta a recarsi al puzzolente gabinetto il cui contenuto era stato generosamente sparso per tutto il cortile dall'inondazione. L'aria pesante era ricolma di quel particolare odore di fumo che viene dalle stufe umide dove il fuoco non riesce ad accendersi, un odore non troppo diverso da quello della dissoluzione. E misto a questo c'era l'odore della decomposizione delle carogne di numerosi ratti rimasti intrappolati nelle intercapedini delle pareti, quando l'acqua era salita.

Anni dopo odori simili avrebbero rammentato a Eileen l'amore, insieme alla strana mancanza di odore dell'assenza.

A mezzanotte Aidan non era ancora tornato. Eileen aveva trascorso l'ora precedente seguendo i ritmi dei litigi tra un uomo e una donna, nella stanza proprio sotto la sua. Tra momenti di brutale intensità o di deboli, incerti tentativi di riconciliazione, era riuscita a malapena a decifrare l'argomento della discussione, come se l'intimità di quei contatti non permettesse la presenza di testimoni. Tra le altre cose, tuttavia, riconobbe minacce, avvertimenti, accuse, dinieghi che salivano dalla bolgia indecifrabile di caos, tanto che Eileen sentì la fronte imperlarsi di sudore. Infine, al culmine di un crescendo di urla ci fu una pausa, un silenzio inframmezzato da singhiozzi e dal cigolio delle molle di un letto.

Eileen voltò la faccia verso la parete umida e si circondò il petto con le braccia sottili, immaginando una casa asciutta e pulita per sé e per Aidan, un territorio libero da ogni conflitto.

Ma prima dovevano entrare nel delirio della lotta, in modo da poter ottenere giustizia.

Nel corso della notte ciò che restava dell'umidità si cristallizzò, per effetto del gelo. Alle dieci del mattino Lanighan danzò in una stanza con le pareti ricoperte di una granulosa patina di ghiaccio. Eileen, osservando l'esibizione, rise di sollievo: il suo ritorno aveva dissipato l'angoscia, il freddo, l'infelicità della notte buia. Lui la trascinò giù per due rampe di scale fino alla cucina di una certa Mrs. O'Brien, che era riuscita a far accendere come si deve la sua stufa economica. Era una matrona bene in carne, che abbracciò Lanighan ed esaminò Eileen con un misto di curiosità, comprensione e sospetto.

«È troppo magra» decretò, scodellando due piatti di minestra «e anche tu. Mangiate qualcosa.»

Lanighan, che dopo la zuppa aveva ancora fame, uscì senza meno di casa per recarsi in una panetteria francese; era così benvoluto dal fornaio che questi gli regalava regolarmente il pane del giorno prima e di quando in quando anche un dolcetto avanzato.

Nel frattempo, Mrs. O'Brien riscaldò un recipiente di rame pieno d'acqua, in modo che Eileen potesse lavarsi, e chiuse a chiave la porta della cucina, «così tutti i gatti randagi e affamati della zona non cercheranno di entrare dalle fessure.»

«Bel tipo» continuò «lui fuori tutta la notte e tu di sopra ad aspettarlo.»

«Era a una riunione politica» disse Eileen, sulle difensive. «Con i confratelli della causa.»

«Ah sì... dicono tutti così.» La signora ripiegò gli abiti che Eileen si era tolta, posandoli sullo schienale di una sedia. «Loro e i loro confratelli e le loro cause, e noi qua a pulire dove sporcano. Anche i suoi compari... con la loro politica. È tipico di tutti gli uomini perdere tempo con la politica e lasciarci qua a morire di fame.»

«Ma è perché si smetta di morire di fame che si riuniscono» disse Eileen. «E io andrò con loro.»

Mrs. O'Brien versò altra acqua calda nella tinozza dove Eileen stava accucciata. Si girò e rimise il ramaiolo sullo scaffale. «Se ti unirai a loro, sarà la prima volta che presteranno attenzione a una donna... almeno in quel senso. C'è una sola cosa, al di fuori di loro stessi, alla quale prestano attenzione, ed è la bottiglia. Gran brutto matrimonio, politica e bottiglia. Guarda il vecchio T.D.McGee. Dovrai metterti davanti alla stufa per asciugarti. Qui non c'è niente che non sia coperto di muffa. Ci vorranno ancora undici domeniche prima che ci sia qualcosa di abbastanza asciutto da sopportare altra acqua.»

Eileen uscì dalla tinozza e si avvicinò, nuda, alla stufa, lasciandosi dietro, sul pavimento, una fila di impronte lucide. La donna la osservò con occhio imparziale. «Tipe come te possono far scoppiare un putiferio tra quelli, a parte tutta la politica e il bere.»

«Ho letto che McGee non disprezza un goccetto» disse Eileen.

«Diciamo che non disprezza un oceano, anche se dicono che adesso ha smesso. Sarebbe il primo uomo di cui abbia mai sentito parlare a farlo, se in effetti è così.»

«Andiamo a Ottawa a sentirlo parlare.»

«Tu e Aidan?»

«Sì.»

«E lui ti porterà con sé, dici?»

Lanighan bussò alla porta.

«Ora starò sempre con lui.» Eileen si abbottonò la gonna e iniziò a intrecciare i nastri del sottabito. «E andrò con lui ovunque.»

Mrs. O'Brien sollevò le sopracciglia ma non fece commenti. Andò ad aprire la porta. Lanighan le diede un bignè al cioccolato. La donna lo ingollò avidamente, poi si chinò a baciare il ragazzo, lasciandogli sulla guancia uno sbaffo di panna montata. «Eileen dice che andrete a Ottawa» disse timidamente.

«Sì, alcuni di noi vanno laggiù a sentir parlare il vecchio compare.»

«E tu dovrai tenere d'occhio quei tuoi amici, che non mettano le mani sulla tua ragazza.»

«Oh, i ragazzi. Non c'è problema.»

Mrs. O'Brien fece una smorfia di disprezzo. «Non è affatto vero, signor Aidan Lanighan e lo sai bene. Ognuno di loro sta per combinare un guaio, te compreso. Che cosa direbbe il tuo povero padre, lui che ha lavorato tutta la vita per tenerti a questo mondo, mentre tu, adesso, resti alzato fino a non si sa che ora con whisky e politica, e mai che metti insieme una giornata di lavoro. E che vivi alle spalle di ragazze come questa qui.»

«Faccio il sarto un po' qua, un po' là» replicò lui, ignorando il riferimento a Eileen. «Sono veloce, sono bravo. Anche gli altri fanno i sarti, e lavorano quando possono.»

Mrs. O'Brien sbuffò di nuovo. «Calderaio, sarto, soldato, marinaio... che differenza fa, tanto finirete tutti in prigione o impiccati.»

Aidan iniziò a esercitarsi in complessi passi di danza accanto alla stufa.

«Prego Dio» continuò la donna, guardandolo con rabbia e affetto «di non vivere a sufficienza da vedere il giorno in cui danzerai così appeso a una corda.»

«Non accadrà mai» rispose Lanighan. Circondò con un braccio le spalle robuste della donna. «Quindi non vi date pensiero.»

Al tocco del ragazzo Mrs. O'Brien si addolcì, e infine gli accarezzò la guancia.

«Stai attento» gli disse a bassa voce. «E tieni d'occhio anche la ragazza. È troppo magra.»

«Chi è?» chiese Eileen mentre risalivano le scale diretti alla stanza di Aidan.

«Era la moglie di mio padre» rispose lui. «O, almeno, la sua donna. Immagino che la si possa definire mia madre. Credo che tu le piaccia.»

«Ti vuole bene» disse Eileen. «Questo è sicuro.»

Il loro primo litigio sconvolse Eileen, e le rammentò il giorno in cui aveva visto un alce preso dal panico lanciarsi nella foresta del territorio di Elzivir distruggendo ogni cosa sul suo cammino, senza far caso ai cespugli e agli alberi che gli sbarravano la strada. Era diventata come la donna che aveva sentito attraverso le assi del pavimento; aveva imparato, in quel breve lasso di tempo, la struttura sinfonica dei litigi degli innamorati. Il tema conduttore era il viaggio a Ottawa, il secondo movimento la pistola che Eileen credeva che Lanighan avesse scordato. Da principio lui le aveva detto che non poteva accompagnarlo a sentire il discorso di McGee, e questo l'aveva fatta piangere e urlare per ore, mentre lui restava al lato opposto della stanza, immobile, impassibile, a braccia conserte. Quando lei si era calmata, avevano fatto l'amore ancora una volta e lui, con delicatezza, le aveva chiesto se avesse portato la pistola con sé a Montreal.

«Potevo essere perquisito in qualsiasi momento» disse. «Per questo l'avevo lasciata a te, ma avrò bisogno di portarla a Ottawa.»

Eileen si tirò a sedere sul letto, innervosita da quella novità. A parte Aidan, sarebbero andati altri tre uomini del gruppo, e laggiù ne avrebbero incontrati altri due. Al tempo dei raid feniani, quando erano stati messi in prigione, tutti avevano subito il sequestro delle armi, e non osavano procurarsene altre per paura di sollevare sospetti.

«Allora voi siete feniani?» disse Eileen.

«No... no. Solo osservatori interessati.»

«E allora perché avete bisogno della pistola?»

«È solo per sicurezza, Eileen, caso mai ci capitasse qualcosa. Andiamo a Ottawa soltanto per ascoltare quello che McGee dirà al Parlamento, per avere delle informazioni di prima mano.»

Eileen si trascinò fuori dal letto, tirandosi dietro una coperta. Se la avvolse attorno al corpo e sedette con fermezza sopra la sua borsa, rifiutandosi di muoversi. «Da me non avrai nessuna pistola» disse «a meno che io non venga con voi. Anch'io voglio informazioni di prima mano. Inoltre, se non fossi qui non ci sarebbe nessuna pistola.»

«Sarei venuto a Colborne per prenderla. E tu sei qui, Eileen.»

«Avevi intenzione di recarti a Ottawa prima che io arrivassi. Saresti andato senza la pistola.»

«Te l'ho detto, sarei venuto a Colborne a prenderla, e comunque da allora le cose si sono aggravate. Non puoi venire con noi, Eileen.»

«Ho camminato di notte per cento miglia.»

«Con Liam.»

«Sarei con te... e tu vai con il carro.» Non era disposta ad alzarsi dalla borsa, e si appoggiò con la schiena al muro, mentre gli occhi le si riempivano di lacrime. «Non escludermi, Aidan» mormorò. «Ti amo troppo per essere esclusa da quello che fai. Ora siamo insieme, è vero, per sempre. Farò tutto quel che vuoi... ma lasciami venire con te.»

Lanighan la osservò, raggomitolata contro la parete sudicia. Misurò la stanza avanti e indietro ed eseguì di malavoglia qualche passo di danza. «Eileen» disse con dolcezza «non puoi neppure cominciare a capire.» Si interruppe, si passò la mano tra i capelli, si schiarì la gola, e si voltò verso la finestra, come a voler rendere una spiegazione al suo intero mondo. «Non puoi neppure cominciare a capire che cosa io faccio. Non potresti farne parte, neppure se io lo volessi.» Alzò la mano, il palmo in fuori, come a fermare l'avanzata dei carretti nella strada sottostante. «Cosa che non voglio» aggiunse.

«Tu non mi vuoi.»

«Non ho detto questo.»

«Tu non mi vuoi con te.»

«Non per questo genere di cose. Non questa volta.»

Eileen sedette con la schiena curva, le mani posate in grembo. Rifiutata, esclusa, il viaggio mitico che aveva immaginato in compagnia di Lanighan le era stato sottratto. Voleva i drammi di Aidan, la loro frenesia, così come voleva il suo corpo tra le braccia. Voleva insinuarsi dentro di lui, essere una parte indispensabile della sua vita, la sua politica. «Non escludermi» mormorò ancora.

Lui sospirò, posò la fronte contro il muro, le mani in tasca. «Non puoi venire con me, Eileen. Dammi la pistola.»

Un terribile silenzio riempì la stanza. Il sole, entrando dalla finestra, veniva riflesso crudamente dal cuore di Gesù, attraversato da una fenditura. Poi, di colpo, Eileen balzò in piedi e corse da Lanighan. «Aidan» disse, la voce acuta e limpida. «Aidan… non è ancora possibile che ti perquisiscano?»

«Sì… è possibile.»

«E allora perché non lasci che io venga con te?»

«Eileen –»

«No, ascolta… potrei portare io la pistola. Non è probabile che perquisiscano una ragazza.»

Lanighan la osservò a lungo. «Gesù Cristo…» disse infine «hai ragione, Eileen. Ti porterò con me.»

Aveva compiaciuto Lanighan e ora si sarebbe guadagnata l'ingresso al centro vibrante della sua vita, sarebbe stata una sorella per i suoi compagni d'armi. Ci sarebbero stati dramma e potere, e il mutamento sarebbe sgorgato dal loro amore, come una grotta che dà vita a un fiume importante.

«Pensa a come sarà bello» disse lei.

«Non aspettarti troppo, Eileen, andiamo solo a sentire il discorso di McGee. E la pistola» aggiunse «è solo una precauzione.»

«Sarà bellissimo stare con te tra i tuoi compagni, e noi tutti impegnati nella causa.»

«La causa…» Iniziò la frase, ma non la portò a termine.

11

A giugno l'alba arriva presto a Loughbreeze Beach, alzando con poca fatica la luce sul piatto orizzonte orientale del Grande Lago, proprio sopra la penisola di sabbia che inghiottì l'albergo del padre di Esther, segnato dalla malasorte.

In questo momento gli uomini del turno di notte alla cava fanno la pausa per il caffè: le macchine gracchiano, fremono, e tacciono. È un momento incantato. Gli uomini con le tute da lavoro impolverate, le cui passioni, in altre ore della giornata, sono concentrate su veicoli completamente terreni e sul fast food, si avviano lentamente al bordo del cratere artificiale, con le mani scaldate dalle tazze di polistirolo, e restano a guardare l'acqua calma. Pensano a giovani donne che stanno dormendo. Spingono indietro gli elmetti di protezione e lasciano che il sole sfiori loro la fronte.

Fuori dalla camera da letto che guarda a sud, un corvo si sveglia sull'albero su cui ha sempre vissuto e inizia a spiegare l'alba, il giorno che sta arrivando, la notte precedente, le correnti del lago, la natura del vento che, anche se ora si è acquietato, ben presto smetterà di sognare e inizierà a muovere tutto quel che gli è possibile. Esther non ha mai dormito durante gli striduli annunci dell'uccello. Ma oggi, in quest'ultima mattina, non ha dormito affatto.

Si rigira sul vecchio letto a barca. I fianchi le dolgono e si sente una mano intorpidita, come se gliel'avessero tagliata, o come se un dono che vi teneva stretto le fosse stato sottratto per sempre.

Nella sua mente aleggia il volto di una vecchia signora – una replica del suo stesso volto che ora galleggia sulla pozza squadrata, bianca del guanciale. In questa famiglia tutte le fanciulle sono la stessa fanciulla e tutte le vecchie signore sono la stessa vecchia signora.

Esther ricorda, ci sono state sere, di solito in estate, in cui sua madre e nonna Molly, le sue zie e prozie se ne stavano a bere sherry e a ricordare i morti della famiglia. Le zie trascorrevano i lunghi, afosi pomeriggi sedute sotto i pioppi, dopo essersi lasciate alle spalle caldissime cucine di campagna in case situate più all'interno del paese, per respirare l'aria del lago e scrutare l'azzurro. Figli e mariti se ne stavano nelle fattorie, impegnati nei campi che fervevano d'attività, i volti tostati da anni e anni di sole. Il padre di Esther sedeva alla scrivania in un angolo appartato del salotto, fingendo di darsi da fare sull'intrico complesso dei conti familiari e sognando le sue case distrutte.

La caraffa, che la madre di Esther prendeva in mano senza riflettere mentre attraversava la stanza in cerca di qualcos'altro – un album di fotografie, una lettera di un figlio o un nipote defunto – brillava nel suo pugno. E allora le zie si dirigevano come navi all'armadietto che conteneva i bicchieri di cristallo, tornando con prismi formati nelle loro mani nervose dal sole del tardo pomeriggio. Poi iniziavano la litania delle perdite e dei funerali memorabili. Sogni miracolosi venivano ricordati e decifrati. Il padre di Esther sospirava e lasciava il salotto per andare in cucina a farsi un panino. In sere come quelle la cena sarebbe stata servita solo molto più tardi, e il pasto, se e quando compariva, sarebbe stato formato da «avanzi e lacrime», come soleva dire sua madre.

«Avanzi e lacrime» mormora ora Esther, ascoltando lo schiacciasassi che viene messo in moto ancora una volta da uomini che hanno scordato la bellezza che li aveva avvinti solo poco minuti prima.

La vecchia Eileen se ne stava seduta in silenzio ad ascoltare la descrizione di bare e carri funebri, i riferimenti al posizionamento delle tombe, e la recita dei versetti scritti sulle diverse lapidi. «Non mi parlate di morte» diceva quando le donne erano stremate dai ricordi e dal dolore. «No, non mi parlate di morte. Io ho assassinato l'amore.»

Poi, lentamente, saliva le scale, percorreva il corridoio, e si chiudeva nella grande stanza da letto, con la magnifica vista sul lago.

«Avanzi e lacrime» mormora ancora Esther scivolando nel mattino, nelle ultime fasi della storia.

12

Eileen aveva sempre paura di perdere Aidan in qualche quartiere della città, temeva che si cacciasse in una folla di estranei e che sparisse. Nella sua mente aveva solo una vaga mappa della forma del porto St.Anne a Montreal – di Griffintown – e nessuna conoscenza di che cosa si trovasse negli interni, dietro le pareti. Non sapeva nulla delle stanze e dei passaggi dietro a una casa rosa dall'umidità, ma poteva immaginare riunioni private, angolini intimi, e Aidan in questi. Spesso lui restava fuori la notte, e non rivelava mai nulla sui luoghi in cui era stato, come se volesse deliberatamente nasconderle ogni informazione. E allora lei si ritrovava a farsi domande e a volte inventava i soggetti delle conversazioni, i volti delle persone con cui lui parlava.

Quando non immaginava le attività che lo occupavano durante le sue assenze, Eileen pensava a quante volte lui si era addormentato davanti a lei. Allora non si sentiva più certa del ruolo che aveva nella vita di Aidan, e si chiedeva se la sua vicinanza lo annoiava, lo calmava, o lo stremava. Rammentava che tutti gli animali pennuti alla fattoria dormivano per gran parte delle ore diurne, e poi ancora di notte, come se essere svegli durante la prigionia fosse una condizione innaturale.

Tuttavia, a volte, lui si esercitava in passi di danza nella loro stanza, ed Eileen restava ad ammirare, stupefatta, la sua abilità, la sua grazia. Spesso lui annunciava i nomi di alcuni balli prima di iniziare. «Il Lamento di O'Reilly» gridava, oppure: «Scivolando sulle onde». Guardava fisso la parete, o fuori dalla finestra, senza annunciare la sua esibizione a qualcuno in particolare, o forse solo a se stesso, e comunque mai a Eileen.

Lei stava seduta sul letto e lo guardava, immaginando il battito del suo cuore in accelerazione, o tentando di immaginare la musica che risuonava nella testa di Aidan durante la danza, finché un giorno si rese conto che non stava danzando da solo; la sua mano era tesa ad afferrare quella di un altro – o di una catena di altri ballerini – il braccio era piegato in modo che un altro potesse allacciarsi a lui, prendendolo a braccetto.

La cosa la sconvolse, e la riempì di rabbia; era convinta che lui l'avesse ingannata. Qualcosa che lei non poteva comprendere lo faceva danzare per tutta la stanza, abbracciato da una famiglia di invisibili compagni. Eileen si allungò in avanti e lo afferrò per la manica. «Con chi stai ballando?» chiese.

Lui si fermò, stupefatto e la guardò, confuso, mentre il sudore gli scendeva sulle tempie.

«Con nessuno.» Rimase immobile come una statua congelata a metà di un gesto di saluto, una mano tesa, i muscoli frementi. Poi interruppe la posa. «Oh», disse, comprendendo quel che la ragazza aveva voluto dire. «Nessuna di queste danze è riservata a una sola persona. Sono per due o per quattro, a volte si arriva fino a otto.»

Eileen parve rilassarsi. «E allora perché balli da solo?» chiese.

«Perché» rispose lui, battendo ritmicamente un piede per tenere il tempo con una musica che solo lui poteva sentire «perché non c'è nessun altro con cui ballare.»

«Ci sono io» replicò lei, guardandolo dal letto su cui si era accovacciata. «Una volta ho danzato con te.»

«Sì» ammise lui, piroettando via «ma non conoscevi i passi.»

Anche se il giorno era limpido e pieno di sole, i numerosi carri e carrozzelle che passavano e si incrociavano e la polvere della strada davano a Eileen l'impressione di viaggiare nella nebbia o di portare con sé a Ottawa, come se fosse stata un pacchetto, una morbida nuvola grigia. La polvere sottile si raccoglieva nelle pieghe della sua gonna e sulle maniche della giacca di Aidan. Quando lei gli posò la mano sul pugno che reggeva le redini di cuoio e poi la scostò, sulla pelle rimase l'impronta del suo palmo. Una volta o due si chinò in avanti per togliergli la polvere dalle ciglia e dalle sopracciglia e Aidan la guardò con curiosità, chiedendosi che diamine stesse facendo.

I compagni di Aidan, che Eileen aveva immaginato come baldi guerrieri, erano in effetti tipi taciturni e calvi, che rispondevano solo se interrogati, chiaramente impacciati dalla presenza di una donna tra loro. Sedevano su una panca dietro alla coppia, la faccia rivolta all'indietro, bevendo solennemente da una bottiglia di whisky che si passavano l'un l'altro, e voltandosi talvolta per offrirla a Aidan, che rifiutava sempre. Aidan aveva detto a Eleen di tacere a proposito della pistola: l'arma stava tra i seni di lei, e l'acciaio aveva la stessa temperatura del suo corpo.

La piana aperta e asciutta era così diversa dalla pareti ammuffite che avevano circondato Eileen e il suo amante nei giorni precedenti che la ragazza era quasi grata per le nubi di polvere che oscuravano le distanze. L'intimità degli incontri con Aidan e l'intensità delle sue reazioni, le minuzie dei dettagli politici, i lunghi, precisi elenchi di ingiustizie e crudeltà che lei aveva appreso nei precedenti mesi di lettura e attesa non comprendevano la possibilità di vedute aperte e orizzonti lontani. Non voleva ricavare nessuna impressione da quello a cui passava accanto, solo la spinta in avanti, la fermezza del corpo del giovane, una convinzione che li circondava, e un lungo, fermo sguardo al nemico.

«Aidan, secondo te, di che cosa parlerà McGee?»

Lui continuò a guardare fisso davanti a sé. La strada conduceva direttamente a Ottawa. «Del paese» rispose infine.

«Ma *quale* paese?»

Lui fece sibilare la frusta, cercando di incoraggiare i cavalli stanchi. «Questo paese» rispose, con una nota di irritazione nella voce. «Questo paese» ripeté. «Adesso siamo in Canada.»

Eileen infilò una mano nella tasca della giacca dell'uomo, e accorgendosi che lui non reagiva né la guardava provò un brivido di panico. In Aidan sentiva una rabbia, un'emozione che la escludeva, che forse poteva essere addirittura rivolta contro di lei. «Avevo scordato» disse, pensando a qualcosa che aveva letto e cercando di raggiungere Lanighan nel luogo, qualunque fosse, in cui quella rabbia improvvisa l'aveva condotto. «Ora a lui interessa solo migliorare la sua carriera politica a nostre spese... non gliene importa più degli irlandesi.» L'idea di appartenenza alla tribù, di una immaginaria voce collettiva, la calmò. Non c'erano incertezze.

Lanighan si scosse e cambiò posizione sul sedile rigido. Un carrozzino guidato da un uomo ben vestito li superò, riempiendo l'aria di polvere. «A lui importa» disse Aidan, criptico «più di quanto credi.»

Era come se non stesse parlando a Eileen, come se non stesse parlando a nessuno in particolare.

La polvere alzata dal carrozzino, che si era ormai allontanato, si posò sui capelli e sulle sopracciglia di Aidan. Stavolta Eileen non la tolse ma, osservando il profilo dell'uomo, i suoi capelli imbiancati dalla polvere, pensò: Ecco che aspetto avrà quando diventerà vecchio.

Si chinò in avanti per spazzolare la sottile polvere bigia dagli stivaletti nuovi. Era il tardo pomeriggio e l'ombra del carro e dei suoi occupanti si allungava sulla strada alle loro spalle. La pistola premeva pesantemente sul suo sterno, e lei tornò a sedersi dritta. Stavano viaggiando da quasi dieci ore quando comparvero il fiume, le colline coperte di foreste del Gatineaus, e le guglie del Parlamento. Ora l'aria circostante era sgombra dalla polvere, nei campi si scorgevano chiazze di neve e pozzanghere. Anche da lontano si potevano vedere le mura di pietra e il tetto a tegole del Parlamento – assurdo in mezzo a quella natura selvaggia. «È bellissimo» disse Eileen, con evidente sorpresa nella voce.

«Visto da lontano» rispose Lanighan. Avvicinandosi, disse a Eileen, avrebbero visto fango e marciapiedi in legno sbrecciato e le baracche degli irlandesi lungo un canale che avevano scavato con le loro stesse mani. «Ma da questa distanza» concordò «è la cosa più bella del mondo.»

Incontrarono gli altri due uomini alla taverna del Victoria Hotel, su Wellington Street. Lanighan abbracciò uno dei due, quello meglio vestito, con i capelli rossastri, che si chiamava Patrick. Era il più giovane della compagnia – con l'eccezione di Aidan. Eileen capì che la stava osservando, e il suo sguardo era una richiesta di spiegazioni provocante, assoluta.

«La mia ragazza» disse Aidan, giustificando la sua presenza.

Eileen si portò la mano sul petto, dove teneva nascosta la pistola. Uno degli uomini ordinò whisky per tutti e il gruppo si accomodò attorno a un tavolo di quercia.

Nessuno aprì bocca. Wellington Street ferveva di traffico e si stava facendo buio. Un lampionaio avanzava come un fantasma, creando il suo stesso alone.

«Sarà una notte lunga» disse infine l'uomo con i capelli rossi. «Pronuncerà il discorso solo a tarda sera.»

Aidan allungò le gambe sotto il tavolo, spingendo leggermente indietro la sedia e facendola stridere sul pavimento.

Il verso di un canto di emigranti che suo padre le aveva insegnato continuava a risuonare in testa a Eileen. «Vieni violinista, ora, e suona per me. Addio al granaio e al fieno e all'albero.» Pensò che lei sapeva quale fosse l'aspetto di questi elementi in un paesaggio limitato, anche se erano lontanissimi, in un paese che lei non aveva mai visto.

«Posso aspettare fino ad allora» disse uno degli uomini che era venuto con loro sul carro.

Eileen sfiorò il ginocchio di Lanighan e scrutò il suo volto. Era lontano da lei, e lei lo sapeva. Il lampionaio passò ancora davanti alla finestra, immerso nella luce rosea e malsana che lui stesso aveva creato. Aidan aveva le braccia incrociate al petto, come a proteggersi il cuore, negando ogni accesso a Eileen. Lei sentiva di averlo contrariato, e avrebbe fatto qualsiasi cosa per riguadagnare il suo favore. Si chinò in avanti, sul tavolo. «Siamo tutti combattenti per la libertà» disse, con tono incerto.

Lanighan le lanciò una breve occhiata che la zittì.

L'uomo con i capelli rossastri chiamato Patrick gettò il capo indietro e rise. «C'è un qualche particolare tipo di libertà che hai in mente?» chiese con tono allusivo.

Eileen arrossì, e abbassò gli occhi.

«È una bellezza, la ragazza» disse l'uomo a Aidan «e per di più è una ribelle. Brindo a lei...» Alzò il bicchiere. Gli uomini ridacchiarono ma evitarono di guardarsi l'un l'altro.

«Stanotte ci sarà luna piena» commentò il più basso, grasso e anziano degli uomini arrivati sul carro «quando i lampioni saranno spenti. E non lasceranno i lampioni accesi a lungo, dopo il sorgere della luna.»

Gli uomini si alzarono per uscire dalla taverna; Eileen si chinò per allacciare una delle stringhe degli stivaletti bianchi, e involontariamente portò la mano al corsetto per trattenere la pistola. Ma Aidan le posò la mano sul braccio, costringendola a rialzarsi bruscamente, posando con fermezza le scapole contro la spalliera della sedia. Poi, di botto, il ragazzo si inginocchiò davanti a lei per allacciarle lo stivaletto.

«Ah sì» disse l'uomo conosciuto come Patrick con un sogghigno, ma guardando intensamente Eileen. Socchiuse gli occhi e cantò a bassa voce dietro alla schiena di Lanighan.

E che dire a ogni uomo sì o no
Se mento o dico il vero.
Mentre alzavo il suo corsetto pian piano
E mi tiravo su la manica
Per allacciarle la scarpa.

Ignorandolo, Eileen mise la mano sui capelli scuri di Aidan, e per un breve istante lui posò la guancia sinistra sul ginocchio di lei.

Anche se non lo sapevano, fu il loro ultimo abbraccio.

13

Grande com'era, il palazzo del Parlamento appariva a Eileen come un fenomeno naturale soverchiante, permanente, indistruttibile, e le facciate le sembravano scogliere. Entrarvi dentro sarebbe stato come mettere piede nella bocca di immense caverne, penetrare nelle viscere della terra e osservare tutto quello che era stato ricoperto, celato da alberi e sassi. Le gigantesche finestre brillavano di una luce liquefatta che si riversava sull'erba e mutava il colore dei sassi che Eileen calpestava. Dietro a quelle strutture massicce, sulla riva opposta del fiume, le colline di Gatineau erano ricoperte di un lucore opaco, grigio sotto la luna piena. Nonostante il rumore dei passi dei suoi compagni che crocchiavano sulla graniglia, Eileen riusciva a sentire un sibilo continuo che proveniva da lontano, e le dava l'impressione di avere la testa piena di vento. «Le cascate di Chaudière» le disse uno degli uomini. «Mezzo miglio a monte del fiume.» Aidan camminava davanti a lei, di buona lena; il momento di intimità nella taverna era stato scordato.

Nella galleria della Camera dei Comuni, Eileen osservò dapprima le grandi lampade a gas a forma di ruota che proiettavano un riflesso inesorabile nelle decorazioni di legno intagliato sopra di lei, e poi sulle file ordinate di teste nella platea sottostante. Qualcuno stava parlando di Nova Scotia. Aidan, che non le sedeva accanto, tormentava nervosamente il biglietto che gli aveva dato l'usciere. Per qualche istante Eileen temette di aver perso il suo. La galleria era riscaldata. Percepiva l'odore di sudore e whisky emanato dagli uomini. Si frugò nelle tasche della gonna fino a quando non sentì il fruscio della matrice del biglietto. Sollevata, distante dalla vita che si assiepava attorno a lei, era incapace di seguire il filo del cortese dibattito che aveva luogo nella sala sottostante. La sua attenzione era rivolta all'aspettativa del dramma, non poteva concentrarsi sulle manierate esibizioni di quegli uomini in una sala in stile gotico.

Eileen osservò il profilo di Aidan, le sue ciglia scure. Sbatteva rapidamente gli occhi. Poi la ragazza guardò ancora giù, alla folla di uomini sotto di lei. Non fosse stato per le basette di uno, i favoriti di un altro – il colore, l'abbondanza o la mancanza di capelli – avrebbero avuto tutti lo stesso aspetto, con le loro marsine nere e le camicie bianche. D'un tratto si rese conto che quell'uniforme era un segno del potere. Non aveva mai conosciuto uomini che indossassero abiti di quel genere. Le sembrava impossibile che, abbigliati con quello che Eileen immaginava si dovesse portare a un ballo, i parlamentari fossero impegnati in argomenti noiosi, che richiedevano molto tempo. Ore prive di passione si insinuavano in tutta la sala.

«McGee parlerà tra poco» sibilò infine all'orecchio di Eileen l'uomo chiamato Patrick.

Ogni volta che guardava Aidan, la ragazza si sorprendeva della sua tensione. Aveva gli occhi lucidi, il corpo pronto all'azione, vibrante come se avesse intenzione di esplodere, urlando, al centro della sala. Dopo pochi istanti lo vide alzarsi in piedi, chinarsi, mormorare qualcosa all'orecchio di uno dei tre uomini che erano giunti con il carro, e poi all'uomo chiamato Patrick; poi uscì dalla galleria.

«Dove è andato?» chiese, il panico che le saliva dalla gola, giù fino all'interno delle braccia. «Che cosa ha detto?»

«Solo una necessità fisiologica, tesoro.»

A dispetto degli abiti eleganti, i capelli rossicci dell'uomo erano unti, sporchi. «Tornerà tra un momento» rispose. «Ma» – Patrick si tirò l'orecchio sinistro, come per tirarne fuori un messaggio – «ha detto che avevi qualcosina per me in quel tuo bel davantino. Dovresti aver freddo. Perché non ti avvolgi nello scialle» – e con cura drappeggiò la stoffa a disegni cachemire sulle spalle di Eileen – «e mi passi quella cosina da sotto, così gli altri non vedono? È quello che Aidan vuole che tu faccia.»

Eileen si sentiva il sangue pulsare nel cervello. «Vuole che la prenda tu?» chiese.

«Fa parte del piano» sussurrò l'uomo «parte del grande schema. Siamo tutti combattenti per la libertà e Aidan dice che è orgoglioso di te, perché tu riesci a comprenderlo.»

La gratitudine, come un'ondata calda, sciolse la tensione che Eileen sentiva nelle braccia. Si avvolse lo scialle attorno alla gola e si mise a trafficare con le mani sotto la stoffa.

La pistola era calda e umida, madida del suo sudore.

Lanighan tornò nella galleria e si insinuò in un posticino a fianco di Eileen. La folla era aumentata in seguito alla notizia, diffusa via telegrafo nelle strade e nei vicoli e nei saloon di Ottawa, persino a quell'ora tarda, che di lì a poco McGee avrebbe parlato, e i sedili alle loro spalle erano pieni all'inverosimile di tagliapietre, spazzini, camerieri, carrettieri, signore della notte, persino qualche bambino vestito di stracci.

«Stai guardando?» sussurrò Lanighan. «Guardalo bene e ascolta.»

Eileen vide un ometto alzarsi in piedi e chinare la testa sul tavolo che aveva davanti, su una pila di fogli scribacchiati; le sue mani, nervosamente, sfogliavano, sceglievano, univano. Avrebbe risposto a una mozione da parte della Assemblea della Nova Scotia che la Confederazione aveva abrogato.

«La vogliono dividere di nuovo?» chiese Eileen.

«Sì» rispose Aidan. Era chino in avanti, i gomiti appoggiati alle ginocchia.

McGee se la prese comoda mettendo in ordine i documenti, concentrato.

Il silenzio nella Camera si trasformò in un'apprensione quasi tangibile. Eileen era certa che la luce riflessa dai lumi a gas fosse cambiata, fosse più esagerata e che, di conseguenza, nella sala fossero aumentate le zone d'ombra.

Finalmente, McGee si raddrizzò, e a fatica, zoppicando, cambiò posizione dietro al tavolo. Poi cominciò a parlare.

Aidan si appoggiò leggermente contro Eileen. La ragazza sentiva il calore del braccio di lui passare attraverso la stoffa delle loro maniche e la coscia che premeva contro la sua. Poteva percepire il calore ma sapeva che lui era lontano, perduto nelle calme parole pronunciate dall'uomo sotto di loro, e era seccata dal fatto che quella persona, di una statura fisica così insignificante, li tenesse in ostaggio. Persino il nemico, pensò con l'invidia che le attanagliava lo stomaco, persino il nemico non dovrebbe avere il potere di mettersi tra noi. Poi, man mano che il discorso aumentava in tenore e intensità, venne coinvolta da alcune frasi.

«Nella malta non ci sono solo calce e sabbia e peli, ma anche il tempo che è stato necessario per metterla insieme.»

Eileen pensò alle lunghe stagioni in cui sua madre era stata lontana, e a come tutto quel tempo fosse conservato, esposto, placido e congelato sul suo volto.

«Il tempo» annunciò McGee «verrà in aiuto alla giustizia imparziale.»

Nelle parole «giustizia imparziale» lei udì il canto della lingua di suo padre… l'idea della poesia. Si chinò in avanti per osservare meglio l'oratore. Il nemico, pensò, è un omuncolo corrotto. Da dove giunge la sua voce?

Guardò Aidan con aria interrogativa, con dipinta in volto la confusione che provava. Nel paese descritto dall'oratore non esistevano fazioni, né vendetta per antichi patimenti, né antiche ingiustizie. Tutto sarebbe stato nuovo, limpido; un paesaggio che un oceano separava dalle zone del terrore. Un territorio illimitato, privo di ferite, che apparteneva a tutti, e non era proprietà di nessuno.

L'uomo chiamato Patrick era spaparanzato sulla sedia, apparentemente addormentato, ma Eileen percepiva la concentrazione di Aidan –

così fervida da avviluppargli tutto il corpo.

McGee stava facendo una pausa nella sua lunga introduzione. Eileen fu scossa da un ricordo improvviso: l'intimità dietro alla cortina dei rami di salice, una conversazione con un uccello dalle piume nero-azzurrine. E poi una specie di musica che assumeva significato. Le parole nella sala erano diventate così, un messaggio significativo e ritmico. Ora, per la prima volta, rammentò che da bambina aveva ascoltato le parole di un saggio.

«C'era un uomo» sussurrò all'orecchio di Aidan, con ansia «un uomo chiamato Exodus Corvo. Sapeva certe cose. Una volta – molto tempo fa – mi disse che non esistevano i signori della terra.»

Aidan fece un gesto con la mano sinistra, imponendole il silenzio.

McGee si stava avviando alla conclusione; ora la sua esibizione era avvincente come una delle danze di Aidan. Stava parlando all'intera assemblea, gli appunti negletti nella mano appoggiata al tavolo che aveva di fronte. Si stava rivolgendo a loro, disse, non come rappresentante di una razza, ma come precursore di una generazione che avrebbe ereditato l'interezza, una generazione libera dalla frammentazione.

Il Parlamento esplose nel marasma. Tavoli bersagliati di pugni, evviva, applausi.

Eileen, scossa dalla trance indotta dalla voce dell'ometto dal ruggito che sembrava levarsi come un unico suono, lasciò che la frase «non come rappresentante di una razza» la colpisse al cuore. Questa è la voce, pensò, questo è il potere che deve essere imbrigliato. Suo padre le aveva parlato dell'eloquenza irlandese. Senza la razza del suo sangue quell'ometto non avrebbe avuto la voce. E stabilì che aveva tradito la voce, la voce che soffriva.

L'uccello che aveva in mente volò via di nuovo, aprendosi un varco nel verde.

Aidan si dondolava avanti e indietro accanto a lei, come in preda alla sofferenza. «Gesù Cristo» stava dicendo «Gesù Cristo, Gesù Cristo.» Nei pensieri di Eileen si stendevano paesaggi perduti nei quali lei non era mai stata, una collina dopo l'altra. Per lei McGee era la peggior specie di nemico, il vero colpevole; colui che ha visto la bellezza e la tradisce.

Patrick era in piedi, insieme agli altri, applaudiva e gridava evviva, la testa gettata indietro.

Sta fingendo, pensò Eileen.

In seguito, il primo ministro MacDonald e il capo dell'opposizione si impegnarono in un risentito dibattito che Eileen era troppo distratta per seguire. «Andiamo…?» chiese a Aidan. «Quando andiamo?»

«Non fino a quando non è finito.»

«E allora?»

«Allora andiamo.»

«Va bene» disse lui poco dopo, quando il Parlamento si fu finalmente aggiornato «usciamo di qui.»

Fuori, confusi nell'ombra del gigantesco edificio, gli uomini sembravano ansiosi e agitati. «Dovremmo fare qualcosa» continuava a ripetere uno di loro. «Dovremmo fare qualcosa subito.»

Gli spettatori stavano cominciando a tornare verso casa in diverse direzioni, sul prato illuminato dalla luna.

«Io vi raggiungo» disse Lanighan. «Voglio vederlo da vicino. Ci vediamo al saloon di Mrs. McKenna. È l'unico ancora aperto.»

«Lo riconoscerai dal cappello a cilindro bianco e dai guanti» disse uno degli uomini. «Indossa il cappello per sembrare più alto.»

«Dov'è Pat?» chiese un altro.

«È andato avanti, immagino.»

Con grande gioia di Eileen, Aidan aveva cominciato a giocherellare con i suoi capelli, con aria distratta.

«La voce che ha» disse lei mentre gli uomini si allontanavano nel freddo, alla luce della luna «quella voce è qualcosa di bello. È la nostra voce, ma lui l'ha tradita.»

Senza rispondere, Lanighan le afferrò il polso e se la trascinò dietro, dirigendosi di corsa a destra, verso l'edificio del blocco occidentale. Senza farsi notare, lo aggirarono, seguendo le mura di arenaria e uscendo dal cancello, attraversando Wellingon Street e percorrendo poi O'Connor Street. All'angolo tra Sparks e O'Connor, Lanighan si infilò in una breccia aperta in una palizzata di legno alta quasi due metri, trascinandosi dietro Eileen, e si ritrovarono in uno spiazzo. Lasciò andare la ragazza, si diresse nell'angolo più a sud del campo e si gettò a terra vicino a un punto in cui due assi erano sbrecciate tanto da permettere di guardare fuori o di insinuarsi dentro. Eileen lo seguì e rimase, ansimante, in piedi accanto a lui. «Mettiti giù» disse lui con voce soffocata.

Lei si accucciò a terra. «Che succede?» chiese. «E gli altri? Che cosa stai facendo?» Eileen vide l'ombra di erbacce tristi e macilente muoversi alla luce della luna sulle assi alla sua sinistra. A destra c'era una porticina malconcia e una baracca con un'insegna sull'unica finestra. Diceva NON SI ACCETTANO IRLANDESI. «Dimmelo» mormorò la ragazza, tirando la manica di Aidan. «Dimmi che cosa succede.»

«Non dire una parola» replicò seccamente l'uomo.

Rimasero stesi in silenzio per venti minuti, Aidan tranquillo e immerso nei suoi pensieri, Eileen soffrendo più per il rifiuto di lui che per la sensazione del pericolo. Non una parte di lui la sfiorava.

Il lato di Sparks Street che potevano scorgere sotto la palizzata era lontanissimo, immerso nell'opaca luce lunare. Niente vento, non un suono, di nessun genere, che toccasse la strada, con l'eccezione di un'eco – passi o zoccoli di cavalli – proveniente da un'altra parte della città, seguito da lunghi momenti di assoluto silenzio, durante i quali Eileen notò che Aidan stava respirando così come gli succedeva a volte subito prima di fare l'amore, subito prima di quell'istante frenetico in cui lei non capiva se quello che udiva era il respiro di lui o il suo. Ora, nello spazio di pochi secondi, si rese conto di un altro suono, qualcosa che grattava per terra e ticchettava, simile al rumore della lancetta dei minuti del grande orologio nel salotto della fattoria di Loughbreeze Beach. Pensò a suo fratello e, per la prima volta, sentì il sordo dolore della sua mancanza.

Poi comparvero il cappello a cilindro bianco e una mano guantata di D'Arcy McGee, e poi ancora il luccichio del pomolo d'argento del suo bastone; scintillavano alla luce della luna, mentre il resto dell'uomo era quasi invisibile contro la cortina della notte che nessun lampione illuminava.

«Dammi la pistola» sibilò Lanighan.

«Che cosa intendi fare?» Eileen era sconvolta dal gesto che prevedeva e che si stava formando nella sua mente. Guardò in strada, là dove un'ombra si muoveva. Una nuvola, pensò, confusa, una nube che copre la luna.

«Adesso esco di qui» stava dicendo lui. «Dammi la pistola.»

«No.»

Aidan le strattonò la blusa. «Dammela, Eileen... devo averla» sbottò con rabbia.

«Non posso» pianse lei. «Ce l'ha Patrick. Ha detto che tu volevi che la tenesse lui.»

«Gesù.» Il volto di Aidan si distorse davanti agli occhi di Eileen.

«Gesù... Ha visto la tua mano andare alla pistola quando ti sei chinata, al bar.»

«Ha detto che tu gli avevi detto –» esordì Eileen. Ma le sue parole furono cancellate dal rumore di uno sparo e dalla vista del cappello a cilindro bianco che rotolava via, tombolando lungo il marciapiede di legno.

«Che cosa è stato?» chiese Eileen, terrorizzata. «Che è successo? Aidan...» Guardò di nuovo sotto la palizzata, al lato opposto della strada. Una macchia scura si stava allargando attorno alla figura che stava stesa di traverso sul marciapiede, come la caricatura di un velocista. Alle finestre cominciavano ad accendersi le luci. Il suono di voci concitate, passi che giungevano di corsa, una folla che si radunava. «Era il tuo piano? Avevi progettato di ucciderlo?»

«Progettato questo?» Aidan era rannicchiato a terra. «Io lo amavo» si mise a singhiozzare. «Gesù Cristo, lo amavo. Ero qui per proteggerlo e ora l'ho ucciso... tu lo hai ucciso. Ero dalla sua parte» la voce gli si strozzò in gola «non contro di lui. Mio Dio, era la nostra unica speranza.»

«Ma tu hai detto...» Eileen lo afferrò per il braccio, ma lui si scrollò dalla sua presa. Fu il suo ultimo gesto gentile.

«Chi sa quello che ho detto? Che cosa importa quello che ho detto? Ma non capisci, io sono quello che la gente come te chiama un GOULAGH – un infame, una spia – stavo lavorando per lui, contro i fanatici – contro gente come te.»

«Gente come me...» ripeté lentamente Eileen.

Carrozze, poliziotti stavano arrivando al di là della palizzata. Una donna urlò, qualcuno chiamò il coroner. Eileen udì la parola «morto» pronunciata da una ferma voce maschile.

«Oh, mio Dio» gemette Aidan «là fuori c'è la mia stessa morte.»

«Non sapevo...» la voce di Eileen era pacata, calma, ma il suo cuore stava cercando di balzarle fuori dal petto fin sulla strada, nella confusione, nell'omicidio.

La rabbia che Aidan provava era quasi visibile nella sua bocca; la stessa bocca che aveva pronunciato parole d'amore, che aveva accarezzato ogni parte del suo corpo. «Era tutto un gioco per te, vero?» stava dicendo quella nuova bocca. «Tutto una specie di sogno... qualche tipo di stramaledettissima isola di un altro mondo. Credi che questo migliorerà le cose per la nostra gente?»

«Non ho mai voluto...»

Aiden si rialzò in piedi, barcollando. Si asciugò la faccia con la manica, poi cacciò un pugno verso il volto di Eileen. «Non venirmi vicino» sibilò. «Non mi toccare.» Ritirò il pugno, posandoselo sulla fronte. «Ora è tutto finito, qualsiasi fosse la ragione delle nostre azioni.»

Il volto insinuante dell'uomo chiamato Patrick apparve per un istante nella mente di Eileen. «Non l'ho ucciso io» gridò alla notte, la voce stridula.

«Tu lo hai ucciso.» Aidan colpì un'asse con il pugno. Non guardò Eileen. «Hai udito una sola delle cose che McGee ha detto? Hai ascoltato quello che voleva?»

Senza aspettare la sua risposta si trascinò sul campicello deserto, miserando, tra i vetri rotti e i rifiuti, lasciando Eileen in piedi, da sola, i capelli pieni di meravigliosa luce lunare, la sua ombra china contro una rozza palizzata di legno.

Nella sua mente comparve l'immagine di Aidan che danzava nella soffitta, il modo in cui curvava il braccio o stendeva la mano per accogliere un invisibile compagno. I capitani alla locanda, i marinai del lago, si erano sbagliati tutti. La sua danza non era una petizione rivolta a McGee; era un'espressione, un'affermazione di comunanza di intenti. Ogni qualvolta Aidan aveva danzato, la voce di D'Arcy McGee era stata presente, aveva danzato insieme a lui.

«Tu non mi hai mai parlato» mormorò Eileen al nulla. «Tu mi hai esclusa. Non mi hai permesso di vedere la verità.»

14

Eileen trascorse il resto della notte dietro alla parete a nord del palazzo del Parlamento, seduta sul suo scialle, con la schiena appoggiata al muro curvo della biblioteca parlamentare in via di costruzione, l'erba attorno inargentata dalla luce della luna e dalla brina.

Lasciando il campo abbandonato, per un istante si era unita alla folla crescente e alla confusione che circondava il corpo di McGee. Alzando lo sguardo sopra le teste degli astanti aveva visto l'intera città illuminarsi, come una nazione frammentata che prendeva vita, che riprendeva i sensi. Del cadavere vide solo una mano priva di guanto, il palmo riempito dalla luce lunare, e un rivolo sottile di liquido scuro che correva nel tombino accanto al quale era caduto. Poi un poliziotto la scostò bruscamente. A parte quest'unico gesto, nessuno le prestò attenzione. Voltò le spalle all'orrore, percorse Sparks Street, girò a sinistra all'altezza di Metcalfe, e si avviò alla collina del Parlamento.

L'orologio sulla facciata nel colossale edificio gracchiava e ticchettava, passando da un minuto all'altro, e le rammentava il suono del bastone da passeggio di McGee mentre avanzava sul marciapiede di Sparks Street. Da lontano la raggiunse il suono delle cascate Chaudière. Quando l'orologio batté le quattro si rese conto delle vibrazioni delle campane di bronzo che passavano attraverso le pietre alle quali era appoggiata, e poi il fiume che le parlava con una voce che, lo sapeva, avrebbe portato con sé per il resto della sua vita. Una voce che si trovava benissimo dentro al suo cervello, perché era rimasta lì per anni – in letargo – attendendo di essere attivata dalla giusta combinazione di stimoli: il fragore dell'acqua che scorre, un amore spezzato, una consapevolezza subitanea e terribile, la libertà dal sogno mortale.

Mentre il cielo dietro alla fabbrica Eddy Match, al di là del fiume, si riempiva di luce, il timbro costante dell'acqua e delle rapide si trasformò in frasi pronunciate da una dolce voce femminile ed Eileen accettò, senza sorpresa, la presenza della parole perdute di sua madre.

Ecco quel che si prova a essere altrove, le disse la voce di sua madre. Non sei mai presente al luogo in cui ti trovi. Vedi i piatti lucidi della tua cucina che riflettono la luce terrena, ma non conoscono te, né i pasti che ci hai mangiato dentro. Le pietre del lastricato sono una serie di laghi scuri che tu conti, e la luce che le sfiora e che le muta ti invia messaggi che non si possono dire. Le onde si richiudono come mantelli su ogni cosa che arde. Ogni angolo è un segreto e la tua storia è una menzogna.

Eileen voltò il capo per guardare il muro massiccio al quale era rimasta appoggiata per ore. Non era fatto di granito scuro, come aveva creduto, ma piuttosto di pietra arenaria di un colore rosaceo, piacevole, risplendente di calore. Allungò il braccio sinistro dietro alla spalla destra e toccò la pietra dietro di lei, cercando di comprendere la struttura della superficie. Era solida, dolce, distante.

Si avvolse nello scialle, si alzò, voltò le spalle alle colline di Gatineau, e iniziò il lungo viaggio verso casa.

Servendosi dell'aratro a mano, Liam stava dissodando il terreno a est della casa per fare un orto per Molly, quando vide Eileen in fondo al vialetto, che zoppicava malamente sugli stivaletti bianchi nuovi; aveva gli abiti sudici e strappati, i capelli arruffati.

Quel mattino si era svegliato prima di tutti gli altri abitanti della casa e si era messo a frugare nello zaino che aveva portato con sé dal territorio di Elzivir. Lì, in una piccola tasca laterale, aveva finalmente localizzato l'oggetto che stava cercando, qualcosa che Eileen aveva trovato sotto il guanciale del padre dopo la sua morte – una forcina d'osso con una ciocca di capelli rosso oro avvolta tutt'attorno. L'oggetto esprimeva un senso di fragilità e di perdita, la scarna, volatile memoria che si serba di chi è andato altrove. Avrebbe portato quell'oggetto per sempre nella tasca dei calzoni, in ricordo di sua madre, in memoria di Eileen.

«Buon Gesù» disse ora a mezza voce. Eileen era rimasta assente per tre settimane. Liam lasciò cadere l'aratro e corse lungo il vialetto. «Dove sei stata?» urlò. «Che cos'è questa storia?»

Eileen lo oltrepassò, lo sguardo fisso sulla casa, e Liam, barcollando, tornò indietro per mettersi davanti a lei, gesticolando come un pazzo.

«Che cosa significa tutto questo, Eileen? Sparisci... Cristo, mi sembrava che tu fossi andata via da un'eternità. Dove sei stata? Che cosa hai fatto?»

Il lago era increspato, color azzurro acciaio. Uno stormo di uccelli innervositi stava alzando un gran tumulto dai pioppi accanto alla riva. Devo fare uno spaventapasseri per l'orto, pensò Liam d'un tratto. Poi guardò fisso il volto di sua sorella, mentre giungevano alla porta. Non sapeva nulla di questa donna.

«Eileen» disse con aria paterna. «Dimmi dove sei andata.»

Lei sospirò e lo baciò sulla guancia. «Ho rinunciato alle parole che si pronunciano» disse. «Vivo su un'isola di un altro mondo. Andrò a stendermi nella mia grande stanza, da dove posso vedere il lago.»

«Che diavolo vuoi dire, parole, altri mondi?» Liam la seguì in casa, passando oltre la bruciatura triangolare sul pavimento della cucina, oltre il salotto.

«Cioè... spiegazioni.» E poi, quasi parlando a se stessa: «Sì, è quel che intendo dire, spiegazioni, interpretazioni».

Liam la afferrò per le spalle e la scosse, quasi con violenza. «Dimmi che cosa è successo» le ordinò. «Eileen, dimmi che cosa ti è successo.»

Ma Molly si intromise tra di loro, ponendo dolcemente un braccio attorno alla vita di Eileen. «Lasciala in pace» disse a Liam.

Mentre osservava le due donne che salivano lentamente le scale, Liam udì la moglie che consolava la sorella.

«Adesso sei tornata a casa» le stava dicendo. «Mi occuperò di te. Andrà tutto bene. Ora sei tornata a casa per restarci.»

15

Una vecchia donna chiamata Eileen vide qualcosa di sé negli occhi sconcertati di una bambina di dodici anni. Era rimasta a osservare la piccola già da un po', aspettando che la luce, il vento, la posizione delle nuvole le consigliasse il momento giusto per parlare, per raccontare la storia.

«Ti vedo là fuori sulla spiaggia» disse la vecchia Eileen. «Vedo te, Esther, dalla mia grande stanza con la sua meravigliosa vista sul lago. Mi viene in mente lei.»

Il viso della piccola Esther era spruzzato di efelidi dorate. Indossava un vestitino bianco. Era settembre e lei era appena tornata da scuola. Nella sua mente c'erano le tabelline e la pronuncia corretta della parola «tenacia», ma lei voleva i ciottoli della riva e una barca su cui salire, che potesse portarla via. Si voltò verso l'angolo della stanza dove si trovava la vecchia signora, vestita di scuro; sembrava un'ombra.

«Che cosa vuoi dire?» chiese Esther.

«Lei» replicò la vecchia Eileen. «Mia madre con una pelle perfetta come il ghiaccio. Non assomiglia affatto a tua madre, a Deirdre. Forse salta sempre una generazione.»

La vecchia signora andò a sedersi, ben eretta, su una sedia dall'alto schienale, ed Esther rammentò che quando una volta suo padre aveva portato nella stanza al piano di sopra una poltrona a dondolo, la vecchia Eileen l'aveva rifiutata con rabbia. Ricordava che gli aveva detto: «Il mondo è già di traverso. Io me ne sto immobile nel mio altro mondo e lascio che il vostro dondoli e ondeggi e cambi direzione. E tu più di tutti dovresti saperlo» aveva detto al padre di Esther, che teneva la mano posata sul bracciolo di legno. «Una delle tue case fu colpita dal fulmine, l'altra venne seppellita dalla sabbia.»

«Quando morirò» disse ora alla dodicenne Esther «la stanza con la vista sul lago sarà tua. Hai vissuto con genitori tranquilli in case sconvolte dai cataclismi. Io credo che quelle case stessero cercando di scacciarti – di spingerti verso il lago.»

«Ma potevamo sempre vedere il lago.»

«Per gente come te questo non è sufficiente. La gente come te deve stare sulla spiaggia, sul lago.» La vecchia Eileen si chinò in avanti sulla sedia, spingendo il viso accanto a quello della bambina, che pian piano si era avvicinata. «Dov'è il centro del mondo?» chiese di botto.

Esther rimase in silenzio davanti a lei, tenendo in mano un libro che aveva scordato di posare sul tavolo. Non conosceva la risposta dell'indovinello.

«Il luogo in cui ti trovi» rispose la vecchia Eileen. «Il luogo in cui ti trovi è il centro del mondo.»

«Immagina» disse la vecchia, indicando con un dito simile a un artiglio la penisola che si stendeva fin nel cuore del lago. «Immagina, tutto laggiù è sepolto nella sabbia, compreso l'albergo di tuo padre.»

«Questo lo so.» Esther cominciò a passarsi il libro da una mano all'altra.

«Ma conosci la lentezza della sabbia? La conosci? Una mattina ti svegli, passeggi nel tuo bel giardino rigoglioso, e in un angolo c'è una spruzzata di sabbia che risale le assi della palizzata. La settimana seguente devi scuotere la sabbia dagli abiti che togli dall'armadio. Ben presto trovi della sabbia mischiata con i fondi del caffè. Per quanto tu ci provi, per quanto spesso tu spazzi, c'è un sottile strato di sabbia sul pavimento della cucina. Il giardino sparisce. I vicini sono già spariti. Là dove un tempo c'era il frutteto, ci sono tonde dune di sabbia. A ogni cucchiaiata di cibo qualcosa stride sotto i denti.»

«Lo ricordo» disse Esther, anche se non era certa che fosse vero.

«Nient'altro che un oceano di sabbia.» La vecchia Eileen indicò ancora la penisola che risplendeva nel sole del tardo pomeriggio, le sue dune vivide di luce. Poi guardò Esther negli occhi. «I politici» disse «sono esattamente così – quando non vengono colpiti dal fulmine.»

Il suo volto si addolcì e si discostò appena da Esther. «E anche l'amore» aggiunse. «Io ho avuto solo il fulmine e non la sabbia in giardino, quindi immagino di dover essere grata a D'Arcy McGee per qualcosa.»

«Perché D'Arcy McGee?» chiese Esther.

«Mi ha messa al posto che mi competeva» disse la vecchia, evasiva, con il desiderio di tornare nel territorio della vita della bambina. «Rammenti la casa di tuo padre sulla collina?»

Esther pensò che lei e sua madre erano sempre tornate a rivisitare le loro case scomparse. Dove un tempo c'era stata la casa sulla collina, avevano scoperto dei fagioli carbonizzati e frammenti di vetro a forma irregolare che si erano sciolti con il fuoco e risolidificati diventando ciottoli trasparenti. Aveva trovato uno dei piattini delle sue bambole, così delicato che si potevano intravedere le dita attraverso la porcellana, intatto, neppure scalfito, posato sul pietrisco. Sapeva che doveva essere caduto per almeno quindici metri dalla nursery del secondo piano e aveva la sensazione che, sotto i detriti, ci fossero altri piattini di bambola e altri piccoli oggetti intonsi.

«Questa casa è a tenuta stagna» disse la vecchia Eileen. «L'abbiamo portata qui per nave, sai.»

«Nonno Liam me l'ha raccontato.» Esther posò il libro scolastico con gli altri su un tavolo d'angolo.

«Se fossi in te» la vecchia Eileen sorrise vagamente «resterei in questa casa per tutta la vita. Se fossi in te, non andrei mai altrove.»

«E tu sei mai stata da qualche altra parte?»

«Solo una volta.» La vecchia Eileen guardò fuori dalla finestra, a est. Esther credeva che probabilmente la vecchia fosse in grado di vedere lontano, fino all'Oceano Atlantico. «Naturalmente, alla fine tu subirai la maledizione delle miniere, ma questo non si può evitare.»

«Che cosa vuoi dire?»

«Ha a che vedere con il proprietario terriero, la maledizione» disse la vecchia Eileen «e con il furibondo scavare nel terreno.»

«Nonno Liam diceva che c'era un padrone che –»

«D'altro canto», la interruppe la vecchia Eileen, «sono stata altrove per tutta la vita.» Si alzò e attraversò la stanza – dritta, altezzosa, ma lenta, anziana. «Vedi, non riesco a togliermi dalla mente il volto di un giovane.» Si mise a frugare nel cassetto superiore della scrivania a rullo, poi si voltò e tornò verso la bambina, che non si era mossa. «Ecco» disse, porgendo a Esther una treccia di capelli rossi e neri «ed ecco.» Le mostrò una penna nera, un frammento di porcellana turchese. «Ci vorrà molto tempo» disse la vecchia Eileen, riprendendo posto nella sedia dall'alto schienale. «Ci vorrà molto tempo per raccontarti tutta la storia. Capisci, ci sono diversi modi per perderti. Sai, ebbi una bambina, quand'ero molto giovane; la diedi a Molly e a Liam perché la allevassero. Chiamatela Deirdre, dissi loro, a causa delle sofferenze.»

16

Alle 7 e 45 di una mattina d'estate il turno di notte sta finendo. Gli uomini scendono dalle torrette di alluminio sopra i nastri trasportatori e aiutandosi con mani e piedi si arrampicano ai lati di immensi veicoli, fino al fondo della cava. Uno tira una leva e lo schiacciasassi tace. Una imbarcazione lacustre, la Sir John A. Macdonald geme due volte e, piena di pietra calcarea del Canada – paesaggio e fossili – svolta a ovest, diretta a un'altra riva. L'immenso buco nel terreno accanto al lago è appena appena più grande della sera prima.

Esther O'Malley Robertson si è tirata a sedere contro i cuscini del suo vecchio letto a barca. Non è mai rimasta al piano superiore oltre le otto, mai, fin da quando si è assunta la gestione della fattoria. Ma questa è l'ultima mattina.

Il corvo ha completato il suo monologo all'alba da qualche ora, e adesso è fuori, nel bosco di cedri, a ingollare zanzare, ad assassinare vermi. Da lontano Esther ode il rumore del cambio dei furgoni che viaggiano troppo veloci su strade di ghiaia, guidati dagli uomini della cava, ansiosi di raggiungere le loro famiglie, che in questo momento stanno facendo colazione.

Esther è alla fine della storia. Sa, senza consultare gli specchi, che dopo questa notte, il suo volto è ancora più simile a quello di sua nonna – è il viso di una vecchia. Così come, anni prima, mentre sedeva ad ascoltare il racconto per la prima volta, il suo viso era diventato sempre più simile a quello di una bambina di nome Eileen, che aveva trascorso lunghi pomeriggi d'estate dietro la cortina di un salice.

Da qualche parte, nei pressi del granaio in rovina, due colombe lamentose riprendono il loro sempiterno compito tentando di perfezionare il suono della perdita. Ben presto il loro lamento sarà cancellato dal rumore del turno di giorno alla cava – gli addetti alla dinamite, i trapanatori, gli addetti alla spazzatura – oltre al ruggito della pietra calcarea che colpisce il fondo di un'altra chiatta da lago, stavolta chiamata *Daughter of Confederation*.

D'un tratto Esther rammenta la pila di libri scolastici che aveva portato con sé in salotto il giorno in cui sua nonna aveva terminato la storia, la cinghia di pelle che li teneva insieme, la cartella marrone. *The Dominion Workbook*, *The Canadian Speller*, con i castori e le foglie d'acero incisi sulle copertine. Tutto questo è perduto, pensa: dinamitato, scomparso.

Quando Liam morì, poco dopo la moglie Molly, i suoi considerevoli risparmi vennero divisi tra i cinque figli, tra cui c'era anche la madre di Esther. La fattoria venne lasciata a Eileen, che sopravvisse al fratello solo di pochi anni. Dopo la morte di Eileen, il padre e la madre di Esther si trasferirono in una piccola casa nel villaggio ed Esther venne lasciata sola a gestire la fattoria, come stabilito dal testamento di Eileen. Esther era rimasta a osservare i suoi genitori che se ne andavano, si era voltata e aveva camminato nei campi, affondando le mani nella terra, esaminando le foglie di ogni raccolto. Poi aveva fatto scorrere le dita sulla corteccia degli alberi del frutteto, passeggiando tra i boschi scintillanti. Non stava misurando il suo territorio, piuttosto si sentiva reclamata da qualcosa che era destinato a essere suo; il centro del mondo, la terra su cui stava. Aveva, a quel tempo, trent'anni, era alta e spigolosa; con una criniera di capelli rosso-oro che teneva discosta dal viso, legata sulla nuca.

Otto mesi dopo lui venne spinto sulla sua riva dalla minaccia di una tempesta. Ancorò la barca nella calma relativa della baia con una burrasca in arrivo e le onde che si infrangevano sul molo, al quale giunse a nuoto. Esther, accendendo il primo lume della sera, si rese conto della presenza dell'uomo mentre il suono dei passi che calpestavano i sassi della spiaggia pian piano soverchiava il rumore della risacca. Quando aprì la porta non si sorprese affatto davanti a quei riccioli scuri, alla mano pallida e agli intensi occhi verdi.

Non gli chiese mai nulla del resto della sua vita, anche se sapeva che doveva venire da un villaggio di pescatori vicino alla penisola di dune, quindici miglia a valle del lago. Ma questi dettagli la interessavano ben poco. Quel che importava era che aveva nuotato fino alla sua terra, la tempesta, il tragitto compiuto sui sassi della spiaggia. L'impossibilità di prevedere i suoi arrivi e la certezza delle sue partenze. Tra una visita e l'altra, quando si ritrovava ad aspettare, sapeva che era per una specie di compimento – l'assenza, non la presenza dell'uomo nella sua vita.

Giunse l'inverno, che congelò l'uomo nella lontananza. In primavera, mentre gli uomini del villaggio lavoravano i suoi campi, Esther trascorreva le mattinate nella grande stanza con la vista sul lago, scrutando l'orizzonte. Ma in quell'epoca, come infine giunse a comprendere, lui era a pesca in altre acque. Il molo, punto fisso di arrivi e partenze, cadde in disuso e quindi in rovina mentre, tempesta dopo tempesta, il lago lo smantellava, finché non divenne un informe ammasso di macigni.

Il lago sarebbe diventato un luogo dove non si poteva più pescare, e le uniche vele sulla sua superficie sarebbero state quelle degli yacht club delle città industriali e delle cittadine sorte lungo le rive. Esther rimase sola sulla terra, e la fattoria, sotto le sue mani, divenne un miracolo di prosperità.

«Tua madre – mia figlia Deirdre – venne allevata come figlia maggiore di Liam e Molly» aveva detto Eileen a Esther.

«Perché non me l'ha detto? Perché la mamma non me l'ha detto?»

«Non ce n'era bisogno – non c'è mai stato nessun bisogno che Deirdre – che tua madre lo sapesse. In lei c'è una grande calma; lei non è portata agli eccessi. Guardandola crescere in questa casa, lontana da me, convinta che io fossi sua zia, avevo pensato che il passato fosse finito, concluso. La vidi crescere, sposare tuo padre, metterti al mondo. La sua vita è sgombra, pensavo, sgombra da tutto.» La nonna di Esther guardò lontano. «E io ero felice» aggiunse. «Poi le sue case vennero distrutte e lei tornò qui, con tuo padre, ancora a Loughbreeze Beach, tornò al lago. E anche allora, nulla della giovane donna che ero stata era presente in lei, e non c'era nemmeno nulla di Aidan.» A quel punto si interruppe e studiò intensamente gli occhi di Esther. «Tu, d'altro canto, sei sia lui che me.»

La vecchia Eileen portò la fanciulla a vedere il segno di bruciatura sul pavimento della cucina, il punto del soggiorno della taverna dove la mano di Aidan Lanighan aveva sfiorato le assi, raccogliendo il ricamo. Lì, accanto a quei luoghi, tracce delle sofferenze della giovane donna che era stata si fecero evidenti nel suo comportamento, nella sua postura.

«Lui era sempre qui, dove era stato» disse. «Danzava nelle stanze e le invadeva completamente. Era l'energia del momento reale, mentre io ero sempre impegnata a mutare l'istante in qualcosa di completamente diverso. Lo inventavo. Lo interpretavo. Tu possiedi questo dono, la capacità di essere dove sei, ma anch'io sono in te e ci saranno momenti in cui proverai il desiderio di essere trascinata altrove. Ma ora basta» disse, guardando verso il lago. Sospirò. «Adesso sono stanca. Tornerò alla mia vista sul lago. Ho sempre saputo che era l'unica cosa che sarà per sempre mia.»

Poi, di colpo, in fondo alle scale, la nonna di Esther fece una doppia giravolta su se stessa, le gonne che ruotavano come quelle di una fanciulla nella danza, il volto illuminato dal ricordo. «Immagina questa stanza» disse «rallegrata da uomini che saltano e ballano e dalla politica!» Poi tacque e la luce sul suo volto scomparve. «Se fossi in te resterei dove sono» disse.

17

Nelle sere di giugno come questa c'è luce nel cielo fino alle dieci.

Un miglio più a valle, sulla riva, il molo della società cementifera sembra quasi festoso, immerso in quel che resta di un tramonto rosa e coperto di luci rosse e verdi. *The New Dominion* è apparsa all'orizzonte un'ora fa e sta scivolando al suo attracco vicino agli incastellamenti di ferro arrugginito alla fine del nastro trasportatore. È illuminata come se l'equipaggio si aspettasse danze e champagne, e non la valanga di roccia che ben presto comincerà a riempire la stiva.

La notte arriva alla cava un po' prima di quanto non faccia sull'acqua o sulla spiaggia, la sua ombra si sposta da est a ovest sul terreno grigio e sconnesso. La luce dei riflettori, incredibilmente vivace, viene accesa, e fa sì che le rughe sui volti polverosi degli uomini sembrino esagerate, espone alla vista la roccia spezzata, le cicatrici, le fratture.

Ora è la terra stessa a frammentarsi, salpa dai moli dentro a barche che hanno il nome di brevi storie, verso altre acque, altre rive. Stanotte nella casa vuota di Loughbreeze Beach non c'è nessuna lampada accesa. Gli uomini della cava, rabbiosi per qualcosa che non riescono bene a capire, stringono i denti e manovrano le leve dei macchinari con forza sinistra. Al riverbero della luce artificiale i racconti fossilizzati di antiche migrazioni sono ridotti in polvere. L'urlo dei macchinari si fa più intenso.

Narrativa

DORIS LESSING, *Gatti molto speciali*
MARGARET ATWOOD, *Fantasie di stupro*
GRAZIA LIVI, *Le lettere del mio nome*
MARGARET LAURENCE, *La prima volta di Rachel*
BARBARA PYM, *Se una dolce colomba*
KATE PULLINGER, *Piccole bugie*
AA.VV., *Avventure indiscrete*
VIKTORIA TOKAREVA, *L'ombrello giapponese*
MERCÉ RODOREDA, *Via delle Camelie*
MARIAN ENGEL, *L'orso*
BEATRICE SOLINAS DONGHI, *La bella fuga*
IVY COMPTON-BURNETT, *Padroni e Maestri*
SILVANA LA SPINA, *Scirocco*
ELISABETH BOWEN, *Amici e amanti*
MARGARET LAURENCE, *Cavalli nella notte*
RAINER M. RILKE, LOU A. SALOMÉ, *Epistolario*
LOU A. SALOMÉ, *Rainer Maria Rilke*
BARBARA PYM, *Quartetto in autunno*
GRAZIA LIVI, *Da una stanza all'altra*
MARINA CVETAEVA, *Incontri*
MARINA CVETAEVA, *Il racconto di Sonečka*
ANITA DESAI, *Notte e nebbia a Bombay*
LESLEY BLANCH, *Amori in terre lontane*
AA.VV., *Cuore di gatto*
ROSAMOND LEHMANN, *Le ragazze dai capelli rossi*
ELENA MAKAROVA, *Le erbe di Odessa*
SILVANA GRASSO, *Nebbie di ddraunàra*
FAY WELDON, *Giù tra le donne*
GERTRUDE STEIN, *Autobiografia di tutti*
ELISABETH BOWEN, *Nel cuore del giorno*
BARBARA PYM, *Jane e Prudence*
LYGIA FAGUNDES TELLES, *Le ore nude*
GRETEL EHRLICH, *L'incanto degli spazi aperti*
MARY MORRIS, *Niente da dichiarare*
EDITH WARTHON, *La scogliera*
DOROTHY PARKER, *Tanto vale vivere*
CARMEN MARTÍN GAITE, *Cappuccetto rosso a Manhattan*
HELKE SANDER, *Lucy, la primadonna della preistoria*
EMMA TENNANT, *Lo strano caso della signora Jekyll e della signora* Hyde
EMILY BRONTË, *Cime tempestose*

Margaret Laurence, *Giocare col fuoco*
Elisabeth Bowen, *Un mondo d'amore*
Grazia Livi, *Vincoli segreti*
Barbara Pym, *Qualcuno da amare*
Viktoria Tokareva, *Mara*
Elisabetta Chicco Vitzizzai, *Le ali di Mercurio*
Mercè Rodoreda, *Isabel e Maria*
Pam Houston, *Ho un debole per i cowboy*
Rebecca West, *Il sale della terra*
AA.VV., *Il cortile segreto*
Fay Weldon, *Le amiche del cuore*
Gabriella Rosaleva, *La virtù della memoria*
Alice Munro, *La danza delle ombre felici*
Brigitte Doppagne, *Clara*
Jennifer Johnston, *L'albero di Natale*
Edith Wharton, *La pietra di paragone*
Margaret Atwood, *Le uova di Barbablù*
Maria Zambrano, *La tomba di Antigone*
Eve Babitz, *Cigni neri*
Emma Tennant, *Faustina*
Pina Mandolfo, *Desiderio*
Carmen Martín Gaite, *La stanza dei giochi*
AA.VV., *Quel tipo di donna*
Barbara Pym, *Un sacco di benedizioni*
Dorothy Parker, *Uomini che non ho sposato*
Doris Dörrie, *L'uomo dei miei sogni*
Titti Boffo, *Senza mani*
Carmela Fratantonio, *Caro Richard Gere*
Margaret Laurence, *L'angelo di pietra*
Marc de' Pasquali, *Biondo spinto*
Maggie Makepiece, *Troppo tardi, tesoro*
Shulamit Lapid, *Professione giornalista*
Charlotte Brontë, *Il professore*
Gianna Manzini, *Autoritratto involontario*
Barbara Pym, *Una questione accademica*
Lilja e le altre, *Majakovskij nei ricordi delle donne che lo hanno amato*
Ita Daly, *La signora con le scarpe rosse*
AA.VV., *Insalata russa*
Ilse Aichinger, *Kleist, il muschio, i fagiani*
Ivy Compton-Burnett, *Il buio e la luce*
AA.VV., *Brivido caldo*
Margaret Atwood, *Vera spazzatura*

MARY GORDON, *Quel che resta della vita*
DORIS DÖRRIE, *Ma io sono bella?*
HORTENSE CALISHER, *Tarda età*
IMOGEN PARKER, *Un amante temporaneo*
JANE URQUHART, *Cieli tempestosi*
GABRIELA AVIGUR ROTEM, *Mozart non era ebreo*
ANNA MARIA ORTESE, *Silenzio a Milano*
DOMITILLA CALAMAI, *Tutta colpa di Fidel*
SILVANA LA SPINA, *Penelope*
ALICE MUNRO, *Stringimi forte, non lasciarmi andare*
LAURA ZIGMAN, *Il teorema della Mucca Nuova*
PATRIZIA ZAPPA MULAS, *L'orgogliosa*
JANE URQUHART, *Altrove*

Stampato nell'ottobre 1998 per conto
di Baldini&Castoldi s.r.l.
da «La Tipografica Varese S.p.A.»

289-9
1998